WILL WILES

KEIN LEBEN *ohne* MINIBAR

WILL WILES

KEIN LEBEN *ohne* MINIBAR

ROMAN

Aus dem Englischen
von Sabine Lohmann

carl's books

Die Originalausgabe erschien 2014 unter dem Titel
»The Way Inn« im Verlag Fourth Estate,
an imprint of HarperCollins*Publishers*, London.

MIX
Papier aus verantwortungsvollen Quellen
FSC® C083411
FSC
www.fsc.org

Verlagsgruppe Random House FSC® N001967
Das für dieses Buch verwendete FSC®-zertifizierte Papier
Lux Cream liefert Stora Enso, Finnland.

1. Auflage

Umschlag: semper smile, München
Satz: Uhl + Massopust, Aalen
Druck und Bindung: CPI – Clausen & Bosse, Leck
Printed in Germany
ISBN 978-3-570-58548-1

www.carlsbooks.de

Für Hazel und Guy, mit meiner Liebe

»Das Haus hat den Umfang der Welt,
besser gesagt, es ist die Welt.«

JORGE LUIS BORGES, *Das Haus des Asterion*

ERSTER TEIL

DIE MESSE

DAS DISPLAY DES Radioweckers zeigte die wenig erbauliche Zahlenfolge 6:12. Keine vier Stunden, nachdem ich ins Bett gegangen war, konnte ich auf einmal nicht mehr schlafen. Es war gestern spät geworden, weil ich noch in der Bar gewesen war. Und diese Frau wiedergetroffen hatte.

Abgesehen von den roten Leuchtziffern – 6:13 – war es stockfinster im Raum. Taghell dagegen stand mir vor Augen, dass ich meine Traumfrau wiedergesehen und sogar mit ihr gesprochen hatte. Mir schien, als wäre mein Gedächtnis jahrelang mit nichts anderem beschäftigt gewesen, als diese Frau aus dem Einerlei des Alltags herauszudestillieren. Unsere erste Begegnung war so bizarr gewesen, dass sie mir im Nachhinein vollkommen irreal erschien; vielleicht aber schmückte ich sie in der Erinnerung auch nur über die Maßen aus, um mir die flirrende Exotik dieser Traumgestalt zu bewahren. Und nun war sie plötzlich wieder leibhaftig aufgetaucht, in vollkommener Übereinstimmung mit ihrer idealisierten Version. Die Amazonenstatur, die blasse Haut, die roten Haare – auch in Fleisch und Blut hatte es noch etwas Unwirkliches an sich, dieses Idealbild einer Frau. Wenige Stunden nach unserem Wiedersehen kam es mir schon wieder wie ein Traum vor. Ein Traum, der mittendrin unterbrochen worden war … von Maurice. Maurice hatte mir alles verdorben.

Noch mal einzunicken schien ohnehin nicht ratsam. In einer Dreiviertelstunde würde der Wecker klingeln, und ich hatte wahrlich keine Lust, gleich am ersten Tag zu verschlafen und ohne Dusche und Frühstück zum Messegelände zu hetzen.

Das Hotelzimmer war gut geheizt, der Teppich weich und warm unter den Füßen. Es war unheimlich still, nur die Klimaanlage summte leise, und irgendetwas schwer Fassbares lag in der Luft, eine elektromagnetische Spannung, wie ein unterschwelliges Echo. Oder war es nur das Vibrieren des Trommelfells nach dem abrupten Aufschrecken aus dem Tiefschlaf? Draußen war es sicher kalt. Ich zog die Gardine auf, konnte aber nicht viel erkennen. Den dumpf orangefarbenen Widerschein der Autobahn unter einem düsteren Himmel, und am Horizont ein Blinken roter Lichter, das vage an eine Ölraffinerie erinnerte. Vielleicht der Flughafen – Radartürme, Funkantennen.

Ich knipste das Licht an. Mokkafarbener Teppich, würfelförmiger schwarzer Sessel, Schreibtisch mit Stuhl aus Chromstahl und Rattan, Flachbildschirm an der Wand und natürlich irgendein fades abstraktes Bild. Alles exakt wie in jedem anderen Hotelzimmer, in dem ich je gewesen war – austauschbar, vertraut, unverbindlich, keinem bestimmten Stil oder kulturellem Umfeld zuzuordnen. Anscheinend wurden die Farben in Hotelzimmern danach ausgesucht, wie sie in künstlichem Licht wirkten, denn die Geschäftsleute, die dort logierten, bekamen die Zimmer kaum je bei Tageslicht zu sehen. Dieses Prinzip galt dann wohl auch für die Kunst an der Wand. Wieder musste ich an die Frau in der Bar denken und daran, was sie über die Bilder gesagt hatte. Das unterschwellige Surren schien mir inzwischen ein bisschen vernehmlicher geworden zu sein – bestimmt war es die Klimaanlage oder die Minibar unter dem Schreibtisch. Es war ein wohltuendes Geräusch, geradezu beruhigend; ich war von hoch entwickelter Technik umgeben, die einzig und allein meiner Bequemlichkeit zu dienen hatte.

Die Dusche war erfrischend und half zumindest, die Müdigkeit zu ignorieren. Ich zog den Way-Inn-Bademantel über, ging ins Zimmer zurück und rubbelte mir mit dem Way-Inn-Handtuch die Haare trocken. Der Fernseher war an, zeigte aber lediglich die Grußformel, die mich bei meiner Ankunft gestern Abend empfangen hatte.

WILLKOMMEN MR. DOUBLE

Darüber prangte das Firmenlogo, ein geschwungenes W im offiziellen Rot. Ein Gruppenfoto von Way-Inn-Angestellten, oder auch Models, die Way-Inn-Angestellte darstellten, lächelte zu mir auf. Darunter waren Zimmerservice- und Pay-TV-Nummern aufgelistet. Die Empfehlung des Tages im Restaurant war gebratener Lachs. Das Wetter für heute und morgen: Nebel und Regen. Temperaturen knapp über null. Ich griff zur Fernbedienung und schaltete auf BBC-News 24.

Der Himmel hatte sich aufgehellt, aber die Aussicht war dadurch nicht besser geworden. Das dicke Lärmschutzglas tauchte die Landschaft in grünliches Aquariumslicht. Milchiger Nebel hüllte alles ein. Mein Zimmer im zweiten Stock blickte auf einen Parkplatz hinaus, dahinter ein Maschendrahtzaun, und hinter dem Zaun ein Baugelände, auf dem etliche Stapel orangefarbener Absperrungen und ein halbes Dutzend weißer Kleinlaster langsam im Matsch versanken. Ganz rechts verlief eine Straße entlang einer künstlich aufgeworfenen, mit kümmerlichem Unkraut bewachsenen Böschung, hinter der man die Lichter der Autobahn sah. Sie spiegelten sich auch in den wassergefüllten Reifenspuren, die all die Fahrzeuge in dem aufgeschürften Gelände hinterlassen hatten; unter dem Matsch wartete die trostlose Ödnis darauf, neu gestaltet zu werden: noch mehr Lampen, noch mehr Parkplätze, noch mehr Fensterfronten.

Manche Leute hätten diese Aussicht wohl deprimierend gefunden. Ich nicht. Was ich der Frau gestern in der Bar gesagt hatte, war die reine Wahrheit: Ich liebe Hotels. Ich liebe es, in einem Hotelzimmer aufzuwachen. Die Anonymität, die Austauschbarkeit, die Tatsache, dass dieses Zimmer praktisch überall sein könnte – gerade das, was andere bedrückt, bereitet mir Freude. Ich liebe Hotels, seit ich zum ersten Mal eines betreten habe.

Ich zog mich an und ließ mich dabei aus reiner Gewohnheit von den Fernsehnachrichten berieseln. Hatte ich sowieso alles schon mal gehört. Katastrophen aus aller Welt, zerquetschte Menschen, wehklagende Frauen irgendwo, wo es heiß war, ein amerikanischer Krankenwagen, kastenförmig, orange-weiß, alles irgendwie zu grell, in dem typisch amerikanischen TV-Stil. Dann wieder vertrautes britisches Bildmaterial, Blumen an einem Straßenschild, Tränen im Blitzlicht, Suche nach Augenzeugen. Die Nachrichtensprecherin blickte auf und schien für einen Sekundenbruchteil überrascht von der Kamera. Das Weltwetter. Eine Liste von Metropolen mit Zahlen daneben, kleine Piktogramme, die Sonne oder Sturm anzeigten, die Welt auf eine Datenreihe reduziert. Ich klappte meinen Laptop auf, und er erwachte zum Leben. Fett gedruckt sprangen die vielen ungelesenen E-Mails ins Auge. Manche für die Allgemeinheit bestimmt – Einladungen, Pressemitteilungen, Rundmails. Andere betrafen nur mich: Flug- und Hotelbuchungen. Weitere Meldungen, permanent auf den neuesten Stand gebracht, erwarteten mich in meinen Feedreadern. Für einen Moment war mir alles gegenwärtig, alles in Reichweite, aber dann fing das WiFi-Symbol an zu flackern, und die Verbindung brach ab. Ich klappte meinen Laptop zu. Der Fernseher war noch an – eine Palme peitschte im Wind, umtost von fliegendem Unrat, und prompt fiel die Kamera aus. Mist. Der Nachrichtensprecher blickte auf, sah mich eindringlich an und nannte mir die Anzahl der Toten. Ich klaubte meine Keycard aus dem Plastikhalter an der Wand, und das Zimmer erlosch.

Mein Spiegelbild, unendlich vervielfacht und zu einem gesichtslosen grauen Nichts aufgelöst an einem fernen, verbogenen Horizont.

Der Aufzug hielt, weich abgefedert. Meine unzähligen Spiegelbilder wandten sich voneinander ab. Die Tür glitt auf und offenbarte die hell erleuchtete Lobby und einen schmerbäuchigen Schnauzbart, der mich anstarrte, als könnte er es nicht fassen, dass ich seinen Aufzug benutzte.

»Sorry«, murmelte ich reflexartig und trat hinaus.

Im Aufzug hatte leise Musik gespielt, so leise, als ob sie gar nicht zum Hören gedacht wäre. Aber wenn man sie nicht hören sollte, wozu sie dann überhaupt spielen? Damit keine Stille aufkam vielleicht, um den Aufzugpassagier vor der Isolation zu bewahren, genau wie die Spiegel ihn mit einem unendlichen Heer an geklonten Gefährten versahen. Ich aber hatte die Musik gehört, und als die Tür aufging, fiel mir plötzlich ein, was es war: *Jumping Jack Flash*, in einer entfetteten Easy-Listening-Instrumentalversion.

Feuchte Polymere hingen in der Luft. Das Hotel war nagelneu, und die Chemikalien, mit denen die Polster und Teppiche imprägniert waren, gasten noch in der Lobby aus. Fabrikfrische Oberflächen strahlten unter Dutzenden von LED-Lampen. Es war ein langer, schlauchartiger Raum, der den Haupteingang mit einem der Innenhöfe verband. Diese Innenhöfe waren als Zen-Gärten gestaltet, ein leeres Viereck aus Bänken um eine nackte Kiesfläche, einem trüben kleinen Tümpel und ein paar kunstvoll angeordneten, runden Steinen, die dunkel und glitschig vom Regen waren. Ich habe schon in mindestens zwanzig Way-Inn-Hotels logiert, aber noch nie irgendwen in diesen Innenhöfen meditieren sehen. Sie dienen nur zum Rauchen. Aber das ist typisch für diese Hotels, alles ist zweckentfremdet – Meditationsgärten, in denen keiner meditiert, Sessel, in denen keiner sitzt, Schubladen, in denen nichts liegt außer einer Bibel, die man nicht liest. Ich frage mich, wer eigentlich diese Schuhputzautomaten benutzt.

Gegenüber von der Rezeption waren Tische auf Böcken aufgestellt, an denen PR-Blondinen ihres Amtes walteten. Leute in Business-Outfits und leise Unterhaltungen füllten den Raum zwischen den PR-Damen und den Hotelangestellten, die mit dem Einchecken der Gäste, Koffertragen, Lächeln, Zettelausteilen und Händeschütteln beschäftigt waren. Hinter der Glaswand zum Restaurant herrschte reger Betrieb. Auf einem Banner über den PR-Tischen stand zu lesen: HIER KÖNNEN SIE SICH ANMELDEN.

Also gut. Ich schlenderte hinüber, selbstsicher, unerkannt, und fühlte mich wie zu Hause. Diese Momente des ersten Kontakts zwischen mir und dem anvisierten Event sind mir immer ein Genuss. Die Leute wissen noch nicht, wer ich bin, wozu ich hier bin. Ich aber weiß alles über sie.

Die Blondine strahlte mir über einem Laptop und einer Auslage identischer Broschüren entgegen. »Guten Morgen«, sagte ich und hielt ihr meine Visitenkarte hin. »Neil Double.«

Sie nahm die Karte, sah sie sich kurz an und tippte etwas in den Laptop. Obwohl ich ihren Bildschirm nicht sehen konnte, wusste ich genau, was sie vor Augen hatte – mein Foto und die persönlichen Daten, die schon vor einem halben Jahr in ein Online-Formular eingegeben worden waren. »Mr. Double«, sagte sie mit einem leicht spanischen Akzent, und ihr Lächeln war nun ein paar Grad wärmer. »Willkommen bei Meetex.«

Eine weiß kartonierte Zunge wand sich aus dem Drucker, der mit ihrem Laptop verbunden war. Mit routiniertem Griff riss sie die Karte ab, schob sie in eine Plastikhülle mit einem Trageband und reichte sie mir. »Die brauchen Sie, um im Messezentrum rein und raus zu kommen«, erklärte sie. Ich nickte und versuchte durch routinierte Gelassenheit zu vermitteln, dass ich die Prozedur schon oft durchlaufen hatte, allein dieses Jahr sicher schon ein Dutzend Mal. Sie aber redete immer weiter, unerbittlich darauf konditioniert, ihren einprogrammierten Text abzuspulen, nicht anders als der kleine Drucker, der vor ihr stand. »Hängen Sie die Karte am besten um den Hals – wenn Sie einem Aussteller Ihre persönlichen Daten hinterlassen wollen, können sie mit diesem Code hier eingescanned werden.« Ein QR-Code prangte mit dem üblichen kryptisch codierten Quadrat neben meinem Namen und dem meines nicht minder undurchsichtigen Arbeitgebers: NEIL DOUBLE CONVEX.

»Alles klar«, sagte ich.

»Einfach umhängen«, wiederholte sie fürsorglich und zeigte auf das Band, als könnte man diese dottergelbe Scheußlichkeit übersehen, auf der in fortlaufenden schwarzen Lettern METACENTRE METACENTRE METACENTRE stand.

»Alles klar«, sagte ich und stopfte die Karte in meine Jackentasche.

»Die Busse fahren viertelstündlich und halten direkt vor dem Eingang. Und hier noch Ihr Willkommenspräsent.« Sie händigte mir eine der Broschüren aus und strahlte mich an wie eine LED-Lampe.

Ich erwiderte das Lächeln. »Vielen Dank.« Ich meinte es sogar ehrlich. Es kann nie schaden, sich mit dem Personal gutzustellen. Vermutlich würde ich sie nie wiedersehen, aber sicher war sicher. Sie anzubaggern, wäre allerdings Zeitverschwendung – die Damen durften meist ihren Posten nicht verlassen und waren überaus eingespannt. Auch diese hier strahlte bereits den nächsten Kunden an, der hinter mir stand. Obwohl sie einen Stapel hässlich gelber Plastiktaschen zu vergeben hatte, bot sie mir keine an, was mich freute; offensichtlich konnte man mir ansehen, wie wenig Wert ich auf derlei windige Accessoires legte.

Frühstück gab es im Restaurant, das durch eine mobile Glaswand von der Lobby abgetrennt war. Flexible Raumaufteilung, nach Bedarf jederzeit neu konfigurierbar. Das Buffet war üppig mit Backwaren, aufgeschnittenem Obst und Getreideflocken bestückt. Glänzende Edelstahlcontainer schwitzten wie Roboter unter Volldampf. Auf etlichen Flachbildschirmen liefen Nachrichten ohne Ton, mit Untertiteln. Zeitgeschehen-Karaoke. Aus einer Kanne neben den Glaskaraffen mit Orangen-, Grapefruit- und Tomatensaft goss ich mir Kaffee in eine nicht eben großzügige Tasse und lud mir eine Aprikosen-Quarktasche und eine Handvoll Zuckertütchen auf den Teller. Dann begab ich mich auf die Suche nach einem Sitzplatz. Das Restaurant war halb voll, ringsum herrschte lebhafter Betrieb. Wenn ein Hotel mit Gästen aus aller Welt gefüllt ist, die alle an der gleichen Handelsmesse teilnehmen, kann das Frühstück alle möglichen diplomatischen Hürden bereithalten. Ich bin kein geselliger Typ, und beim Frühstück bleibe ich grundsätzlich lieber für mich. Doch so etwas fiel hier nicht weiter auf – das Stimmengewirr verschleierte die Tatsache, dass viele hier allein saßen und in ihre Laptops, Smartphones oder Zeitungen vertieft waren. Am ersten Morgen geht es meist noch ein bisschen steif zu, bevor die Leute sich für zwei, drei Tage anfreunden und spontane Allianzen bilden, so haltbar wie Kaugummiblasen. Trotzdem musste ich auf der Hut sein, dass ich keinen übersah, der mich wiedererkannte. Auf anderen Messen traf ich vielleicht ein-, zweimal im Jahr die gleichen Leute, aber diese hier war anders. Diesen Leuten hier begegne ich dauernd, überall; einige kenne ich allmählich, und schlimmer noch, sie kennen mich. Für meinen Job ist es wichtig, unverbindlich und ungebunden zu bleiben – das verstehen die Leute nicht. Sie sehen sich gern als »Gemeinschaft«, sie genießen es, »Beziehungen« zu pflegen. Keine Gemeinschaft schließt mich mit ein. Doch das kann ich niemandem erklären; besser, ich sage überhaupt nichts. Adam hatte mich angewiesen, mich möglichst unauffällig zu verhalten.

Während ich mich im Raum umsah, musste ich mir doch

leicht geniert eingestehen, dass es mir nicht nur darum ging, all den Leuten höflich auszuweichen, sondern auch, die rothaarige Frau wiederzusehen. Aber ich hatte kein Glück. Sie war nicht im Restaurant.

Ich erspähte einen guten Platz – eine Reihe kleiner Tische an einer langen weißen Lederbank, ebenso passend für Gruppen wie für einzelne Gäste. Zwei Leute saßen dort, die ich wiedererkannte, und unsere Bekanntschaft war oberflächlich genug. Die Firma, die Phil hier vertrat, baute Scanner für Barcodes und QR-Codes. Ich hatte mich früher schon mal länger mit ihm unterhalten, um diese Art von Technologie besser verstehen zu lernen. Seine Begleiterin kannte ich nur flüchtig – sie hieß Rosa oder Rhoda, möglicherweise auch Rhonda, und arbeitete als Datenanalystin. Ich setzte mich und nickte ihnen zu – nicht zu freundlich, nicht zu reserviert. Sie lächelten zurück und fuhren mit ihrer leisen Unterhaltung fort. Hatten die etwa was miteinander? Phil war gut fünfzehn Jahre älter als Rosa/Rhonda, und der Trauring saß ihm wie festgeschweißt am Finger, aber das hieß noch gar nichts. Auf Messen scherte man sich nicht groß um Konventionen; es war mehr wie ein Karneval unter Businessleuten, bei dem die üblichen Hemmschwellen herabgesetzt und die gesellschaftlichen Grenzen durchlässig waren. Schlimmstenfalls konnte es da so exzessiv zugehen wie bei triebgestautem Wassergetier, das nur einmal im Leben in eine explosionsartige Verfolgungs- und Fortpflanzungswut gerät. Hinterher hockten die Beteiligten dann matt und satt im Zug oder Flieger heimwärts, und wenn sie die Brieftaschen zückten, dann nicht, um noch mehr Drinks, Austern oder Lapdance zu bezahlen, sondern um die Fotos ihrer Kinder wieder nach außen zu drehen. Was in Vegas, Mailand, Shanghai oder Luton passierte, das blieb auch dort, gut aufgehoben wie die munteren Herrschaften in ihren Way-Inns, Hiltons, Sofitels, wo vorurteilsfreie, gesichtslose Arbeitsbienen ihre Bettwäsche wechselten.

Doch die Körpersprache zwischen Phil und seiner Begleiterin schien meine Vermutung nicht zu bestätigen. Während ich so tat, als blätterte ich in der Infobroschüre, beobachtete ich die beiden aus dem Augenwinkel – und ich bin natürlich sehr geübt darin, Leute unauffällig zu beobachten. Es gab keine verstohlenen Berührungen, keinerlei vielsagendes Lächeln. Sie gingen freundschaftlich locker miteinander um und redeten über Geschäftliches – Datenerfassung, Gesichtsscanner, RFID-Systeme, Technologien zur Auffindung gelöschten Datenmaterials. Nichts davon widersprach dem, was ich bereits von ihnen wusste.

Da ich ohnehin schon das Messeprogramm vor mir liegen hatte, beschloss ich, ihm auch mal ein wenig Aufmerksamkeit zu widmen und mir zu überlegen, was der Tag für mich bereithielt. Einige Punkte auf der Tagesordnung wurden von meinen Klienten als verpflichtend angesehen – Alltagskost wie »Tagungen in Zeiten des Sparzwangs« und »Aufkommende Bedrohungen für die Messeindustrie«, aber es war auf jeden Fall sinnvoll, ein paar weitere Veranstaltungen zu besuchen, um sich einen besseren Überblick zu verschaffen. Niemand erwartete einen umfassenden Bericht von jeder einzelnen Veranstaltung – es gab drei Messehallen verschiedener Größe im MetaCentre, in denen gleichzeitig Vorträge stattfanden, und dazu noch etliche Nebenveranstaltungen in eigens dafür vorgesehenen Räumlichkeiten des Hotels. Alles, was ich brauchte, war eine Kostprobe, die ein bisschen über das absolute Minimum hinausging. »Fallstrick oder Sprungbrett: Messestandort und Vertragsbindung.« Bindung unbedingt vermeiden, sagte ich mir. »China hautnah: Eventmanagement im Fernen Osten«. Das klang schon verheißungsvoller. Womit ich nicht meine, dass ich erwartete, es interessant zu finden. Ich bin nur als Beobachter hier. Was mich interessiert, ist nicht unbedingt das, was meine Kunden interessant finden. Die Vorträge auf solchen Messen sind nämlich fast immer furchtbar langweilig. Wenn es nicht so wäre, hätte ich keinen Job. Und gerade der langweilige Aspekt dieser Veranstaltungen ist das, was mich daran fasziniert. Ich sauge alles auf wie ein Schwamm, langweilige Hotels, langweilige Frühstücke, langweilige Leute, langweilige Vögeleien, langweilige Vorträge und Produktpräsentationen, und dann … berichte ich. Diese Leute, die um mich herumsitzen, diese Leute, deren Aufgabe es ist, die Messen zu planen und zu organisieren, auf denen ich mein Leben verbringe – wenn sie wüssten, was ich da tue und was ich persönlich von ihrer Tätigkeit halte, wären sie bestimmt nicht sonderlich erfreut.

Ein Büschel Plastikfolie ragte aus einer Fuge an der Unterseite meines Tisches. Er war wohl gerade erst frisch ausgepackt. Chemiedunst stieg von der weißen Lederbank auf, nur leicht überdeckt von den Frühstücksdüften. War es echtes Leder oder Kunstleder? Die Weichheit der Textur, die übergroße Schmiegsamkeit fühlte sich künstlich an, extra dazu entworfen, beste Lederqualität nachzuahmen, ohne sie zu besitzen, aber so genau konnte ich das auch nicht unterscheiden. Neu war es auf jeden Fall. Alles neu für ein neues Hotel. Unzählige identische Stühle und Tische in unzähligen identischen Hotels. Es ist echtes Big Business, all diese Tische und Stühle herzustellen, all die Quadratkilometer an Teppichboden, die da angeboten und gekauft werden – diese Messen besuchte ich natürlich auch. Wenn das Leder echt war, müsste die Ausstattung all der zahllosen Way-Inn-Hotels ein gigantisches Rindersterben bedeuten. Doch ich erinnerte mich, was die Frau über die Bilder in der Bar gesagt hatte, und stellte mir stattdessen eine einzige Riesenhaut von einem einzigen unendlichen Tier vor …

Sie hatte die Bilder fotografiert. Es war spät gewesen, schon nach Mitternacht, und ich hatte noch schnell etwas trinken wollen, bevor ich auf mein Zimmer ging. Einer von der Nachtschicht servierte mir meinen Whisky und ging zurück in die Halle, wo er sich leise mit dem Kollegen an der Rezeption unterhielt. Ich hatte bemerkt, dass ich in der abgedunkelten Bar nicht allein war, ohne mich weiter darum zu kümmern. Was mich aufblicken ließ, war der Blitz ihrer Kamera. Ich konnte gar nicht mehr aufhören, zu ihr hinzuschauen, weil ich wusste, dass ich sie schon einmal gesehen hatte – und viel zu müde für die subtileren Formen der Höflichkeit, ließ ich die Chance verstreichen, sie unbemerkt zu beäugen; sie blickte vom Display ihrer Kamera auf und ertappte mich.

Wir hätten uns schon mal getroffen, sagte ich – na ja, nicht direkt getroffen, aber ich hätte sie schon mal gesehen. Sie erinnerte sich an den Vorfall. Wie hätte sie so etwas vergessen können? Natürlich war ich ihr als bloße Randfigur damals nicht weiter aufgefallen, und ich erwartete auch keine Entschuldigungsfloskel dafür, dass sie mich nicht erkannte; aber ich fand es doch etwas bizarr, dass sie keinerlei Erklärung dafür anbot, was da nun eigentlich passiert war. Dass sie die Sache einfach so auf sich beruhen ließ, brachte das Gespräch auf irgendwie beklemmende Weise zum Stocken, also wechselte ich lieber das Thema und fragte sie, warum sie die Bilder fotografierte.

Bloß so ein Hobby, sagte sie. Die Bilder hingen überall im Hotel – in den Zimmern, im Restaurant, in der Lobby, in der Bar. Und so sei es in jedem Way Inn, lauter Variationen eines abstrakten Musters: netzartig verflochtene, schoko- und kaffeefarbene Wellenlinien und gerundete Formen, einander überschneidende Kreise, Bögen, Tangenten, alles undurchschaubar und auf nichts verweisend. Ich hatte sie noch nie richtig wahrgenommen – sie waren nicht zum Anschauen da, sondern nur dazu, Leerräume zu füllen, ohne abzulenken oder zu stören. Eine Art Pseudokunst, die am besten wirkte, wenn sie schmückte, ohne aufzufallen. Sie sollte nur zeigen, dass jemand sich um die Wände gekümmert hatte, damit der Hotelgast davon unbehelligt blieb. Nun, da sie meinen Blick darauf lenkte, sah ich, dass sie recht hatte – die Bilder waren allgegenwärtig. Wie viele insgesamt? Als sie anfing, es mir vorzurechnen, konnte ich es kaum glauben.

»Tausende«, sagte sie augenzwinkernd, als vertraute sie mir ein pikantes Geheimnis an. »Zehntausende. Das Way Inn hat mehr als fünfhundert Filialen weltweit. Keine hat weniger als hundert Zimmer. In jedem Zimmer hängt mindestens ein Bild. Dazu noch die Gemeinschaftsräume. Bars, Restaurants, Fitnesscenter, Business-Suiten, Konferenzräume, und natürlich die Flure … Es könnten hunderttausend Bilder sein. Wenn nicht noch mehr.«

Ich konnte ihr nachempfinden, wieso sie sich so gern über diese Größenordnungen ausbreitete – es war ja auch schier unfassbar. Wo kamen die Bilder her? Wer malte sie? Für Möbel, Teppiche, Beleuchtungskörper gab es Fabriken – aber für Kunst? Es waren ja keine Drucke; man sah die Pinselstriche auf den Farbflächen. Jedenfalls war es viel zu viel Arbeit für einen einzelnen Maler.

»Es gibt keinen Maler«, sagte sie, »nicht in dem Sinne. Es ist ein industrieller Prozess. Eine riesige Leinwand, die über ein Fließband rollt. Dann wird sie in Stücke geschnitten und gerahmt.«

Sie zeigte mir die anderen Fotos auf ihrem Display, und das rhythmische *Blip-blip-blip* ihrer Memory Card begleitete ihre Ausführungen. Sie war sehr groß, größer als ich mit meinen eins zweiundachtzig, und ihre roten Haare fielen mir fast ins Gesicht, während sie sich in eigenartiger Intimität über mich beugte. Die Bilder schnippten in schneller Reihenfolge vorbei, sehr hell im Halbdunkel der Bar. Immer die gleichen neutralen Farben. Die gleichen verschwommenen Rundungen und Formengebilde. Psychedelische Sepiatöne. Ein einziges riesiges Endlosgemälde, das wie Teigmasse übers Fließband rollte, um in exakte Rechtecke gestanzt, gerahmt und an die zahllosen Wände eines Hotelkonzerns gehängt zu werden … Schon irgendwie trostlos.

»Warum?«, fragte ich. »Warum etwas sammeln, das auf die Weise zustande gekommen ist? Was ist daran so interessant?«

»Nichts. Vom einzelnen Bild her betrachtet überhaupt nichts. Man muss den Gesamtzusammenhang sehen.«

»Na, spät geworden gestern?«

Ich brauchte eine Sekunde, bis ich merkte, dass die Frage an mich gerichtet war, und zwar von Phil. Seine Unterhaltung mit Rosa (oder Rhonda) war zum Erliegen gekommen. Sie tippte konzentriert auf ihrem Smartphone herum. Weder lesend noch lauschend war ich in einen Stand-by-Modus gerutscht und ins Träumen geraten.

Ich versuchte mich zusammenzureißen. »Einigermaßen«, gab ich zurück. »Habe erst um Mitternacht eingecheckt.« Und dann hatte ich mich mit der Frau unterhalten – wie lange wohl? –, bis Maurice dazwischenfunkte und mich noch länger aufhielt. Fensterlose Hotelbars, von denen aus man es nicht weit zum Bett hat, lassen einen schnell die Zeit vergessen.

»Ich bin seit gestern Morgen da«, sagte Phil. »Wir stellen aus, da hat's natürlich bis zuletzt noch jede Menge Stress gegeben … Bin selber erst spät ins Bett gekommen. Aber tipptopp geschlafen. Hast du ein gutes Zimmer?«

Ich bejahte. In Wirklichkeit ist es mir völlig schnuppe, ganz so, wie die anonymen Hoteldesigner es vorgesehen haben. Gleichgültig ist gut genug. »Es ist ja ein nagelneues Haus.« Immer die gleichen Gesichter, der gleiche Smalltalk. Leute wie Phil – harmlos, ohne besondere Eigenschaften, allein schon der Name die Quintessenz von Normalität. Einmal hatte ich einem Phil gegenüber durchblicken lassen, er habe die Art von Namen, den ein Kind bekomme, wenn alle anderen schon vergeben seien. Er fand das nicht lustig und meinte, das könne man von meinem Namen, Neil, ja wohl genauso sagen.

Phil verdrehte die Augen. »Viel zu neu für meinen Geschmack. Wie bei diesen Gruselgeschichten von Ferienhotels, wo die halben Wände fehlen und das Fitnesscenter noch voller Zementmischer steht.«

Auf mich machte das Hotel einen ausgezeichneten Eindruck – neu, das ja, aber voll funktionstüchtig, als wäre es schon seit Jahren in Betrieb. »Gibt's hier ein Fitnesscenter?«

»Keine Ahnung«, sagte Phil. Er spießte einen rotzgrünen Melonenschnitz mit der Gabel auf, besann sich dann eines Besseren und ließ ihn auf dem Teller liegen. »Aber die Fußgängerbrücke gibt es ganz sicherlich nicht, die ist nämlich noch nicht fertig. Das Hotel ist fertig, das Messezentrum ist fertig, aber die verdammte Brücke, die sie verbinden soll, die ist noch im Bau. Deswegen muss man hier den Bus nehmen, um zur Messe zu kommen.« Wieder wurde der Melonenschnitz vom Teller gelupft, und diesmal verschwand er in Phil, der mich beim Kauen enttäuscht ansah.

»Ich verstehe nicht ganz«, sagte ich und tippte auf das Informationsmaterial vor mir, das einen Lageplan der Messehallen enthielt, so übersichtlich aufgereiht wie die Icons auf einem Desktop. »Das Messezentrum ist nur zwei Minuten von hier entfernt, und man muss trotzdem den Bus nehmen?«

»Weil eine breite Autobahn dazwischenliegt«, nickte Phil. »Und die muss man halt erst umfahren. Gestern haben wir den halben Tag lang im Bus gehockt oder auf den Bus gewartet.«

»Wie öde«, sagte ich. Und freute mich schon drauf. Diese Art von Langeweile gehört einfach dazu, und wenn sie doch einmal überhand nimmt, finde ich immer irgendeine nette Ablenkung. In diesem Fall war es Rhoda, Rosa oder wie sie heißen mochte; sie pickte immer noch auf ihrem Smartphone herum, aber mit sichtlich nachlassendem Enthusiasmus, wie ein Raubvogel, der allmählich die Lust an seiner toten Maus verlor. Kurze Haare, niedliche Stupsnase – wirklich hübsch, die Kleine, und ich konnte mich vage erinnern, ihre Gesellschaft schon bei anderer Gelegenheit genossen zu haben. Wenn man anstehen oder in Bussen herumsitzen musste, dann am besten in ihrer Nähe. Sie spürte meinen Blick und sah auf, mit einem kleinen, vorsichtigen Lächeln.

Hinter Rosa schlurfte eine vertraute Gestalt in Richtung Frühstücksbuffet. Maurice. Ein Wunder, dass er um die Zeit überhaupt schon auf war. Der Rücken seines beigen Sakkos war eine einzige Knautschzone. Er trug noch dieselben Klamotten wie gestern, gewahrte ich zu meinem Entsetzen. Hoffentlich hatte er wenigstens geduscht. Aber vielleicht würde er ja nicht herkommen, vielleicht würde er sich heute an jemand anderen hängen. Er nahm ein Teilchen aus dem Korb, schnüffelte dran und legte es wieder zurück. Eine Kaffeetasse und ein Teller balancierten schrecklich schief in seiner Linken. Mein fasziniertes Starren brachte Rosa dazu, sich nach ihm umzudrehen – und genau in dem Moment sah Maurice auf und entdeckte uns. Wahrscheinlich machten wir einen einladenden Eindruck, denn er wirbelte zu unserem Tisch wie eine Windhose aus Sperrmüll. Trotz seiner – unserer – kurzen Nacht glänzte er vor Munterkeit und Schweiß.

Ich gestehe es ungern, aber Maurice und ich sind gewissermaßen Kollegen. Was wir tun, ist nicht das Gleiche. *Wir sind nicht gleich*. Wir sind lediglich Teil des gleichen Ökosystems, so wie ein Unterseeboot mit Jacques Cousteau an Bord sich im gleichen Ökosystem aufhält wie eine Seegurke. Maurice war als Reporter für ein Wirtschaftsmagazin von Messe zu Messe unterwegs, also trafen wir uns immer wieder in den gleichen Ausstellungshallen, Vortragssälen, Hotels, Bars, Restaurants, Bussen, Zügen und Flughäfen. Und in all diesen vielfältigen Rahmen agierte er stets als Chaot, betrank sich, verlor sein Gepäck, vergaß seinen Pass, schnarchte in Zugabteilen. Nachdem wir uns so oft über den Weg liefen, hatte Maurice den Eindruck gewonnen, er und ich wären Freunde. Aber da irrte er sich gewaltig.

»Morgen, Morgen allerseits«, strahlte er, setzte seinen Kaffee und den Teller voller Backwerk ab und nahm mir gegenüber Platz. Ich lächelte ihm zu; was auch immer ich über ihn denken mochte, so innig ich mir auch wünschte, er möge mich in Ruhe lassen, wollte ich ihn doch nicht vor den Kopf stoßen. Er war zwar eine Nervensäge, aber keine Bedrohung.

»Bin wirklich froh, dich hier unten zu sehen, alter Knabe«, sagte Maurice, was ihn nicht daran hinderte, gleichzeitig Kaffee zu schlürfen und in ein Croissant zu beißen. Krümel flogen. »Habe mir gestern schon Sorgen um dich gemacht. Du bist so schnell ins Bett verschwunden, ich dachte fast, du überlebst die Nacht nicht, Alter.«

»Ich war müde«, entgegnete ich knapp.

»Oder«, zwinkerte Maurice und rückte mir unangenehm dicht auf die Pelle, »du hattest es eilig, das Zimmer von dieser netten jungen Dame zu finden!« Er lachte begeistert über seinen eigenen Witz, ein heiseres, rasselndes Raucherlachen.

»Ach was«, sagte ich. Frotzeleien sind nicht so mein Ding. Woher nahm man die Fähigkeit, sich mit freudigem Elan an völlig sinnlosem Wortgeplänkel zu beteiligen? Vermutlich wurde es einem durch entsprechende väterliche Zuwendung und engmaschige Gruppendynamik im Arbeitsumfeld antrainiert, aber darin hatte ich wenig Erfahrung. Auf Messen sah ich ständig, wie alte Bekannte sich wieder begegneten, und was sie dabei für einen albernen Zirkus aus Schulterklopfen, Rippenpüffen, Verbalinjurien und Anzüglichkeiten aufführten.

»Was für eine nette junge Dame denn?«, mischte Phil sich ein, sichtlich belustigt über meine verlegene Miene. Rosas/Rhodas Miene war weniger leicht zu durchschauen: peinlich berührt bis angewidert? Enttäuscht, eifersüchtig gar? Ich hoffte, es wäre Letzteres, allein schon von der Möglichkeit beglückt.

»Neil hat da gestern in der Bar so eine Zuckerschnecke angebaggert ...« Maurice hielt inne, die Hände in dramatischer Mea-culpa-Geste erhoben, und wandte sich an Rosa: »... Entschuldigung, eine *Frau* kennengelernt, wollte ich sagen.«

»Herrje, Maurice.« Kopfschüttelnd sah ich zu Rosa und Phil. »Ich hab gestern zufällig eine Bekannte getroffen und mich mit ihr unterhalten, als Maurice aufkreuzte. Natürlich hat sie bei seinem Anblick sofort Reißaus genommen.«

Maurice schmunzelte. »Na, ich weiß nicht, du hast jedenfalls ganz schön hingerissen ausgesehen. Tut mir leid, wenn ich dir die Tour vermasselt habe.«

»Herr*gott*, Maurice, jetzt mach aber mal 'nen Punkt.«

»Du lässt dir wohl nicht gern in die Karten gucken, Neil«, feixte Phil.

»Es war nur eine Bekannte«, unterstrich ich noch mal eigens für Rosa/Rhoda.

»Sicher, sicher«, sagte sie und stand auf, das Smartphone gezückt wie eine Nur-weg-von-hier-Freikarte. »Entschuldigt mich.«

»Wie heißt sie denn eigentlich, deine Bekannte?«, wollte Maurice wissen.

Mir wurde mulmig zumute. Ich wusste nicht, wie sie hieß. Gegen jede Wahrscheinlichkeit war ich der einzigen wirklich bemerkenswerten Person wiederbegegnet, der einzigen von all den Tausenden, die ständig meinen Weg kreuzen, und hatte es doch glatt versäumt, mich ihr vorzustellen oder nach ihrem Namen zu fragen. Ich hatte unser nächstes Wiedersehen dem Zufall überlassen, obwohl ich die Chance gehabt hätte, unserer flüchtigen Bekanntschaft eine dauerhafte Basis zu geben. Als Maurice in der Bar auftauchte, war es mit der momentanen Vertrautheit zwischen uns vorbei gewesen, noch ehe ich sie zu meinem Vorteil hätte nutzen können. Und jetzt konnte ich Maurices Frage nicht beantworten. Sicher war ihm mein Zögern nicht entgangen.

»Dann könntest du nämlich bei den Organisatoren der Messe eine Nachricht für sie hinterlassen. Die machen sie bestimmt ausfindig.«

»Sie ist nicht der Messe wegen hier«, gab ich zurück, erleichtert, seiner Fragerei endlich ausweichen zu können.

»Nicht der Messe wegen hier?« Maurice riss verdutzt die Augen auf. Sein Mienenspiel wirkte immer gnadenlos übertrieben. Nur wenn er sich unbeobachtet wähnte, blickte er stumpf und ausdruckslos vor sich hin. »Da ist sie aber wohl die Einzige im ganzen Hotel! Du lieber Gott, aus welchem Grund kann man sich hier denn sonst noch rumtreiben?«

»Sie ist bei Way Inn angestellt.«

»Ach so, Zimmermädchen?«, grinste Maurice, und Phil wieherte kurz auf.

Ich lächelte nachsichtig. »Sie hilft der Firma, Standorte für neue Hotels zu finden – vielleicht überprüft sie hier gerade das Resultat.«

»Also ist sie die Schuldige«, meinte Phil. »Sucht sie immer so triste Orte am A. d. W. aus?«

»Ich denke, das Messezentrum und der Flughafen haben auch was damit zu tun.«

»Aha, ja, ja«, ließ Maurice sich vernehmen. Ohne Vorwarnung duckte er sich plötzlich unter den Tisch und fing an, in seiner Aktentasche zu kramen. Als er wieder auftauchte, hielt er ein verknittertes Magazin in der Hand, aufgeblättert an einer Stelle, die mit einem Haftzettel markiert war. Es war das *Summit*, Maurices Arbeitgeber, und den Artikel über das Messezentrum, den er uns stolz präsentierte, hatte er selbst verfasst. MASSENZIRKUS MESSE, lautete der Titel.

»Ich bin schon mal hier gewesen, als es sich noch im Bau befand«, erklärte Maurice und tippte auf das Foto, das eine Luftaufnahme vom MetaCentre zeigte, eine weiße Raute, umgeben von viel brauner Erde und gelben Bauwagen wie wimmelnden Läusen. »Bin da schon überall im Schutzhelm rumgestapft. Es ist riesig. 115 000 Quadratmeter Grundfläche, 15 000 mehr als das ExCel Centre. Tausende von Jobs und ein Katalysator für Tausende weitere. Wirtschaftswachstum im Turbogang.«

Ich hörte noch die sanfte Stimme meiner nächtlichen Barbekanntschaft: Unternehmenskultur der Superlative, Chancenoptimierung, Entwicklungsschub … dieser einlullende Singsang. Ich sehnte mich in mein Zimmer zurück.

»Hast du da auch schon hier gewohnt?«, fragte Phil.

»Nee, bin noch am selben Tag zurückgeflogen. Das Haus hier ist doch nagelneu. Wurde erst vor ein, zwei Wochen eröffnet, extra für die Messe.«

»Heißt es jedenfalls«, murmelte ich, nur um mich auch mal wieder zu beteiligen, da man der Konversation im Moment doch nicht entkommen konnte, dieser unentwegt klappernden Geselligkeitsmühle, die am laufenden Band leere Worthülsen produzierte. Während Phil sich noch einmal über den unvollendeten Zustand der Fußgängerbrücke und unsere tragische Abhängigkeit von Bussen ausließ, widmete ich mich weiter meinem Frühstück. Maurice nahm die Nachricht von den Bussen mit eindrucksvollem Augenrollen auf, aber es sah nicht danach aus, als würde ihm dieser Umstand größeres Ungemach bereiten.

»Die Sache ist die«, sagte er, als würde er ein kosmisches Gesetz verkünden, »wo es Busse gibt, da wird *rumgehangen.*«

Ich hatte keinen Grund, hier weiter rumzuhängen. Mein Kaffee war ausgetrunken, mein Zoll an die Geselligkeit entrichtet.

»Entschuldigt mich«, sagte ich und verließ den Tisch.

Mein Zimmer war noch nicht hergerichtet, und die höher gestiegene Sonne konnte auch nicht viel gegen das Grau in Grau vor den Fenstern ausrichten. Das ungemachte Bett, die grabsteinartige schwarze Fläche des Fernsehers, der Sessel mit dem achtlos darübergeworfenen Hemd – all das wirkte nur wie eine verwischte Skizze in dem fahlen Licht. Bevor ich die Keycard in den dafür bestimmten Schlitz an der Wand schob, was die Lichter und all die anderen elektronischen Annehmlichkeiten des Raums aktivieren würde, ging ich ans Fenster und sah hinaus. Man konnte nicht einmal erkennen, wo die Sonne war. Schattenloser Dunst entzog allem die Farbe und löste alle Konturen auf. Die dicke getönte Scheibe verstärkte noch das Gefühl von Klaustrophobie, von Abgeschlossenheit. Ich musterte den Fensterrahmen mit seiner raffiniert versiegelten Doppelverglasung, die gegen Lärm und Temperaturschwankungen isolierte, sodass jedes Zimmer des Hotels mit seinem eigenen idealen Mikroklima versorgt war.

Noch ein Blick in die Runde, während ich den kleinen Raum durchquerte – der hellste Punkt war die rote Digitalanzeige des Radioweckers auf dem Nachttisch. Ich schob die Karte in den Schlitz, und der Raum erwachte zum Leben. Geschickt kaschierte Glühbirnen, Lampenschirme in matten Erdtönen. Börsenkurse tickerten nonstop über den Fernsehbildschirm. Im Bad begann der Ventilator zu surren. Ich putzte mir die Zähne und trat vom Waschbecken zurück, um mir das Bild über dem Schreibtisch anzusehen, das einzige Beispiel für die hoteleigene Fabrikkunst in meinem Zimmer. Die Bilder in der Bar waren mir gestern Abend so seltsam bedrohlich erschienen – doch wenn ich mich recht entsann, lauerte die Bedrohung weniger innerhalb der Rahmen als außerhalb.

Man müsse den Gesamtzusammenhang sehen, hatte sie gesagt – mit anderen Worten, wenn die Bilder nur Teile einer gigantischen Leinwand waren, konnte man sie auch wieder zusammensetzen. Und welches Bild würde sich daraus ergeben? Stück für Stück bekamen wir einen großen Entwurf vorgeführt, »eine Darstellung räumlicher Zusammenhänge«, wie sie es genannt hatte. Ihre Aufgabe war es, Muster im Raum zu erspüren, die in irgendeiner Form realisierbar waren, und die Bilder ergaben ein Muster. Davon war sie überzeugt.

Zu später Stunde, mit einigem Whisky intus, hatte die Idee mir gefallen. Aber bei Tageslicht betrachtet mutete sie mir denn doch zu absurd an. Diese Kunst an der Wand war einfach nur banal, und wieso sollte mehr und mehr davon irgendetwas anderes ergeben als die Vervielfältigung der Banalität? Eine schokoladenbraune Schicht füllte den unteren Teil der Leinwand aus, darüber ein parallel verlaufender karamellfarbener Streifen, und ein kleinerer, mokkafarbener Bogen oben links. Einer so platten Komposition irgendeine Form von höherer Bedeutung zuzuschreiben, erschien mir, ehrlich gesagt, nicht bloß exzentrisch, sondern hochgradig gestört. Die gute Frau hatte zu viel Zeit damit verbracht, verheißungsvolle Standorte und gewinnträchtige Koordinaten für Hotels auszuloten, und verlegte ihr Gespür nun in einen Bereich, wo es nichts verloren hatte. Ich versuchte, die Linien des Bildes über den Rahmen hinaus zu verfolgen und mir vorzustellen, wohin sie sich wohl entwickeln könnten. Wellen, Kreise, Kegel, zusammenhängende Kugeln. Weiter nichts. Aber räumliche Zusammenhänge? Was sollte das überhaupt heißen?

Ausspucken, spülen. Tasche, Messepass, Keycard. Die Schattenwelt kehrte zurück, und ich ließ die Tür ins Schloss fallen.

Musik beim Warten auf den Lift: *Brown Sugar* in Easy-Listening-Version. Die Türen waren von schmalen Spiegeln flankiert, damit die Leute ihre Frisur und ihr Outfit überprüfen konnten und sich nicht zu langweilen brauchten, bis der Aufzug kam. Spiegel, die dazu da waren, Zeit zu vernichten – vielleicht hatte das etwas Magisches, doch letztlich war es nur ein Trick der Innenausstattung und sicher keine kabbalistische Verschwörung. Unweit des Aufzugs stand ein kleines Sofa, eine dieser verblüffenden Gesten in Richtung Heimeligkeit, die Hotels sich so einfallen lassen. Es war nicht dazu da, dass man sich draufsetzte – es sollte den Flur nur möbliert erscheinen lassen, der Leere entgegenwirken. Wer sollte sich dort niederlassen? Wozu? Vielleicht Alte und Gehbehinderte.

Da es ein neues Hotel war, konnte es gut sein, dass noch niemand auf dem Sofa gesessen hatte. Ich hätte Lust gehabt, der Erste zu sein, aber da kam der Lift. Ein paar Leute waren schon drin und verstellten mir den Blick auf die Unendlichkeit.

Die erste Hotelhalle, die ich sah, war leer. Nicht vollkommen leer; im Rückblick gesehen, gab es dort sicher ein paar Zeitung lesende Herren in Anzügen, ein Tee trinkendes älteres Paar, die Hotelangestellten. Und meinen Vater und meine Mutter. Doch mein erster Eindruck war einer von plüschiger, geräumiger Leere. Hohe Ohrensessel, tiefe Ledersofas, deren Knopfbespannung die Sitzflächen und Lehnen in ein Raster aus lauter prallen kleinen Polstern unterteilte. Lampen wie goldene Säulen, Aschenbecher wie Felsformationen, ein Teppich mit so dickem Flor, dass wir uns unhörbar bewegten wie Geister.

Für wen war all diese Pracht gedacht? Gewiss nicht für mich, einen Jungen von sechs oder sieben Jahren, sondern für wichtigere, ältere Personen. Aber wo waren sie? Wann würden sie alle erscheinen?

»Wer wohnt in Hotels?«, fragte ich meinen Vater.

»Geschäftsleute«, sagte mein Vater. »Und Urlauber. Hochzeitsreisende.« Er lächelte meiner Mutter zu, ein vielschichtiges Erwachsenenlächeln, das ich erkennen, aber noch nicht entschlüsseln konnte. Meine Mutter lächelte nicht zurück.

Ein Kellner tauchte lautlos auf. Mein Vater wandte sich mir zu, und sein Lächeln war jetzt wieder rein väterlich, wohlwollend. »Was möchtest du trinken?«

»Was gibt's denn?«

»Alles, was du willst.«

»Coca-Cola?« Ich konnte kaum glauben, dass es so einen

Überfluss überhaupt gab, dass ich wirklich bestellen durfte, was immer ich wollte.

Mutter straffte ruckartig die Schultern. »Jetzt wollen wir mal nicht gleich über die Stränge schlagen. Was soll das denn kosten?« Die Frage ging an den Kellner, doch ihre Augen blieben warnend auf mich und meinen Vater gerichtet.

»Schatz, die Firma zahlt.«

»Ach ja? Ist denen klar, dass es für ihn ist?«

»Das werden sie nicht erfahren, und selbst wenn, wär's auch egal. Geht alles auf Spesen.«

Spesen – noch so ein rätselhaftes Erwachsenenwort. »Spesen« hieß, dass man sich unbesorgt etwas genehmigen konnte; es war das Privileg meines Vaters, in krassem Kontrast zu der Stimmung daheim, wo die Geldsorgen vorherrschten. Spesen bedeuteten stets auch Konflikte, nur diesmal nicht.

Mein Vater verkaufte Autoersatzteile an Zulieferer, weshalb er permanent reisen musste. Drei von vier Nächten war er aushäusig, manchmal blieb er wochenlang weg. Ich sehnte mich immer nach den Tagen, an denen er daheim war. Dann gingen wir in den Park oder ins Schwimmbad – nichts, was ich nicht auch mit meiner Mutter gemacht hätte, aber mit ihm war es etwas anderes. Mit ihm wurde der kleinste Ausflug zu einem Abenteuer. Ein Funkeln in seinen Augen genügte schon, um mich mit unbändiger Freude zu erfüllen. Es war das Leben, so wie es sein sollte, nicht so, wie es im Alltag ablief.

Und dieses hier war »ein richtiges Hotel«, wie mein Vater sagte – plüschig, gediegen, ein bisschen muffig; vor allem war es englisch, nicht amerikanisch, nicht Teil einer Kette. Es war ein Urlaubsort an der Küste, weit genug weg von zu Hause, dass die Firma die Unterkunft bezahlte, zugleich aber nah genug, dass meine Mutter und ich ihm dort ein paar Tage Gesellschaft leisten konnten, in einem etwas hilflosen Versuch, seinen unsteten Berufsalltag mit dem Familienleben zu verbinden. Eine nette und vor allem *normale* Zeit wollten wir miteinander verbringen – meine Mutter war so krampfhaft darauf fixiert, dass sie sich jeder Freude beraubte. Im Hotel war es ruhig, weil Nebensaison war. Man brauchte Wintermäntel, um am grauen Strand spazieren zu gehen; die Farbe auf dem Hotelschild über den geschlossenen Rollläden leuchtete, aber das Neonlicht blieb ausgeschaltet. Der Ort hielt Winterschlaf, und wir waren die Eindringlinge. Im Hotel aßen wir zwischen leeren Tischen, ein ganzes Arsenal von Besteck schimmerte unbenutzt, Tischdecken wie frisch gefallener Schnee. Ich strich durch die Flure. Der Ballsaal war leer und roch nach Bohnerwachs. Der Bankett saal war ein Wald aus Stuhlbeinen auf Tischen. Alles wartete auf das Eintreffen anderer Gäste, aber welche, und wann? Fantastische Dinge passierten hier, aber zu anderen Zeiten, und sie passierten anderen, nicht mir.

Vielleicht bewegte mein Vater sich in dieser Welt, wo wirklich etwas passierte. Irgendwie hatte er ja immer etwas Vorläufiges an sich gehabt, als ob er sich für Wichtigeres aufsparte. Selbst wenn er körperlich anwesend war, glänzte er noch durch Abwesenheit. Er rauchte im Garten und sprach dabei leise ins Telefon. Ich belauschte ihn heimlich, um mehr über jene andere Welt zu erfahren. Aber er benutzte einen seltsamen Code, aus dem ich nicht schlau wurde: *Zündmagnet, Nockenwelle, Auspuffkrümmer, Keilriemen, Kupplung.* Oder, seltener, einen anderen: *Ja klar, wichtig, weg, nicht bevor, Wochenende, sie, ihr, sie, sie …*

Irgendetwas entging mir da.

Die anderen Liftbenutzer und ich landeten in einer Hotelhalle voller Leute, die auf Sofas saßen, in Grüppchen herumstanden, in ihre Mobiltelefone redeten oder tippten. Normalerweise werden diese Räumlichkeiten – Eingangshallen, Foyers, Innenhöfe – kaum benutzt, nur als flüchtige Durchgangs- oder Warteräume. Es war eigenartig, die Halle so voll mit Menschen zu sehen, als wäre man zufällig Zeuge einer Völkerwanderung geworden. Das war das pralle Leben, und ich mittendrin, wenn die Hotels ausgebucht waren und die Messezentren auf der ganzen Welt Videokonferenzen am laufenden Band abhielten. Ich durchschaute es alles; denn bei aller Fülle des Lebens bleibt eine Hotelhalle trotzdem unbewohnt – man kann in ihr nicht heimisch werden, sie dient nur dazu, die Leute durchzuschleusen. Auch wenn die Sofas hier besetzt waren, wirkten sie nicht authentischer als das vielleicht noch jungfräuliche Sitzmöbel neben dem Lift. Der Raum dient niemandem wirklich als Lebensraum. Früher hätte dieser Gedanke mich verstört, doch inzwischen hatte ich begriffen, dass es nichts als existenzielle Paranoia war. Das Authentische hatte schließlich auch seine Grenzen.

Wo es Busse gibt, da wird rumgehangen; Maurice hatte ganz recht. Die Auffahrt vor dem Hotel war durch ein ausladendes Glasdach geschützt. Dort warteten drei Busse mit laufendem Motor, während ein paar Messebetreuer in neonbunten Westen gestikulierten und sich wichtig machten und einzelne Gruppen dunkel gekleideter Gäste sich nervös rauchend von den nasskalten Windböen wegduckten. Die Busse waren riesig und glänzten in knalligem Bananengelb; ihre Türen blieben geschlossen. Offensichtlich war da irgendein Megastress oder Kommunikations-GAU im Gange – die Betreuer lauschten mit konzentrierten Mienen und leeren Blicken ihren Walkie-Talkies oder kommandierten sich gegenseitig herum, konsultierten ihre Clipboards, liefen mal hierhin, mal dorthin, aber die ganze Pseudogeschäftigkeit führte zu nichts.

Ich wollte mich gerade wieder hinter die Glastüren in die Wärme und Bequemlichkeit der Hotelhalle zurückziehen, als ich Rosa (oder Rhoda) in der Gruppe der Wartenden entdeckte, Zigarette in der einen Hand, in der anderen das Smartphone. Sie hatte eine neonfarbene Daunenjacke übergezogen und wirkte völlig unbeeindruckt von der Kälte und den eisigen Regentropfen, die der Wind unter das Schutzdach trieb.

»Hey«, sagte ich.

Rosa sah mich ohne jede Gefühlsregung an, es sei denn, man deutete ihre Neutralität als verkappte Wachsamkeit. »Hey.«

»Was ist los?« Ich nickte zu den Bussen hin, wo der hektische Leerlauf weiterging. Sie zuckte resigniert mit den Schultern. Wir würden es natürlich nie herausfinden. Der Anlass solcher Misshelligkeiten wurde einem selten mitgeteilt, es war einfach nur noch mehr Zeitvergeudung, die Grundsubstanz von Geschäftsreisen. Hotelhallen und Flughafen-Lounges sind dazu da, mit bequemen Sesseln, angenehmer Beleuchtung, sanfter Musik und Topfpflanzen über die nutzlose Warterei hinwegzutrösten.

»Tut mir leid, dass wir vorhin keine Gelegenheit hatten, uns zu unterhalten«, versuchte ich, das Eis zu brechen. Rosas Frostigkeit machte mir zu schaffen. So viel ich wusste, waren wir früher recht gut miteinander ausgekommen, und sie wäre eine perfekte Kandidatin für gepflegten Messesex, wenn man sie nur zum Auftauen bringen könnte. Dass es mir nicht gelungen war, aus dem Zufallstreffen gestern in der Bar Kapital zu schlagen, hatte einen bitteren Nachgeschmack hinterlassen. Ein bisschen Sex würde angenehm davon ablenken – wenn Rosa mitspielte.

»Du warst beschäftigt«, sagte sie.

»Nichts von Belang.«

»Wer war denn der Typ bei dir am Tisch?«

»Maurice? Ich dachte, du kennst ihn. Er ist Reporter für ein Wirtschaftsmagazin.«

»Ich hab ihn schon öfter gesehen.«

»Er ist auch schwer zu übersehen.«

»Ein Freund von dir?«

»Eigentlich nicht.«

»Und diese Frau, die er da erwähnt hat ...«

Eifersucht? Ein gutes Zeichen.

»Du darfst ihm kein Wort glauben«, sagte ich. »Maurice versucht immer, Unruhe zu stiften. Ich hatte nur mit einer alten Bekannten etwas getrunken. Du weißt doch, dass man zu Messezeiten immer den gleichen Leuten über den Weg läuft. Was ja auch sein Gutes hat.«

»Stimmt.« Ich wurde mit einem schüchternen Lächeln belohnt. Pneumatisches Zischen – einer der Busse öffnete endlich seine Türen.

Ich beschloss, mein Blatt nicht zu überreizen – es würde noch mehr Gelegenheiten geben. »Schön, dich wiederzusehen«, sagte ich. »Bis bald.«

»Würde mich freuen.« Ihr Smartphone, kurzfristig aus dem geselligen Miteinander verbannt, trat wieder in Aktion wie ein flatternder Fächer.

Beschwingt stieg ich in den Bus. Es würde wohl doch nicht allzu schwierig werden.

Der Bus füllte sich schnell, aber dann gab es wieder eine mysteriöse Verzögerung, bis er sich endlich in Bewegung setzte. Immerhin war es warm und trocken drinnen, und das Motorbrummen war beruhigend wie Meeresrauschen. Die Luft roch vage nach Chemie – neu, alles neu hier. Ich blickte auf den Sitzbezug vor mir – blaue und graue Quadrate auf hellgrauem Grund. Versteckte Botschaften, Geheimpläne? Nein, nur computergenerierte Würfelmuster in endloser Folge. Draußen wimmelte es von Leuten. Auch der Asphalt war neu. Eine Frau setzte sich neben mich. Ich taxierte sie aus dem Augenwinkel und fand wenig, was mein Interesse hätte wecken können. Sie ignorierte mich und tippte auf ihrem Handy herum, das Einzige, was sie mit Rosa gemein hatte.

Endlich Bewegung. Eine der Messebetreuerinnen tauchte vorn im Bus auf und reckte suchend den Hals. Die Bustüren schlossen sich seufzend; die Betreuerin setzte sich. Der Motor brummte auf, und es ging los.

Wir fuhren auf einer Zugangsstraße entlang der Autobahn. Die Autobahn selbst war hinter einer künstlichen Böschung verborgen, die eigens dazu geschaffen war, den Verkehrslärm zu dämpfen. Zugute kam diese Maßnahme einer Reihe von neuen, klotzigen Hotels: das Way Inn hinter uns, und vor uns ein Novotel, ein Park Plaza und ein Radisson Blu, alle noch im Bau, von Gerüsten umgeben, an denen Plakate die Fertigstellung binnen Jahresfrist versprachen. Man sah auch die unvollendete Fußgängerbrücke: eine elegante Glas-Stahl-Röhre, die sich in kühnem Schwung über die Zugangsstraße erhob und über die Autobahn hinüberragte, aber noch keinen Mittelteil hatte; die frei schwebenden Enden waren mit orangefarbener Plastikfolie abgesichert. Auf unserer Seite mündete die Brücke an einen überdachten Verbindungsgang zwischen den Hotels, auf Höhe der ersten Etage. Später einmal würden die Messebesucher unbehelligt vom Wetter oder Verkehr zum Messezentrum schlendern können, doch bislang war nur das Teilstück am Way Inn begehbar. Vielleicht war diese ganze Bautätigkeit ein Zeichen für eine dynamische Entwicklung, einen gemeinschaftlichen Aufschwung – aber so weit das Auge reichte, war die Szenerie menschenleer. Es gab gar keine weiteren Fahrzeuge auf der Straße.

Schilder verwiesen auf eine nahe Autobahnkreuzung und eine Vielzahl möglicher Fahrtziele. Der Bus umrundete den Verkehrskreisel, wobei sich ein Blick auf die Autobahn bot, wo Sattelschlepper sechsspurig durch schmutzigen Dunst donnerten, und dann auf die alte Straße, das leuchtende Totem einer Tankstelle, Wellblechschuppen, Gebrauchtwagen. Wir nahmen keine dieser Ausfahrten, sondern schwenkten wieder auf die Parallelstraße zur Autobahn ein, nur auf der anderen Seite. Ein gigantisches Objekt trat aus dem Nieselgrau hervor: acht riesige weiße Masten in zwei Viererreihen, die auf ein Gelände von der

Größe einer Kleinstadt schließen ließen, und Starkstromkabel, die kreuz und quer die Luft darüber schraffierten. Das Meta-Centre. Fast hätte ich laut aufgelacht. Trotz seiner ungeheuren Größe und Kostspieligkeit, trotz der undurchschaubaren Verflechtung von Wirtschaft und Politik, die es verkörperte, war es im Grunde doch nur ein riesiges rechteckiges Zelt, mit Halteseilen, die von den Dachmasten hinabgespannt waren, umringt von Straßen und Parkplätzen. So sah es also aus, das Zugpferd der ökonomischen Planung für diese ganze Region: eine weitläufige, wetterfeste Ausstellungsfläche, die leicht zu erreichen war. Und gut sichtbar – die weißen Masten, die das gigantische Dach aufrecht hielten, zogen auch von der Autobahn aus die Blicke auf sich, und vom Flugzeug aus würde man das weiße Rechteck inmitten der Grau- und Brauntöne des Hinterlands leuchten sehen.

Mittlerweile befanden wir uns auf dem Straßennetz des Messezentrums; gelbe Wegweiser zeigten in Richtung Abladeplatz, Ausstellereingang, Bushaltestelle. Die jungen Büsche in den Rabatten waren in schwarzes Plastik gehüllt, der reinste Fetischistenpark. Wieder kam die ausdrucksvoll geschwungene Glas-Stahl-Rampe der Fußgängerbrücke in Sicht. Ein Händedruck so groß wie ein Basketballplatz prangte an der weißen Membran der Fassade, darüber die Worte WILLKOMMEN BEI MEETEX – DIE KONGRESSE DER ZUKUNFT HEUTE, flankiert vom haushohen Aufruf einer Software-Firma: TREFFEN SIE ALLE ÜBERALL.

Parkbuchten in Zickzackform, die schräg von den Bussen angefahren wurden. Einer nach dem anderen stiegen wir vorn aus, mit der leicht benommenen Miene, die Busreisende immer haben, egal, wie lang die Fahrt dauerte. Aber wir erholten uns schnell – keiner verharrte im Nieselregen – und hasteten hinüber zu den endlosen Glastüren des MetaCentre, vorbei an einer aufblasbaren Kreditkarte, die an den fest im Asphalt verankerten Halteseilen zerrte.

Ein Schwall warmer Luft blies mir von oben entgegen, ein segensreiches Willkommen von der Klimaanlage. Unwillkürlich fuhr ich mir mit der Hand durchs Haar. Graue Auslegeware, gelb gesprenkelt. »Nächstes Jahr geht es nach Teneriffa«, sagte jemand hinter mir, »aber hoffentlich wird es nicht bloß wieder so eine öde Pflichtveranstaltung.« Langsam schoben sich die Schlangen in Richtung Empfang und Information. Mit routinierter Geste holte ich meinen Messepass hervor und zog mir das scheußliche Tragebändchen über den Kopf. Die Türsteher nickten mich durch.

Eine breite Rampe spülte den Menschenstrom in die Haupthalle des Messezentrums hinab. Im Bann der Schwerkraft, wie Produktteile auf dem Fließband oder Tiere im Schlachthof, bewegten wir uns abwärts, massenweise – hinein in eine Landschaft, die eigens dafür gestaltet war, ganze Insektenschwärme von Leuten aufzunehmen. Unzählige Kilometer scheußlicher gelber Tragebändchen waren gewoben worden, tausendfach mit dem Schriftzug METACENTRE METACENTRE METACENTRE bestickt, um Tausende von Hälsen zu zieren, die jetzt im Neonlicht und in der Zugluft kribbelten. Vor uns und auch schon um uns her warteten die Aussteller, zu Hunderten, auf der Lauer nach all diesen Augen und persönlichen Daten und Firmenkontakten. Fünf Tage lang lag hier die Erwartung in der Luft, dass Geschäfte abgeschlossen, Vorteile wahrgenommen, Trends erkannt, Mehrwert erzeugt werden musste, damit der ganze Aufwand sich lohnte. Für alle war der Punkt erreicht, wo die Investitionen getätigt waren und nun Rendite abwerfen sollten. Ein gemeinsamer Hunger nach Erfolg, und die Erfüllung zum Greifen nah. Wie religiöse Inbrunst, nur besser: beweisbar, praxisbezogen, zielorientiert, profitabel.

Auf irgendeiner anderen Messe, in anderer Gesellschaft, wäre ich mit meinen Gedanken vielleicht allein geblieben. Nicht so hier. All diese Messen rund um die Welt zu organisieren, bildete naturgemäß eine eigene Industrie, und die Beteiligten waren – naturgemäß – besonders kontaktfreudig, gierten geradezu nach Konferenzen, Meetings, Gipfeltreffen und Ausstellungen. Diese Leute verbrachten ihr Leben mit Augenkontakt, Händeschütteln, Schulterklopfen, verkaufsförderndem persönlichem Austausch. Sie glaubten ihren eigenen Werbefloskeln, warum auch nicht, sie funktionierten ja so gut. Sie glaubten, die Wahrheit zu sagen, statt lediglich ein Produkt anzupreisen. (»*Unser* Preis-Leistungsverhältnis ist unschlagbar.«)

Eine Messe von Messebetreibern, ein Meeting der Meeting-Industrie: das war Meetex. Und sie waren sich alle über die Selbstbezogenheit ihres Treffens hier im Klaren – sie scherzten darüber, erzählten sich eigentlich immer wieder denselben Witz, bis er nur noch eine bedeutungsleere Worthülse war, aber gelacht wurde trotzdem. Meetex – nur eine Messe unter vielen im Terminkalender, und sie alle boten Anlass zu den gleichen Witzen, dem gleichen Smalltalk, ein ewiger Kreislauf, über den ganzen Erdball hinweg. Diese endlose Wiederholung des ewig gleichen Rituals konnte einem schon Kopfschmerzen bereiten. Und tatsächlich dröhnte mir der Kopf, seit ich das Hotel verlassen hatte; die stickige Luft im Bus, das Motorbrummen, die nervtötende Boomerang-Route, die grässliche Kreiselfahrt über die Autobahnkreuzung.

Meetex in seiner Halle zu beherbergen, war ein schlauer Zug von MetaCentre – dieser gigantische Raum, der ganze Flugzeughangars schlucken konnte, dieser riesige Aufmerksamkeitsaggregator war als solcher schon der größte Stand auf der Messe; indem man seine Qualitäten als Ausstellungsort vorführte, sorgte man dafür, dass er in den kommenden Jahren mit den Messen anderer Geschäftszweige ausgebucht sein würde. Die Flughafennähe! Die Autobahn! Der Topservice! Die perfekte Infrastruktur! Ein Raum ohne Architektur, ohne Natur, wo nichts von draußen zu spüren war und es kein Drinnen gab – keine Kanten, die Wände aus Schlackenstein zu weit entfernt, um noch wahrgenommen zu werden, Leere über dem hohen Stahlrahmen, der mit unzähligen Lichtern bestückt war. Das Einzige, was der Raum enthielt, war Design. Die Stände, die Aussteller, allesamt auf Teufel komm raus am *Ausstellen.* Es war ein Frontalangriff auf die Sehnerven, ein grelles Chaos aus Details, Hunderte von simultanen Sinnesreizen. Und das alles strahlte permanent auf einen ein, mit gebleichten Zähnen und engen T-Shirts. Viele Stände waren mit peppigen jungen Hostessen bestückt, für die es gewiss auch einen korrekten Fachausdruck gab, irgendetwas wie »Imagepflegerin«, vulgo aber Messemiezen genannt. Sie sprangen einen an, versuchten einen zu lustigen Spielchen zu animieren, hielten einem Listen unter die Nase, in die man sich eintragen sollte, verteilten Handzettel oder bescheidene Werbegeschenke wie USB-Sticks oder Tragetüten.

Dieses vielfache Buhlen um Aufmerksamkeit – jedes eine Einladung, sich mit einem anderen Firmenuniversum zu befassen; jede dieser Einladungen ein Produkt enormer Investitionen an Zeit und Geld und Kreativität – bildete ein Sperrfeuer aus flirrenden Bildern und Informationen, Zeichen und Symbolen, die das Gehirn unmöglich alle auf einmal verarbeiten konnte, sodass alles zu einem Wirbel visueller Überfülle gerann, eine heillose Überforderung für unsere Primatensinne, wie blendende Lichtstrahlen. Und genau darum ging es auch – was die Messebetreiber wollten, war blenden; den Eindruck erwecken, dass es nicht nur genug zu sehen gab, sondern mehr als genug, weit mehr, ein Übermaß, das benommen machte. Auf einer Messe durfte es keine Grenzen geben, weshalb man mit Superlativen und Rekordzahlen überschüttet wurde. Welcher andere Industriezweig legte Wert darauf zu betonen, dass sein Produkt praktisch unkonsumierbar war? Kein Wunder, dass meine Dienste benötigt wurden. Adam war ein Genie.

Es war nicht unmöglich, das gesamte Angebot einer Messe in

Augenschein zu nehmen, aber es war schwierig. Es erforderte einige Mühe. Man musste systematisch vorgehen, von einem Gang zum nächsten, im Zickzack durch die Halle, und jedem Stand etwas Zeit widmen, aber nicht so viel, dass einem irgendwann keine mehr übrig blieb. Das war immer meine Strategie gewesen, bis mir irgendwann auffiel, dass Routenplanung und Zeitmanagement mich mehr beschäftigten als der eigentliche Ausstellungsgegenstand. Ich verlor mich in dem Bestreben, jeden Stand zu begutachten und mich allen gebotenen Reizen auszusetzen, sodass die Messe selbst mir schließlich nur noch schattenhaft im Gedächtnis blieb. Und meine Berichte davon waren ebenso substanzlos; eine bloße Akkumulation von Daten. Indem ich systematisch vorging, sah ich nur mein eigenes System. Vollständigkeitsstreben war Blindheit; es konnte einem doch nur eine teilweise Sicht der Dinge vermitteln.

Nachdem ich ein Jahr lang auf diese Weise alle möglichen Messen durchkämmt hatte, wurde mir klar, dass meine Berichte schal und formelhaft gerieten, obwohl es im Prinzip ja genau darum ging, den Kunden diese Monotonie zu ersparen. Sie beauftragten mich damit, von den Messen zu berichten, weil sie die Routine schon kannten oder nichts davon wissen wollten – was sie wollten, war etwas anderes. Also warf ich meine streberhaften Listen und Pläne weg und begab mich auf Entdeckungsreise. Der heutige Messetag war ein typisches Beispiel für meine neue Methode, keine Methode zu haben – ich stieß erst einmal ins Zentrum der Halle vor, ohne mich von all dem Buhlen um Aufmerksamkeit ablenken zu lassen, und dann ließ ich mich treiben, vom Strom der Leute tragen. Ansonsten versuchte ich, so wenig wie möglich an mein Vorhaben zu denken und so viel wie möglich an das, was sich mir gerade darbot. Ich gebe mich dem Erlebnis hin, mache wenig Notizen, hin und wieder ein Foto. Es ist nicht einfach, absichtlich ziellos zu sein, aber es zahlt sich aus. Mit diesem Ansatz gerieten meine Berichte farbig und anschaulich, detailfreudig und pointiert. Die Unzuverlässigkeit des Gedächtnisses wurde zur Stärke.

Erst vom zweiten Messetag an forsche ich nach den speziellen Komponenten, die den Kunden interessieren, und führe die Recherchen durch, die sie geordert haben. Aus diesen kleinen Suchaktionen erwachsen dann ganz organisch mehr und mehr relevante Details.

Umgeben von Messebetreibern, bin ich der einzige berufsmäßige Messebesucher. Das ist mein Lebensinhalt. Und die Leute hier, die Aussteller, die Mitarbeiter, die Besucher, die ganze Messeindustrie – sie alle wissen nichts davon.

Die Stände zogen vorbei, bestückt mit Massen von Namensschildern, audiovisueller Ausrüstung, Bürologistik. Vermarktet wurden aber nicht nur die Nutzungsmöglichkeiten von Büroräumen, sondern Räume ganz allgemein. Und Orte. Augenfällig waren die vielen in China hergestellten Tragetüten, die man bei Meetex angeboten bekam, aber eigentlich wurde hier mit Standorten gehandelt. Städte, Regionen, Länder – alle waren ideal für Ihr Vorhaben, ob Breslau, Arizona oder Sri Lanka, Taipeh, Oaxaca oder Israel. Alle verbanden Tradition und Moderne. Alle waren gut erreichbare Zentren. Alle waren Tore zur Welt, auf dem neuesten Stand der Technik. Alle verfügten über luxuriöse und dennoch erschwingliche Hotels. Vor allem aber waren diese Hunderte von Orten in aller Welt durchweg einzigartig und herausragend.

Diese bequemen, kostengünstigen Unterkünfte und Annehmlichkeiten waren natürlich auch bei Meetex vorhanden. Andere Messestandorte warben für ihr schier unerschöpfliches Entfaltungspotenzial an irgendwelchen Stadträndern. Innerhalb eines Riesenraums sollte ich in andere Riesenräume gelockt werden; eine fraktale Hallenwelt, die eine beliebige Anzahl weiterer Hallen generierte.

Eine andere Abteilung war den Hotelketten vorbehalten, und ihre Verheißungen von Rundum-Wellness waren schwer auszuhalten. Frauen in schneeweißen Badetüchern, mit Gurkenscheiben auf den Augen. Männer mit gelockerten Krawatten, Bier trinkend in schicken Bars. Paare, die über Gourmet-Tellern mit bauchigen Weingläsern anstießen. Frische Bettwäsche, blitzende Badezimmer, spektakuläre Aussichten – für mich alles höchst verführerisch. Am liebsten wäre ich schon zurück im Hotel gewesen, gemütlich unter der Dusche oder im Bett, einen Imbiss vom Zimmerservice ordernd, gern auch mit einem Gläschen Wein.

Es spielte keine Rolle, dass die Bilder fiktiv waren, von Fotoagenturen mit Models aufgenommen, das Gourmet-Essen aus Plastik, die Aussichten computergeneriert, die Bar nur Kulisse – die Sehnsucht, die sie auslösten, war echt. Meetex wurde von diesen gefälschten Bildern beherrscht, ja geradezu definiert. Es kam gar nicht auf die angepriesenen Orte an, denn die gewinnträchtigen Bilder waren überall die gleichen: multikulturelle Gruppen, händeschüttelnd, strahlend, mit irgendeinem alten Bauwerk oder modernem Kunstobjekt im Hintergrund. Der heilige, transzendente Moment, in dem das Geschäft abgeschlossen wird. Und jeder profitiert! Selbstverständlich in stilvoller Umgebung, unter attraktiven Leuten verschiedener Hautfarbe, wenn auch alle ziemlich einheitlich, die so smart und gut gelaunt aussehen, als hätten sie in einem Zaha-Hadid-Museum gerade den gelungensten Witz der Welt zum Besten gegeben.

Wenn sie sich doch nur mal umsehen würden. Geschäfte wurden an Orten wie dem Way Inn oder gigantischen Schuppen wie dem MetaCentre getätigt, in perfekt sterilem Ambiente. Sauber, keimfrei und diskret – wie das Graue Labyrinth, zu dem ich unterwegs war, denn dort hatte ich zu tun.

Das Graue Labyrinth nahm das hintere Drittel der Haupthalle ein. Dieser Raum, für Meetings und Besprechungen bestimmt, war in schachtelartige Kämmerchen abgeteilt, wo man in Ruhe miteinander reden konnte. Es war das Gegenteil von der Reizüberflutung des Messebetriebs, eine Wabe aus stoffbespannten grauen Trennwänden, schmucklos, fast ohne Schilder. Alle Geräusche wurden durch die Textilbespannung auf ein Minimum gedämmt. Diese nummerierten Boxen waren mit dem Standardmobiliar für geschäftliche Besprechungen ausgestattet – Telefon, Schleiflacktisch, Bürostühle. Als Raumschmuck diente in manchen eine Zimmerpflanze oder ein Plakat von der Sponsorfirma, die das Mobiliar gestellt hatte. Räumlichkeiten vom Fließband, halbstundenweise zu mieten, wo man Videokonferenzen mit dem Büro daheim oder Geschäfte auf Handschlagbasis tätigen konnte. Die Leute hier redeten gern vom Handschlag, vom Augenkontakt, vom Mont-Blanc-Schriftzug des Chefs auf dem Vertragspapier – all die physischen Glaubwürdigkeitsbeweise, die man nur durch persönliche Begegnungen bekam. Sie waren etwas grundlegend Authentisches, das man zwar simulieren, aber nicht künstlich erzeugen konnte. Doch es fand alles in einem komplett synthetischen Umfeld statt – fensterlose, verschiebbare Lärmschutzwände, Tisch, Stühle, Telefon, Letzteres heutzutage meist durch WiFi-Anschluss ersetzt.

Ich hatte Raum M-A2-54 für 10:30 Uhr gebucht. Er war leer, als ich eintraf, vier unbesetzte Bürostühle um einen kleinen runden Tisch. Eine weiße Tafel an der grauen Wand. Ich brauchte keine Vorbereitung für das Treffen, also saß ich einfach nur da, trommelte mit den Fingern auf die Tischplatte und horchte auf die gedämpften Geräusche, die über die Trennwände drangen.

Der Kunde kam sieben Minuten zu spät, doch ich ließ mir meinen Missmut nicht anmerken und begrüßte ihn mit dem warmen Lächeln und festen Händedruck, den solche Leute schätzen.

»Neil Double. Sehr erfreut.« Gelogen – es war mir völlig gleichgültig. Blödsinn, einer Währung zu vertrauen, die so leicht zu fälschen ist.

»Tom Graham. Ebenfalls.« Graham war ein paar Zentimeter kürzer als ich, aber wesentlich kompakter – ein Mann, der fürs Rugby gebaut war, jedoch nun, in seinen Vierzigern, die Muskelmasse in der Rugby-Bar verfetten ließ. Sein Stiernacken war auffallend rot unterm Hemdkragen. Welliges, grau meliertes Haar saß wohlfrisiert über der selbstsicheren Miene eines erfolgreichen Mannes. Wir nahmen einander gegenüber Platz.

»Also, Tom, warum sind Sie hier?«

Er schob die Unterlippe vor und tat so, als dächte er über die Frage nach.

»Ein Freund hat mir von Ihrem Service erzählt, und ich wollte mehr darüber erfahren.«

Mundpropaganda, natürlich – wir machen keine Werbung.

»Ich meinte, Tom, warum sind Sie hier auf der Messe? Wären Sie nicht lieber anderswo? In Ihrem Büro, wo die Arbeit wartet? Daheim bei Ihrer Familie?«

»Aha«, nickte Tom. »Ich verstehe, worauf Sie hinauswollen.«

»Messen sind eine teure Angelegenheit, nicht wahr? Die Eintrittskarten kosten gerne mal 200 Pfund, dazu die Reise- und Hotelkosten, und das Ganze verschlingt bis zu einer Woche Ihrer kostbaren Zeit. Und wozu? Heutzutage, wo die Firmen auf jeden Penny achten müssen, sollte man da nicht vorsichtiger mit seinen Ressourcen umgehen?«

»Messen können sehr aufschlussreich sein.«

»Absolut. Aber mal ehrlich, macht es Ihnen Spaß? Die Flüge, die Busse, die Schlangen, die Menschenmengen, das schlechte Essen, die öden Hotels?«

Tom antwortete nicht. Er sah mich eigenartig an – irgendwie abschätzend, und ich hatte das ungute Gefühl, als hätte ich ihn irgendwo schon mal gesehen.

»Was«, fuhr ich fort, »wenn es einen Weg gäbe, die nützlichen Elemente einer Messe mitzubekommen – die Nährwerte sozusagen, die relevanten Informationen, die den ganzen Aufwand rechtfertigen – und den übrigen Ballast einfach wegzulassen?«

»Ja, geht das denn?«

»Und ob. Genau das ist es, was meine Firma Ihnen anbietet.«

Ich bin ein Messestellvertreter. Ich besuche Messen, damit Sie es nicht tun müssen. Sie können gemütlich zu Hause oder im Büro bleiben, und wenn die Messe vorbei ist, bekommen Sie einen maßgeschneiderten Bericht von mir, der alles enthält, wofür Sie sich drei Tage Umlandhotel hätten antun müssen. Was die Messebesucher sich ersehnen, ist Durchblick, eine frische und erhellende Perspektive. Adams Recherchen hatten ergeben, dass die Leute nur eine Einsicht pro Tag brauchten, um das Gefühl zu haben, dass die Messe sich gelohnt hat. Diese Einsichten konnten ruhig ganz schlicht daherkommen, wie zum Beispiel: »Druckerhersteller verdienen an den Tintenpatronen, nicht an den Druckern«, oder »Lob in der Öffentlichkeit, Kritik unter vier Augen«. Aber wenn Graham von einem dreitägigen Messebesuch zurückkam und drei oder vier solcher Sprüche für den nächsten Kongress in petto hatte, kam ihm die Zeit sinnvoll verbracht vor. Das klingt nach einem sehr bescheidenen Ergebnis, aber diese Leute sind auch bereit, sich durch backsteindicke Management-Ratgeber zu quälen, um drei blutleere Verhaltensregeln oder vermeintliche Geheimtipps herauszuklauben. Abgesehen von – im Idealfall – ein paar zündenden Eindrücken bleiben dem Messebesucher nur ein bisschen Klatsch und Tratsch und Trendgeblubber in Erinnerung, und das können sie in komprimierter Form auch meinen Berichten entnehmen – dazu noch alle speziellen Informationen, die sie anfordern mögen. Wollen Sie wissen, was eine bestimmte Firma dieses Jahr Neues auf den Markt bringt? Kein Problem. Wollen Sie ein paar kernige Anekdoten, die den Eindruck vermitteln, Sie wären dabei gewesen? Kriegen Sie. Wollen Sie einfach nur sichergehen, dass Sie nichts verpasst haben? Meine Spezialität.

Und wenn Sie Leute auf der Messe treffen wollen, selber dabei sein, sich mit anderen austauschen, können wir das ebenfalls für Sie erledigen. Ich gehe an Ihrer Stelle. Die Firmen mieten Konferenzräume an, die Messebetreiber stellen Models, die als Mitarbeiter posieren, und illustrieren ihre Tätigkeit mit Fotos. Die hübsche junge Dame mit dem Kopfhörer auf der Firmen-Website? Convex kann Ihnen den gleichen Service per Stellvertreter bieten, einen persönlichen Avatar, der Sie repräsentiert: mich. Und ich kann Dutzende von Klienten zugleich vertreten, zum Preis von einer Eintrittskarte und einem Hotelzimmer, was die Klienten wesentlich billiger kommt.

Natürlich muss ich mir dann den ganzen Zirkus tatsächlich antun, aber im Unterschied zu den meisten Kunden macht es mir tatsächlich Spaß. Das dauernde Herumzigeunern von Messe zu Messe, von Kongress zu Kongress – das ist das Leben, das ich mir ausgesucht habe, der Job, den ich als meine Berufung ansehe, seit Adam mir vor drei Jahren das Konzept erklärt hat. Nicht, dass ich Messen als solche so großartig finde – sie können ganz unterhaltsam sein, oft aber auch eintönig. Das Thema ist mir grundsätzlich gleichgültig – wie auch anders, wenn es sich heute um Maschinenbau und morgen um Gemischtwaren handelt. Doch das ganze Drumherum, die Hotels, die Flüge, die Anonymität in der Menge und die damit einhergehende Freiheit, das ist mein Lebenselixier. Ich genieße es, durch diese amorphe Welt zu treiben, unerkannt, nur mir selbst verpflichtet. Und am meisten genieße ich die Hotels: ihre Diskretion, ihre Fürsorglichkeit, die Isolierung vom Rest der Welt. Die globalen Hotelketten sind die Inselwelt, die ich Heimat nenne. Viele Leute fühlen sich dort einsam, aber für mich sind es Orte, wo es nur um meine Bedürfnisse geht, wo meine Bequemlichkeit die größte

Errungenschaft unserer technologischen Zivilisation bedeutet. Wenn man von schwätzenden Nullen umgeben ist, hat Einsamkeit ihren Reiz. Um mich her traben Tausende durch die Hallen des MetaCentre, und meine kleine private Insel auf der anderen Seite der Autobahn erscheint mir wahrlich verlockend.

Tom Graham wirkte recht angetan von dem Konzept der Stellvertreterschaft und erkundigte sich detailliert nach Vorgehensweisen und Gebühren, aber es war unklar, ob er unser Kunde werden würde. Auch wenn er sich einschrieb, hieß das nicht unbedingt, dass ich es erfahren würde. Diskretion war grundlegend in Adams Auffassung von unserem jungen Berufszweig – Klientennamen wurden streng geheim gehalten, damit sich unter Firmenchefs nicht herumsprach, dass jemand anderer die Hausaufgaben für sie machte. Heute, zum Beispiel, hatte ich zwei Termine, einen um 11:30 Uhr und einen um 14:30 Uhr, aber ich wusste nicht, für wen oder warum. Nach dem zweiten Termin hatte ich den Rest des Tages frei – dann konnte ich wieder ins Hotel zurück, um vor der Party am Abend noch ein paar Stunden auszuspannen.

Ein paar Mußestunden ... Der Gedanke an mein ruhiges Zimmer, das angenehme Licht, Fernseher, Radio, erfüllte mich mit einem Verlangen, dessen Heftigkeit mich selbst überraschte. Ich stellte mir vor, wie ein Zimmermädchen gerade dabei war, das Bett zu machen, frische Handtücher im Bad aufzuhängen, das Duschgel zu ersetzen, das ich benutzt hatte. Glätten, wischen, ausleeren, auffüllen, wegräumen. Alles perfekt vorbereiten.

Die Rückkehr ins Hotel würde mir außerdem die Chance bieten, die Rothaarige wiederzutreffen – auch wenn es nur eine geringe Chance war. Die Hoffnung auf ein neues Treffen begleitete mich unentwegt, ähnlich irritierend wie das Gefühl, man hätte die Zimmertür vielleicht nicht abgeschlossen. Ihr merkwürdiges Gerede über die Bilder mochte vielleicht darauf hindeuten, dass sie sich schon den einen oder anderen Schluck aus der Minibar gegönnt hatte, aber das tat ihrer geheimnisvollen Faszination keinen Abbruch. Sie war ungewöhnlich, das war mir bei unserer ersten Begegnung vor Jahren schon aufgefallen. Und schön natürlich auch. Diese Begeisterung, mit der sie das Potenzial des Hauses am Rand der Autobahn schilderte, am Knotenpunkt ungreifbarer ökonomischer Kräfte … Man spürte, wie gut sie sich damit auskannte.

Nachdem ich mich von Tom verabschiedet und die Stille des Grauen Labyrinths verlassen hatte, ging mir der grelle Messelärm auf die Nerven, und ich flüchtete mich in den Vortragssaal. Dort fand ich ein wenig Frieden. Die Sitze waren bequem, die Beleuchtung war heruntergedimmt für die Diashow. Der Vortrag handelte von Geschäftsreisen-Trends in Zeiten des Sparzwangs. Ich notierte mir ein paar der Fakten und Statistiken, die da so abgehandelt wurden. Geschrumpfte Spesenkonten, seltenere und kürzere Reisen bedeuteten mehr Gewinn für die preisgünstigen Hotels. Michelin-Sterne im Restaurant und der letzte Schrei an Geräten im Fitnessraum waren weitaus weniger wichtig als verlässliches WiFi, unkompliziertes Einchecken und ein ruhiges Zimmer. Gute Zeiten für das Way Inn – und für mich. Es war altbekannter Stoff, sehr entspannend. Ich genoss es, mich zurücklehnen zu können, und nickte fast ein. Leider war der Vortrag bald zu Ende. Herzhafter Applaus.

Ich hatte das Gefühl, als wäre eine friedliche Routine wiederhergestellt worden – was mich wunderte, da ich gar nicht gemerkt hatte, dass sie aus dem Takt geraten war. Vielleicht war es ja der Schlafmangel. Anstatt die halbe Nacht lang Rosa oder die Rothaarige anzubaggern, sollte ich lieber früh ins Bett gehen und mich an der Gesellschaft frisch gemangelter Hotelwäsche erfreuen.

Doch zunächst mal das Mittagessen. Da gab es verschiedene Möglichkeiten im MetaCentre, und wie im Flughafen oder Shopping-Areal oder sonst überall, wo die Kundschaft eingesperrt war, neigte das Essen dazu, uninteressant und überteuert zu sein. Die Coffeeshops und Fast-Food-Lokale mied ich und steuerte die Brasserie an, die eigentlich eine Art Kantine war: groß, hell und laut, mit vorgekochten Speisen aus Edelstahlcontainern hinter Plexiglasscheiben. Ein warmes, feuchtes Tablett, das man von einem Stapel nahm und eine hüfthohe Metallrampe entlangschob; eine Dose mit irgendeinem sprudelnden Getränk aus der Kühlung, ein Würfel Moussaka von einem Blech, so groß wie eine Yogamatte; Salat im Plastikschälchen. Klingt nicht gut, war aber völlig in Ordnung. Ich aß allein und hatte keine Lust, länger als nötig zu verweilen – von exotischen oder subtilen Genüssen konnte ohnehin keine Rede sein, und jeder Versuch, mich zu verwöhnen, wäre unangebracht und zeitraubend gewesen. Zur Unterhaltung sah ich die Flyer und Werbekarten durch, die ich auf der Messe eingesammelt hatte. Meine Tragetasche dafür stammte noch vom Vorjahr, von einer Messe mit ungewöhnlich unaufdringlichem Logo. In meiner Branche mangelt es einem nie an Tragetaschen.

In der Haupthalle des MetaCentre war die Orientierung trotz der verwirrenden Dichte der Messestände nicht weiter schwierig: riesige Schilder, die von der Decke hingen, verwiesen auf die Kardinalpunkte, und falls man sich tatsächlich mittendrin verlaufen sollte, konnte man sich einfach an den Rand des Raums begeben und außen herumgehen. In den weitläufigen Flügelbauten war schon etwas mehr Gespür für räumliche Zusammenhänge vonnöten. Um den Ort zu finden, wo mein zweiter Termin des Tages stattfinden sollte, musste ich eine der Infotafeln konsultieren, die hilfreich an den Kreuzungen der labyrinthischen Gänge standen. Auf der Tafel vor mir war der dreistöckige Konferenzflügel in farbig markierte Scheiben aufgefächert wie

Koteletts beim Metzger. Ich begann, mir meine Route von der Brasserie zum korrekten Konferenzraum zurechtzulegen: Meta Süd, Ostseite, Rolltreppe S3 …

Diese topografische Träumerei fand ein jähes Ende durch einen Schlag zwischen die Schulterblätter, der mit solcher Kraft ausgeführt wurde, dass es mir den Tragegriff meiner Tasche von der Schulter riss. Ich fuhr herum, bereit zum Gegenschlag, wenngleich ich mich gar nicht genug wundern konnte, dass man hier einfach so am helllichten Tag überfallen wurde. Was sich meinem ungläubigen Blick darbot, war ein wackliges Lächeln, ein verknitterter Hemdkragen und blonde Haarsträhnen, die an einer schweißfeuchten Stirn klebten.

»Hallo, alter Junge. Ich hab dich doch nicht erschreckt, oder?«

»Herrgott, Maurice.« Der Kerl machte nichts als Ärger. »Was soll denn das?«

Maurice riss die Hände hoch. »Nicht schießen, Kommandant!« Er lachte sein rasselndes Raucherlachen. »Ich kann meine Kraft manchmal selbst nicht einschätzen, das kommt vom ausgiebigen Training, haha.« Er winkelte den Ellbogen an und mimte das Kippen eines Drinks.

»Blödmann«, murmelte ich und bückte mich nach meiner Tasche.

»Also, was steht als Nächstes auf dem Programm?« Maurice beugte sich vor und musterte den Lageplan. Unangenehm wurde mir der mangelnde Abstand zwischen meinem Kopf und seinem Hosenstall bewusst. Seine Bügelfalten waren nur noch bruchstückhaft vorhanden, wie eine altrömische Straße. »Gehst du zu ›Aufkommende Bedrohungen‹?«

»Ja«, sagte ich und richtete mich auf. Schöner Mist! Jetzt würde ich den Kerl nicht mehr abschütteln können, und den Termin schwänzen kam nicht infrage. »Aufkommende Bedrohungen für die Messeindustrie« war schließlich von einem Kunden georder worden. Das war der einzige Grund für mich, daran teilzunehmen. Und jetzt würde ich obendrein auch noch Maurices Nähe ertragen müssen, und er würde unvermeidlich herumzappeln und schnaufen, dämliche Bemerkungen zischeln oder gar vor sich hin schnarchen. Das war mir leider schon öfter passiert. Und danach würde er wissen wollen, was ich als Nächstes vorhätte, und wenn ich sagte, ich wollte zurück ins Hotel, riskierte ich, dass er sich an meine Fersen heftete; oder ich würde mir einen Fluchtplan ausdenken müssen, weitere Meetings und wichtige Telefonate vorschützen ... Die zusätzliche Energie, die mich das kosten würde, erschien mir als eine Zumutung. Ich wollte mich nur noch in mein Hotelzimmer einschließen, mich aufs Bett legen und an gar nichts denken.

»Wir haben noch Zeit«, meinte Maurice mit einem Blick auf die Uhr. »Ich bin froh, dass ich dich getroffen habe, ich wollte dich eh noch was fragen. Hast du 'ne Karte dabei?«

»Wie bitte?«

»Na, 'ne Visitenkarte. Du hast mir bestimmt mal eine gegeben« – er rollte so übertrieben mit den Augen, dass sein ganzer Kopf mitrollte –, »aber *natürlich* hab ich die verloren.«

Am liebsten hätte ich Maurice meine Visitenkarte verweigert, unter dem Vorwand, ich hätte sie schon alle weggegeben, aber das war sinnlos. Die Karten waren extra undurchsichtig gestaltet und zur freien Verteilung bestimmt – aufgeführt waren mein Name, der Firmenname, eine Mailadresse, eine Postadresse im West End und die Webadresse unserer ebenso lakonischen Homepage. Also drückte ich Maurice eine Karte in die Hand. Er machte gleich eine Show daraus, sie laut vorzulesen.

»Neil Double, Teilhaber, Convex«, rezitierte er. »Besten Dank. Was machst du eigentlich noch mal genau?«

»Business-Info«, entgegnete ich in routiniert gelangweiltem Ton, der vermitteln sollte, dass mein Betätigungsfeld aus nichts als gähnender Ödnis bestand.

Maurice blinzelte eulenhaft. »Was beinhaltet das?«, hakte er nach. »Sicher hast du mir das alles schon erzählt, sorry, hab ein Hirn wie ein Sieb, aber ich hab's noch nie so richtig begriffen. Komisch, nicht, dass man jemanden seit Jahren kennen kann und trotzdem gar nicht recht weiß, was der Betreffende beruflich macht?«

Ich lächelte. Es bestand kein Risiko. »Ich sammle Wirtschaftsdaten und sortiere sie Sparte für Sparte, zum Zweck einer maßgeschneiderten Analyse.«

»Ach so, ja, ja ...« Seine vage Miene ließ erkennen, dass ich seine Neugier erfolgreich eingenebelt hatte. »Dann sollten wir jetzt wohl mal los. Ein bisschen sammeln gehen, nicht wahr?«

Wir machten uns auf den Weg zum Auditorium, was bei der Größe des Messezentrums eine ziemliche Wanderschaft bedeutete. Die Menschenmenge strömte durch die breiten Gänge und die Rolltreppen hinauf und hinab, um sich auf die verschiedenen Vortragssäle und Tagungsstätten zu verteilen. Die Suche nach dem richtigen Raum, dem richtigen Stockwerk, der richtigen Abteilung inmitten dieses ganzen Pandämoniums vermittelte mir ein Hochgefühl, ähnlich dem auf Flughäfen – das Gefühl, ein exotisches Teilchen zu sein, das Schicht um Schicht durch eine komplexe Filteranlage gejagt wurde, um immer verfeinerter daraus hervorzugehen. Außer dass Maurice dabei störte, der sich wie ein Klumpen gröberer Materie an mich heftete und die ganze Zeit nicht aufhörte zu reden – Klatsch und Tratsch aus der Geschäftswelt, seine Ansichten über das MetaCentre, was er sonst noch so alles hier aufgeschnappt hatte und was er davon hielt.

Das Auditorium war größer als der vorige Vortragsraum, mit fächerförmig angeordneten Reihen von schwarz gepolsterten Klappsitzen vor einem Podium, auf dem ein Lesepult und ein paar Stühle standen. Die Hälfte der Sitze war bereits besetzt, als wir hereinkamen, und der Rest füllte sich auch noch, während wir auf den Beginn der Veranstaltung warteten. Ein gedämpftes, erwartungsvolles Stimmenraunen umgab uns, obwohl die gelöste Stimmung auch damit zu tun haben konnte, dass die meisten Leute hier über Mittag schon das eine oder andere Gläschen gekippt hatten. Ich zog das Programm aus der Tasche und überprüfte es noch einmal, um zu sehen, ob das Konferenzthema irgendwelche interessanten Schwerpunkte enthielt. Der Titel »Aufkommende Bedrohungen« war so vage gehalten, dass er einige Neugier wecken mochte. Neben der Themenliste prangte das Logo von Maurices Magazin *Summit* – es war einer der Sponsoren. Seltsam, *das* hatte er nicht erwähnt. Ich blickte ihn von der Seite an. Mit Notizblock und Digitalrecorder auf dem Schoß saß er da und starrte mit halb offenem Mund ins Leere. Genau wie ich eigentlich. Er wirkte ungewöhnlich still und konzentriert.

Elektronisches Rascheln und Rauschen ertönte aus dem Lautsprechersystem: man stöpselte gerade die Mikrofone ein. Ich schloss die Augen und hoffte, das meiste des Gesagten auch in dösendem Zustand aufnehmen zu können, falls ich von einem Nickerchen übermannt werden sollte. Ein Grauschopf stellte die Teilnehmer vor – die üblichen Verdächtigen, die man immer auf Podiumsdiskussionen antraf: mittelalt, mittelgrau, männlich und von sich selbst überzeugt. Einer davon kam mir eigenartig bekannt vor. Während ich noch überlegte, ob er wirklich der sein konnte, für den ich ihn hielt, fand er meine Augen im Publikum und lächelte mich an. Es war kein anderer als Tom Graham, der mit übereinandergeschlagenen Beinen dasaß, die Hände im Schoß gefaltet, triefend vor Selbstzufriedenheit.

»Und hier«, sagte der Moderator, bei Tom angelangt, »haben wir einen Mann, der keiner Vorstellung mehr bedarf – einen hundertprozentigen Messefachmann: Tom Laing, Eventdirektor von Meetex.«

Applaus.

»Immer dieselben Gesichter bei solchen Veranstaltungen.«

»Wir müssen mal aufhören, uns immer nur zwischen Tür und Angel zu treffen.«

»Die Welt ist klein.«

»Und täglich grüßt das Murmeltier.«

»Kleinvieh macht auch Mist.«

»Bist du wegen der Konferenz hier?«

»Warum sonst?«

»Alles im grünen Bereich?«

»Scheiße, hör auf, ich kann's nicht mehr hören.«

Adam und ich waren einer Meinung, was Smalltalk unter Männern betraf: Wir hassten es, dieses ritualisierte Gebabbel, das rein gar nichts besagte, weshalb auf die Frage »Wie geht's?« auch keine Antwort erwartet wurde. Weißes Rauschen nannte es Adam, nichts als weißes Rauschen; eine Verschwendung menschlicher Bandbreite. Ohne das ganze Blabla ließe die Kommunikation sich wesentlich effizienter gestalten. Weg mit all den sinnlosen Witzeleien und Rippenpüffen. Allerdings hatten Adam und ich aufgrund dieser gemeinsamen Ansichten unsere eigene Form von Gewitzel entwickelt – wenn wir uns zufällig trafen, versuchten wir, den ironischen Austausch von Floskeln so lange wie möglich aufrechtzuerhalten, bis einer von uns sich geschlagen gab und wir über Dinge reden konnten, die von Belang waren.

»Das ging aber schnell.«

»Hab die Schnauze voll von Redensarten. Komme gerade von der Beerdigung meines Vaters.«

»Oh! Tut mir leid.«

»*Bzzz*. Redensart.«

»Verdammt! Schachmatt. Was soll man denn sonst sagen?«

»Ist schon okay. Ich kannte ihn kaum, meine Eltern waren geschieden, und er ist viel gereist.«

»Und du dachtest: So ein Leben will ich auch?«

Ich lachte. »Ja, könnte man sagen.«

Als ich Adam kennenlernte, bevor er Convex gründete, war ich bei einer Consulting-Firma im Bauwesen tätig, die sich auf betriebswirtschaftliche »Wertanpassung« spezialisiert hatte; was im Klartext nichts anderes hieß als Kostensenkung um jeden Preis. Wenn ein fertiggestellter Bau dem versprochenen Hochglanzbild im Entwurf der Architekten kaum mehr ähnlich sieht, klobiger und reizloser ausfällt als gedacht, unschöne Ecken aufweist, wo elegante Kurven geplant waren, und statt Titan und Glas nur endlose Meter schäbige Plastikverschalung zu bieten hat, dann war meine alte Firma am Werk.

Es war eine Arbeit, die darin bestand, die Welt hässlicher zu machen. Ich mochte gar nicht darüber nachdenken, weshalb ich mich lieber auf meine relativ unbedarfte Rolle konzentrierte, nämlich ebendiese billigen Materialien auf Baustoffmessen ausfindig zu machen. Was konnte man anstatt Stein verwenden, was anstatt Kupfer, was war der preisgünstigste Ersatz für Hartholz? Von frühester Jugend an habe ich mich für die Frage interessiert, aus was die Welt wirklich besteht; beim Anblick des abgeplatzten Furniers an den Möbeln zu Hause entdeckte ich, dass die Oberfläche der Dinge oft eine Lüge war.

»Armaturenbrett aus falscher Walnuss«, hörte ich meinen Vater mal am Telefon sagen, wobei er mir komplizenhaft zuzwinkerte. »Besser als echt.« Jahrelang hatte ich die Bemerkung nicht mit Autos in Zusammenhang gebracht und mich gewundert, wieso man Walnüsse fälschen sollte. Ich hatte mir kleine, kunstvolle Edelsteinskulpturen in Nussschalen vorgestellt, und als mir aufging, dass es sich nur um billige Autos handelte, war ich enttäuscht. Seither waren Autos mir suspekt. Echt oder gefälscht? Misstrauen und Befremden, das nach und nach in Faszination überging.

Ich klapperte die Messen ab und lernte die vielen verschiedenen Kunststoffsorten zu unterscheiden, die sich alle täuschend ähnlich sahen; denn mittlerweile versuchten sie nicht mehr, sich für etwas anderes auszugeben, sondern nicht identifizierbar zu sein. Auf einer dieser Messen traf ich Adam. Er arbeitete als Trendanalytiker bei einer Agentur, die präziseste Indexe über jeden Schuh und Schal von jeder einzelnen Marke erstellte, die auf Modenschauen getragen wurden – Datenbanken, die man gegen Gebühr konsultieren konnte, um zu erfahren, wer genau was entworfen hatte. Die Firma hatte den – allerdings unerfüllbaren – Traum, das Gleiche mit Baumaterialien zu versuchen, und Adam war Teil des Teams, das eine Katalogisierung aller auf dem Markt befindlichen PVC-Rohre in Angriff nehmen sollte.

Es war eine blödsinnige Zeitverschwendung, aber es hatte ihn auf die Idee mit der Messevertretung gebracht. »Ein Einziger, der dreißig, vierzig Führungskräfte auf einmal vertreten könnte – was sich da alles einsparen ließe! Dieses ganze sentimentale Zeugs von wegen Gespräch unter vier Augen, festem Händedruck, all diese angeblich so wichtigen Körperteile … das ist einfach so …« Er zögerte, suchte nach einem passenden Schimpfwort. »… so scheißanalog.«

Als er die Trendanalyse aufgab, um Convex zu gründen, trat ich der neuen Firma als Teilhaber bei, mithilfe der dreißigtausend Pfund, die ich von meinem Vater geerbt hatte. Mehr besaß ich nicht, und mit einem wertangepassten Gehalt, das größtenteils für ein Ein-Zimmer-Apartment draufging, doch ohne die Club-Qualitäten, die Männer wie Laing auszeichnete, würde ich wohl auch nie einen Cent mehr besitzen.

Sobald die Podiumsdiskussion begann, hörte Laing auf, mich anzustarren, um sich am Meinungsaustausch zu beteiligen. Ich war so abgelenkt von seiner Anwesenheit auf dem Podium, dass ich kaum etwas von dem Gesagten mitbekam. Graham war ein falscher Name; Graham war Laing; und Laing war der Mann hinter Meetex, der Mann, der Aussteller für die Messe organisiert und das Programm für die Konferenz erstellt hatte. Wozu sollte er sich für Messevertretung interessieren? Er musste doch an Ort und Stelle sein; es war seine Show. Wenn irgendwer Messen und Kongresse liebte, dann er. Ich wusste, woher ich sein Gesicht kannte: von all den Fotos in den Broschüren und Magazinen. Laing beim Händeschütteln, Laing beim Einweihen von diesem und jenem. Er war ein waschechter Messeguru, und ausgerechnet ihm hatte ich von Convex erzählt. Das machte mich einigermaßen nervös.

Auf dem Podium diskutierten sie über geistiges Eigentum. Betriebe im Fernen Osten schickten ihre Leute auf Messen, um alles zu fotografieren und Informationsmaterial einzusammeln, das als Grundlage für Raubkopien diente. Besonders die Hersteller von Markenmöbeln und Konsumgütern fragten sich besorgt, ob man nicht irgendwas dagegen tun könnte. Laing, der schon länger nichts mehr gesagt hatte, beugte sich vor und ergriff das Wort.

»Es sind nicht nur unsere Aussteller, die der Piraterie entgegenwirken müssen«, sagte er, »sondern auch wir selbst. Es gibt so etwas wie Messepiraten. Und sie sind mitten unter uns.«

Verdutztes Getuschel im Publikum. Maurice begann eine neue Seite in seinem Notizheft.

»Das ist mein voller Ernst«, wandte Laing sich jetzt direkt ans Publikum. »Messepiraten. Ich habe vorhin gerade erst mit einem gesprochen.« Bei den letzten Worten blieb sein schweifender Blick an mir haften.

Fast hätte ich laut herausgelacht. Piraten! Das war doch absurd. Die modernen Lesarten des Begriffs – Freibeuter im Netz, an der somalischen Küste oder in der politischen Parteienlandschaft – waren mir geläufig, aber spontan verband ich damit nichts als kitschige Klischees: Holzbein, Papagei, Rumflasche, Schatzkarte. Alles nicht mein Ding.

»Er ist für eine Firma namens Convex tätig«, fuhr Laing fort.

»Sie behaupten, ihren Kunden alle Vorteile eines Messebesuchs ermöglichen zu können, ohne dass diese selbst daran teilnehmen müssen. Sie schicken einfach jemanden als Vertretung – ein Double, könnte man sagen. Und es kostet weniger, als selbst zu der Messe zu kommen, weil dieser … dieses Double … mehrere Leute zugleich vertreten kann. Man bekommt dann einen Bericht zugeschickt. Wir aber verkaufen nur eine Eintrittskarte, wo wir sonst zehn oder zwanzig verkauft hätten – unsere Kunden werden uns weggeschnappt. Und zusätzlich verunglimpfen sie die Messeindustrie als Zeitverschwendung, während sie ein minderwertiges Produkt in unserem Namen verkaufen.«

Die ganze Zeit hatte Laing nicht aufgehört, mich zu fixieren, und ich befürchtete schon, die anderen könnten merken, von wem er da sprach. Maurice jedenfalls lauschte gebannt.

Laings starrer Blick ließ endlich von mir ab; mehr und mehr erwärmte er sich für sein Thema, sonnte sich in seiner Selbstgerechtigkeit, schwang sich zu richterlicher Rhetorik auf. »Ob legal oder nicht«, sagte er, und rote Flecken erschienen auf seinen Wangen, »diese Praktik, diese sogenannte Messevertretung, ist nichts als schamlose Ausnutzung der harten Arbeit anderer, um schnellen Profit zu machen – was moralisch fragwürdig, wirtschaftlich ungesund und ganz einfach unanständig ist!«

Ich wurde an den Pranger gestellt und konnte mich nicht wehren. Unruhig rutschte ich auf meinem Sitz hin und her und spürte, wie ich rot wurde, mindestens so rot wie Laing. Wie konnte er es wagen! Mich hier anzuklagen, ohne mir Gelegenheit zu geben, mich zu verteidigen, und unsere Firma in aller Öffentlichkeit beim Namen zu nennen – es war unerträglich. Ich stellte mir vor, wie ich aufsprang und Laing zur Rede stellte, ihm die harten Fakten vor den Latz knallte. Wir haben einen Bedarf erkannt und bieten den passenden Service dafür. Das ist der freie Markt. Wenn Laings Events spannender, billiger und weniger zeitraubend wären, gäbe es keine Nachfrage nach uns. Aber

Messen und Kongresse sind fast immer unendlich langweilig. Um nicht hin zu müssen, zahlen die Leute gutes Geld – an mich. Diese ganze moralische Entrüstung diente nur dazu, das gründliche Versagen seines Produkts zu verschleiern.

Meine Beinmuskeln spannten sich an. Ich war sprungbereit.

»Ich muss los«, flüsterte ich Maurice zu. Und damit verdrückte ich mich aus dem Saal. Keine Ahnung, ob irgendwer außer Laing und Maurice es überhaupt bemerkte.

Vom Vortragssaal aus eilte ich durch einen der breiten Gänge im Konferenzflügel, wo es von Menschen wimmelte, die sich plaudernd, paarweise oder in Grüppchen, von einem Vortrag zum nächsten begaben. Und jeder hatte diese verdammte gelbe Tasche über der Schulter hängen. Mein Gesicht fühlte sich an, als ob es glühte; ich wusste gar nicht recht, wo ich hin wollte, hatte nur diesen Drang, mich zu bewegen, wollte nur weg, bevor die Aufkommende-Bedrohung-Menge den Gang überschwemmte – allein schon der Anblick all der Messebesucher erfüllte mich mit Hass. Laing hatte mich übel ausgetrickst, und mir war, als wäre jeder Meetex-Mensch hier in irgendeiner Form daran beteiligt.

Nach unbestimmter Zeit tauchte endlich ein WC-Zeichen auf, das die ersehnte Zuflucht bot. Im kalten Neonlicht der Herrentoilette klatschte ich mir kaltes Wasser ins Gesicht, um mich abzukühlen und wieder zur Besinnung zu kommen. Ein paar Männer standen an den Urinalen und den anderen Becken, doch ich ignorierte sie, getreu dem stillschweigenden Nichtbeachtungspakt, der auf Herrentoiletten Anwendung findet und es einem ermöglicht, die anderen buchstäblich verschwinden zu lassen. Sie konnten ohnehin nicht im selben Saal wie ich gewesen sein, also auch nicht wissen, was mir passiert war – doch es war mir lieber, wenn sie mich nicht ansahen, den bösen Piraten, der ihnen die Butter vom Brot stahl. Ich musterte mich im Spiegel und fand mich eher blass, zumindest ohne die gefürchtete rote Birne; ein bisschen müde vielleicht. Das Wasser tropfte mir vom Kinn. Das Neonlicht flackerte – in neuen Gebäuden gab es ja immer Probleme mit der Technik. Plasma waberte in den Röhren. Manchmal sind es neue Gebäude, die Geister beherbergen, nicht alte; neue Gebäude sind noch nicht gezähmt. Neue Gebäude sind noch nicht bereit für uns. Mehr denn je sehnte ich mich in mein Zimmer im Way Inn zurück, und plötzlich wurde mir klar, dass mein Stundenplan sowieso vorsah, für heute Schluss zu machen. Wenn ich jetzt ging, war es kein schmählicher Rückzug.

In einer Art Trance verließ ich das MetaCentre, unfehlbar zum Ausgang geleitet anhand der Feueralarm-Pfeile. Zwischen dem Vordach und dem Shuttlebus blieb ein kurzer Streifen freier Himmel, wo das Wetter spürbar wurde – ein Phänomen, das die Geländeplaner sorgfältig zu vermeiden gesucht hatten. Es war wie ein Schock nach all den Stunden in den klimatisierten Hallen. Der fahle Himmel war schmutziggrau marmoriert, und im Bus lief die Heizung. Nur ein halbes Dutzend Passagiere begleitete mich; die nachmittägliche Rückreisewelle hatte noch nicht eingesetzt. Ich sank in meiner Sitzecke zusammen, während das, was heute geschehen war, mir im Kopf umhergeisterte wie ein Vexierbild, immer wieder neu, immer wieder verwirrend und eigenartig unbestimmt. Wir durchquerten endlose Parkplätze, öd und leer wie brachliegende Felder.

Das Way-Inn-Zeichen, das als roter Neon-Obelisk über einer kahlen Böschung auftauchte, war so willkommen wie die Lichter eines Gasthauses in verschneitem Bergland. Ein Hauch von Geborgenheit, die ewig gleichen angenehmen Zimmer, unauffälligen Teppiche und günstigen Preise in jeder der Hunderten von Zweigstellen weltweit. Ein Anblick, der mich zum Lächeln brachte – wahrscheinlich das erste spontane Lächeln heute. Doch als ich versuchte, mich zu erinnern, wo die Keycard für mein Zimmer abgeblieben war, fiel mir ein, dass ich meine Tasche unter dem Stuhl im Vortragssaal stehen gelassen hatte. Nichts von großem Wert war dadurch verloren gegangen – Keycard, Brieftasche, Smartphone steckten zuverlässig in den Jackentaschen. Nur die Broschüren, Werbematerialien und Visitenkarten, die ich eingesammelt hatte, und das Meetex-Infopaket mit den Plänen und Veranstaltungszeiten, das alles war jetzt weg. Kaum anzunehmen, dass jemand sie bei einer Fundstelle abgeben würde. Flyer und Broschüren wirken schnell wie Altpapier. Ein ganzer Tag Arbeit dahin – in der Tasche befanden sich auch all die Notizen, die ich mir gemacht hatte. Vieles würde ich morgen noch einmal abgrasen müssen. Das war ärgerlich, und doch hatte es eine erfrischende Wirkung: das lähmende Gedankenknäuel in meinem Kopf löste sich, und der Verlust kam mir sogar ganz passend vor, wie eine symbolische Trennung von der ganzen Katastrophe dieses Tages. Als ich durch die Glastüren des Way Inn trat, hatte meine Stimmung sich schon erheblich gebessert.

Die Hotelhalle war nahezu menschenleer. Flachbildschirme zeigten die Nachrichten ohne Ton. An der Rezeption unterhielten sich die Angestellten mit gedämpften Stimmen. Abgesehen von ihnen und der Handvoll zurückkehrender Messebesucher, die wortlos in Richtung Aufzug drifteten, fielen mir zwei Männer auf, die in den quadratischen schwarzen Ledersesseln saßen und in ihre Laptops schauten. Am Meetex-Anmeldungstisch saß niemand – die Infobroschüren, Tragetaschen, Umhängebänder und restlichen Kinkerlitzchen waren weggeräumt worden, und nur das Banner war noch vorhanden, dessen Inschrift jetzt aber gelogen war – man konnte sich hier nicht mehr anmelden.

Anstatt den Lift zu nehmen, wählte ich diesmal lieber die Treppe, da ich nicht mit lauter Meetex-Leuten zusammengepfercht sein wollte. Doch als ich mein Stockwerk erreichte, ließ mich mein Orientierungssinn im Stich. Nicht, dass der Flur mir nicht vertraut erschienen wäre – im Gegenteil, er wirkte gleichermaßen vertraut in beiden Richtungen, und ich hatte keine Ahnung, in welcher Richtung denn nun mein Zimmer lag, die Nummer 219. Ich versuchte mir zu vergegenwärtigen, wie ich heute Morgen zum Lift gegangen war, aber es gelang mir nicht. Erstens brachten die Wendungen der Treppe mich aus dem Konzept, zweitens konnte ich bei meinem Gang zum Lift durchaus die eine oder andere Ecke umrundet haben, ohne mir dessen bewusst zu sein und erst recht, ohne mich daran zu erinnern. Vor mir, dem Treppenhaus gegenüber, blickten die Fenster auf einen Innenhof mit einem dieser penibel gepflegten kleinen Zen-Gärten. Auf der anderen Seite des Innenhofs sah man nichts als weitere Fenster, blau getönt und für mich undurchsichtig. Mit Sicherheit war dies der Hof, der in der Nähe der Rezeption lag – aber was hieß das im Verhältnis zu meinem Zimmer? Gab es mehr als einen Innenhof?

Auf gut Glück entschied ich mich für eine Richtung, von einem Rest an Instinkt geleitet, und wurde mit einer vielversprechend aufsteigenden Zahlenreihe belohnt – 210, 211, 212, 213. Zwischen allen Türen hingen abstrakte Bilder, alle aus der gleichen Serie – sich überschneidende Felder in Mokkabraun und Milchschaumweiß. Der Flur machte eine scharfe Wendung nach rechts, dann noch mal nach links. 219 lag gegenüber von 220. An der Wand zwischen 219 und 221 lappte der Rand einer karamellfarbenen Scheibe über eine haferbreiartige Fläche, die mit dicken, schokoladebraunen Tropfen gespickt war. Ich schob meine Keycard in den Türschlitz, und nichts geschah. Das kleine rote Licht über dem Türknauf blieb rot. Die Tür war immer noch versperrt, der Knauf ließ sich nicht bewegen. Ich zog die Karte wieder heraus und probierte es noch mal. Nichts. Die Frustration sackte mir wie eine Bleikugel in die Magengrube. Das rote Licht glomm frech weiter und weigerte sich, grün zu werden. Ich versuchte es zum dritten, zum vierten Mal, ruckelte mit der Karte, versuchte es mit schierer Willenskraft. Die Welt, oder zumindest meine unmittelbare Umgebung, blieb unverändert – das rote Licht; der unbewegliche Türknauf; die schlafenden Türen der anderen Zimmer; die Bilder; der schwache Duft von Putzmitteln; das leise Rauschen der Klimaanlage, das im meinen Ohren jetzt einen Unterton von Selbstgefälligkeit hatte, von Gleichgültigkeit gegenüber den Ungerechtigkeiten dieser Welt.

Irritiert kehrte ich zur Treppe zurück und stieg hinab in die Halle. Dieselben Männer in denselben Sesseln, mit denselben Laptops. Die Angestellten an der Rezeption hörten mich zielstrebig anmarschiert kommen und blickten lächelnd auf.

»Ich bin aus meinem Zimmer ausgesperrt«, beschwerte ich mich. »Meine Keycard scheint nicht zu funktionieren. Zimmer 219.«

Der junge Mann hinter dem Tresen strahlte mich an. Wie all seine Kollegen trug er ein langärmliges rotes Polohemd mit einem weißen Way-Inn-Logo auf der Brust. »Das kann schon mal passieren«, sagte er mit einem Anflug von Akzent, vielleicht einem holländischen. »Hatten Sie die Karte in der Tasche zusammen mit Ihren Schlüsseln, Ihrem Handy? Sie kann sich entmagnetisieren. Zeigen Sie mal her.«

Ich reichte ihm die Karte. Sie verschwand unter dem Tresen, um neu verzaubert zu werden. Es dauerte eine Weile. Inzwischen sah ich mir den Empfangstresen an, über dem das allgegenwärtige WAY INN in rot hinterleuchteten Lettern prangte. Der Tresen war so hoch, dass ich die Ellbogen heben musste, wenn ich sie auf dem dunklen, polierten Holz abstützen wollte.

»Okay«, sagte der junge Mann. »Jetzt müsste es wieder gehen – schauen wir mal.« Eifrig sprang er auf, ohne meine Keycard aus der Hand zu geben.

»Das ist doch nicht nötig«, wehrte ich ab, »ich kann doch selber …«

Aber der hilfsbereite Mensch war schon hinter dem Tresen hervorgeschossen und durchquerte mit eiligen Schritten die Lobby. Mit Unbehagen sah ich, dass er auf den Lift zusteuerte. »Warum nicht die Treppe ...«, versuchte ich schwach, mir Gehör zu verschaffen, doch er hatte schon den Knopf gedrückt und warf mir ein kleines, geschäftiges Lächeln zu. Also warteten wir zusammen am Aufzug, ein leicht verkrampfter, keuscher Moment der Zweisamkeit. Ich versuchte so auszusehen, als hätte ich über wichtige Dinge nachzudenken; der Angestellte sah hoch, als wäre er mit Röntgenblick gesegnet und könnte den Aufzug durch Schichten von Beton und Schlackenstein herannahen sehen.

»Schreckliches Wetter heute«, sagte ich. Irgendwas musste ich sagen.

»Schrecklich.« Der junge Mann schüttelte den Kopf über all das Grauen. »Es ist ja gar nicht richtig hell geworden. Und jetzt wird es schon wieder dunkel.«

Der Aufzug kam, und wir stiegen ein. Schummriges Licht, Spiegelwände und säuselnde Musik, wie ein winziger Nachtclub. Im zweiten Stock ausgestiegen, ging es dann in flottem Tempo durch den Flur, sodass ich wieder nicht mitbekam, wo sich der Lift im Verhältnis zur Treppe befand. Chance verpasst. An der Tür 219 schob der Angestellte die Karte in das Kästchen über dem Knauf und wurde prompt mit grünem Licht und einem befriedigenden Klicken belohnt. Der Knauf drehte sich, und die Tür ging auf.

»Wenn Sie sie von Ihren Schlüsseln, Handy und anderen Karten getrennt aufbewahren, müsste sie in Zukunft eigentlich immer funktionieren«, sagte der Angestellte, reichte mir die Karte und hielt mir mit der anderen Hand die Tür auf.

»Danke.« Ich trat im mein Zimmer und steckte die Karte in ihren Schlitz an der Wand. Die Lichter gingen an.

»Kein Problem«, lächelte der junge Mann mit einer knappen

Verbeugung, eine Hand hinter dem Rücken. Dann drehte er sich abrupt um, als wäre er richtig froh, kein Trinkgeld entgegennehmen zu müssen. Die Tür fiel hinter ihm zu.

Während ich auf der Messe gewesen war, hatte man das Zimmer aufgeräumt. Die Bettdecke war so makellos glatt wie die Glasur auf einer Hochzeitstorte. Meine wenigen Habseligkeiten wirkten ein bisschen trostlos, so in Reih und Glied geordnet. Die Zeitung, die ich gestern gekauft hatte, lag neben meinem Laptop auf dem Schreibtisch und wirkte alt und schmuddelig. Die Sachen, die ich gestern getragen hatte, lagen immer noch auf dem Bänkchen am Fußende des Bettes, aber jetzt säuberlich zusammengelegt, und beschämten mich durch ihre Knitterfalten. Das Hemd, das ich über die Sessellehne gelegt hatte, hing jetzt auf dem einsamen Bügel im Schrank. Auf dem Nachttisch war ein kleiner Haufen zerknitterter Papierschnipsel und Münzen geflissentlich unberührt gelassen worden. Die ganze Szenerie machte den Eindruck, als wäre der Putzdienst ziemlich angewidert gewesen von der bescheidenen Qualität der Sachen, mit denen er sich da abgeben musste, hätte aber dennoch sein Bestes getan.

Das grenzte an Paranoia, keine Frage; trotzdem ärgerte es mich. Ich warf die Zeitung und die Schnipsel in den Papierkorb, stopfte die Kleidungsstücke in die Reisetasche. Dann nahm ich die Krawatte ab, schlüpfte aus den Schuhen und klappte den Laptop auf. Nichts von Belang bei den E-Mail-Eingängen, auch nichts von Meetex, das den Zwischenfall mit Laing bei den Aufkommenden Bedrohungen hätte erklären können. Nur ein paar Termine für weitere Messen und Kongresse – mein Leben, meine Arbeit, die sich beruhigend in die Zukunft dehnte, weit über diesen peinlichen Reinfall hinaus. Ich klappte den Laptop wieder zu, nahm mir ein Bier aus der Minibar und legte mich aufs Bett, Kopf und Rücken auf einen Kissenstapel gestützt. Acht Zierkissen auf diesem kleinen Doppelbett, die keinem anderen

Zweck dienten als der zusätzlichen Bequemlichkeit. Sicher gehörte es zum Konzept einer solchen Hotelkette, dem Gast nach einem schweren Tag im Kreuzfeuer des wirtschaftlichen Wettbewerbs ein wenig Trost zukommen zu lassen: einen privaten Kubus klimatisierter Luft, ein kaltes Bier, ein weiches Bett voller praller Kissen. Die geballte Kreativität der PR- und Marketingleute, der Designer und Einkäufer war exakt auf diesen Moment ausgerichtet, exakt auf jemanden wie mich. Gewiss war es nur eine Scheingastfreundschaft, aber Trost und Entspannung bot sie allemal.

Ich nippte an dem Bier direkt aus der Dose und lauschte den leisen Geräuschen des Hotels um mich her: dem Summen der Klimaanlage, dem Auf- und Zuschlagen ferner Türen. Ich schloss die Augen, aber Schlaf schien jetzt nicht angebracht. Stattdessen ließ ich den Tag Revue passieren, drehte und wendete jedes Detail hin und her wie einen Rubikwürfel und versuchte zu einer Lösung zu gelangen, die irgendeinen Sinn ergab. Ein Mann, den ich als Klienten hatte anwerben wollen, war in Wirklichkeit der Eventdirektor von Meetex. Ich hatte ihm so ziemlich alles über den Service verraten, den wir anboten, und kurz darauf hatte er mich als Gefahr für die gesamte Messeindustrie bezeichnet. Wie hochtrabend, wie eitel von Laing, sich selbst als Hüter eines ganzen Industriezweigs zu sehen, praktisch schon als Bewahrer eines Stützpfeilers der westlichen Zivilisation. Und dabei war das alles nur ein Trick, um seinen Kunden das Gefühl zu geben, dass er um ihr wirtschaftliches Wohlergehen besorgt wäre; doch die ganze künstlich entfachte Entrüstung würde sich so schnell legen wie ein Sturm im Wasserglas. Was mich an dem Vorfall am meisten ärgerte, war die Tatsache, dass meine Anonymität aufgeflogen war – sicher wussten seit heute Nachmittag viel mehr Leute als zuvor Bescheid über meine Tätigkeit. Adam hatte mir in seinen Mails wieder und wieder eingeschärft, bei diesem Job hier den Ball besonders flach zu halten. Vielleicht hatte er schon etwas geahnt, oder vielleicht war ihm etwas über den bevorstehenden Eklat zugetragen worden. Wenn ja, warum hatte er mich dann nicht gewarnt? Aber einstweilen war das alles reine Spekulation.

Adam würde von dem Vorgefallenen erfahren müssen – zu gegebener Zeit. Oder sollte ich ihm gleich eine Mail schicken? Aber ich wollte die Sache nicht hochspielen, das Problem nicht gravierender machen, als es war. Sicher, Laing wusste nun, wer ich war und was ich machte, aber wie viele sonst noch? Es hatten wohl so an die zweihundert Leute im Auditorium gesessen aber hatten sie auch wirklich zugehört? Zweihundert von Zehntausenden. Darunter Maurice, der sich mir förmlich aufgedrängt hatte. Überpünktlich war er zu der Veranstaltung erschienen, er, der sonst immer überall zu spät kam, den kein noch so erbostes Gezischel davon abhielt, an unzählige Knie zu stoßen auf dem Weg zu seinem Platz mitten im Rang, während der Redner längst mit seinem Vortrag begonnen hatte. Wenn er mich nicht gleich nach dem Mittagessen abgefangen hätte, wäre ich gewiss am Eingang zum Vortragssaal über Maurice gestolpert. Und schon fiel mir seine Frage nach meiner Visitenkarte wieder ein und unser Gespräch über meine berufliche Tätigkeit. Ganz schön gerissen von ihm – und doch konnte ich ihm seine Heimtücke eigentlich nicht krummnehmen, im Gegenteil, zum ersten Mal, seit ich ihn kannte, freute ich mich geradezu darauf, ihn wiederzusehen. Ich wollte wissen, wie der ganze Vorfall auf ihn gewirkt hatte, und würde versuchen, ihn in seinen Augen zu verharmlosen.

Natürlich würde er am Abend auf der Party anzutreffen sein. Oje, die Party. Vor lauter Rückblick hatte ich es versäumt, nach vorn zu schauen. Einen Moment lang erwog ich, die Party einfach zu schwänzen, aber das ging nicht – es würde aussehen, als hätte ich etwas zu verbergen, als würde ich mich schämen. Nein, ich würde die Sache ganz geschäftsmäßig durchziehen.

Und die Gelegenheit nutzen, mir selbst zu beweisen, dass ich meine Anonymität nicht eingebüßt hatte. Außerdem würde es mir guttun, unter Leute zu gehen; mein Ego hatte einen herben Schlag erlitten, und ein paar Drinks und ein kleiner Flirt waren die einzig richtige Medizin dafür. An Damengesellschaft würde kein Mangel herrschen; mit Rosa hatte es sich ja ganz vielversprechend angelassen – vielleicht lief da heute Abend noch was, und ich würde das »Bitte nicht stören«-Schild an meine Tür hängen können. Das würde mein inneres Ökosystem bestimmt wieder ins Gleichgewicht bringen. Die aggressive Energie, die sich durch Laings Hinterlist in mir angestaut hatte, war noch nicht ganz verpufft und machte mich ruhelos; den ganzen Tag hatte ich mir nur gewünscht, endlich wieder in meinem Hotelzimmer zu sein, und nun, da mein Wunsch in Erfüllung gegangen war, wollte ich fast schon wieder weg.

Nachdem ich das Bier ausgetrunken hatte, döste ich eine Weile vor mich hin. Zwischendurch betrachtete ich müßig das Bild vor mir an der Wand, wobei mit eine Idee kam. Mein Smartphone lag auf dem Nachttisch; ich hob es hoch und machte ein Foto von dem Bild. Eins mehr für ihre Sammlung – eins, das sie noch nicht kennen konnte, weil es in einem Gastzimmer hing, nicht in einem der öffentlich zugänglichen Räume. Wenn wir uns noch mal über den Weg liefen, würde ich ihr etwas zu sagen haben, würde Interesse an ihrem Hobby zeigen können; und wenn sie das Foto haben wollte, würde sie mir ihre Mobilnummer oder Mailadresse geben müssen. Ich würde den Kontakt zu ihr nicht mehr verlieren.

Um mich her konnte ich hören, wie das Hotel sich langsam mit Leben füllte, während mehr und mehr Leute von der Messe zurückkehrten. Schritte und Gesprächsfetzen im Korridor. Aus dem Nebenzimmer, Nummer 217, drang gedämpfte Musik durch die Wand, auf eine unmerkliche Art an- und abschwellend, die störender war, als wenn sie klar vernehmlich gewesen wäre. Ich schaltete den Fernseher ein. Er zeigte wieder das Eingangsbild mit dem heiteren Gruppenfoto, dem Wetter von morgen und dem Neuesten aus dem Restaurant, das »geschlossen wegen Privatparty« war. Ich schaltete um zu einem Nachrichtenkanal und bestellte ein Sandwich beim Zimmerservice. Es würde nicht unter einer Dreiviertelstunde dauern – sie waren im Stress. Gelangweilt verfolgte ich die Nachrichten, die sich über die triste Wirtschaftsstatistik ausließen. Irgendein Wicht mit Pokerface, der Tausende von an sich nichtssagenden Einzelentscheidungen repräsentierte: Entscheidungen, die in lauter identischen, stoffbespannten Boxen getroffen und als Meldungen aufbereitet wurden, worauf es mal ein halbes Prozent hoch-, mal ein halbes Prozent runterging ... während entlang der Autobahn noch mehr Boxen gebaut wurden, um diese Leute und ihre so wenig folgeträchtigen Entscheidungen, Pläne und Resolutionen unterzubringen.

Als Kind staunte ich immer über Bürogebäude – was konnte man auf so viel Raum überhaupt zu tun finden? Von innen waren Büros dagegen meist eine Enttäuschung, nichts als Schreibtische und Aktenschränke und Telefone. Überall sah ich Männer in Anzügen, und sie schienen immer nur zu reden oder zu lesen, niemals aber wirklich etwas zu tun – nicht wie die Leute, die Züge fuhren oder Häuser bauten. Es gab so viele, Männer wie Frauen, die undurchsichtigen Beschäftigungen nachgingen. Dieser Eindruck war besonders ausgeprägt in unbekannten Städten, wo das Leben zu meiner Überraschung ebenso selbstverständlich weiterging, in dieser rätselhaften Charade aus Büros und Papier und Krawatten. Maurices Fragerei vorhin hatte meine Erinnerung angeregt. Wenn mein Vater zufällig mal greifbar war, hatte ich ihn immer mit Fragen bestürmt: »Was *machst* du denn genau?« Autoersatzteile verkaufen, sagte er dann. »Ja, aber was *machst* du da?« Ich wollte wissen, was für Tätigkeiten dies beinhaltete, was dabei gesagt und gehört wurde und wie man überhaupt Tage und Wochen damit ausfüllen konnte, immer nur die gleiche Sache zu machen. Vielleicht hatte er es mir genauer zu erklären versucht, aber daran erinnere ich mich nicht mehr, wahrscheinlich, weil es mir trotzdem nicht einleuchtete. Manchmal sagte er auch nur, er sorge dafür, dass wir was zu essen hätten, und das war's. Wenn ich meine Mutter fragte, sagte sie: »Er reist herum«, was ja wirklich keine Antwort war. Doch wenn ich sie weiter über ihn ausfragte, reagierte sie abweisend; erst viel später wurde mir klar, dass sie nur ihre Unwissenheit verbergen wollte, nicht etwa ein großartiges Geheimnis. Oder vielleicht war dies das Geheimnis, dass sie so wenig von dem Mann wusste, den sie geheiratet hatte.

Diese Fragen – wie auch meine Bedenken hinsichtlich der wahren Substanz der Dinge – machen mir heute noch manchmal zu schaffen. Aus der Welt der Messen und Kongresse ist mir klar ersichtlich, dass jedes noch so kleine Ding von einer Industrie getragen wird; alles ruht auf Tausenden von Leuten in Dutzenden von konkurrierenden Betrieben, deren Lebensunterhalt vom Verkaufserfolg dieses einen Produkts abhängt; regelmäßig veranstalten sie Messen zur erhofften Absatzsteigerung der Firma, die ihnen natürlich unverzichtbar für das wirtschaftliche Wohlergehen des Landes erscheint. Kongresse und Messen, sagte ich mir, waren bei aller expansiven Rhetorik doch nichts als eine ewig um sich selbst kreisende kommerzielle Nabelschau. Was hatte es also für einen Sinn, sie alle mitzumachen?

Mein Essen kam, ein dick belegtes Clubsandwich. Die Papierserviette neben dem Teller würde auch noch groß herauskommen, wenn ihre Marktanteile und Zukunftsaussichten auf Ausstellungen wie Caterex, Snackcon, Mundhygiene Expo in allen Einzelheiten diskutiert wurden.

Nachdem ich das Sandwich gegessen hatte, ging ich unter die Dusche und stellte mir vor, wie viele Leute hier im Hotel gerade duschten, wie viele Partikel vom MetaCentre gerade an den Körpern herab in die Abflussrohre unter dem Way Inn rauschten. Diese ganze neue Infrastruktur hatte meine rothaarige Barbekanntschaft so begeistert, all diese neuen Verbindungen und Entwicklungskurven auf ihren Karten und Plänen – während sie von unternehmerischen Chancen, Investitionspotenzial, Katalysatoreffekten sprach, hatte sie geradezu entrückt gewirkt, fast wie in Trance. Eine neue Verknüpfung, eine neue Trasse durch billiges Land; krakenartige Weg-Zeit-Diagramme krümmen und strecken ihre Tentakel, und der Boden wird angesät mit Steuervorteilen und noch mehr Infrastruktur und superschnellem Breitband, und hopplahopp, schon nehme ich eine Dusche, esse ein Clubsandwich und schaue Nachrichten, zehn Meter über einer gesichtslosen Einöde aus gefrorenem Schlamm.

Der Lift ins Erdgeschoss war schon voll mit Partygängern. Als die Tür sich auf meinem Stockwerk öffnete, entquoll ihm eine schwere Parfümwolke; drei Männer in dunklen Anzügen, ordentlich Pomade im Haar, zwei Frauen in Cocktailkleidern, umhüllt von allen Wohlgerüchen Arabiens. Es war mir zu voll da drin, und ich winkte dankend ab, aber sie rückten lachend zusammen und lockten mich mit albernen Sprüchen wie: »Ein Kleiner geht noch!«, oder: »Je voller, desto doller!« Sie hielten die Türen fest und wollten keinesfalls ohne mich weiterfahren, also musste ich wohl oder übel zusteigen. Die enge Kabine war angefüllt mit flüchtigen Kohlenwasserstoffen und Gelächter; ein strammes, paillettenbesetztes Hinterteil drückte sich an meinen rechten Oberschenkel. Ob ich wegen der Messe da sei, fragte mich die Besitzerin des Hinterteils. Natürlich, sagte ich.

»Natürlich ist er wegen der Messe da, Jan!«, sagte einer der Männer gönnerhaft. Er war etwa in meinem Alter und sah ein bisschen vertrottelt aus, aber hier war er ganz in seinem Element und genoss es sichtlich. »Sie gehen auch auf die Party, was?«

Was sonst? Der Lift kam unten an, die Tür ging auf wie ein Riss in einem Giftmüllcontainer unter Überdruck. Meine Liftgenossen und ich blieben als Grüppchen zusammen, als wir uns an der Schlange anstellten, die von zwei Clipboard-bewaffneten Brünetten in die Party gefiltert wurde. Es waren alles Arbeitskollegen, bestens aufeinander eingespielt; schon ein kryptischer Halbsatz oder ein Gesichtsausdruck brachte sie zum Loswiehern. Zusammen promoteten sie eine Provinzstadt, eine »junge, dynamische Destination«, wie es hieß, sie hatten auch einen Stand auf der Messe, ob ich ihn gesehen hätte? Wahrscheinlich sei ich dran vorbeigekommen, sagte ich, was vielleicht sogar stimmte; morgen würde ich danach Ausschau halten. Kommen Sie nicht zu früh, lachten sie, um sich dann gegenseitig vorzuwerfen, sie seien nur wieder auf ein Besäufnis aus und unfähig zu gemäßigtem Alkoholkonsum.

Normalerweise hätte ich mit solchen Leuten nichts anfangen können. Ich hätte ihre flapsige Art unerträglich gefunden und mich weit weg gewünscht. Doch im Moment fand ich es eher beruhigend, dass sie mich in ihren Kreis mit einbezogen hatten. Sicher würde es hier Tausende von Leuten geben, die nichts von meiner »Demaskierung« wussten und denen es auch nichts ausmachen würde, falls sie davon hörten. Irgendwie war es ja auch spannend, nicht mehr anonym zu sein, sich nicht mehr unsichtbar machen zu müssen – selbst wenn mir die Tarnung zur zweiten Natur geworden war, zog es mich doch unwillkürlich zur Aufrichtigkeit hin, als ob der Boden sich in diese Richtung neigte. Schließlich zielte die Ideologie unserer Branche darauf ab, den Informationsfluss zu erleichtern, nicht zu behindern.

Die Clipboards rückten näher. Mein neuer Freund von der provinziellen Handelskammer fragte: »Und was führt Sie hierher?«

»Ich bin ein Pirat«, sagte ich.

Das freute ihn; er hielt es natürlich für einen Witz. »Ach ja? Wo haben Sie denn Ihren Papagei gelassen?«

»Oben. Die Batterie ist platt.«

»Und Ihre Augenklappe?«

»Ich brauche keine. Laser-OP. Das hat der Piraterie ein neues Gesicht gegeben.«

Er lachte. »Und was machen Sie da so? Laufen rum und klauen den Leuten die Ideen, oder was?«

»Nein, nein. Ich bin Messestellvertreter. Wenn jemand nicht zu so einer Veranstaltung gehen will, bezahlt er mich, damit ich an seiner Stelle gehe. Manche Leute halten das für Piraterie.«

Handelskammer brauchte einen Moment, um das zu verdauen. »Tja, für uns macht das wahrscheinlich keinen Unterschied.«

»Hab ich mir auch gedacht.«

»Sie gehen also nur auf Messen? Sonst nichts?«

»Sonst nichts.«

»Gibt es viele Messestellvertreter, so wie Sie?«

»Soweit ich weiß, bin ich der einzige. Aber meine Firma will expandieren. Sind Sie interessiert?«

»Nee, Kumpel, für mich ist das nichts.« Vielleicht aus Sorge, mich gekränkt zu haben, setzte er hinzu: »Wissen Sie, wir besuchen solche Veranstaltungen an die vier-, fünfmal pro Jahr, und es macht immer großen Spaß« – er sah zu seinen Kollegen hinüber, die sich schon volle Kraft voraus in die Party gestürzt hatten –, »aber es ist eine Ausnahmesituation. Eine Abwechslung. Nichts anderes zu machen, würde mich in den Wahnsinn treiben, ganz ehrlich.«

Der Mann hatte mein volles Verständnis. »Ich glaube, dafür muss man eben einfach der Typ sein.«

Ein Ausnahmetyp. Wir waren jetzt von den Clipboard-Damen durchgewunken worden, und ich entschuldigte mich bei Handelskammer, ich müsse noch ein paar Leute treffen. Er gesellte sich wieder zu seinen Kollegen. Der Grund, weshalb ich mit dieser Art von Zeitgenossen nicht viel anfangen konnte, auch wenn ich sie jeden Tag sah, war vermutlich, dass ich nicht viel von mir selbst in ihnen sah.

Für die Party war die gläserne Trennwand zwischen dem Restaurant und der Bar beiseite geschoben worden, um Platz für einen Festsaal zu bieten. Nicht zum ersten Mal bewunderte ich das wohldurchdachte Design des Hotels: seine Anpassungsfähigkeit, seine Vielseitigkeit, seine Eignung für jeglichen Verwendungszweck. Alles Eigenschaften, die durch hundertfache Wiederholung und Variation der gleichen Grundform perfektioniert worden waren. Ich nahm ein Glas Champagner von einem vorbeischwebenden Tablett, trank es in einem Zug leer und fand noch eins, das ich mir aufhob. Mit diesem Requisit begab ich mich auf eine gemächliche Runde durch den Raum. Der, den ich eigentlich treffen wollte, war Maurice – seltsam, wo ich ihn sonst doch immer nur zu meiden suchte; aber so sicher, wie er aufzutauchen pflegte, wenn man nichts mit ihm anfangen konnte, so sicher machte er sich rar, wenn man ihn ausnahmsweise mal brauchte. Hier floss der Gratis-Schampus in Strömen, und er war nirgends zu sehen. Unbegreiflich.

Gastgeber der Party war der Way-Inn-Konzern, und die PR-Botschaft war nicht zu übersehen. WAY INN HEISST MEETEX WILLKOMMEN stand auf dem Banner, das die ganze Breite der Glasfront einnahm. Dicke Wolken roter Luftballons hingen von der Decke, jeder mit dem Way-Inn-Logo versehen. In einer Ecke des Saals war ein Stand aufgebaut, an dem eine lächelnde junge Dame Flyer, USB-Sticks, Kulis und ähnliches verteilte. Ich nahm einen Kuli. Auf einem Display lief die Geschichte der Hotelkette in Endlosschleife: Amerika in den Fünfzigern, Straßenkreuzer, Raststätten im Ranch-Stil, Neonschilder wie leuchtende Totempfähle, die Entwicklung der Interstate-Highways. Dann nichts als Wachstum, Wachstum, Wachstum – das Ende der Geschichte zeigte eine Weltkarte, übersät mit roten Punkten, die Way-Inn-Zweigstellen darstellten. Hunderte von Punkten auf sämtlichen Kontinenten, wobei die Küstenregion von Amerika und Nordwesteuropa zu einem einzigen roten Streifen gerann. WAY INN WELTWEIT, so lautete das Schlusswort.

Es war schon gegen neun – ich hatte länger als gedacht in meinem Zimmer herumgehangen. Die Party lief seit einer guten Stunde, und das Eis war längst gebrochen – die Luft vibrierte vor Gelächter und Elektrobeats, als ob der Lärm ein Medium wäre, in dem wir alle schwammen. In dieser schwerelosen Szenerie fiel ich normalerweise überhaupt nicht auf, sodass ich alle Freiheit hatte, mit jeder Frau ins Gespräch zu kommen, die mir vielversprechend erschien. Doch immer wieder hatte ich das Gefühl, dass mich wissende Blicke streiften, obwohl ich da nicht sicher sein konnte; irgendwie mangelte es diesen Blicken an Wohlwollen. Ich trank mein zweites Glas aus und steuerte gerade auf die Bar zu, als ein korpulenter Mensch mir in den Weg trat und mich zu einer abrupten Kursänderung zwang, um nicht mit ihm zu kollidieren; ich konnte mich des Eindrucks nicht erwehren, dass er das absichtlich gemacht hatte. An der Bar war der Teufel los – und all die Leute, die sich vor mir drängten, um ihre Bestellungen aufzugeben, machten mir keinen Millimeter Platz, zeigten nicht die mindeste Höflichkeit; zweimal bekam ich einen Ellbogen in die Rippen. All das spielte vielleicht keine Rolle, aber es beunruhigte mich.

Nachdem ich endlich einen Whisky ergattert hatte – einen dreifachen, um meine Rückkehr ins Gedränge so lange wie möglich hinauszuzögern –, machte ich mich wieder auf die Suche nach Maurice. In der letzten halben Stunde hatte der Raum sich merklich gefüllt, die Leute standen dicht an dicht; man konnte sich nur noch mit Mühe hindurchquetschen. Weitere Rippenpüffe blieben da natürlich nicht aus, auch die vielleicht nicht ganz aus Versehen. Alles hier schien sich gegen mich zu verschwören, und der Massenandrang machte mich fertig. Fast hätte ich der Versuchung nachgegeben, einfach zu flüchten und meinen Drink still und friedlich in meinem Zimmer zu genießen, als jemand mir auf die Schulter tippte. Ich fuhr herum, aufs Schlimmste gefasst.

Doch alles, was ich sah, war ein freundliches Lächeln. Es gehörte Rosa (oder Rhoda – mein Gedächtnis ließ mich nach wie vor im Stich). Sie trug ein schlichtes, fast strenges graues Etuikleid, das ihre zierliche Figur sehr vorteilhaft zur Geltung brachte. Ihr Lächeln wurde durch hellrosa Lippenstift betont, und sie hatte das Haar mit irgendetwas dekorativ Glitzerndem hochgesteckt.

»Neil!«, sagte sie. »Dachte ich's mir doch, dass du es bist.«

»Hallo!«, sagte ich.

»Ganz schön viel los, was?«

Wir drängelten uns bis zu den Fenstern durch, die auf den Parkplatz hinausblickten; hier am Rand des Geschehens konnte man sich etwas ungestörter gegenüberstehen.

»Reichlich voll hier«, sagte ich unsinnigerweise.

»Sonst kann man auch nirgends hin, nicht?« Rosa blickte zum Parkplatz hin, wo die regenglänzenden Autodächer sich im gelben Schein der Sicherheitsbeleuchtung duckten. »Nicht viel Nachtleben in dieser Gegend.«

»Ich weiß nicht«, sagte ich. »Wir könnten zum Flughafen raus, da gibt's vielleicht 'n Starbucks oder 'n Irish Pub oder so …«

Sie lachte. Ihre Lippen schimmerten. Ich hätte sie gern geküsst. »Ja, abgefahren. Wir könnten zur Apotheke und uns mit Malariamitteln zudröhnen. Das Zeug knallt voll rein.«

»Siehst du, so gefällst du mir«, sagte ich lässig. »Bist du mit Kollegen hier?«

»War ich«, nickte sie. »Aber die sind verschwunden. Bist du allein da?«

»Na ja«, sagte ich, »nicht ganz. Ich rede ja mit dir.«

»Hattest du einen angenehmen Tag?«

»Kann man so nicht sagen.« Ein bisschen ehrliche Verletzlichkeit würde gut ankommen, rechnete ich mir aus. »Einer der Vorträge, die ich besucht habe, war ein vorsätzlicher Angriff auf mein Geschäftsmodell und auf mich persönlich.«

»Was, ein Angriff auf die Messevertretung?«

Fast wäre mir das Glas aus der Hand gefallen. Das Kugellager aus Angst, das mir die ganze Zeit schon in der Magengrube rotierte, brach auseinander und jagte mir seine Splitter durch die Gedärme. Sie wusste es? Aber woher? War es denn schon allgemein bekannt?

»Du weißt davon?«

»Ich kann mir vorstellen, dass es hier nicht so gern gesehen wird. Es ist ja auch was Neues, und das kann die Leute verunsichern.«

»Wie hast du es erfahren?«

»Was?«

»Dass ich Messestellvertreter bin. Wer hat es dir gesagt?«

»Du selbst.« Sie sah mich prüfend an. »Entsinnst du dich nicht?«

Ich zermarterte mir das Hirn, aber es wollte sich keine Erinnerung einstellen. Ich hatte doch ohnehin kaum mit Rosa gesprochen, geschweige denn über so etwas. »Nein, nein, schon klar«, versuchte ich meine Verwirrung zu überspielen.

»Es ist, wie du gesagt hast«, fuhr Rosa fort. »Die Branche beruht quasi nur auf Informationsaustausch – persönliche Daten, Namen, Visitenkarten, Werbematerial, Webadressen, Qualifikationen. Dieses MetaCentre ist einfach ein großer Wühltisch, wie alle wissen, denn alle nehmen meine Firma dafür in Anspruch, die ganze Informationsflut zu sortieren, Adressenlisten anzulegen, Querverweise zu erstellen und das Ganze up to date zu halten. Wir haben alle Daten der Messebesucher hier bei Meetex gespeichert und lassen sie den Ausstellern zukommen, damit sie wissen, wen sie vor sich haben, wenn sie das Namensschild von einem Interessenten an ihrem Stand lesen. Bald wird sowieso alles gechippt sein, dann liest man die Daten automatisch, sobald sich jemand dem Stand nähert. Die Technik schreitet ja unaufhaltsam voran, als Nächstes wird man wohl noch automatische Augenscanner oder Gangerkennung einsetzen …« Mit leicht entrückter, versonnener Miene sah sie an mir vorbei, was mich auf einmal an den Rotschopf erinnerte; absurderweise fühlte ich mich fast wie bei einem Seitensprung ertappt. »Ich glaube kaum, dass irgendwer etwas dagegen hat, wenn du Informationen auf Messen sammelst – was den Leuten hier nicht passt, ist die Tatsache, dass du ihnen Information vorenthältst, indem du Kunden in Abwesenheit an der Messe teilnehmen lässt. Du bist gewissermaßen eine Blackbox.«

»Aber macht es ihnen denn wirklich so viel aus?«

»Du würdest dich wundern«, lächelte Rosa. Sichtlich angeregt von ihrem kleinen Monolog über die Magie der Datenanalytik, machte sie ihrem Namen alle Ehre. »Aus Sicht der Messeleute könntest du ebenso gut die Vorhut einer Barbarenhorde sein.«

»So barbarisch komme ich mir gar nicht vor.«

»Mir auch nicht.« Voller Augenkontakt – alles sehr vielversprechend.

»Wie war dein Tag denn so?«

»Bisschen fad«, sagte sie. »Sollen wir das hier mal überspringen? Ich nehme an, du willst eigentlich gar nicht übers Geschäft reden, und ich auch nicht.«

»Stimmt.«

»Ich hab's übrigens auch sehr nett gefunden, dich wiederzusehen«, setzte sie hinzu.

»Freut mich zu hören.« Ich gebe zu, ich hatte gar nicht erwartet, dass es so gut laufen würde. Soweit ich sah, konnte man gefahrlos zur nächsten Stufe übergehen. Die nächste Stufe war eine Einladung, zu der ich, wie mir schien, diskret aufgefordert worden war. »Alle wichtigen Geschäfte finden sowieso in Hotelzimmern statt, wie man so sagt. Hier unten verschwenden wir nur unsere Zeit.«

Irgendetwas stimmte nicht. Rosa runzelte die Stirn. »Ja, wie man so sagt.« Wieder ging ihr Blick an mir vorbei. »Ich glaube, dein Freund will was von dir.«

Ich drehte mich um. Maurice lauerte in meinem Rücken.

»Sorry, Jungs, Mädels, ich wusste nicht recht, wie ich mich bemerkbar … habe Neil vorhin schon einen halben Herzinfarkt verpasst, wollte ihm jetzt nicht auch noch den Rest geben.« Er hatte in jeder Hand ein Bier. »Komme ich vielleicht ungelegen?«

»Ein bisschen.« Ich verkniff mir meinen üblichen Reflex, ihn zum Teufel zu schicken. Ich war auf sein Wohlwollen angewiesen. Wenn er den Wink begriff und mich jetzt in Ruhe ließ, konnten wir uns ja ein andermal treffen.

»Alles klar«, nickte Maurice, ohne sich von meiner Seite wegzurühren. »Wollte mich auch nicht aufdrängen. Ich glaube nicht, dass du uns schon bekannt gemacht hast …?«

»Ach so«, sagte ich. Jetzt wollte er auch noch, dass ich ihn Rosa vorstellte. Ärger kochte in mir hoch. Dieser ganze affektierte Quatsch, den er da von sich gab, so benahm sich doch heutzutage keiner mehr außerhalb eines Golfclubs! Sie bekannt machen! »Maurice, das ist …«

Jetzt konnte ich nur noch raten. Rosa klang am wahrscheinlichsten, auch wenn ich immer noch Rhoda oder Rhonda für möglich hielt. Sie hatte mein Zögern bemerkt – hätte sie sich da nicht selber vorstellen können? Aber nein, sie fixierte mich mit unverhohlener Strenge.

»… meine Freundin Rosa.«

»Lucy«, sagte Lucy. Das Wort fuhr mir wie ein Dolch in die Eingeweide. Natürlich! Lucy! Sofort schloss sich eine ganze Reihe von Erinnerungen an, die durchaus angenehm hätten sein können, wenn sie meine Irrtümer nicht noch krasser hervorgehoben hätten.

Maurice hatte der zornigen Frau die Hand hingestreckt. Sie ignorierte ihn. »Verdammte Scheiße, Neil, ich hab mir ja keine Illusionen gemacht nach dem letzten Mal, ich dachte nur, es war etwas, das wir beide zur gleichen Zeit wollten, aber dass du wirklich alles vergessen hast …« – sie brach ab, und ihr Gesicht verzog sich zu einem furchtbaren, bitteren Lächeln – »… und dich noch nicht mal mehr an meinen Namen erinnerst!«

»O Gott, bitte entschuldige …«

»Vergiss es.« Bisher hatte sie ihre Salve noch in halbwegs diskreter Lautstärke abgefeuert, aber nun erhob sie die Stimme. »Dir sind andere Menschen doch scheißegal, Hauptsache, du kannst dir wichtig und geheimnisvoll vorkommen. Unfassbar, dass du mir mal leid getan hast.« Ihre Augen – graue Augen – weiteten sich vor Verwunderung über ihre eigene Gutgläubigkeit. Trotz ihrer harschen Worte war ich wieder einmal fasziniert davon, wie hübsch sie war. »Du bist echt ein armes Schwein. Aber du verdienst alles, was dir zustößt. Scher dich zum Teufel.«

Endlich Stille – sie schien alles gesagt zu haben, was sie auf dem Herzen hatte. Ich überlegte, ob ich vielleicht Abbitte leisten sollte für meinen Fehler, obwohl mir absolut nichts einfallen wollte. Doch kaum hatte ich den Mund aufgemacht, schüttete sie mir schwungvoll ihren Wein ins Gesicht.

Es fühlte sich an, als ob sie mich geohrfeigt hätte. Der Wein tropfte mir vom Kinn und durchnässte mein Hemd.

»Nett, Sie kennengelernt zu haben, Maurice«, sagte Lucy. Der Journalist, dem vor Überraschung der Kiefer heruntergeklappt war, fasste sich wieder und deutete eine höfliche Verbeugung an. Lucy hatte sich allerdings schon abgewandt und rauschte in Richtung Lobby davon.

Ich fuhr mir mit der Hand über den Mund und schüttelte

Wein von den Fingern. Der Schreck eben hatte mich derart zusammenfahren lassen, dass mir eiskalter Whisky in den Ärmel geschwappt war. Das Hemd klebte mir klamm an der Brust. Ein paar Köpfe hatten sich in unsere Richtung gedreht, als Lucy laut geworden war, und diese Zuschauer waren prompt mit einer netten Slapstickeinlage belohnt worden. Manche glotzten und grinsten immer noch oder taten entsetzt, um ihre Schadenfreude zu verbergen. Gern wäre ich jetzt gegangen, doch es hätte wie ein beschämter Rückzug gewirkt. Nichts sieht so nach weglaufen aus wie weglaufen. Außerdem hätte Lucy noch am Lift warten können, und ich konnte den Gedanken nicht ertragen, sie wiederzusehen.

Eine dickliche rosa Hand legte sich auf meine Schulter. »Alter …«, murmelte Maurice. Er schien sich unbehaglich zu fühlen, im Bann widersprüchlicher Gefühle, wie es bei Zeugen hochemotionaler Szenen oft der Fall ist – kindliche Erregung und zugleich das Bewusstsein, dass man jetzt absolut ernsthaft und zugewandt erscheinen müsste. »Alles okay mit dir?«

Mein Gefühlstornado kondensierte sich für einen Moment zu blanker Wut auf Maurice, der wieder mal der Vorbote einer Demütigung gewesen war, aber die Wut verpuffte.

»Nein«, sagte ich. »Das war meine Schuld. Ich muss raus hier.«

»Um was ging's denn da überhaupt?«

»War das nicht offensichtlich?«

»Den Namen von jemandem, mit dem man im Bett war, zu vergessen …« Maurice wiegte den Kopf, als wäre er ein zu Rate gezogener unabhängiger Gutachter. »Peinlich.«

»Was musstest du auch danach fragen!«

»Erlaube mal, Alter«, entgegnete Maurice vorwurfsvoll, »ich dachte, du kennst die Dame.«

»Ja, verdammte Scheiße«, sagte ich, mehr zu mir selbst. Er hatte ja recht, man konnte es ihm nicht übel nehmen.

»Schade, dass sie ihr Dingsda nicht anhatte«, meinte Maurice nachdenklich, »ihr Namensschild. Die haben mir schon oft aus der Klemme geholfen.«

»Hör mal, Maurice, ich muss aus dem nassen Zeug raus.« Inzwischen interessierte mich nichts anderes mehr, als endlich die klebrige Nässe loszuwerden. »Bis später dann.« Ich kippte den Rest von meinem Whisky, so kalt, dass die Zähne schmerzten, und brennend in der Kehle. Es fühlte sich gut an.

»Eigentlich wollte ich mit dir besprechen, was da vorhin passiert ist«, sagte Maurice, auf einmal wieder ganz geschäftsmäßig. »Bei der Podiumsdiskussion.«

»Ja, ja, darüber wollte ich auch mit dir reden, aber das ist jetzt nicht der Moment.« Die Klebrigkeit war nicht mehr zum Aushalten. »Können wir's auf morgen verschieben?«

Maurice schaute zweifelnd, zog dann aber Stift und Kärtchen – meine Visitenkarte – aus der Jackentasche. »Gibst du mir deine Mobilnummer?«

Noch vor wenigen Stunden hätte ich mir nicht vorstellen können, dass ich Maurice je meine Mobilnummer geben würde. Die Umstände hatten sich wahrhaft verändert. Ich sagte die Nummer auf, und er notierte sie auf der Karte. »Ich ruf dich an«, sagte er. »Ich möchte die Geschichte gern aus deiner Sicht hören.«

»Also, dann bis später, Maurice.«

»War 'ne klasse Show«, grinste er nun wieder mit seiner üblichen Jovialität. »Keine Sorge, die Drinks gehen auf mich!«

Ich verließ die Party, Gelächter im Rücken.

Die Keycard funktionierte beim zweiten Versuch. Beim ersten reichte das kleine Rotlicht am Schloss, mich aus der Haut fahren zu lassen: Fluchend trat ich gegen die Tür. Dann atmete ich tief durch, versuchte es noch mal, und das Licht sprang auf Grün. Ein Glück, dass ich nicht noch mal in die Lobby runter musste. Ich konnte mich einschließen und den Tag hinter mir lassen.

Drinnen riss ich mir Jacke und Hemd vom Leib und stopfte

sie in den roten Plastiksack der Hotelwäscherei. Einen Schlips hatte ich nicht angehabt. Im Badezimmer wusch ich mir das Gesicht mit warmem Wasser. Ich hatte Wein am Hals, auf Brust und Bauch, in den Haaren. Noch mal unter die Dusche? Ein drittes Mal duschen am Tag kam mir irgendwie dekadent vor, selbst wenn es nötig war. Aber das hier war eine Hoteldusche. Obwohl ich die meiste Zeit meines Lebens in Hotels verbrachte, verehrte ich ihre Duschen wie am ersten Tag: heißes Wasser mit einem Druck, der einem die Haut schrubbte; saubere, trockene Handtücher, kein Dreck oder Schimmel zwischen den Kacheln; das klare weiße Licht eines staubfreien NASA-Labors. Und nicht zu vergessen die kleinen Seifen und Shampoos, die Leute, die selten in Hotels absteigen, immer so beeindrucken, obwohl sie doch nur einen Teil der Wahrheit über Hotelduschen verkörpern. Wie die Fläschchen ein- oder zweimal benutzt und dann durch neue ersetzt werden, so auch die Dusche. Jeden Tag wird sie von unsichtbarem Personal so auf Hochglanz poliert, als ob man sie nie benutzt hätte. Zu Hause machen sich die wiederholten Aufenthalte in der Dusche gnadenlos bemerkbar, und mehr noch als tröpfelndes Wasser oder die Schweizer-Uhrmacher-Präzision, die man zur Einstellung der Temperatur benötigt, ist das die eigentliche Enttäuschung: dass man sich ständig selbst begegnet. Was ein echtes Frischeerlebnis sein sollte, wird zu einem Stelldichein mit Seifenresten, Siff, Haaren im Ausguss. Nur die Hoteldusche ist immer wie neu.

Und ich bedurfte der Erneuerung. Meine Chancen bei Lucy waren jetzt gleich null. Doch ich hatte schon oft genug bei Frauen gepatzt – hatte sie zu heftig angebaggert oder sie aus Versehen beleidigt, und sie hatten mich abblitzen lassen, mich als Arsch tituliert, was auch immer. Und war es irgendwie von Bedeutung gewesen? Nicht mehr als ein Pingpongball gegen eine Ritterrüstung. Warum also war ich derart betroffen von der Bauchlandung bei diesem flüchtigen Flirt? Irgendwie hatte ich das Gefühl, als hätte sich in der Tiefe ein nicht wiedergutzumachender Schaden ereignet – wie das dumpfe Wummern im Schiffsbauch, das ein Leck ankündigt, lange bevor das Boot zu sinken beginnt.

In früheren Zeiten hätte ich mich mit meiner Anonymität zufrieden geben können. Als niemand mich kannte, blieben auch meine Fehlleistungen unbeachtet – ich konnte einfach still und leise wieder im Hintergrund verschwinden. Aber Lucy erinnerte sich an mich, und auf der Messe hatte man sich an mich erinnert. Zum ersten Mal ging mir auf, dass ich vielleicht schon einen gewissen Ruf hatte und sicherlich nicht den besten. Meine Freiheit, zu leben wie ich wollte, ohne dass es Konsequenzen nach sich zog, war ernsthaft kompromittiert.

Ich trocknete mich ab und zog den Bademantel an, der neben der Tür hing. Es war noch nicht zu spät, um etwas Tröstliches beim Zimmerservice zu bestellen – ein Dessert vielleicht –, aber das kam mir dann doch etwas mädchenhaft vor, also verkniff ich es mir. Ich schaltete den Laptop ein, um eine Mail an Adam zu schicken, aber das WiFi-Signal war zu schwach; statt den Server zu kontaktieren, brach die Verbindung jedes Mal zusammen, und nach vier Versuchen gab ich es auf.

Mit einer kleinen Weinflasche aus der Minibar legte ich mich aufs Bett, schenkte mir ein Glas ein und fing lustlos an zu zappen. Fernsehserien und Krimis wurden um diese späte Stunde allmählich von Tele-Casino-Sendungen, Homeshopping und Dokumentarfilm-Wiederholungen abgelöst. Ich landete bald bei einem Musiksender, dem einzigen Quell guter Laune, der um die Zeit noch zu finden war. Die Nachrichten hatte ich in ihrer immer wiederkehrenden Endlosschleife so oft gesehen, dass sie mich inzwischen anödeten; ich ertappte mich dabei, dass ich mich förmlich nach einem Desaster sehnte – einer Naturkatastrophe mit hohem Kamera-Aufkommen, einem saftigen Politskandal, einem Finanzdebakel mit reichlich Krokodilstränen. Und in Ermangelung all dessen blieb ich eben beim Musiksender hängen, sah mir mit gedrosselter Lautstärke Männer und Frauen in knapper Kostümierung an, die hüftwackelnd einherstolzierten. Vielleicht hatte meine Unruhe ja auch etwas mit der Anspannung zu tun, die kein Ventil fand; hier konnten gewisse Erwachsenenprogramme Abhilfe schaffen, deren Nutzung sich dann als diskret formulierter, aber substanzieller Aufschlag auf der Rechnung bemerkbar machen würde. Das Menü war über den Eingangsbildschirm zu erreichen, wo mich wie immer die persönliche Begrüßung erwartete, dazu die Wettervorhersage und hilfreiche Tipps für das Buchen einer Business Suite. Nachdem ich die Pay-TV-Optionen aufgerufen hatte, half die Auswahl der Titel lediglich, meinen Selbsthass zu befördern, und so kehrte ich zu den weniger penetranten Ausstellungen sekundärer Geschlechtsmerkmale in den Musikvideos zurück.

Das Fläschchen Wein, geizig bemessen, verschwand in weniger als zwei Gläsern und ebnete den Weg für zwei kleine Whiskys, die als Schlaftrunk gedacht waren. Seltsamerweise aber wollte sich trotz der Anstrengungen des Tages keine rechte Müdigkeit einstellen. Sicher würde mir jetzt auch nichts Erhellendes mehr zu den verschiedenen Konflikten einfallen, in die ich heute geraten war, und dennoch kreisten meine Gedanken mühlradartig um das immer gleiche Thema; einzelne Satzfetzen, Momente, Situationen tauchten wie in Endlosschleife auf. Ich legte mir schlagfertige Antworten, geistreiche Entgegnungen zurecht, als wäre es mir vergönnt gewesen, den Gang der Ereignisse noch einmal zu revidieren; ich entwarf und probierte im Geiste das Skript für zukünftige Zusammentreffen. Und sosehr diese unentwegte Grübelei mich auch anwiderte, war ich doch unfähig, damit aufzuhören. Zwar hatte der Alkohol meine Beschämung und Reue gnädig abgemildert, aber statt Frieden zu finden, empfand ich nur eine schwelende Wut auf den Messechef wegen seiner List, Wut auf Lucy wegen der peinlichen

Szene und der Weigerung, eine Entschuldigung anzunehmen, Wut auf Maurice wegen seiner Dickfelligkeit, wegen seiner Art, stets und ständig im falschen Moment aufzutauchen und überhaupt so durch und durch Maurice zu sein. Unglaublich, wie so ein chaotischer Wirrkopf es immer wieder schaffte, meine Pläne zu durchkreuzen. Wütender aber als auf alle anderen war ich auf mich selbst.

Inzwischen ging die Party unten ihrem Ende zu. Gäste kehrten lärmend und türenschlagend in ihre Zimmer zurück, zu zweit oder zu mehreren; manche waren auf Sex aus, andere auf gemeinschaftliches Plündern der Minibar oder einfach auf rauschhaftes Weiterfeiern bis zur letzten Sekunde, bevor sie an ihren Zimmertüren auseinandergehen mussten. Viele riefen jetzt sicher auch noch zu Hause an oder verabredeten sich mit Freunden und Kollegen, was ich daran merkte, dass mein Radiowecker vor lauter elektrischer Spannung in der Luft auf einmal zu surren und zu fiepen begann. Ich stellte den Fernseher leise und lehnte mich hinüber, um nachzusehen, ob das Radio einen Lautstärkeregler oder eine Taste zum Ausschalten hatte. Zwischen den Surr- und Fiepgeräuschen war ein sanftes, silbrig flirrendes, an- und abschwellendes Dauerrauschen zu hören. Es klang so, als käme eine kaum vernehmliche Musik aus den Lautsprechern, obwohl das Radio gar nicht an war. Wie war das möglich? Ich hatte es ja schon erlebt, dass hin und wieder mal zufällig eingefangener Taxifunk aus dem Radio kam, aber nie aus einem Radio, das ausgeschaltet war. Oder ließ dieses hier sich am Ende gar nicht ausschalten? Der Stecker war jedenfalls eingesteckt, um das rote Display der Uhr mit Strom zu versorgen. Jedes Mal, wenn ich das Gefühl hatte, eine Melodie oder Stimme in dem leisen Rauschen zu erkennen, wurde es wieder von Störgeräuschen überlagert. Entnervt langte ich unter den Nachttisch und zog den Stecker aus der Dose.

Nichts passierte. Die Uhr zeigte die gleiche Zeit an wie zuvor, und der Radiowecker surrte, fauchte, wisperte einfach weiter. Wie konnte das sein? Gab es vielleicht einen Akku, damit der Wecker zuverlässig funktionierte, falls der Strom ausfiel? Und wie lang hielt so ein Akku? Das Gefiepe und Gesurre wurde mir allmählich unheimlich.

Ich stellte den Fernseher wieder laut, ließ mich in die Kissen sinken und versuchte, mich mit den nichtssagenden Popmusik-Clips abzulenken und das trügerische Gerät neben mir zu ignorieren. Der Alkohol hatte mich ein wenig stumpf, aber nicht schläfrig gemacht. Vielleicht würde ich trotzdem einschlafen können, wenn ich den Fernseher und das Licht ausmachte und unter die Decke kroch, aber genau das war es, was ich nicht wollte. Nein, ich wollte nicht schlafen, ich wollte nicht mehr passiv, nicht mehr Opfer sein, ich wollte etwas *tun*. In die Bar zurückzukehren, kam nicht infrage – sie war sicher schon geschlossen, und das Personal deckte schon die Tische im Restaurant für das Frühstück. Aber selbst wenn die Bar noch geöffnet hatte und die letzten Partygäste dort ihren Schlummertrunk kippten, hatte ich keine Lust, sie mit einem geisterhaften Auftauchen zu ergötzen. Nur hinaus musste ich aus diesem Zimmer, nach dem ich mich den ganzen Tag lang gesehnt hatte, und das mich jetzt unerträglich einengte. Bei meiner Rückkehr von der Messe war es so wunderbar aufgeräumt gewesen, und nun hatte ich es durch meine Anwesenheit besudelt – verstreute Kleidung, Wasserdampf im Bad, leere Dosen und Flaschen auf dem Nachttisch. Und immer noch das nervtötende Geräusch aus dem Radiowecker, diese verquere Unruhe, die hier so allgegenwärtig und unabhängig vom Stromanschluss war.

Aber irgendetwas konnte ich tun. Ich stand auf, sammelte die leeren Flaschen ein und warf sie in den Papierkorb. Ich hängte das benutzte Handtuch auf und faltete meine Sachen zusammen. Den Plastiksack für die Wäscherei stellte ich vor die Tür, zusammen mit dem Tablett vom Zimmerservice.

Der Flur war leer. Aus der Richtung des Aufzugs war nichts zu hören. Vielleicht hatten sich alle schon schlafen gelegt. Vor den meisten anderen Türen standen ebenfalls Säcke und Tabletts.

Angesichts der allgemeinen Stille und Schlaftrunkenheit hätte ich mich normalerweise selber gern aufs Ohr gelegt und den Gedanken genossen, einer von vielen einsamen Schläfern zu sein, alle vereint im leisen Wiegenlied der Klimaanlage. Aber heute, da ich nun einmal nicht schlafen konnte, wollte ich an dieser kollektiven Erfahrung auf andere Weise teilhaben: indem ich mich als Einziger wach und munter inmitten dieser tiefen Stille bewegte. Wie ein Stadtfuchs in den schlummernden Straßen, ein Außenseiter, aber wunderbar unabhängig. Schnell fuhr ich in Hemd und Hose. Dies war auch die Stunde der Rothaarigen – oder war es zumindest gestern gewesen. Tatsächlich erst gestern? Es schien mir so viel länger her; schon verblasste die Erinnerung an sie wieder zu einem Traumbild.

Ihre Stunde. Das erste Mal, dass ich sie sah, hatte sie schlafgewandelt. Es sei ein immer wiederkehrendes Problem gewesen, hatte sie mir gestern Nacht erzählt, vor allem in unvertrauten Umgebungen wie Hotels. Aber das Problem habe sie überwunden. Way-Inn-Hotels seien ihr jetzt so vertraut, dass ihre nächtlichen Expeditionen aufgehört hätten. Doch vielleicht hatte sie immer noch eine gewisse Vorliebe für die Nacht behalten, wenn die Flure still waren und die Bilder in Ruhe fotografiert werden konnten, was sie ja auch gestern in die Bar geführt hatte. Sicher, die Chancen, sie heute Nacht zufällig wiederzutreffen, waren gering, aber nicht gleich null, und eigentlich wollte ich mich nur ein bisschen bewegen.

Ich trat in den Flur und ließ die Tür hinter mir ins Schloss fallen, was sie mit anmutiger Verzögerung tat. Diese Türen würden niemals von selber zuknallen; von sich aus war das Hotel ruhig, rücksichtsvoll, unaufdringlich. Um zum Aufzug zu gelangen, hätte ich mich nach links gewandt, denn rechts gab es nichts als weitere Zimmer, weitere Türen. Ich wandte mich nach rechts.

Die schwarzen Türen, an denen ich vorbeikam, immer abwechselnd eine links, eine rechts, gaben meinen Schritten einen ausgewogenen Rhythmus. Weiter vorn mündete der Flur in einer Brandschutztür, die vor mir aufschwang und mich sogleich wieder vor die Wahl stellte, rechts oder links abzubiegen. Soweit ich wusste, würde eine Linkswendung mich halb um den Zen-Innenhof herumführen – wenn ich dann noch zweimal links abbog, würde ich beim Treppenhaus ankommen. Also wandte ich mich wieder nach rechts, in die andere, unerwartete Richtung.

Der Flur bog nach links und ich mit ihm. Ich versuchte, mir die Topografie des Hotels zu vergegenwärtigen wie ein grafisches Modell. Nach dem Wenigen zu schließen, was man von außen sah, war es ein langes Rechteck, mit der Breitseite zur Autobahn und Zufahrtsstraße. Die Innenhöfe dienten vor allem als Lichtspender für die nach innen gelegenen Zimmer – aber wie viele Höfe gab es? Zwei, dachte ich, was dem Grundriss die Form einer Acht gäbe. Doch schon jetzt kam mir das Hotel größer vor, als ich angenommen hatte – vielleicht waren es ja drei Höfe, hintereinander gelegen oder auch als Dreieck angeordnet.

Keiner sonst war im Flur unterwegs, doch ich war nicht allein. Hinter den meisten Türen war es still, aber aus manchen Zimmern waren Stimmen oder Gelächter zu hören oder Fernseher, die für diese späte Stunde etwas zu laut gestellt waren; in mindestens einem Zimmer fand heftiger, keuchender Geschlechtsverkehr statt. Alles in allem eine relativ muntere Nacht – man hätte sich denken können, dass es eine Party gegeben hatte, selbst wenn man es nicht gewusst hätte. Vor vielen Zimmern waren Tabletts mit Geschirr abgestellt, manche mit den Resten opulenter Festmahle beladen. »Bitte nicht stören«-Schilder hingen an vielen Klinken. Viele Leute hatten offensichtlich einen sehr viel angenehmeren Tag verbracht als ich. Bitterkeit stieg in mir auf. Ich war wirklich ein Außenseiter.

Noch eine Brandschutztür; dahinter eine Fensterfront, die auf einen zweiten Innenhof hinausblickte. Die schwache Sicherheitsbeleuchtung ließ die kunstvoll arrangierten Steine nur erahnen, die vor allem durch den feuchten Glanz ihrer Oberfläche sichtbar waren. Lichtreflexe tanzten in dem schwarzen Zierteich, vielfach zersplittert von den stetig fallenden Regentropfen. Nicht einmal wetterfeste Raucher dort draußen heute Nacht. Das Hotel oberhalb dieses nassen Höfchens war nichts weiter als eine finstere Masse, die getönten Fenster tiefschwarze Flächen, wie herausgestanzt aus dem Einheitsgrau der Dunkelheit.

Ich ging weiter, links, rechts, wieder rechts, wählte die Route absichtslos wie auf meinen Gängen durch die Messehallen, um das Gebäude ganz unvoreingenommen zu erleben, als würde man durch einen Wald streifen, ohne Wunsch, ohne Ziel. Weitere schwarze Türen, alle gleich, und immer das gleiche indirekte Licht, Halogenspots über den einheitlich braun-beigen abstrakten Bildern. Ein Glück, dass die Wanddekoration im Way Inn nicht Aufgabe eines einzelnen Malers war – allein diese Filiale hätte ihm das Handgelenk und die Augen ruiniert. Und während er sich in der Physiotherapie auskurierte, würden immer weitere Hotels eröffnet werden, in Hefei, in Curitiba, in Schardscha, die alle seiner unnachahmlich nachahmbaren Visionen in allen Schattierungen von Schokolade bis Eierschale bedurften. Wieder würden seine Finger sich um den ausgefransten Pinsel krümmen müssen. Aber die Rothaarige hatte ja gesagt, die Malerei erfolge maschinell, am Fließband, was einen bei der schieren Größe des Hotels auch nicht verwunderte.

Ein Riesenhotel, unendliche Flure – ich lief und lief, kilometerweit, und dennoch fühlte sich das Territorium, in das ich vordrang, immer wieder neu an. Ein gigantischer Behälter für Menschen, der permanent gefüllt werden wollte. Und das war erst der Anfang. Die Achse entlang der Autobahn war darauf ausgerichtet, stetig weiter zu wachsen – immer mehr Flugzeuge am Flughafen, immer mehr Fahrzeuge auf den Straßen, immer mehr Besucher im Messezentrum. Selbst in schlechten Zeiten wusste ein globaler Konzern wie Way Inn immer noch, wo Wachstum zu finden war. Das war der Job der Rothaarigen: Orte des Wachstums auszukundschaften. Die Geschäftswelt war in ständiger Bewegung … Leute, die kreuz und quer über den Globus tobten und einen Behälter für ihre Nachtstunden brauchten. Immer und überall befinden sich 500 000 Leute in Flugzeugen in der Luft. Eine halbe Million. Jederzeit. Eine ganze Stadt. Und wie viele Leute befinden sich weltweit in Hotels? Sehr viel mehr: eine Metropole, eine Megalopolis, die Türen immer offen, die Lichter immer an. Einchecken ohne Ende, Zimmerservice rund um die Uhr. Diese Städte sind nur nicht als solche zu erkennen, weil ihre Einwohner immer nur kurze Zeit bleiben, für eine Nacht oder zwei. Dass man Einwohner dieser unsichtbaren Stadt ist, macht man sich normalerweise gar nicht bewusst, denn dafür müsste man länger bleiben.

Jetzt aber fiel mir auf, dass die Gästepopulation um mich her abnahm, je weiter ich in die Tiefe des Hotels vordrang. Es waren weniger Tabletts vor den Türen, weniger Fernseher an, weniger lachende oder keuchende Stimmen vernehmbar. Das Einzige, was ich hörte, waren meine Schritte und das leise Sirren der Klimaanlage. Ich kam an einem Treppenhaus vorbei und bald darauf an einem weiteren Innenhof. Leer natürlich und hinter der getönten Scheibe so einsam und fern wie ein anderer Planet. Falls der Mond am Himmel schien, war er gründlich versteckt hinter der dicken Schicht eisiger Feuchtigkeit, aus der die herbstliche Atmosphäre bestand.

Bald nach dem dritten Lichtschacht kam ich nicht mehr

voran. Mein Körper verweigerte den Dienst. Ich war außer Atem, saure Trockenheit würgte mich in der Kehle. Schwarze Leuchtraketen explodierten hinter meinen Augen. Meine Waden brannten. Ohne es zu merken, war ich schneller und schneller geworden, schließlich fast gerannt; ich hatte meine Reserven aufgebraucht, bevor ich überhaupt wusste, dass ich sie in Anspruch nahm. Außerdem ging es nicht mehr weiter. Der Flur endete an einer Brandschutztür, und anders als die, durch die ich bereits gegangen war, trug sie ein Warnschild: TÜR ALARMGESICHERT. NUR IM NOTFALL ZU ÖFFNEN.

Also Schluss. Ich rutschte an der Wand entlang zu Boden, blieb unter einem der abstrakten Bilder sitzen. Meine Beinmuskeln zuckten und kribbelten. Ich fürchtete schon, ohnmächtig zu werden, aber dann gewann die Vernunft doch wieder die Oberhand: Es war spät, ich hatte einige Whiskys intus, der Tag war anstrengend gewesen – ich hatte laufen wollen, bis ich müde wurde. Mission erfüllt. Zeit, sich zur Ruhe zu begeben. Die Zimmertür vor mir trug die Nummer 281. Bloß 281? Ich war doch sicher viel weiter gegangen. Aber sechzig Türen zwischen dieser hier und meiner, das war mir auch genug.

Der kleine Schwächeanfall war vorbei, und er kam mir jetzt vor wie eine peinliche Verirrung. Der ganze Tag fühlte sich an wie eine peinliche Verirrung. Ich kehrte um. An der Ecke des Flurs angelangt, wo ich zuletzt abgebogen war, warf ich einen Blick auf die Zimmernummer, um zu sehen, wie weit ich schon gekommen war.

288.

Da stimmte etwas nicht. Die Nummern hätten in Richtung 219 fallen sollen, nicht steigen. War ich aus Versehen im Kreis gegangen? Ich war zwar unzählige Male nach links oder rechts abgebogen, aber eigentlich war ich mir sicher, immer dieselbe Richtung eingehalten zu haben, nämlich zum hinteren Ende des Gebäudes hin, weg von der Eingangshalle. Doch wenn ich nur zweimal falsch abgebogen wäre, ohne es zu merken, wäre ich jetzt genau in der entgegengesetzten Richtung von der unterwegs, in der ich mich zu bewegen glaubte. Meistens war ich ja auf gut Glück abgebogen, fast so, als ob ich es darauf angelegt hätte, mich zu verlaufen.

Und schon verschwamm der Grundriss des Hotels, den ich im Kopf hatte, und löste sich in nichts auf. Ich hatte keine Vorstellung mehr von meinem Platz innerhalb seiner Mauern. Mich umzusehen, brachte nicht viel – natürlich sah jede Ecke des Flurs jeder anderen zum Verwechseln ähnlich. Ein Schild wies zu den Zimmern 290 bis 299. Ob es wohl noch höhere Nummern auf dieser Etage gab? 2100? 201a? Warum sollte es genau 99 Zimmer auf einem Stockwerk geben? Andererseits – waren 90 oder 105 vielleicht plausibler? Selbst der Flur, den ich gerade hinabgegangen war, kam mir zweifelhaft vor – war ich wirklich schon mal hier entlanggekommen? Ich versuchte mir vorzustellen, wie ich vor Kurzem noch denselben Weg in umgekehrter Richtung zurückgelegt hatte, aber es wollte mir nicht gelingen – mein früheres Selbst war, geisterhaft vervielfacht, in allen Fluren zugleich, und in allen Richtungen mit der gleichen Selbstgewissheit unterwegs. Hier war die Tür 281 – hatte ich unter diesem Bild dort gesessen? Als Nächstes, wie zu erwarten war, die 280. Die Nummern waren unfehlbar – ich brauchte ihnen nur bis zur 219 zu folgen, und dann ab ins Bett.

Gesagt, getan. Die Reihenfolge der Zimmernummern nahm kontinuierlich ab, bis ich an einen Innenhof kam – ein gutes Zeichen, denn es musste der sein, wo ich zuletzt gewesen war, bevor ich nicht mehr weiterkam. Dem Hof folgte ein Treppenhaus, wo ich mich über das Geländer beugte; niemand zu sehen. Ich ging weiter.

Die Flure auf dem Rückweg glichen denen auf dem Hinweg, was nicht heißen musste, dass es dieselben waren. Schade, sagte ich mir, dass ich vorhin nicht versucht hatte, mir den Weg besser einzuprägen – nicht mit einer Spur aus Brotkrumen, aber vielleicht, indem ich besser auf die Bilder achtgegeben hätte, an denen ich vorbeigekommen war? Der Rotschopf hatte ja auch gemeint, die Bilder stellten einen räumlichen Informationscode dar, eine Art Plan. Vielleicht war das nur eine absurde Verschwörungstheorie, aber zumindest waren die Bilder in der Monotonie der Flure das Einzige, was überhaupt ein wenig Verschiedenheit bot – auch wenn es gar nicht einfach war, sie zu unterscheiden. In der Einheitlichkeit ihrer sanften Naturtöne und weichen Wellenlinien sahen sie sich fast so ähnlich wie die Flure, die sie schmückten. Der Oberflächenreiz, den sie den Wänden verliehen, war eine Illusion – nur eine weitere Schicht der Banalität, die nach etwas Interessanterem aussehen sollte. Es war zum Verrücktwerden – andererseits konnte ich mich eigentlich gar nicht verlaufen haben; die Nummern konnten nicht lügen.

Weiter vorn kam mir irgendetwas plötzlich anders vor. Ich hatte mich an das warme, gedämpfte Flurlicht gewöhnt; gegen das regennasse Dunkel draußen war es recht angenehm. Doch plötzlich einfallende Helligkeit ließ die Flure vergleichsweise düster wirken. Vor mir machte der Flur eine Biegung nach links. Hinter dieser Ecke strahlte ein Rhombus aus Licht hervor.

Irgendeine Notbeleuchtung, die außer Kontrolle geraten und aus Versehen auf die höchste Stufe geschaltet war? Ein Fehler, der überall vorkommen konnte, erst recht in einem neuen Hotel mit neu gelegten Leitungen und Schaltkreisen. Trotzdem blieb ich erst einmal wie angewurzelt stehen, konnte mich minutenlang – oder vielleicht auch nur Sekunden – nicht rühren. Die permanente Einheitlichkeit des Hotels hatte mich eingelullt; so eine jähe Unterbrechung war regelrecht erschreckend. Und irgendetwas stimmte nicht mit dem Licht.

Langsam ging ich bis zu der Ecke vor und schaute drum

herum. Ich wollte erst mal sehen, wo das Licht herkam, bevor ich weiterging.

Das Licht kam nicht von den Halogenspots im Flur; es kam von draußen, durch eine Fensterfront, die auf einen Innenhof blickte.

Ich trat an die Fenster, fast besorgt, ob die kurze Entfernung nicht zu viel für mich wäre, so schwach fühlte ich mich plötzlich wieder in den Knien. Ich musste die Augen vor der Sonne abschirmen, die sich in den gegenüberliegenden Fenstern spiegelte. Das Licht unterstrich jedes Detail in dem Zen-Garten zwei Stockwerke weiter unten und verbannte alle Schatten in die tiefsten Ritzen zwischen den grauen Steinen. Im spiegelglatten Wasser des Zierbeckens strahlte eine zweite Sonne, und die Lichtreflexe glommen kupfern im roten Haar der Frau, die auf dem flachen Felsen saß. Die Frau aus der Bar – die Schlafwandlerin –, im Lotussitz, die Hände mit den Handflächen nach oben auf den Knien, der Rücken kerzengerade, die Augen geschlossen. Sie meditierte unter einem wolkenlosen Himmel.

War ich ohnmächtig geworden? Wie spät war es? Uhr und Smartphone hatte ich im Zimmer gelassen – in meiner plötzlichen Begeisterung für eine nächtliche Wanderung war ich nur schnell in die Kleider geschlüpft, ohne mich vernünftig auszurüsten. Das Einzige, was ich in der Tasche hatte, war meine Keycard. Konnte es etwa schon Morgen sein? Oder sogar Mittag, denn die Sonne stand ja schon hoch. Die Steine im Gärtchen waren trocken, wie in der Sonne gebacken, und ich spürte förmlich die Hitze, die von der Klimaanlage in Schach gehalten wurde. Es gab weder feuchte Flecken noch Pfützen zwischen den Steinen. Die Frau trug Sportkleidung, die nicht für den bitteren Spätherbst taugte – Leggings, Turnschuhe ohne Socken, Sweatshirt. Mit Way-Inn-Logo.

Die Frau. Ihr langer Hals, vom schlaffen Hemdkragen umrahmt, war porzellanblass; kein Wunder, dass sie die Sonne förmlich aufzusaugen schien. Sie würde mir alles erklären können, sie würde die Antwort auf das Rätsel wissen. Ich schlug mit den flachen Händen gegen die Scheibe, die kaum unter meinen Schlägen vibrierte, und rief: »Hallo! Hallo!« Doch sie reagierte nicht – falls sie mich hörte, verbarg sie es gut. Plötzlich erinnerte ich mich, dass es Nacht war, und es tat mir leid, solchen Lärm zu machen, wo die Leute doch schlafen wollten. Aber wie konnte es Nacht sein, wenn die Sonne hoch am Himmel stand? Ich musste die Frau erreichen, ihre Aufmerksamkeit erregen – aber von hier aus ging das nicht; selbst wenn sie mich hörte, würde sie mich durch das Einwegglas nicht sehen können. In der Nähe gab es sicher ein Treppenhaus, einen Lichtschacht – beides gehörte zusammen, so viel zumindest war mir von der ansonsten so undurchschaubaren Topografie des Hotels schon klar geworden. Und die Treppe fand man, indem man dem Zeichen für den Notausgang folgte – das kleine grüne Männchen mit dem hinterleuchteten Pfeil war überall, das war Vorschrift.

Ich fand eines und folgte ihm; es führte zu einem anderen, das um eine Ecke führte. Um die Ecke befand sich eine Brandschutztür.

DIESE TÜR IST ALARMGESICHERT. NUR IM NOTFALL BENUTZEN.

Ich legte die Hand auf die Stange, die als Klinke fungierte. Das Metall fühlte sich kühl an. Auf der anderen Seite der Tür wäre dann eine Treppe, eine zweckdienliche Konstruktion aus Beton oder Stahl, die an der Außenseite des Hotels angebracht war. Aber sie würde zu der Frau hinabführen, ich würde in den Garten gelangen und wieder mit ihr reden können. Ob das ernst gemeint war mit dem Alarm? Würde eine Atomschlagsirene losheulen, die jeden im Hotel aus dem Schlaf reißen würde? Oder nur den Nachtwächter, der kommen und nachschauen würde, was da los war? Wenn die Sonne schien, wäre es doch wohl kaum der Nachtwächter? Und wenn die Tür in Wahrheit an gar kein Alarmsystem angeschlossen war? Aber es gab ja die Vorschriften und Überwachungskameras. Ich nahm die Hand von der Stange.

Vielleicht ließ sich eines der Fenster zum Hof öffnen. So unwahrscheinlich war das nicht. Ich wandte mich zurück, ging jetzt in umgekehrter Richtung an den Fluchtwegmännchen vorbei. Sie würde immer noch dort unten sein.

Vom Lichtschacht fiel kein Licht herein. Ich musste die Hände wie ein Visier um die Augen legen, um sie vor dem schwach gespiegelten Flurlicht in der Scheibe abzuschirmen. Die Nachtbeleuchtung unten ließ schemenhaft die Steine und das Becken des Zen-Gartens erkennen, aber es war niemand dort. Regentropfen sprenkelten das Glas. Ich schloss die Augen, kniff mir in den Nasenrücken – wieder explodierten schwarze Leuchtraketen, und der Flurteppich schlug unter mir Wellen. Keine Sonne, kein Licht, keine Frau. Es war über zwanzig Stunden her, seit ich in meinem Way-Inn-Zimmer aufgewacht war, und das nach kaum vier Stunden Schlaf – es war zu viel, ich war erschöpft, es war ein aufwühlender Tag gewesen, da konnte man schon mal halluzinieren. Alles, was ich brauchte, war Schlaf.

Die nächste Zimmernummer: 233. Das war tröstlich. Meine Tür war nur zwei Ecken weiter weg, und ich fand sie ohne Mühe. Doch kaum gefunden, ließ die Tür sich nicht öffnen. Die Keycard, in den Schlitz geschoben, bewirkte kein grünes Licht, sondern nur seinen fiesen roten Zwilling.

Ich inspizierte die Tür. Das schwarze Holz war sicher nicht massiv, sondern eine besonders resistente Sorte furniertes Sperrholz, feuerfest, lärmabweisend und von sattem Klang, wenn sie ins Schloss fiel. Das Metallschild an der Tür beharrte stur darauf, dass es sich um Zimmer 219 handelte, also nahm ich es beim Wort, schob die Keycard noch mal ein und bekam wieder das rote Licht gezeigt. Eigentlich war es ja eher orangefarben, vielleicht aus Rücksicht auf die grundsätzliche Unfehlbarkeit eines Way-Inn-Kunden. Ein richtig rotes Licht wäre zu brüsk; das orangefarbene Licht bedauerte die Unannehmlichkeit und gab zu, dass der Gast wahrscheinlich ein Zugangsrecht zu diesem Zimmer hatte, der Zugang ihm jedoch nicht gewährt werden konnte, solange die auf der Karte gespeicherten Daten nicht mit dem Code des elektronischen Türschlosses übereinstimmten. Was mich aber nur noch müder und ärgerlicher machte, denn egal, wie gut gemeint die LED-Farbwahl war, das Ergebnis blieb dasselbe: Ich konnte nicht in mein Zimmer. Wieso nicht? Die Keycard war das Einzige, was ich in der Tasche hatte, sie konnte also mit nichts Störendem in Berührung gekommen sein. Ich war zwischen Wut und Resignation hin und her gerissen, und schließlich siegte die Resignation. Nach einem letzten Versuch – orangefarbenes Licht – blieb mir nichts anderes übrig, als zum Empfang hinunterzugehen.

Wie spät war es jetzt? Gegen drei Uhr morgens, nahm ich an, oder noch später, falls ich auf meiner Wanderung wirklich einmal weggedöst war. Ich brauchte viel länger als erwartet, um zum Aufzug zu finden, und in seinen vielfach reflektierenden Spiegeln wurde mir der Anblick eines recht mitgenommenen Kerls zuteil, dem die Vervielfältigung nicht gerade schmeichelte. Eine Armee von hängenden Schultern, offenen Kragen, dunklen Augenringen, Bartschatten.

In der Lobby gab es keine Uhr, aber hinter der Glastür des Haupteingangs war noch keine Morgendämmerung zu sehen; nur der orangefarbene Widerschein der Autobahn. Zugunsten des Way Inn muss gesagt sein, dass der junge Mann an der Rezeption nicht einen Hauch von Überraschung oder gar Unmut über mein verknittertes Äußeres erkennen ließ. Auf meine Beschwerde hin nahm er die Karte mit freundlichem Lächeln entgegen, schob sie in sein Lesegerät, linste kurz auf einen Monitor, den ich nicht sehen konnte, und händigte sie mir mit einem noch breiteren Lächeln wieder aus.

»Jetzt müsste sie wieder tadellos funktionieren, Sir«, sagte er. »Soll ich mit raufkommen und nachschauen?«

»Nein, danke«, winkte ich schnell ab. »Das wird nicht nötig sein.« Zum Glück bedurfte es keiner weiteren Überredung, damit er an seinem Platz blieb.

»Ich bin auf jeden Fall hier, falls Sie noch etwas brauchen, Sir«, sagte er.

»Danke«, nickte ich. »Gute Nacht.«

Diesmal bekam ich grünes Licht. Um ins Zimmer zu kommen, musste ich über das Tablett und den Wäschesack steigen, die ich zum Abholen auf die Türschwelle gestellt hatte. Trotz der Erschöpfung, die mich in meinen letzten wachen Minuten umfing, als ich mich aus den Kleidern schälte, waren es die Sachen vor der Tür, um die meine Gedanken kreisten wie Motten ums Licht. Diese Sachen, und nicht die Erscheinung der Frau in dem sonnendurchfluteten Innenhof, waren das Letzte, woran ich dachte, bevor ich einschlief. Denn in meiner Erinnerung an die Rückkehr von der nächtlichen Wanderung – als das Lämpchen orangefarben leuchtete – gab es weder Tablett noch Wäschesack. Nichts hatte es dort gegeben, vor jener anderen Tür, jenem anderen Zimmer 219. Ich hätte schwören können: ein anderes Zimmer 219.

ZWEITER TEIL

DAS HOTEL

»ZIMMERREINIGUNG.«

Ein Wort im Raum, wie der Monolith, der am Ende von 2001 – *Odyssee im Weltraum* über Jupiter schwebt. Offenbar sehr bedeutungsvoll und dennoch unbegreiflich.

Gedämpftes Klopfen an der Tür. »Zimmerreinigung.«

»Ja-ha.« Das war ich.

Ein mechanisches Geräusch, Metall klapperte, die Tür sprang auf.

»Nein, Moment noch.« Ich hechtete aus dem Bett, setzte die Füße auf den warmen Teppich. Der Bademantel hing über der Badezimmertür – ich warf ihn über und eilte zur Tür, durch die sich schon ein Kopf und eine Schulter im rosa Kittel schob.

»Sorry«, sagte das Zimmermädchen mit prachtvoll rollendem R. »Zimmerrr putzen?«

»Nein, danke. Nicht jetzt, später.«

Sie schien von meiner Antwort verstimmt, als wäre das Putzen meines Zimmers eine lang erwartete Freude, die ich ihr nicht gönnen wollte.

»Späterrr?«, rollte das R. Ich kam nicht drauf, was für ein Akzent es sein mochte.

»Später«, nickte ich. »Ist okay, ist nicht so wichtig.« Ich steckte in der Zwickmühle – einerseits wollte ich die Frau nicht im Zimmer haben, andererseits wollte ich sie nicht einfach so wegschicken, denn später in ein frisch hergerichtetes Zimmer zurückzukommen, wäre natürlich auch recht angenehm gewesen.

»Späterrr …«, wiederholte sie mit zweifelnder Miene, ob ich dieses Versprechen wirklich ernst meinte.

»Später«, sagte ich entschieden und rang mir ein halbes Lächeln ab in der Hoffnung, sie damit loszuwerden.

Das Zimmermädchen zog sich wortlos zurück, und die Tür klickte sachte ins Schloss.

Ich hatte sie weggeschickt, um wieder ins Bett gehen zu können. Den Wecker hatte ich mir extra nicht gestellt. Auf keinen Fall wollte ich mich am Frühstücksbuffet blicken lassen oder mich in die morgendliche Schlange bei den Bussen einreihen. Erst einmal den Hauptansturm abwarten, sagte ich mir, dann konnte ich mich immer noch ganz gemütlich und weitgehend unbeobachtet zum Messezentrum begeben. Aber das Display des Radioweckers zeigte leider schon 11:22, und Frühstück gab es nur bis zehn; ich hatte es glatt verschlafen. Der Tag schritt ohne mich voran, und ich fühlte mich irgendwie geprellt, um die Befriedigung gebracht, selber entscheiden zu können, ob ich auf das Frühstück verzichten oder mich unter die Nachzügler am Buffet einreihen wollte. So musste ich mich schließlich doch noch sputen, statt den Tag gemächlich angehen zu lassen; für den Nachmittag waren Konferenzen angesetzt, und zwei Tage Messegeschehen mussten auch noch aufgearbeitet werden.

Also nichts wie unter die Dusche und in die Kleider. Ich hatte zwei Anzüge mit, beide unauffällig, gedecktes Business-Grau, der eine etwas fescher als der andere. Lucy hatte mir das feschere Sakko eingesaut, sodass ich nun mit dem bescheideneren Exemplar vorliebnehmen musste – aber Partys würde es ja ohnehin keine mehr geben. Ich dachte an Lucys flammende Wut auf mich; ihre Beschimpfungen (dass ich jämmerlich sei, dass ich jegliches künftige Unglück verdient hätte) hatten mich zwar getroffen, kamen mir aber dennoch wie bloße Aufwärmübungen für eine viel umfassendere Verwünschung vor, für die ihr dann aber die Worte fehlten, sodass sie sich stattdessen mit Pinot Grigio beholfen hatte. Wie konnte ich Worte für meine Reue finden, wenn sie so tief gekränkt war, dass sie ihre Wut nicht mal in Worte zu fassen vermochte? Es war hoffnungslos. Am besten, ich vergaß den peinlichen Auftritt. Früher wäre mir das gar nicht weiter schwergefallen. Zum Teufel, es war doch nur ein flüchtiger Moment mit einer Frau unter Tausenden. Aber ich wurde das Gefühl nicht los, dass die Sache damit nicht aus der Welt zu schaffen war – dass irgendwo über meine Taten Buch geführt wurde, und zwar untilgbar; dass ich eine psychische Spur meines traurigen Wirkens hinterließ.

All das ging mir durch den Kopf, während ich mein Hemd zuknöpfte und den Gürtel schloss. Während ich mir die Krawatte umband, trat ich ans Fenster, um auf andere Gedanken zu kommen; um mich dem kommenden Tag zu stellen, statt nutzlos über den vergangenen nachzugrübeln. Übers Wetter ließ sich immerhin sagen, dass es besser war als gestern. Ein blasser Fleck in den haferbreifarbenen Wolken verriet die ungefähre Position der Sonne. Pfützen erschauerten im Wind, bekamen im Moment aber keinen neuen Regen ab. Die Straßenbeleuchtung war ausgeschaltet. Während ich den Krawattenknoten zuzog, kam ein Flugzeug gen Landebahn herabgeschwebt, groß, schwer, langsam. Durch das Lärmschutzglas war nur ein schwaches Vibrieren wahrzunehmen.

Ich zögerte den Aufbruch hinaus – so viel war mir klar. Ich hatte keine Lust, ins Messezentrum zurückzukehren, wo die Zeugen meiner gestrigen Demütigung zusammenhockten. Aber ich musste meinen Job erledigen. Nur noch zwei Tage, dann würde dieses toxische Konzentrat von Leuten, die mich kannten, sich in Wohlgefallen auflösen. Doch bis dahin mussten Stände abgeklappert und Informationen eingeholt werden. Schade, dass die Tasche weg war und ich mir einen Großteil der

Arbeit noch mal antun musste, aber zum Glück hatte ich einen Ersatzbeutel von einer anderen Messe im Vorjahr dabei, sodass ich wenigstens nicht mit so einer ekelhaft gelben MetaCentre-Tragetüte herumlaufen musste.

Als ich das Zimmer verließ, hängte ich das »Bitte nicht stören«-Schild an die Tür, aber auf die »Bitte Zimmer reinigen«-Seite gedreht. Das Zimmermädchen war nebenan beschäftigt; ich sah sie nicht, nur das ungemachte Bett eines Fremden durch die offene Tür und draußen im Flur den hochbeladenen Putzwagen voller Seifen und Klopapierrollen, mobiler Fetischaltar eines Reinlichkeitskults, dessen Heilsversprechen darin bestand, die Vergangenheit unsichtbar zu machen. Komplexe anionische Tensid-Düfte stiegen von ihm auf wie Weihrauch. Der Blick in einen anderen Raum, der genau wie meiner war, nur von jemand anderem bewohnt, hatte etwas Indiskretes, zugleich aber auch sehr Intimes, als blickte man in die offene Bauchhöhle eines OP-Patienten, dessen Gesicht von einem grünen Tuch verdeckt war. Ein Staubsauger lief, rumpelte immer wieder an Möbel. Kabel schlängelten sich über den Boden. Im Aufzug roch es nach Raumspray. Die Welt wurde frisch präpariert. Wunderbar! Alles Gestrige, die heimtückische Falle, die mir der Messechef gestellt hatte, das Desaster mit Lucy, meine irre Nachtwanderung – das alles hatte in einem früheren Universum stattgefunden, einem unvollkommenen Prototyp, der jetzt durch dieses neueste, verbesserte Modell ausgetauscht worden war.

In der Lobby hatte das Way-Inn-Rot inzwischen das MetaCentre-Gelb als dominierende Farbe verdrängt: auch das natürlich eine Verbesserung. Anstelle der Anmeldung für die Messe gab es jetzt einen PR-Stand für den Hotelkonzern, der sich damit das geballte Kundenpotenzial der Messebesucher zunutze machte und auch einiges dafür bot: etliche große Flachbildschirme, Unmengen an Werbematerial und vor allem zwei »Imagepflegerinnen« in knallengen weißen T-Shirts, roten Hotpants und Baseballkappen. Nachdem das Vormittagsgedränge vorbei war, lungerten die Messemiezen unterfordert herum, und eine kam gleich freudig auf mich zugesprungen.

»Sind Sie wegen Meetex da, Sir?«

»Ja«, sagte ich. Was auch sonst?

Sie händigte mir einen Flyer aus. »Viel Spaß!«

»Danke«, sagte ich. Der Flyer war geformt wie ein »Bitte nicht stören«-Schild und mit einer Übersicht der messebegleitenden Angebote bedruckt, die Way-Inn-Hotels bereithielten: »EIN OPTIMALES BUSINESS-AMBIENTE«. Wenn man den Flyer auseinanderfaltete, sah man die verschiedenen Raumformate aufgelistet: Konferenzraum, Aula, Seminarraum, Kabarett, Cocktail-Empfang, Diner, Tanz-Diner. Ein Sammelsurium zwischenmenschlicher Interaktion. Die Bandbreite der Möglichkeiten, Räume zu nutzen, war so vielfältig, aber auch so alternativlos, dass sie etwas eigenartig Lähmendes hatte: als gäbe es nichts, was man in einem Raum sonst noch anfangen konnte. Eine andere Spalte listete die jeweilige Entfernung der Hotels zum nächsten Flughafen auf. »Wohin auch immer, Way Inn.«

Im Restaurant wurde schon fürs Mittagessen eingedeckt, in der Bar saßen nur ein paar Kaffeetrinker. Keine Spur mehr von der gestrigen Party; die Glaswände unterteilten den Raum erneut in seine verschiedenen Zweckbereiche.

Draußen vor dem geschwungenen Glasdach wartete ein Bus mit offener Tür. Das fahle Tageslicht geizte mit Wärme, und ich krümmte mich gegen den beißenden Wind. Die Aussicht auf die kurze Fahrt im geheizten Bus erschien mir unerwartet erfreulich. Leichtfüßig sprang ich hinein und sah mich nach einem Platz um, als die Stimme des Fahrers mir Einhalt gebot.

»Entschuldigung!«

Ich wandte mich um. Der Fahrer hatte sich weit aus seinem Sitz gelehnt, den Kopf zu mir hin gedreht und musterte mich erwartungsvoll.

»Ja?« Ich kam beim besten Willen nicht drauf, was er von mir wollte.

»Kann ich mal Ihren Messeausweis sehen?«

Ich fischte die Karte aus der Jacke und reichte sie ihm. Der Fahrer musterte sie mit einer Gründlichkeit, der ich bisher noch nicht unterzogen worden war. Er nahm sogar einen grauen Plastikscanner aus dem Seitenfach der Tür und checkte damit den QR-Code.

Bip, machte das Gerät. *Biep-bäh*.

Der Fahrer probierte es noch mal. *Bip. Biep-bäh*.

»Die Karte ist ungültig, Sir. Ich kann Sie nicht befördern.«

»Was?«

»Ihr Messeausweis«, erklärte der Fahrer mit erhobener Stimme und unverkennbar abschätziger Miene, »ist ungültig. Abgelaufen. Sie können nicht mitfahren.«

»Wieso denn abgelaufen?« Ich verstand überhaupt nichts mehr.

»Na, ungültig eben. Sie müssen bitte aussteigen.« Er klang ebenso gelangweilt wie unerbittlich. Unter den halb gesenkten Augenlidern blitzte die fraglose Bereitschaft zu einer gewaltsamen Lösung des Problems hervor.

»Versteh ich nicht«, sagte ich. »Gestern Abend war er doch noch gültig, wie kann er denn jetzt ungültig sein?«

»Ist aber so«, sagte der Fahrer.

»Aber gestern war doch noch alles okay.«

»Tja, und seitdem ist er ungültig geworden.«

»Da muss ein Irrtum vorliegen«, sagte ich. Während unseres Wortwechsels war ein weiterer Messeteilnehmer an die Haltestelle gekommen und wartete vor den Stufen, dass ich ihm den Weg frei machte. Seine Geduld war sichtlich im Schwinden. Er hielt seinen Messeausweis bereit, biss sich auf die Lippe und blickte zwischen dem Fahrer und mir hin und her. Auch die Augen der sitzenden Fahrgäste ruhten samt und sonders auf mir.

»Das muss ein Irrtum sein«, wiederholte ich bockig. »Ich habe für drei ganze Tage bezahlt.«

»Hören Sie«, sagte der Fahrer, »ich weiß nur, dass ich keinen mit ungültigem Messeausweis mitnehmen darf. Steigen Sie jetzt bitte aus und erkundigen Sie sich bei der Anmeldung. Falls ein Irrtum passiert ist, wird sich das schon klären.«

»Und wie soll ich zur Anmeldung kommen, wenn Sie mich nicht mitnehmen?«

»Das ist nicht mein Problem«, knurrte der Fahrer, dem der letzte Rest von professioneller Verbindlichkeit abhanden gekommen war; mein abgelaufener Pass war offenbar Beweis genug für meinen zweifelhaften Charakter. »Bitte steigen Sie jetzt unverzüglich aus.«

»Und was machen die Leute, die gerade erst angekommen sind?«, fragte ich, ein Schlupfloch witternd. »Sie können sich jetzt ja nicht mehr im Hotel anmelden, wie kommen sie dann also zur Messe?«

»Gäste, die noch nicht registriert sind, können ohne Ausweis mitfahren«, sagte der Fahrer. »Kundendienstkulanz.«

»Na, wunderbar«, sagte ich. »Dann kann ich mich ja nachher gleich neu anmelden.«

»Sie können sich nicht anmelden. Sie haben ja schon Ihren Ausweis.« Der Fahrer hielt meine laminierte Karte hoch.

Blitzschnell schnappte ich sie ihm weg und stopfte sie in die Tasche, schnitt mir fast noch den Finger an ihrer scharfen Kante. »So! Jetzt habe ich keinen mehr. Ich kann mich also anmelden fahren.«

»Sir«, sagte der Fahrer, und seine Augenlider senkten sich noch tiefer, während erhöhte Gefährlichkeit in seinem Tonfall mitschwang, »Sie haben einen Ausweis. Ich kann Sie nicht mit ungültigem Ausweis fahren lassen. Ende der Durchsage.« Sein Blick fiel auf meine Jackentasche. »Ich seh das Band da raushängen.«

»Aber ohne Ausweis darf man mitfahren, ja?«

»Sir, wenn Sie mir jetzt aggressiv kommen …«

Ich riss mich zusammen. »Ich bin nicht aggressiv, ich begreife nur nicht, wieso ich nicht mit dem Bus zur Anmeldung fahren kann, um diesen besch … Irrtum zu klären, wenn Sie alle anderen auch mitfahren lassen.«

»Alle anderen haben einen Ausweis oder keinen.«

»Ich habe auch einen!«

»Ihr Ausweis ist abgelaufen.«

»Das ist doch Wahnsinn!«

»Sir …«

»Ich weiß, ich weiß, ich werde nicht aggressiv.« Ich schloss die Augen und rieb mir heftig übers Gesicht.

»Entschuldigung!«, mischte der Wartende hinter mir sich ein. Der Fahrer winkte ihn durch, fast ohne einen Blick auf seinen Ausweis zu werfen. Ein weiterer Fahrgast folgte. Sie drängten sich schroff an mir vorbei.

»Ich fahre nicht los, bis Sie nicht draußen sind«, sagte der Fahrer. Hinter mir hörte ich theatralisches Seufzen.

»Und was mache ich jetzt?« Ich wusste, dass ich verloren hatte.

»Die zuständige Stelle anrufen, nehme ich an«, sagte der Fahrer, und seine Miene machte deutlich, dass es ihm schnurzegal war, ob ich lebte oder tot umfiel.

»Aha«, sagte ich.

Die Türen schlossen sich zischend, sobald ich von der Stufe gestiegen war. Ich sah zu, wie das dicke Hinterteil des Busses um die Einfahrt kurvte und in den Zufahrtsweg einschwenkte. Sein Verschwinden ließ mich allein zurück. Selbst die Raucher hatten sich verflüchtigt. Wieder fiel mich die schneidende Kälte wie mit Krallen an nach der überheizten Luft im Bus. Ich stellte den Jackenkragen hoch, kehrte aber nicht zurück ins Hotel.

Ein Irrtum. Es konnte nur ein Irrtum sein, kein böser Wille;

kein absichtlicher Schlag gegen mich. So kleinlich konnte doch niemand sein. War Laing so etwas zuzutrauen? Allein der Gedanke machte mich so zornig, dass ich die Fäuste ballte. Doch der Rachedurst hielt nicht lange an, denn wichtiger als Vergeltung war auf jeden Fall die Wiedereingliederung in das Messegeschehen. Konferenzen mussten besucht, Eindrücke und Material für die Kunden zusammengetragen werden. Verträge, Umsatz, Neubuchungen – alles hing davon ab, dass ich wieder auf die Messe kam.

Während ich meine Optionen überdachte, passierte rein gar nichts auf dem Zufahrtsweg – kein Auto, kein Bus und erst recht keine Fußgänger. Die Fahrzeuge auf der Autobahn rauschten wie eh und je hinter der Böschung dahin, ein Niagarafall an Aktivität, in seltsamem Kontrast zu der leblosen Stille hier. Plötzlich aber tauchte in der Ferne Leben auf, ein gelber Bus, der von der Messe zurückkam. Ein anderer Bus mit einem anderen Fahrer.

Bevor der andere Fahrer mich warten sah, tauchte ich schnell ins Hotel ab. Dieser neue Bus würde nicht viele Fahrgäste haben – draußen stand keiner, und die paar Leute, die in der Lobby herumlungerten, hatten es gewiss nicht eilig, ins Messezentrum zu kommen. Der Bus würde einige Minuten warten, um dann erneut die Autobahnschneise zu überqueren.

Am PR-Stand waren die Messemiezen immer noch in Aktion. Die eine hüpfte auf der Stelle, als hätte sie zu viel Koffein intus.

»Kann ich eine von diesen Baseballkappen haben?«, fragte ich die Nächststehende.

»Klar doch!«, sagte sie. »Aber Sie müssen sich dann auch als Adressat für unsere wöchentliche Rundmail eintragen.« Sie streckte mir ein Formular hin.

»Ich bin Mitglied des My-Way-Programms«, sagte ich und holte die rote Chipkarte aus der Brieftasche. »Sie haben schon alle meine persönlichen Daten gespeichert. Kriege ich jetzt also eine Kappe?«

Die Hübsche lächelte verlegen und hielt mir weiter das Formular unter die Nase. »Sorry, es ist nur so ein Service wegen der Konferenztermine …«

»Und dafür die Rundmail, schon kapiert.« Ich nahm das Formular. »Kein Problem. Kann ich einen Kuli haben?«

Das Ausfüllen dauerte keine zwei Minuten. Ich hätte einen falschen Namen angeben können, aber die dazu benötigte Kreativität war mühsamer, als bei der Wahrheit zu bleiben. Ich hatte eine »falsche« Mailadresse, die ich jedem x-Beliebigem gab, und eine »echte«, die kaum einer kannte. Nur musste ich natürlich viel öfter meine »falsche« Adresse checken, weil unter all der unerwünschten Post auch etwas Wichtiges hätte sein können. Adam zum Beispiel mailte mir immer an die »falsche« Adresse, weil er wusste, dass ich seine Botschaften dort eher zur Kenntnis nehmen würde. Ich fragte mich schon, welche eigentlich die falsche Adresse war. Inkognito bleiben zu wollen, schien mir zurzeit jedenfalls kein Glück zu bringen. Trotzdem konnte ich mir ein paar boshafte kleine Flunkereien nicht verkneifen, als Rache dafür, dass ich schon wieder mal persönliche Daten in die Welt hinausposaunen musste. Unter »Beschäftigung« notierte ich: »Kurzfristig kaltgestellter Kanalarbeiter«, und unter »Welche Way-Inn-Serviceleistungen würden Sie besonders interessieren?« trug ich ein: »Satanische Kunstverschwörung.«

Information. Heutzutage will jeder mehr und mehr Information von jedem, wie Lucy ganz richtig gesagt hatte. Persönliche Daten sind vielleicht noch nicht die neue Währung, aber sie sind der neue Eintrittspreis. Ich musste an ihr Gesicht denken, dieses zarte Gesichtchen, das sich vor Wut verzerrte, als ihr keine Beschimpfungen mehr einfielen und sie mir den Wein über den Anzug schüttete. Eine Szene, die durch fehlerhaft abgespeicherte Information entstanden und nicht wiedergutzumachen war.

Im Austausch für diese neueste Datenzufuhr im Netzwerk

des Konzerns bekam ich eine rote Baseballkappe, aus anständigem Stoff, kein Plastikmüll, »Way Inn« vorn mit weißem Faden eingestickt. Qualitäts-Merchandising.

Die Aussicht aus der Glastür war immer noch durch den Bus verdeckt. Ich trat aus dem Hotel, zog mir die Kappe tief über die Augen, enterte den Bus und zückte meinen Messepass, mit dem Finger wie zufällig über dem Foto.

»Warten Sie!«, rief die Fahrerin, als ich schon nach hinten durchgehen wollte. Ich erstarrte.

»Ich muss mir Ihren Ausweis ansehen«, sagte sie. »Wir kontrollieren die Ausweise.«

Ich reichte ihr meine Karte, auf das Unvermeidliche gefasst.

Bip. Biep-bäh.

»Tut mir leid, Sir …«

»Ungültig?«

»Ja.«

»Dachte ich mir fast.« Und fast wurde mir übel, als mir aufging, dass es *kein Irrtum* gewesen war.

Der Bus war leer. Sehnsüchtig blickte ich zu den Reihen paarweise angeordneter Sitze hin. Aber es sollte ja nicht sein. Ich stieg wieder aus.

Sehr in Sorge, dass die anderen in der Lobby meinen Misserfolg bemerkt haben könnten und somit wüssten, dass ich endgültig als Außenseiter abgestempelt war, ging ich so lässig wie möglich zu einem Sessel hinüber und setzte mich. Ich versuchte, so zu wirken, als wäre alles Vorgefallene ganz genauso geplant gewesen und liefe sogar noch besser als geplant. Natürlich interessierte sich kein Schwein für mich, was mich aber nicht davon abhielt, mich von Ablehnung und Tadel umringt zu fühlen. Es bestand ja wohl kaum noch Zweifel daran, dass dieser plötzliche Kontrolleifer der Busfahrer nichts mit Al-Qaida und sehr viel mit meiner Person zu tun hatte. Ich hatte die Rachsucht des Messechefs unterschätzt; er wollte mich offensichtlich wissen lassen, dass er die Macht hatte, mich mattzusetzen.

Laing erwies sich demnach als amtsmissbrauchender Drecksack, und ich musste trotzdem zusehen, dass ich meinen Job erledigt bekam. Ich hatte für heute drei Kundenaufträge – zwei Präsentationen und eine Podiumsdiskussion. Ein voller Nachmittag, und die erste Veranstaltung begann in knapp zwei Stunden. Noch nie hatte ich eine Veranstaltung versäumt, an der teilzunehmen ich beauftragt war. Noch nie hatte ich mich krankgemeldet oder einen Flug verpasst. Hatte Convex überhaupt einen Plan B für den Fall, dass der Messestellvertreter plötzlich keine Kunden mehr vertreten konnte? Es musste doch wohl eine Klausel im Vertrag geben, die es möglich machte, sich auf höhere Gewalt zu berufen. Aber wie würde Adam reagieren? Tag und Nacht schuftete er in einem kleinen Souterrainbüro im Business Design Centre in Islington, um seinen Kundenstamm durch positive Rückmeldung und Mundpropaganda zu erweitern. Seine Strategie beruhte auf unbedingter Verlässlichkeit; unter allen Umständen zur rechten Zeit am rechten Ort zu sein; anwesend zu sein, wo der Kunde abwesend war. Und nun dieser Rückschlag, der zugegebenermaßen meine eigene Schuld war – ich hatte mich zu weit aus dem Fenster gelehnt. Adam würde alles andere als erfreut sein.

Ich kehrte ins Zimmer 219 zurück, suchte die Meetex-Service-Hotline in den Buchungsunterlagen heraus und rief dort an. Kaum hatte ich die Ruftaste meines Smartphones gedrückt, tönte eine Kakophonie von Störgeräuschen aus dem Radiowecker, sodass die weibliche Stimme, die sich am anderen Ende meldete, kaum noch zu verstehen war. Zusätzlich zu dem Robotergestotter und Kazoogewimmer aus dem Radiowecker war die Telefonleitung durch Dauerrauschen gestört. Statt in den Hörer zu schreien, zog ich es vor, die Verbindung zu beenden. Dieses Radio war unerträglich, es musste verschwinden. In meiner momentanen nervlichen Verfassung empfand ich die Lärmbelästigung als reinen Psychoterror. Irgendwie schwang in dem ganzen Krach etwas gnadenlos Gehässiges mit, und es wirkte auf mich, als würde ich auf Alufolie beißen.

Aber eins nach dem anderen. Ich rief Meetex noch mal auf dem Haustelefon an – was sich wahrscheinlich mit einem Wucherpreis auf der Rechnung niederschlagen würde, aber mir war schon alles egal.

»Meetex, Sie sprechen mit Fran.«

»Hallo, Fran«, sagte ich. Normalerweise finde ich es plumpvertraulich, Kundendienstpersonal mit dem Vornamen anzureden, aber in diesem Fall, hoffte ich, würde es mir vielleicht ein klein bisschen mehr Hilfsbereitschaft einbringen. »Ich nehme für die Firma Convex an der Messe teil und wurde soeben daran gehindert, den Shuttlebus am Hotel zu benutzen. Der Fahrer meinte, mein Messepass sei ungültig. Ich weiß überhaupt nicht, was das heißen soll. Könnten Sie vielleicht mal herausfinden, wo das Problem liegt?«

»Jawohl, Sir, das werden wir gleich haben«, sagte Fran. »Bitte Ihren Namen und die Buchungsnummer.«

Ich nannte sie ihr. Dann erfolgte eine Pause – keine Stille, sondern das schnelle *Klick-Klack* einer Tastatur. Im Hintergrund war eine Kollegin von Fran im Clinch mit einem anderen Beschwerdefall zu vernehmen: »Ja … ja … Ich kann Ihnen die Gebühr jetzt auch nicht zurückerstatten, aber wenn Sie …«

»Sir?«

»Hallo.«

»Ja, ich fürchte, Ihr Besucherausweis ist nicht mehr gültig.« Frans Tonfall war immer noch korrekt, aber das Zuvorkommende, die Dienstleistungsbereitschaft sozusagen, war jetzt nicht mehr herauszuhören. Die simulierte Freundlichkeit war verpufft. Diese Freundlichkeit war genauso kalkuliert und emotionslos gewesen wie die kühle Sachlichkeit, die sie nun anklingen ließ; die Simulation von Wärme als wohltuend zu empfinden war ebenso sinnlos, wie sich die Hände an dem Foto von einem Holzfeuer wärmen zu wollen. Aber wenn man doch den *Eindruck* von Wärme gewann, was war dann der Unterschied zwischen dem Placebo und dem Echten?

»Wieso ungültig? Ich habe für volle drei Tage bezahlt.«

»Ja, natürlich, Sir, und es besteht ein Anspruch auf Kostenerstattung, falls angefragt. Soll ich die Anfrage aktivieren?«

»Ja. Nein!« Damit hätte ich das Urteil akzeptiert. Und Adam würde die Rückzahlung sehen und mich sofort fragen, was denn schiefgelaufen war. »Steht dort auch, warum der Besucherausweis nicht mehr gültig ist?«

»Mit den Meetex-Vertragsbedingungen unvereinbares Verhalten.«

»Was? Wieso das denn?«

»Das steht hier nicht, Sir.« So eisig, wie sie klang, konnte ich mir schon denken, was sie sich vorstellte – ein splitternackter Flitzer-Sprint quer durch die Messehallen, ein tätlicher Angriff mitten in einem Round-Table-Gespräch über Wohlbefinden und Sicherheit, eine Swingerorgie im Grauen Labyrinth. »Sie haben den Vertragsbedingungen bei der Anmeldung zugestimmt.«

»Und was kann ich tun, um wieder einen gültigen Ausweis zu kriegen? Ich muss doch meinen Job machen, und dafür muss ich auf die Messe zurück.«

»Das geht nicht so einfach am Telefon, Sir. Wir können Ihnen nur die Kosten der verbleibenden Tage erstatten, und Sie können den Antrag per Mail …«

»Aber das wird doch nie mehr rechtzeitig bearbeitet«, wandte ich ein, wohl wissend, dass sie jegliches Schreiben von mir sowieso ignorieren würden. »Gibt es denn nicht irgendeine Möglichkeit, das jetzt sofort zu regeln?«

»Nicht am Telefon, Sir«, stellte Fran sich stur.

»Aber wenn ich zum Messezentrum komme, können Sie dann etwas tun?«

»Wir befinden uns nicht im Messezentrum, Sir.«

»Mit wem könnte ich dann sonst reden?«

»Wenn Sie eine Mail schicken ...«

Ich spürte es geradezu körperlich, wie eine Flut von wüsten Beschimpfungen mir die Kehle hochstieg. Ich würgte sie wieder hinunter. Nur jetzt nicht ausrasten. Ruhig und selbstsicher würde ich meine berechtigte Beschwerde anbringen.

»Könnte ich mit Tom Laing sprechen?«

»Wie bitte?«

»Ich möchte mit Tom Laing sprechen. Dem Messechef. Können Sie mich mit ihm verbinden?«

»Ich kann ihn von hier aus nicht erreichen, Sir. Wenn Sie eine Mail ...«

Ich knirschte mit den Zähnen. »Na gut. Ich verstehe. Er ist noch im Messezentrum, nicht wahr? Ich werde selbst hinkommen und mich persönlich um die Sache kümmern. Vielen Dank auch für Ihre unschätzbare Hilfe.«

»Sir ...«

Ich hängte auf. Egal, was Fran noch zu sagen hatte, es brachte ja doch nichts. Sicher war sie nicht mal bei Meetex angestellt, sondern bei irgendeinem Kundendienstunternehmen in einem gesichtslosen Gewerbegebiet an wer weiß welcher Autobahn, vielleicht nicht einmal in Europa, sondern in Hyderabad oder Chennai. In fünf bis zehn Jahren würden diese Jobs ohnehin von Stimmerkennungs-Algorithmen erledigt werden. Dass sie mir nicht helfen konnte, war ja nicht ihre Schuld. Sie war dazu da, Problemkunden von der Firma fernzuhalten, nicht dazu, sich mit deren Problemen auseinanderzusetzen. Es war alles eine Illusion: Türen, die auf Wände gemalt waren. Keine zentrale Anlaufstelle, nur ein Labyrinth aus Sackgassen, in denen meine Beschwerde sang- und klanglos versickern würde. Nein, es gab nur einen Weg: Ich musste den Chef, der mir das eingebrockt hatte, zur Rede stellen.

Im Bad ließ ich mir ein Glas Wasser einlaufen, trank es, füllte noch eins. Das zweite war endlich kalt, so kalt, dass es an den Zähnen schmerzte. Die Rohre liefen durch gefrorenen Boden. Im Spiegel über dem Waschbecken sah ich mit gelindem Schrecken, dass ich immer noch die rote Baseballkappe trug. Ich hatte sie ganz vergessen. Ich nahm sie ab, warf sie aufs Bett und verließ das Zimmer.

»Guten Tag, Sir«, sagte der junge Mann am Empfang. Er wirkte wie ein Zwilling von dem, der mich zu meinem Zimmer begleitet hatte, als meine Keycard nicht funktionierte. Sein Namensschild wies ihn als John-Paul aus.

»Neil Double, Zimmer 219«, sagte ich. »Mit meinem Radiowecker ist anscheinend etwas nicht in Ordnung – er macht ständig so komische Geräusche, als würde er Funkwellen von irgendwo her aufgreifen.«

»Tut mir leid, das zu hören, Sir, wir schicken gleich mal jemanden hoch, der sich das ansehen wird«, sagte John-Paul mit einem Hauch von französischem Akzent. Er tippte etwas in seine Tastatur. »Zimmer 219... Alles klar.«

»Danke«, sagte ich zögernd. »Es gibt doch nur ein Zimmer 219, oder?«

»Wie bitte, Sir?«

»Gibt es mehr als ein Zimmer 219? Gestern Nacht scheine ich mich irgendwie verlaufen zu haben, denn da hatte ich den Eindruck, es gibt noch ein anderes Zimmer 219.«

John-Paul lächelte mitfühlend. »O nein, Sir, 219 gibt es nur einmal – es wäre doch zu verwirrend, wenn wir doppelte Zimmernummern hätten.« Sein Blick ging wieder zurück zum Bildschirm, gewiss eine wertvolle Informationsquelle, was diesen seltsamen Vogel – mich – betraf, der so verquere Fragen stellte. Ich hoffte, meine jahrelange treue Kundschaft und untadelige Kreditwürdigkeit glichen den Eindruck aus, dass ich nicht mehr ganz richtig im Kopf war. »Ich sehe hier, dass Sie letzte Nacht wohl Schwierigkeiten mit Ihrer Keycard hatten – sie wurde kurz nach drei Uhr morgens neu codiert. Wissen Sie, diese Chipkarten …«

»Ja, ja, das haben Sie mir gestern schon erklärt, beziehungsweise Ihr Kollege.«

»Ach so! Na, das wird dann wohl der Grund gewesen sein, nicht wahr? Sie hatten zwar das richtige Zimmer, aber die Karte hatte nicht mehr ihr, ähm …«

»Simsalabim«, half ich aus.

»Simsalabim, ganz genau.« John-Paul schien hocherfreut über diesen Austausch. Er war wohl neu in dem Job. »Womit kann ich Ihnen heute sonst noch helfen?«

Ich warf einen Blick hinaus – am Eingang wartete kein Bus. Dass ich von der Messe ausgeschlossen worden war, wollte ich keinesfalls erwähnen, es wirkte so unsolide. »Wie komme ich zu Fuß zum Messezentrum?«

»Es gibt einen kostenlosen Shuttlebus, Sir, alle zehn oder zwanzig Minuten. Er fährt hier direkt vorm Hotel ab.«

»Ich weiß, aber ich würde mir gern mal ein bisschen die Beine vertreten.«

Dies schien John-Paul mehr zu verblüffen als meine Frage nach einem zweiten Zimmer 219.

»Das Problem ist, dass die Fußgängerbrücke noch nicht fertig ist, also gibt es bislang keine direkte Verbindung zum Messezentrum.«

Ich lächelte zuversichtlich, als freute ich mich auf eine schöne lange Wanderung. »Ja, ich weiß, aber es muss doch eine indirekte Route geben, oder? In etwa so, wie der Bus fährt?«

Inzwischen hatte John-Pauls Kollegin an der Rezeption sich zu uns umgedreht. Die beiden wechselten einen besorgten Blick. Sie zuckte mit den Schultern und schüttelte den Kopf, und es sah aus, als schauderte sie bei dem Gedanken, das Gelände um das Hotel zu Fuß zu durchqueren. John-Paul wandte sich wieder mir zu, und seine hilflose Miene ließ erkennen, dass er sich hier auf völligem Neuland befand, weit jenseits aller eingeübten und durch Rollenspiel gefestigten Kundendienstroutine.

»Die meisten Leute nehmen das Auto«, sagte er. »Oder den Shuttlebus. Oder ein Taxi.«

»Na gut, dann eben ein Taxi.« Ich konnte mir zwar nicht vorstellen, dass es unmöglich sein sollte, zum Messezentrum zu laufen, aber so wichtig war mir das dann auch nicht. »Könnten Sie mir ein Taxi rufen?«

»Selbstverständlich, Mr. Double«, strahlte John-Paul, sichtlich erleichtert, wieder auf vertrautem Terrain zu sein. »Wohin?«

»Zum MetaCentre.«

»Zum Met … okay.« Er griff zum Telefon und wies mit der freien Hand zu den Sitzgruppen hinter mir. »Nehmen Sie doch inzwischen Platz. Ich sag Ihnen Bescheid, wenn es da ist.« Wieder strahlte er mich an, als wollte er mich von seinem Empfangsschalter weg in einen Sessel beamen.

Ich hatte diese Ermunterung gar nicht nötig. Solche kurzen Zeiten der erzwungenen Muße waren mir immer ein Genuss. Es war jetzt etwa halb eins, und um zwei begann eine Präsentation, die ich für einen (oder auch mehrere) unserer Klienten zu besuchen hatte. Aber an Taxis herrschte hier sicher kein Mangel – dafür sorgte allein schon der nah gelegene Flugplatz. Sicher würde noch Zeit genug bleiben, um nach einem vernünftigen Gespräch mit dem Messechef meinen Ausweis zurückzubekommen. Und die Tatsache, dass ich unter eigenem Dampf zum Messezentrum gelangt war, unter Umgehung des kleinlichen Busverbots, verschaffte mir große Befriedigung. Erwarteten sie etwa, dass ich einfach den Schwanz einzog und heimfuhr oder in meinem Hotelzimmer vor mich hin schmollte, bis es Zeit war, zum nächsten Messe-Event zu fliegen? Da hatten sie mich aber gewaltig unterschätzt. Ich war nicht von ihren Transportmitteln abhängig; ich hatte die Situation im Griff, und ich würde in aller Ruhe meine Rechte geltend machen. Diese ganze Sperrung war eine blödsinnige Überreaktion, und sie würde sich bestimmt wieder aufheben lassen.

Die Wartezeit gab mir Gelegenheit, mich ein bisschen in der Lobby umzusehen, die ja schließlich genau dafür da war. Es war ein gutes Gefühl, diesen Ritus zu vollziehen, ein Eingeweihter unter Eingeweihten. Die Lobby war ein Ort, an dem keiner lange verweilte, kein Ort, an dem gearbeitet, Dinge entschieden, gebetet, gebaut, geliebt oder sonst etwas getan wurde, was man an authentischeren Orten tat. Aber was hieß schon authentisch? Hier saß ich also, in der Lobby einer Hotelfiliale an der Autobahn, und hatte jede Menge Tageszeitungen zur Hand. Ich wusste die Geste zu schätzen, ohne das Bedürfnis zu haben, eine davon durchzublättern. Falls genug Zeit blieb, würde ich vielleicht einen Kaffee bestellen, der hier von einem amerikanischen Franchise-Unternehmen – »mit Stolz«, wie auf dem Schild stand – angeboten wurde. Ich zerteilte keine Weihnachtsgans oder schrieb ein Sonett oder töpferte eine Teeschale – aber waren diese Tätigkeiten, wenn auch vielleicht erbaulicher als meine gegenwärtige Beschäftigung, wirklich so viel authentischer? Wozu überhaupt diese Bewertungen? Ich war doch auch ein Mensch, hatte auch etwas zu tun. Ich weiß nicht, ob ich so etwas wie eine Seele habe oder nicht, aber wenn ja, glaube ich nicht, dass sie mir irgendwie abhanden kommt, sobald ich mich im Retortenambiente des Hotels, des Messezentrums oder des Flughafens aufhalte. Natürlich waren diese Orte unpersönlich, aber das hatte schließlich auch sein Gutes, denn sie waren effizient und verlangten einem wenig Aufmerksamkeit ab; sie waren sozusagen psychohygienisch. Nichts an ihnen würde einem nachhängen.

Außerdem glaubte ich, mich in einer Hotellobby verliebt zu haben. Es war im Way-Inn in Doha gewesen, dass ich die Rothaarige zum ersten Mal sah. Wir hatten zwar kein Wort miteinander gewechselt – dazu bestand keine Möglichkeit –, aber sie war mir seitdem nicht mehr aus dem Kopf gegangen. Es war so etwas wie eine spontane, blitzartige Erkenntnis, dass sie unter den Tausenden von Leuten, die ich jedes Jahr traf, etwas ganz Einmaliges war, viel bedeutsamer als die, mit denen ich ins Bett ging, bedeutsamer sogar als die noch geringere Anzahl von Leuten, die ich mochte.

Von meinem Sessel aus – dessen neues, steifes Leder im Rücken knirschte – hatte ich den PR-Stand im Blick, mit seinen zwei quirligen Hostessen, die allen Leuten, die vorbeikamen, Türanhänger andrehen wollten. Hinter ihnen lief das Hochglanz-Werbevideo des Hotelkonzerns auf zwei großen Bildschirmen: eine Asiatin trinkt einen Schluck kristallklares Wasser aus einem Glas, in dem sich ein Sonnenstrahl bricht, schlenkert ihre Stöckelschuhe von den Füßen und lässt sich in Meerjungfrauenpose auf einem Bett nieder. Ein grauhaariger Gentleman checkt aus, indem er nur seine My-Way-Mitgliedskarte zückt; das Personal nimmt strahlend seinen Segen entgegen, und er steigt in ein wartendes Taxi, während ein Flieger im Sinkflug über dem weißen Hotel zu sehen ist. Zoom auf ein kurzes Aufflackern unter einem Wok, und eine blonde Frau freut sich über die Garnelen, die ihr aufgetragen werden. Ein germanischer Typ auf einem Barhocker nimmt die Brille ab und prostet anderen Anzugträgern lachend mit mexikanischem Bier zu. Ein Schwarzer in Hemdsärmeln deutet auf eine Bilanzkurve am Bildschirm, und seine Kollegen am Konferenztisch nicken wohlgefällig. Nächtlich erleuchtete Springbrunnen, dahinter der Eiffelturm, spiegeln sich in den aufgleitenden Glastüren, als ein junges Pärchen Hand in Hand ein Hotel betritt. Wir zoomen zurück von einem grauweißen Globus, der sich mehr und mehr mit einem Ausschlag von roten Ws bedeckt – das Firmenlogo, jenes geschwungene W, füllt den ganzen Bildschirm aus, bevor es sich in den Firmenslogan WAY INN WELTWEIT verwandelt.

Die immer selbe Bilderfolge hatte ich mir wohl schon zehn- oder fünfzehnmal angesehen. Und da ich nun hier saß und selber Teil dieser schönen neuen PR-Welt war, gefiel mir das Video. Es kam mir vor wie ein Fest, zu dem ich eingeladen war. Aber nach einiger Zeit fiel mir auf, dass in jedem Clip auch eins der abstrakten Gemälde vorkam. Bei der nächsten Folge der Endlosschleife achtete ich speziell auf dieses Detail. Mein Verdacht bestätigte sich – es war nicht nur irgendein Bild in jeder Szene vorhanden, nein, es war immer dasselbe Bild, zwei Felder in verschiedenen Schattierungen von Ockerbraun, abgegrenzt durch eine schlangenförmige Linie, mit einem ovalen Fleck von blasserer Farbe in einer unteren Ecke. War das Absicht? Schwer zu sagen, was unglaubhafter war: dass genau dieses Bild immer zufällig auftauchte oder dass man sich extra bemüht hatte, immer dasselbe zu nehmen. Vielleicht waren die Kulissen für das Video alle am selben Ort aufgebaut, und die Setdekorateure hatten nur dieses eine Bild zur Verfügung gehabt. Oder ähnelten die Bilder sich untereinander noch mehr, als ich gedacht hatte? Es seien alles Unikate, hatte die Rothaarige behauptet – und auch wenn sie ein bisschen neben der Spur zu sein schien, hätte ich wetten können, dass gerade ihre Absonderlichkeit sie auf diesem Gebiet zu einer unangefochtenen Autorität machte.

Wenn es einem erst einmal aufgefallen war, stach einem das sonderbare Phänomen bei jeder Einstellung ins Auge. Ich rückte in meinem Sessel zur Seite, um den Bildschirm aus dem Blickfeld zu bekommen, wechselte dann sogar zu einem anderen Sessel, wo ich ihm den Rücken zukehrte. Dennoch ließ dieser merkwürdige Zufall mir keine Ruhe, drängte mir unentwegt weitere Fragen auf. Am liebsten hätte ich mich von dem Thema einfach abgekehrt wie eben von dem Bildschirm – so, wie ich es auch mit der hartnäckigen Erinnerung an die mitten in der Nacht im sonnigen Hof meditierende Frau zu tun versuchte. Diese Vision war mir vollkommen real erschienen, und ich konnte mich an jedes Detail erinnern. Was ich da nachts erlebt hatte, konnte nur ein Wachtraum gewesen sein – auch wenn ich nicht viel Erfahrung mit Wachträumen hatte, war es die einzige plausible Erklärung. Ich war von der stundenlangen Wanderung durch die Korridore so erschöpft gewesen, dass ich kurz weggetreten sein musste. Mein Unterbewusstsein hatte mir dann prompt einen sehnlichen Wunsch erfüllt, nämlich den, die Frau mit den roten Haaren wiederzusehen. Irgendwann war ich dann zu mir gekommen und in mein Zimmer zurückgekehrt. In ihrer endlosen Monotonie waren die Flure des Hotels das ideale Ambiente für ein unbewusstes Driften zwischen Wirklichkeit und Traum; als Schlafwandlerin hatte die Rothaarige dies ja selber schon bewiesen.

So sah das rationale Rettungsnetz aus, dass ich mir um diese aller Vernunft spottende Szene im Lichthof gewoben hatte.

»Mr. Double?« Es war John-Paul, der durch die Lobby rief.

»Ja?« Ich stand auf und ging auf den Empfangstresen zu.

Er sah mich mit perplexer Miene an. »Es gibt ein Problem mit dem Taxi, Mr. Double.«

»Ach?«

»Ja, sie können das Hotel nicht finden.«

»Was? Wieso das denn?«

»Sie finden es nicht auf dem Navi. Es wird nicht angezeigt.«

Ich runzelte die Stirn. »Wie kann das sein?«

»Tja, es ist ein neues Hotel – die ganze Gegend ist ja neu, die Straße, der Autobahnzubringer, alles. Und das Satellitenbild ist noch nicht auf dem neuesten Stand. Die Zufahrtswege zum Hotel und zum Messezentrum sind zwar eingezeichnet, aber nur als eine einzige Strecke, nicht als zwei parallele Straßen.«

»Na und? Dann kann er doch trotzdem herkommen, oder?«

John-Paul schluckte. Ich muss wohl sehr verärgert ausgesehen haben, und er wirkte wie jemand, der jeden Moment mit einer Explosion rechnete.

»Das Problem ist, dass sie die Route nicht einloggen können, weil das Navi die Wege zum Messezentrum und zum Hotel als einen Weg ansieht, Fahrtantritt und Fahrtziel also als dasselbe, eine Route von null Kilometern, und die können sie nicht abrechnen.«

»Ist doch ganz egal.« Ich versuchte, so gelassen wie möglich zu klingen. Ich würde mich nicht aufregen, würde zuversichtlich und selbstsicher bleiben und die Dinge im Griff haben. »Wo ist der Fahrer denn jetzt? Wir können ihn doch übers Telefon herlotsen. Das Geld für die fünf Minuten Fahrt kriegt er bar auf die Kralle. Den Leuten in der Zentrale kann er dann erzählen, was er will.«

»Tut mir leid, Sir, er ist gar nicht losgefahren – sie meinten, eine so kurze Strecke lohnt den Aufwand nicht.« John-Paul nahm sich die Sache offensichtlich zu Herzen oder täuschte jedenfalls glaubhaft Betroffenheit vor. Meine eigenen Gefühle in diesem Dilemma waren mir wohl vertraut: bodenlose Ohnmacht, bis in die Gedärme spürbare Frustration angesichts unüberwindlicher bürokratischer Hürden, wie es mir schon bei dem Gespräch mit Fran vom Meetex-Kundendienst ergangen war. Es war, als entdeckte man plötzlich, dass die freie Straße vor einem gar keine Straße ist, sondern das lebensgroße Foto einer Straße auf einer undurchdringlichen Membran – eine hermetisch geschlossene Perspektive hinter dem höhnischen Trugbild offener Weite. Da konnte man doch nur in Wut geraten; hilflose, unsinnige, überschäumende Wut. John-Pauls Betroffenheit hatte vermutlich auch etwas damit zu tun, dass er ganz unschuldig an dem Schlamassel war. Wenn es das Way Inn gewesen wäre, das mir so blödsinnige Hindernisse in den Weg stellte, hätte er bestimmt viel gleichmütiger gewirkt. Denn der Konzernlogik zufolge hat der Konzern immer recht.

»Okay«, sagte ich sonderbar kurzatmig, als hätte die Wut mir die Luft aus den Lungen gepresst.

»Ich weiß.« John-Paul verzog mitfühlend das Gesicht. »Es ist frustrierend.«

An der Rezeption konnte mir offenbar nicht mehr geholfen werden – der ganze Service-Hokuspokus war geplatzt wie eine Seifenblase. Aber ich rührte mich nicht von der Stelle. Es musste einfach eine Möglichkeit geben, zum Messezentrum zu kommen. Jetzt die Flinte ins Korn zu werfen, wäre mir doch voreilig erschienen. John-Paul sah mich an, als hätte er gerade erfahren, dass der Familienhund eingeschläfert werden müsse, und ich sei der Hund.

»Ich habe eine Idee«, sagte er.

»Ach ja?« Ich hoffte, ich wirkte nicht zu bedauernswert in dem Eifer, mit dem ich die Ohren aufstellte.

»Wir könnten ein Taxi für eine Rundfahrt rufen – Abfahrt hier, Fahrtziel Flughafen, von dort aus zum Messezentrum. Es wird natürlich mehr kosten …«

»Genial!« Ich klopfte mit der flachen Hand auf den Tresen. »Das ist es! Rufen Sie gleich an.«

John-Paul lächelte – ein echtes Lächeln, soweit ich es beurteilen konnte, kein Service-Lächeln. Er freute sich selber, das Problem gelöst zu haben. »Selbstverständlich, Sir. Ich rufe Sie, wenn das Taxi da ist.«

»Ausgezeichnet, John-Paul, ausgezeichnet. Vielen Dank. Jetzt brauche ich erst mal einen Espresso – ich bin dann in der Bar.«

Der Gedanke daran, wie mein Taxi sich endlich auf den Weg zum Hotel machte, hob meine Stimmung ungemein. Taxis waren eine Dienstleistung, die ich über alles schätzte. Obwohl sie mir in meinem Berufsleben zur Routine geworden waren, fühlten sie sich immer noch herrlich dekadent und verwegen an. Sie gehörten in die Welt meines Vaters und seiner viel zitierten Spesen. Auch die wenigen Erinnerungen an Taxis aus meiner Kindheit haben alle mit meinem Vater zu tun. Wenn meine Mutter auf der Rückbank eines Taxis saß, war sie dort absolut fehl am Platz. Jeder verkrampfte Zug in ihrer Miene, jeder angespannte Muskel schrie danach, woanders sein zu wollen. Sie verfolgte das Ticken des Taxameters, als wäre das stetige Ansteigen der darauf erkennbaren Zahl eine persönliche Beleidigung.

Diese Starrheit meiner Mutter: sie ist mir deutlich in Erinnerung geblieben, ihre Strenge angesichts selbst der kleinsten Ausgabe, der eisige Laserblick, mit dem sie die Regale im Supermarkt streifte. Selbst heute noch habe ich ein schlechtes Gewissen, wenn ich mir einen Riss in der Kleidung zuziehe; auch das eine Erinnerung an ihren müden Tadel. Neue Sachen haben eine fast mystische Bedeutung für mich. Sicher war die manische Sparsamkeit meiner Mutter ein Segen für die Haushaltskasse – wir hatten eben wenig Geld. Das Problem waren die Spesen, denn mein Vater bezog ein bescheidenes Gehalt, das durch großzügige Spesenkonten aufgewogen wurde, als Ausgleich dafür, dass er so oft auf Dienstreise gehen musste. Dies aber brachte den Haussegen in Schieflage. Während er in Restaurants tafelte und in komfortablen Hotels nächtigte, verschloss meine Mutter halb leere Bohnendosen mit winzigen Stücken Plastikfolie und verkniff sich das Heizen bis zum ersten Frost. Wir waren nicht arm im eigentlichen Sinn, doch meine Kindheit war davon geprägt, dass alles aus zweiter Hand und zweite Wahl war. Und das Schlimmste war, dass es alles so seine Richtigkeit hatte – es gab keine elterliche Unvernunft, Willkür oder Doppelmoral, gegen die man sich hätte auflehnen können, nur öde, graue, unanfechtbare Haushaltszwänge, über welche in den Zeiten, die mein Vater zu Hause verbrachte, endlos und kleinkariert genörgelt wurde. All die tristen Details des Sparens und Rechnens und Sich-nie-etwas-Gönnens wurden am Esstisch vor mir ausgewalzt, wenn meine Eltern sich zankten. Obendrein wurde ich von meiner Mutter dann auch noch als Bundesgenosse rekrutiert: die unfreiwilligen Opfer, die ich bringen musste, die Einschränkungen, die ich erduldete, nur weil mein Vater keine Rücksicht auf uns nahm. Ich konnte mir denken, dass es für ihn jedenfalls kein großes Opfer bedeutete, so oft auf Reisen zu sein und so wenig am Familienleben teilzunehmen. Und so waren meine Wunschträume in diesen trüben Jahren auch bescheiden genug: Taxis, Hotels, einen Drink bestellen und sich nichts dabei denken.

Dann war auf einmal Schluss mit der Streiterei, die Ehe war am Ende, kurz bevor ich dreizehn wurde. Obwohl die Scheidung erst ein paar Jahre später ausgesprochen wurde, setzte mein Vater nie wieder einen Fuß in dieses enge Haus. Die Einschränkungen hörten damit natürlich nicht auf; meine Mutter ging arbeiten und tat ihr Möglichstes, um mich in anständiger Weise großzuziehen. Aber die nunmehr permanente Abwesenheit meines Vaters war eine unerträgliche, bis dahin ganz unvorstellbare Verarmung. Im Gegensatz zu all den anderen Sparmaßnahmen sah ich es als eine an, die meine Mutter uns absichtlich und völlig unnötig aufgezwungen hatte. Und der Groll setzte sich in mir fest.

Kaffeearoma hing in der Hotelbar, untermalt von einem Hauch Kiefernnadelduft, oder vielmehr seiner chemischen Kopie. Ich bestellte einen Espresso – mir bewusst nichts dabei denkend – und sah mich nach einem Sitzplatz um.

Sie war da. Die rothaarige Frau. Sie ließ ihren Cappuccino kalt werden, über einen Stapel wild bekritzelter Papiere gebeugt. Ihr Haar war zurückgebunden, und alles an ihrer Haltung sagte: tief in Gedanken versunken. Sie fixierte das Gekrakel auf dem Papier, als hätte es soeben ein Tänzchen vollführt und sie warte nun, dass es noch mal geschah.

Ich zögerte. Ich wollte sie unbedingt ansprechen, fürchtete jedoch nach der Blamage mit Lucy, wieder in ein Fettnäpfchen zu treten. Ich sah die Frau jetzt zum zweiten Mal in diesem Hotel –

die Vision von der Sonnenanbeterin nicht mitgerechnet –, und wir waren beinah schon alte Bekannte. Aber nur beinah. Solange unsere Bekanntschaft noch auf nichts Konkreterem fußte, konnte man auch sagen, wir seien Fremde. Fremde im besten Sinne vielleicht, alte, einander wohlgesonnene Fremde, aber dennoch: Fremde. Und die Etikette für den Umgang unter Fremden im öffentlichen Raum ist eine delikate Angelegenheit, besonders zwischen den Angehörigen beiderlei Geschlechts. Ich wollte sie nicht belästigen, doch zugleich trieb alles in mir mich an, *nun los, mach schon, das ist dein sehnlichster Wunsch, wie viele Chancen willst du dir denn noch entgehen lassen, worauf wartest du noch?* Früher hätte ich mich von der Stimme meines Instinkts nie lange bitten lassen, überzeugt, dass die Peinlichkeit einer Abfuhr sich leicht verschmerzen ließ, da ich sowieso bald wieder woanders sein würde, in anderen Hotels, mit neuen Chancen bei anderen Frauen. Nach dem Vorfall mit Lucy war diese Überzeugung jäh gekippt. Außerdem war ich hier nicht auf eine schnelle Nummer aus, sondern auf irgendeine Art von dauerhafter Verbindung.

»Kann ich Ihnen helfen?«

Sie hatte mich zaudern sehen und den ersten Schritt getan, womit mein Problem vorerst gelöst war. Doch ihre Miene war nicht sehr freundlich, und ihre Frage schien eher darauf abzuzielen, mich bald wieder los zu sein.

»Entschuldigen Sie«, sagte ich. »Wir haben uns neulich über die Bilder unterhalten.«

»Ja, ich erinnere mich.« Wenn sie auch nicht lächelte, runzelte sie jetzt wenigstens nicht mehr die Stirn.

Der Barkeeper erschien mit meinem Espresso. »Sitzen Sie hier, Sir?«

»Hätten Sie etwas dagegen, wenn ich mich zu Ihnen setze?«, fragte ich in dem Versuch, möglichst unbefangen zu klingen. »Nur für einen Moment, ich warte auf mein Taxi.«

»Sicher, warum nicht«, sagte sie, und diesmal schenkte sie mir ein Lächeln, wenn auch vielleicht nur aus Mitleid mit meinem Hundeblick. Irgendwo in diesem Dschungel der gesellschaftlichen Fallstricke gab es Grenzen zwischen jämmerlich und gewinnend, zwischen entgegenkommend und gruselig. Sie waren gar nicht so leicht zu erkennen.

Ich setzte mich also, und der Barkeeper stellte die winzige Kaffeetasse, das puppenküchenhafte Milchkännchen und den Fingerhut voller Zuckerklümpchen vor mir ab. Dazu einen Kassenbon – ich unterschrieb neben meiner Zimmernummer. Der Barkeeper zog sich zurück.

»Ich wollte nicht stören ...« Ich zeigte auf die Papiere vor ihr, die mit langen Zahlenreihen, Strichen und Kringeln bedeckt waren.

»Ach, das ist nichts«, winkte sie ab, faltete die Papiere schnell zusammen und schob sie in die Bauchtasche ihres Sweatshirts. Als sie wieder aufsah, war ihr Blick durchdringend und fragend. »Aber Sie wollten mich doch sehr wohl unterbrechen, nicht wahr? Reden wir nicht drum herum. Es macht ja nichts. Ich wollte es nur klarstellen.«

»Ich habe überlegt, wie man sich in so einer Situation korrekt verhält«, sagte ich. »Ein öffentlicher Ort, jemand, den man schon einmal getroffen hat, aber eigentlich nicht kennt ...«

»Und zu welchem Schluss sind Sie gelangt?«

»Zu gar keinem, Sie sind mir ja zuvorgekommen.«

»Haha«, sagte sie. »Das war nicht meine Absicht. Wenn ich gewusst hätte, dass ich so ernste anthropologische Erwägungen unterbreche ...« Ihre Stimmung war schwer zu deuten. Make-up trug sie keines. Ihre Augenbrauen hatten die gleiche Schattierung wie der Zimtdunst am Rand ihrer Tasse, ihre Lippen einen geisterhaften Anflug von arteriellem Blau.

»Sicher wäre ich zu dem Schluss gekommen, hallo zu sagen«, gab ich zu. »Im Hotel, wo man sich wahrscheinlich kaum jemals wiedersieht, kann man doch mal ein bisschen lockerer sein, was macht das schon?«

»Ja, ich hab auch schon gemerkt, dass eine Hotelbar so einiges an Hemmungen schwinden lässt. Hotels überhaupt. Vielleicht ist es so eine bescheuerte männliche Gleichung, die da am Werk ist: Frau ohne Begleitung in Hotelbar ist gleich Nutte. Oder wenigstens Flittchen.«

Diese Bemerkung schien nicht auf mich gemünzt, also lächelte ich gönnerhaft. »Kann sein, dass manche Männer so primitiv ticken.«

Sie zuckte mit den Schultern. »Tja, es ist ein Haus voller Betten. Vielleicht verwirrt sie das. Diese Frau, sagen sie sich, schläft ohnehin in einem dieser Zimmer, da macht es doch wohl keinen großen Unterschied, in welchem Bett oder mit wem.«

»Ich glaube, das hat was mit meinen anthropologischen Erwägungen zu tun«, meinte ich. »Man gibt sich nicht so leicht eine Blöße, wenn man Fremde in einer Hotelbar anspricht, denn falls es schiefgeht, kann man sich einfach in sein Zimmer verkrümeln, und das war's dann. Die Sache hat keine Konsequenzen. Und genau das ist es ja, was die Prostitution verspricht – reinen Instantsex, ohne Spuren, ohne Nachspiel.«

»Jedenfalls für den Mann«, entgegnete sie mit einer Grimasse, »abgesehen vielleicht von einem netten kleinen Infekt und hoffentlich ein paar fetten Schuldgefühlen.«

»Na, wie gesagt, das ist es, was die Prostitution *verspricht*, nicht die Realität.« Es wurde Zeit, das Gespräch aus der Rotlichtecke wegzusteuern. »Nicht, dass ich mich da auskennen würde.«

»Natürlich.« Sie verzog keine Miene. »Übrigens glaube ich, dass Sie recht haben. Das Hotel als solches schafft einen Ausnahmezustand.«

»Wie kommen Sie mit Ihrer Recherche voran?« Ich nickte zu der Tasche hin, in der ihre Notizen verschwunden waren. Aus unklaren Gründen beschäftigte mich diese Tasche. Eine rote

Tasche in einem roten Sweatshirt, auf dem in weißen Lettern WAY INN stand. Gar kein besonderes Kleidungsstück.

»Sehr gut.« Sie rutschte unbehaglich hin und her. Ich hatte zu lange auf das WAY INN gestarrt, obwohl es mir nur um das Sweatshirt ging, nicht um die Figur darunter. Mir war gerade etwas eingefallen.

»Waren Sie letzte Nacht auf?«

»Wie bitte?« Jetzt guckte sie aber böse.

»Letzte Nacht«, sagte ich, »da habe ich Sie, glaub ich, gesehen – in einem dieser kleinen Zen-Gärten, da haben Sie gesessen und meditiert. Und Sie trugen dieses Sweatshirt. Es war drei Uhr morgens, aber es sah aus, als ob Sie in hellem Tageslicht dasäßen …«

Ihr Gesichtsausdruck war schwer zu deuten, aber zustimmend war er nicht.

»Unmöglich«, sagte sie.

»Ich weiß, ich versteh es ja selbst nicht. Aber Sie trugen genau dieses Shirt – ich hab Sie vorher noch nie darin gesehen, und wenn es ein Traum war, wie kann ich dann von Ihnen in einem Kleidungsstück träumen, das ich doch gar nicht kenne und das Sie am nächsten Morgen tatsächlich anhaben?«

»Vielleicht erinnern Sie sich gar nicht wirklich daran, sondern Ihr Unterbewusstsein fügt es nachträglich einem nur noch vage erinnerten Traum bei. Dazu sind Träume schließlich da – die Unvereinbarkeiten in dem, was wir erleben, zu glätten, die Puzzleteile im Gedächtnis zu ordnen …«

»Aber ich konnte es doch gar nicht im Gedächtnis haben, weil ich es noch nie gesehen hatte. Und der Traum hatte nichts Vages, er war ebenso real wie unser Gespräch hier.«

Wir hatten uns im Lauf der Unterhaltung näher zueinander vorgebeugt – ich, damit die anderen Gäste in der Bar mich nicht von Träumen und Visionen palavern hörten; sie vielleicht aus Empathie, meine Körpersprache spiegelnd und verschwörerisch flüsternd. Doch jetzt lehnte sie sich zurück, blies die Backen auf und machte große Augen.

»Das nennen Sie real? Mir kommt es ganz schön irreal vor.«

»Ja, gut«, nickte ich. »Aber ich habe Sie noch nicht abstreiten hören, dass Sie heute Nacht in dem Zen-Garten waren.«

Sie sah mich nicht mehr an – ihr Blick richtete sich auf einen Punkt hinter mir. Ein scheußliches Déjà-vu-Gefühl überkam mich. Schon wieder? Wie konnte man drei Tage hintereinander dreimal das gleiche Pech haben – und zweimal am gleichen Ort mit der gleichen Frau? Ich drehte mich um, das M von Maurice schon auf den Lippen, und sah John-Paul am Eingang der Bar stehen, hinter ihm ein gedrungener Typ in Jeans und Lederjacke.

»Mr. Double? Ihr Taxi ist da.«

»Danke!«, rief ich. Das Taxi hatte ich ganz vergessen. »Können Sie ihn bitten, noch kurz zu warten?«

»Sicher«, lächelte John-Paul und drehte sich zu dem Typ in der Lederjacke um.

»Wo wollen Sie denn hin?«, fragte die Frau.

»Ins Zentrum.«

»Ah«, sagte sie. »Wollen wir das nicht alle?« Sie guckte nicht mehr böse, vielleicht weil sie wusste, dass ich bald verschwinden würde, wahrscheinlich für immer. Aber dies war meine kostbare zweite Chance mit ihr, vermutlich die letzte Gelegenheit, eine dauerhafte Verbindung herzustellen, und ich konnte den Moment nicht verstreichen lassen, ohne jeden meiner Trümpfe auszuspielen.

»Hören Sie«, sagte ich und versuchte, mir nicht zu viel von der Dringlichkeit anmerken zu lassen, die ich empfand. »Ich weiß, ich habe nicht gerade den günstigsten Eindruck auf Sie gemacht, aber wenn Sie nichts dagegen haben, würde ich Sie gern wiedersehen.«

Sie hob die Augenbrauen.

»Wissen Sie«, fuhr ich hastig fort, damit sie nicht schon ablehnen konnte, bevor ich mein Plädoyer beendet hatte, so verzweifelt es auch klingen mochte, »ich bin sicher, es hat etwas zu bedeuten, dass wir uns immer wieder über den Weg laufen, und ich finde, wir sollten herausfinden, was es ist. Ich bin nicht verrückt, nicht mal abergläubisch, aber ich glaube schon, dass das Universum manchmal versucht, uns etwas mitzuteilen, und wenn das passiert, sollten wir versuchen zuzuhören. Und ich glaube, das Universum versucht, mir etwas über Sie mitzuteilen.«

Schneller als gedacht hatte ich mein rhetorisches Pulver verschossen. War das alles, was für mich sprach? Konnte ich dieser Frau nichts Überzeugenderes anbieten?

Zu ihren Gunsten sei gesagt, dass sie mich nicht auslachte. »Vielleicht ist es das Hotel, das versucht, Ihnen etwas mitzuteilen.«

»Hotel, Universum, Schicksal, wie auch immer Sie es nennen wollen.«

»Und was wollen Sie von mir?«

»Vielleicht Ihre Telefonnummer?« Da fiel mir noch etwas ein. »Übrigens habe ich etwas für Sie. Ein Foto von dem Bild in meinem Zimmer. Vielleicht kann ich es Ihnen ja schicken? Für Ihre Sammlung?«

»Können Sie es mir zeigen?«

»Klar.« Ich holte das Smartphone aus der Tasche, rief das Bild auf und reichte es ihr über den Tisch.

»Sehr hübsch«, sagte sie.

Ich stand auf. Der Taxifahrer stand noch am selben Fleck und blickte mit gelangweiltem Widerwillen zu mir herüber. »Wenn Sie mir Ihre Nummer geben, kann ich's Ihnen auch schicken. Und vielleicht können wir uns irgendwann mal auf einen Drink treffen.«

»Vielleicht, ja«, sagte sie und stand ebenfalls auf. Irgendwie wirkte sie plötzlich nervös. Ihr Blick ging zwischen dem Bildschirm meines Smartphones und der Lobby in meinem Rücken hin und her. »Wir werden nicht ficken, wissen Sie.«

Kostbare Sekunden lang war ich sicher, mich verhört zu haben. »Wie bitte?«

»Wir werden nicht ficken, Sie und ich«, wiederholte sie. Um ihre Aussage zu bekräftigen, hob sie mein Smartphone hoch und zeigte es mir, als wäre sie eine Lehrerin, ich ein Schuljunge und das Telefon eine heimlich eingeschmuggelte Schachtel Zigaretten.

»Ich hatte auch gar nicht …«

»Darauf läuft das hier nicht hinaus.«

Ein Gefühl völliger Sinnlosigkeit überkam mich. Wenn sie dachte, dass ich mich ihr nur zu diesem Zweck genähert hatte, dann stand ihre Meinung über mich fest und war nicht mehr zu revidieren. Jedes Abstreiten meinerseits würde nur unehrlich und opportunistisch klingen. Und hatte sie überhaupt unrecht mit ihrer barschen Klarstellung? Meist war ich tatsächlich auf Sex aus, auch wenn eine Frau sich auf dem Weg dahin als anregende Gesprächspartnerin erwies. Aber galt das auch für die Rothaarige? Sie war so anders, in jeder Beziehung anders als alle anderen. Ob das Liebe war? War Liebe die Überzeugung, dass jemand einzigartig war, obwohl man gar nicht genau sagen konnte, warum? Das Hotel schafft einen Ausnahmezustand, hatte sie gesagt, und sie selbst war sicher ein Ausnahmewesen.

»Ganz ehrlich, daran hatte ich gar nicht gedacht«, beteuerte ich. »Ich … ich wollte nur herausfinden, wo dies hier hinführen könnte. Sie wirken auf mich wie ein sehr interessanter Mensch, und ich würde Sie gern besser kennenlernen.« Innerlich wand ich mich wegen des blöden Wortes *interessant* und verfluchte die Generationen von Lügnern – meine Brüder, meine Genossen! –, die diese Worte als Euphemismus für *Ich würde Sie gern flachlegen* benutzt hatten; ich selbst hatte sie oft genug in dem Sinne verwendet, und nun, da ich sie in ihrem eigentlichen Sinn gebrauchen wollte, fand ich sie durch einen schalen Beigeschmack verdorben.

Sie schien mir meine ungeschickte Formulierung nicht übel zu nehmen. Mit blitzenden Augen lächelte sie zu mir herab, und noch ehe ich mich wundern konnte, hatte sie mir die Hand in den Nacken gelegt und mich geküsst, kurz und probeweise.

Ich muss wohl sehr verdattert geschaut haben. Ihre Augen blitzten nicht nur, sie funkelten geradezu vor Vitalität und Lebensfreude. Und vor Schalkhaftigkeit.

»Du wirst mich einfangen müssen.«

Und weg war sie.

Ihre langen Beine trugen sie aus der Bar, während ich noch wie in Trance dasaß. Sie lief mir davon. Die plötzliche Bewegung brachte jedermann in der Bar dazu, sich nach ihr umzudrehen. Ebenso in der Lobby. Die Angestellten an der Rezeption starrten ihr verblüfft nach. John-Pauls Mund bildete ein perfektes O.

Sie hatte mein Smartphone.

»Scheiße!«, schrie ich sinnlos. »So warte doch!« Sie lief in Richtung Treppenhaus. Mein Körper war randvoll mit Adrenalin, aber das half mir gar nichts; meine Beine fühlten sich an, als müssten sie einzeln gestartet werden, bevor sie mir gehorchten. Der Barkeeper und seine Gäste glotzten mich an. Hilflos glotzte ich zurück.

Dann war die Energie auf einmal wieder da, und jetzt rannte auch ich, aus der Bar, durch die Lobby, vorbei am Taxifahrer, der genervt die Arme hochriss. Irgendwer rief mir etwas nach, vielleicht John-Paul, doch ich ignorierte ihn.

Im Treppenhaus hörte ich das Echo ihrer trappelnden Füße, dann auf einmal Stille. Ich sah hinauf und wurde mit dem Anblick ihres Gesichts belohnt, das aus dem dritten Stock auf mich herabschaute. Aber kaum hatte sie mich entdeckt, war sie auch schon wieder verschwunden, und ich hörte eine Brandschutztür zuschlagen.

Hätte ich sie nicht erblickt, hätte ich wohl auf der Stelle aufgegeben. Wenn sie mir entkommen wollte, hatte sie einen uneinholbaren Vorsprung, zumal sie fürs Laufen gekleidet war und ich nicht. Außerdem wäre sie ohnehin schneller als ich, da sie mich überragte und sich offensichtlich fit hielt. Doch sie hatte auf mich gewartet – sie wollte also gar nicht verschwinden. Vielleicht wollte sie mich provozieren; vielleicht war dies ihre Art zu flirten. Ich jedenfalls wollte nur mein Smartphone zurück. Ich *brauchte* es.

Also hastete ich hinter ihr her die Treppen hoch, immer zwei Stufen auf einmal, und im dritten Stock angekommen, schmerzten mir die Knie; ich war weniger fit, als ich dachte. Der Flur jenseits der Brandschutztür war leer, doch ich wusste instinktiv, in welche Richtung ich laufen musste – tiefer hinein ins Hotel.

Links, rechts, links, dann ging es ein langes Stück geradeaus – und am Ende des Flurs schwang eine weitere Brandschutztür gerade langsam zu. Ich sprintete los, die Bilder an den Wänden verschwammen, und ich erreichte die Tür eine Sekunde, ehe sie ins Schloss fiel. Heftig stieß ich sie auf und sah eine hohe Silhouette im milchigen Herbstlicht, das durch die Fenster zum Innenhof einfiel. Ein Wimpernschlag – und schon war sie wieder weg.

Wie ich da so plötzlich in der Tür aufgetaucht war, musste ich wohl einen bedrohlichen Anblick geboten haben. Ich spürte den Schweiß im Rücken und auf der Stirn. Meine Lungen brannten, meine Beine spürten schon den Muskelkater, den die ungewohnte Anstrengung ihnen bescheren würde. Ich fiel wieder in Trab, versuchte, gleichmäßiger zu laufen, und zerrte mir die Krawatte vom Hals. Sie war nach links abgetaucht; an der nächsten Ecke ging es nach rechts, und ich sah die Frau weit vor mir so anmutig und mühelos rennen wie ein Athlet im Stadion.

»Stopp!«, rief ich. »Bitte!« Doch sie war schon um die nächste Ecke verschwunden.

Immer mühsamer joggte ich ihr nach, wohl wissend, dass die

Verfolgung bald ein Ende haben würde. Entweder würde mir die Puste ausgehen – oder dem Hotel, das ja auch irgendwann an seine Grenzen kommen musste. Ihr würde dann nur übrig bleiben, durch die Flure der gegenüberliegenden Seite zurückzulaufen oder die Etage zu wechseln. Oder aber endlich anzuhalten – wofür? Würde sie mich anspringen, mich zusammenschlagen, mich niederknutschen? Oder nur lachen? Unter anderen Umständen wäre ich von der Vorstellung vielleicht erregt, auch ein wenig beängstigt gewesen, was eine prickelnde Kombination ergeben hätte – aber ich war einfach nur fix und fertig, schweißgebadet, eine traurige Ansammlung schmerzender Gelenke. Und dazu noch das schlechte Gewissen wegen des wartenden Taxis, diese nicht aus der Welt zu schaffende, lästige Verpflichtung, die meine sofortige Rückkehr erforderte.

Ein Geräusch – erst hielt ich es für Ohrensausen wegen des Sauerstoffmangels im Gehirn. Es war ein schrilles Sirenengeheul, und seine Quelle war die Brandschutztür am anderen Ende, auf der die Warnung DIESE TÜR IST ALARMGESICHERT zu lesen stand. Dass es keine leere Drohung war, konnte man jedenfalls hören. Das Geheul hielt an, bis die Tür sich mit hydraulischer Verzögerung wieder geschlossen hatte. Dann klackte die Metallstange, die als Klinke diente, wieder in ihre ursprüngliche Stellung zurück, und der Lärm hörte auf.

Die Tür befand sich zwischen uns – vielleicht wartete die Läuferin direkt dahinter auf mich. Schon einmal war der Alarm ausgelöst worden, und was war passiert? Keine Sprinkler hatten die Flure überschwemmt, keine entsetzten Gäste waren aus den Zimmern geströmt, keine mit Feuerlöscher bewaffneten Angestellten waren aufgetaucht. Was würde es dann also ausmachen, wenn der Alarm noch ein weiteres Mal losging?

Ich drückte gegen die Metallstange. Der Alarm stach mir wie eine Klinge in die Ohren. Einen Moment lang wurde mir mulmig, und ich hatte Angst, mich würde der Schlag treffen.

Schwarze Blitze nahmen mir die Sicht. Ich ließ die Stange los und hielt mir die Ohren zu, was nichts nutzte. Das Geheul jagte mir durch Mark und Bein, attackierte die Synapsen und Neuronen, die Millivolt an Stromfluss im Gehirn, die es brauchte, um sich seiner selbst gewiss zu sein. Der Flur war unter mir weggekippt – ich war nirgends, inmitten einer schäumenden, brodelnden Masse, ein mundloser Schrei.

Klack. Die Stange war zurückgeschnappt. Teppichflor unter den Händen. Ich kauerte auf allen vieren, fast in Embryohaltung. Stille. Keine Stille – ferne Fernsehstimmen, das Surren der Klimaanlage. Kein Schmerz mehr, kein Klingeln in den Ohren, kein Schwindel. Nur ein flaues Gefühl im Magen, als einziges Überbleibsel der Tortur. Sonst ging es mir gut. Das Hemd fühlte sich kühl an, wo der Schweiß verdunstete.

Alarm? Es war wohl mehr eine Anti-Personen-Waffe, ein Pentagon-Spielzeug von der schwarzen Liste, das im Einsatz gegen Zivilisten nichts zu suchen hatte. Aber man konnte nicht sagen, ich sei nicht gewarnt gewesen. DIESE TÜR IST ALARMGESICHERT. Und es war nicht die einzige.

Mir reichte es. Wenn sie meinte, mit mir spielen zu müssen, dann hatte ich eben verloren. Vielleicht käme sie von selbst wieder, wenn ich nicht mehr mitspielte. War sie einfach nur eine Diebin? Natürlich nicht – sie wollte das Bild oder irgendwelche Macht über mich, aber doch nicht das Telefon. Das würde ich wiederbekommen. Die Angestellten hatten alles gesehen; sie würden mir helfen können. John-Paul würde mir helfen. Sie würden ihre Zimmernummer wissen, ihren Namen, ihre Adresse. Das würde sich regeln lassen. Später. Mein Taxi wartete.

Zurück in der Lobby. Nach dem Lauf fühlten meine Beine sich eigenartig federnd an – ein plötzliches Übermaß an Energie, wo Minuten zuvor noch ein fatales Defizit geherrscht hatte. Ich tänzelte fast zur Rezeption und suchte mit einem raschen Blick die Landschaft aus Sesseln, Topfpalmen und Flachbildschirmen nach meinem Taxifahrer ab. Eine joviale Entschuldigung, einen Appell an sein männliches Mitgefühl hatte ich schon parat – nur war er leider nirgends mehr zu sehen. Stattdessen sprang John-Paul an der Rezeption wie ein Schachtelteufel auf.

»Mr. Double«, rief er, »Ihr Taxi, es ist gerade weg …«

Seine Dringlichkeit, seine wedelnden Armbewegungen zur Tür hin erweckten den Eindruck, dass es noch nicht zu spät sein könnte. Wieder rannte ich los und zog alle Blicke auf mich, als ich durch die aufgleitende Glastür in die Raucherzone hinausstürzte, doch unter dem Glasdach stand kein Wagen geparkt. Von meinem Taxi sah ich nur noch Blinklicht und Bremslichter; eben bog es aus der Einfahrt auf den Zubringerweg ab. Ich stand wie angewurzelt auf der Straße, meine Füße brannten, Säure kroch mir die Kehle hoch, und ich konnte nur hilflos zusehen, wie das Taxi entschwand.

Fluchend wandte ich mich zurück zum Hotel. Zwei Raucher beobachteten mein Debakel, der eine mit neutraler Miene, der andere grinsend. Um eine unbeteiligte Haltung bemüht, trat ich wieder zurück durch die Glastür.

»Kein Glück gehabt?« John-Paul blickte mir mit einem kleinen, aufmunternden, vielleicht auch mitleidigen Lächeln entgegen. Mein Misserfolg war nicht zu übersehen.

»Nein«, sagte ich und versuchte, ganz ruhig zu bleiben. Es war ja nicht John-Pauls Schuld – er hatte versucht zu helfen, wo er nur konnte. Aber es gab nun einmal Dinge, die heute noch getan werden mussten, und es war bereits nach ein Uhr. Ich war spät dran und wollte nicht noch mehr in Verzug geraten. »Die Frau – Sie haben die Frau gesehen, mit der ich vorhin gesprochen habe?«

»Ja.«

Sie existierte also – das war schon mal ein Anfang. Ihre Geschicklichkeit darin, mir zu entwischen, hatte mich schon fürchten lassen, sie wäre womöglich nur ein Produkt meiner Einbildung. Aber es gab sie wirklich.

»Wer ist sie?«

John-Paul sah mich verständnislos an. »Ich weiß nicht, Sir. Wissen Sie es denn nicht?«

»Nein. Sie ist ein Hotelgast. Wir haben uns eben erst kennengelernt. Können Sie mir ihre Zimmernummer geben? Oder kann ich eine Nachricht für sie hinterlassen?«

»Ehrlich gesagt, bin ich mir nicht sicher, ob sie ein Hotelgast ist, Mr. Double.«

»Nein. Da kann es gar keinen Zweifel geben.« Ich wollte mich nicht abwimmeln lassen. Kein uniformierter Konzernlakai sollte mich an der Erfüllung meiner Wünsche hindern. »Sie wohnt hier. Sie arbeitet für die Firma. Sie hat eine Keycard. Sie trug« – unwillkürlich hatte ich die Stimme erhoben, immer ein Fehler in so einer Situation – »ein Way-Inn-Sweatshirt!«

John-Paul blickte fahl und besorgt. Plötzlich sah ich mich durch seine Augen: schwer labil und unberechenbar, voll der unmöglichsten Ansinnen und Beschwerden, vielleicht in ganz eigenen medikamentösen Sphären unterwegs. Ein Kundendienst-Albtraum. Wie nah war ich daran, aus dem Hotel geworfen zu werden? Von der Messe gesperrt, vom Way Inn rausgeschmissen – das wäre wirklich das Ende, alles wäre zunichte, was ich mir aufgebaut hatte. Und das war – was? Meine My-Way-Mitgliedskarte? Nein, so ging das nicht. Ich musste mich wieder in den Griff bekommen.

»Tut mir leid, ich wollte nicht laut werden.« Ich lächelte bescheiden – kein Verrückter, nur ein braver Kerl, der einen schlechten Tag hatte. »Sie hat mein Smartphone mitgenommen – aus Spaß, glaube ich. Eigentlich wollte ich ihr bloß ein Foto zeigen … na, wie auch immer.« Ich legte die Hände flach auf den Empfangstresen. »Ich brauche mein Smartphone unbedingt zurück.

Sie wissen ja, es gibt da dieses Problem auf der Messe …« Ich wedelte mit der Hand in Richtung Tür, und John-Paul nickte mitfühlend. »Also, ohne mein Telefon krieg ich gar nichts geregelt. Ich weiß, dass diese Frau im Way Inn tätig ist – sie könnte hier als Angestellte wohnen. Vielleicht kennt einer von Ihren Kollegen sie oder hat sie eingecheckt. Könnten Sie nicht mal nachfragen? Ich muss sie unbedingt noch mal sprechen.«

»Jawohl, Sir«, sagte John-Paul. Seine Kollegin an der Rezeption, eine junge Asiatin, behielt mich im Auge, seit ich die Stimme erhoben hatte. Ich lächelte auch sie an, schloss sie in meine Bitte ein. Sie nahm es mit einem kaum merklichen Nicken zur Kenntnis. Sobald ich hier abschwirrte, würden sie und John-Paul was zu reden haben, das war klar.

»Was soll ich der Dame ausrichten?«, fragte John-Paul.

»Dass ich sie dringend sprechen möchte. Dass ich mein Smartphone zurückhaben möchte. Geben Sie ihr meine Zimmernummer, Mailadresse, Telef-… Sorgen Sie einfach dafür, dass sie es erfährt.«

»Jawohl, Sir.« John-Paul war ruhig, kooperativ und sicher schon erleichtert bei dem Gedanken, dass ich bald Leine ziehen würde.

»Gut, vielen Dank«, sagte ich und versuchte, mir ein besonders herzliches Lächeln abzuringen. Die Uhr an der Rezeption stand auf kurz vor halb zwei. »Ich muss jetzt machen, dass ich zum Messezentrum komme.«

»Zu Fuß?«

»Ja.«

John-Paul sah aus, als wollte er etwas sagen, was er sich dann aber verkniff.

»Einen schönen Tag noch, Sir.«

Über dem Zufahrtsweg hing die Art von Herbstsonne, in die man gefahrlos hineinschauen konnte. Eine gleißende Dunstschicht beraubte sie all ihrer Kraft, sodass sie nur noch eine trübe Scheibe am Himmel war. Der feuchtkalte Wind ließ das Wasser in den Pfützen erschauern und fuhr schneidend durch mein wollenes Sakko. Die Straße war nur unvollständig asphaltiert und voll von den schlammigen Reifenspuren der Baufahrzeuge. Auf der anderen Seite grenzte sie an die Autobahnböschung, die so gut es eben ging den permanenten Verkehrslärm abdämpfte. Ihr Bewuchs aus dürren, in weißes Plastik verpackten Schösslingen zitterte im Wind.

Die matte, unvertraute Sonne und der unfertige Straßenbelag – ein schwaches Bollwerk gegen einen Ozean aus Schlamm, der dieses Hinterland jeden Augenblick wieder zu verschlingen drohte –, all die Fremdartigkeit fühlte sich an wie auf einem anderen Planeten, der sich noch in der Phase der allmählichen Erschließung als Lebensraum befand; Land wurde gewonnen, die Umgebung wurde in ein sicheres Areal zum Wohnen und Gewerbetreiben verwandelt, aber sie blieb im Grunde genommen feindselig. Überall machte sich die Infrastruktur breit, die dazu da war, die Landschaft zu zähmen – keine Wildnis, nur die übliche vorstädtische Ödnis und Verwahrlosung, die ganz allmählich ein neues Gesicht bekam. Über mir schwebte die Stahl- und Glasröhre der Fußgängerbrücke, die das Bild eines Tages abrunden würde, wenn sie erst fertig war. Dann würden die Hotelgebäude mittels neuer Lobbys im ersten Stockwerk verbunden sein und gar nichts mehr mit der Tristesse unten auf der Straße – auf der Erde – zu tun haben. Bislang war nur das Teilstück am Way Inn fertiggestellt; die zentrale Brücke über die Autobahn fehlte, sodass die Isolation des Hotels dadurch nur noch mehr betont wurde: eine Insel der Espresso-Verfügbarkeit und gedünsteten Lachsfilets und Leinenlaken in einer kahlen Welt, umgeben von absurden Lücken.

Wieder brodelte zorniger Unmut in mir auf, und zugleich langweilte es mich schon, dass ich mich hier immer und immer wieder ärgern musste, das war ja wie Sodbrennen. Und was brachte es? Alle, mit denen ich zu tun hatte – die Messe, das Hotel, die Frau –, waren immun gegen meinen Zorn. Nun, immerhin hatte John-Paul ein wenig Verständnis gezeigt. Die Erinnerung an sein verzweifeltes, aber wenig zweckdienliches Mitgefühl half mir, mich zu beruhigen. Das Hotel wollte seine Gäste doch gut behandeln. Ich dachte an meine My-Way-Treue-Mitgliedskarte, deren Besitz immerhin etwas Tröstliches hatte. Wenige Minuten, nachdem ich die Way-Inn-Lobby verlassen hatte, sehnte ich mich schon danach, in ihre wohlige Wärme zurückzukehren – hier pfiff der Wind über die Böschung, raschelte in den eingepackten Schösslingen, vereiste mir die Backen und jagte dunkle Wolken über den Himmel.

Das leere Gelände neben dem Way Inn war von Bauzäunen eingefasst, auf denen Hochglanzwerbung für das geplante Hotel prangte. Die üblichen Retortenfiguren gelangten im stechschritthaften Business-Walk vom Check-out im Hotel zum Check-in am Flughafen. Doch die Eröffnung sollte schon in ein paar Wochen stattfinden, und die Aussicht aus meinem Fenster hatte gezeigt, dass sich hinter dem Bauzaun rein gar nichts tat. Nicht mal die Baugrube war ausgehoben. Ein finanzieller Engpass hatte zur Folge, dass da, wo ein Gebäude stehen sollte, kein Gebäude stand. Und als ich, an dem leeren Gelände vorbei, die anderen Hotels in der Reihe erreichte, hatte ich den Eindruck, dass es ihnen auch nicht sehr viel besser erging. Baugerüste gab es dort immerhin schon, und eins der Häuser war sogar schon mit seiner Verschalung versehen, vorgefertigten Platten aus irgendeinem glatten Kunststoff, die meisten davon in Blau, manche aber auch Hellblau, Lila, Violett, Rot, wie zufällig über die Fassade verteilt. Wie wurde so ein Nicht-Muster entschieden? Hatte irgendein frustrierter Kunstakademiker mühevoll Blau, Blau, Blau, Lila, Blau, Violett ausgesucht? Oder wurde der Effekt mittels eines Mausklicks generiert, durch einen Algorithmus in irgendeinem speziellen Programm? Solche Programme gab es natürlich – ich kannte sie von den Baugewerbemessen. Sinnlos war es, irgendetwas in die Farbverteilung hineinzuinterpretieren, ebenso sinnlos, wie irgendein übergreifendes Muster in den Bildern im Way Inn erkennen zu wollen. Wenn sie tatsächlich am Fließband hergestellt wurden, wie die Rothaarige behauptet hatte, dann konnten auch ihre Muster von einer Maschine erschaffen worden sein.

Hier an der Fassade war die Farbverteilung noch nicht einmal vollständig. Am obersten Stockwerk und zum Großteil an dem darunter fehlten die Paneele. Die unterbrochene Matrix erinnerte an Bildpixel, die mitten im Download eingefroren waren. Und wie ein hängen gebliebenes Download löste die unfertige Fassade eine gewisse Besorgnis aus. War das Bauvorhaben nur unterbrochen oder endgültig gestoppt? Auf der Baustelle regte sich nichts, keine Arbeiter, kein Lärm, keine Maschinen. Windzerzauste Plastikstreifen flatterten trostlos am Bauzaun, Metall schepperte gegen Metall. Nachdem die Konkurrenz derart lahmte, war das Way Inn als das einzige Hotel in der Nähe des Messezentrums natürlich so etwas wie eine Gelddruckmaschine. Und die Rothaarige hatte wohl das ihrige dazu beigetragen, indem sie den Standort im richtigen Moment ausgesucht hatte, worauf das Way Inn jetzt gnadenlos Profit einfuhr, während die anderen noch tief im Verlust wateten. Vorausgesetzt, es stimmte, was sie mir da alles erzählt hatte. So vielseitig talentiert sie auch sein mochte, ihren Aussagen mir gegenüber schien doch eine gesunde Skepsis angebracht. Sie war offenbar psychisch labil – warum sonst wäre sie einfach so mit meinem Telefon abgehauen? Was spielte sie für ein Spiel? Denn es *war* ein Spiel, davon war ich überzeugt. Sie hatte sich nach mir umgesehen, als wartete sie nur darauf, dass ich sie einholte. Obwohl sie mir leicht hätte entkommen können, war sie immer in Sichtweite geblieben. Sie hatte nicht gefasst werden, aber auch nicht verschwinden wollen. Sie hatte versucht, mich irgendwohin zu führen.

Große Entfernungen lagen zwischen allen Dingen um mich her, ein Eindruck, der durch den schneidenden, mit harten Regentropfen durchsetzten Wind noch verstärkt wurde. Die unfertigen Hotels zogen so langsam vorbei wie Eisberge. Nach dem irrsinnigen Sprint durchs Hotel fühlten meine Beinmuskeln sich an wie mit Kleister gefüllt, und als ich endlich an der Autobahnkreuzung anlangte, kam ich mir vor wie ein Hundertjähriger. Im Bus durchquerte man dieses ganze Gelände innerhalb von Minuten. Aber für Motoren und fahrbare Untersätze war es ja auch gedacht, nicht für müde, altersschwache Wanderer wie mich.

Die Autobahnkreuzung stellte mich vor neue Probleme. Die Zufahrtswege zu den Hotels und zum Messezentrum trafen in einem riesigen, vielleicht hundert Meter breiten Kreisel mit der alten Landstraße zusammen. Unter diesem Ring rauschte die Autobahn durch, und beide waren durch weit geschwungene Rampen verbunden. Der Kreisel war mit einem schmalen Gehsteig versehen, eine so missgünstige Konzession an die Fußgänger, dass es einem vorkam, als wäre der abschreckende Effekt gewollt. Autos und Lastwagen donnerten unentwegt um den Kreisel, und nach der leeren Zufahrtsstraße fühlte ihre geballte, lärmende Präsenz sich bedrohlich an. Um das Messezentrum zu erreichen, würde ich die Zufahrtsstraße überqueren müssen, und dann eine der massiv befahrenen Abfahrtsrampen, die den Verkehr in die Kreuzung spien. Nachdem ich über eine der Brücken gegangen war, die den Kreisel über der Autobahn trugen, würde ich noch eine der Zufahrtsrampen überqueren müssen – erst dann wäre ich endlich in Reichweite des MetaCentre.

Von der Abfahrtsrampe konnte ich direkt in den reißenden Verkehrsstrom der Autobahn hinabblicken. Ich konnte Autos in die Abfahrt einbiegen und die Rampe hinauf auf mich zurasen sehen. In der Steigung drosselten sie das Tempo, um sich in den Kreisverkehr einzufädeln. Wie ich wohl auf sie wirken mochte? Ein zaudernder Mann am Straßenrand, mit wehendem Schlips, verknautschtem Anzug, leeren Händen. Sicher sah ich nicht aus wie einer, der wusste, was er tat, eher schon wie ein Verlorener, ein Selbstmordkandidat. Wenn ich jemanden sah, der trübsinnig an der Autobahn entlangstapfte oder gar versuchte, hinüberzukommen, blickte ich instinktiv weg. Es waren Pannenopfer – im automobilen ebenso wie im mentalen und sozialen Sinne. Besser, man hatte nichts mit denen zu tun. Die Fahrer hinter den Windschutzscheiben starrten geradeaus, niemals auf mich.

Es war nicht schwer, ein Gefühl fürs richtige Timing zu entwickeln: Wenn ein Auto an mir vorbeifuhr und noch kein weiteres auf der Rampe war, hatte ich mindestens zwei Sekunden. Ich wartete, drei Autos fuhren vorbei, die Rampe war leer, ich joggte hinüber. Selbst im Schritttempo wäre es noch gut gegangen.

Die Brücke war ein einziger lärmender Albtraum. Kanalisiert durch diese sorgfältig begrünten Böschungen, war die Autobahn eine geradewegs auf mich gerichtete Schallkanone. Dazu noch der ganze Verkehr auf der Brücke und obendrüber das Kreischen eines vom Flugplatz abhebenden Jets. Ich spürte, wie der Lärm mir vom vibrierenden Asphalt durch die Füße in den Körper stieg und mein Zwerchfell zum Beben brachte. Dazu der ständig an mir zerrende Wind, der durch die Luftwirbel der vorbeibrausenden Sattelschlepper nur noch verstärkt wurde – es fehlte nicht viel, und ich wäre von der Brücke geweht worden. Am Geländer waren in regelmäßigen Abständen kleine Schilder mit der Nummer einer Selbstmord-Hotline angebracht. Unten wäre man zwischen dahinrasenden Autos aufgeprallt, die das Tempolimit eher als Minimum denn als Maximum ansahen. Mehr würde man nicht brauchen, um seinem Leben ein Ende zu setzen – allerdings mit dem Risiko, noch ein paar andere mit in den Tod zu nehmen. Daher die vielen Schilder: Macht, was ihr wollt, aber bitte nicht hier. Die Verkehrswege müssen offen bleiben, dann fließen auch die Investitionen. Die Schilder waren neu, die Schrauben glänzten – neu wie die Autobahn, wie die Hotels, wie alles. Ob wohl schon jemand gesprungen war? Oder waren die Schilder abschreckend genug? Wer bestimmte den Bedarf dafür? Gab es entsprechende Richtlinien? Eine so hohe und breite Brücke über der achtspurigen Autobahn bildete natürlich einen optimalen Absatzmarkt für Anti-Selbstmord-Schilder. Wenn ich mich demnächst mal auf einer Messe für Infrastrukturspezialisten einfand, würde ich mich danach erkundigen.

Jetzt musste ich nur noch die Auffahrtsrampe überqueren, was eine größere Herausforderung darstellte, denn dort sah ich die Autos nicht auf mich zukommen – sie kamen um den Kreisel geschossen, und es war nur schwer zu erkennen, ob sie auf die Rampe abbiegen wollten oder nicht. Bogen sie jedoch ab, beschleunigten sie auch gleich, aus Vorfreude auf die glorreiche Autobahnraserei. Die Strecke über die Straße kam mir jetzt viel weiter vor. Jedes Fahrzeug, das an mir vorbeikam, war wie eine Tür, die mir vor der Nase zuschlug. Nie würden sie für mich das Tempo drosseln, mich anblinken und mich die Straße überqueren lassen, nie und nimmer. Wahrscheinlich sahen die Fahrer mich gar nicht, und wenn, dann höchstens als etwas, das man besser übersah, aber sicher nicht als Einladung, sich als Kavalier der Straße zu erweisen. Bis sie mich überhaupt registrierten, würden sie schon die Rampe runtergerast sein, und ich wäre nur eine vage Erinnerung, die man gleich wieder vergessen konnte. Sich in diesen Verkehr zu wagen, wäre ebenso sicherer Selbstmord wie der Sprung auf die Autobahn; aber was blieb mir anderes übrig?

Ich wagte es. Ein Energieschub. Unter meinen hämmernden

Sohlen fühlte der Asphalt sich lose und rau an, und das Einzige, was mir durch den Kopf ging, war: *Herrgott, ich sollte nicht hier sein, ich habe hier nichts verloren.* Den ganzen Tag schon war ich am Rennen, und wie oft rannte ich sonst, unter normalen Umständen? Sobald ich anfing, darüber nachzudenken, wurde das Rennen zu einer komplexen Koordinationsleistung, und ich stellte mir vor, wie leicht man stolpern und auf der Stelle plattgefahren werden konnte. Prompt fühlten meine Beine sich einige Zentimeter kürzer an, als sie eigentlich hätten sein sollen. Zwei Wagen kamen mit zunehmender Beschleunigung aus dem Kreisel heraus auf mich zugeschossen. Sie hatten das Licht eingeschaltet – die schwache, fremde Sonne war verschwunden. Der vordere Wagen hupte, als ich mich an das steinige Ufer auf der anderen Seite rettete, und der wütende, plärrende Ton hallte von den steilen Hängen der Böschung wider. Fast wäre ich auf die Knie gefallen vor Erleichterung, mit heiler Haut davongekommen zu sein, aber der Boden – kein Gehsteig, nur ein unbefestigter Randstreifen – war matschig und voller Müll. Verbeulte Radkappen, Chipstüten, nasse, schwärzliche Lumpen. Kleidungsstücke am Straßenrand hatten immer etwas Unheimliches, ließen an Sexualdelikte und Selbstmord denken – unwillkürlich fragte man sich, wie sie dahin gekommen waren und wen sie entkleidet hinterlassen hatten. Ein kurzer Moment, um Atem zu holen, dann schleppte ich mich weiter.

Der brausende Verkehr konnte nicht über den Tod der alten Straße hinwegtäuschen. Der neue Asphalt ging in Schlaglöcher und geborstene Pflastersteine über. Noch immer war ich der einzige Fußgänger. Auf der anderen Straßenseite stand ein zweistöckiges Bürogebäude, in dessen Fenstern »Zu vermieten«-Schilder mit einer Telefonnummer in weithin leuchtenden Lettern hingen. Ein Gebrauchtwagenhandel kurz dahinter war auf dem besten Wege in die Geschäftsaufgabe. Sein Parkplatz war halb leer, und die Schaufenster zeigten nur rot-schwarze Plakate –

AUSVERKAUF und ALLES MUSS RAUS. Ein Suzuki baumelte kopfüber von einem Kran am Straßenrand – in besseren Zeiten ein karnevaleskes Buhlen um Kundschaft, jetzt aber mehr wie eine Leiche am Galgen. Der Boom, den die Autobahn, das Messezentrum und das Hotel hier auslösen sollten, war offenbar erst im Anrollen. Hunderte von Millionen an öffentlichen und privaten Geldern. Tor zur Welt. Dreh- und Angelpunkt.

Das Messezentrum befand sich auf meiner Seite der Straße. Es war noch nicht das Gebäude selbst, nur der Rand der gigantischen Anlage, ein Erdwall, auf dem das Wort METACENTRE aus dicken weißen Klötzen aufgebaut war. Eine Werbetafel oben auf einem Mast kündigte Meetex an. Der große weiße Gebäudeblock lag am Ende einer Zufahrtsstraße, die der Zwilling der Zufahrt zum Hotel war. Zunächst aber musste man noch eine Reihe riesiger, leerer Parkplätze passieren, jeder von dem nächsten durch Erdwälle getrennt, die mit Schösslingen in Plastikgerüsten bepflanzt waren. Sektion A zog sich endlos hin bis Sektion B. Nur in Sektion E und F standen überhaupt Fahrzeuge geparkt. Erst als ich schon ziemlich nah herangekommen war, kamen die ersten Lebewesen in Sicht, ein Raucherklüngel unter dem Vordach des Haupteingangs. Einer der Haupteingänge: Eingang A1. Die Fußgängerbrücke lief hier in einiger Höhe entlang, wie die Gangway eines Ozeanriesen, nur dass es gar keine so großen Ozeanriesen gab. Ein Mann in einem Smartphone-Kostüm aus Schaumgummi verteilte Handzettel. Das Loch für sein Gesicht befand sich an der Stelle von einem der App-Icons.

An den hastig paffenden Rauchern und dem traurigen Smartphone vorbei gelangte ich endlich ins Messegebäude, wo ein bisschen mehr Zweckmäßigkeit in der Luft lag. Auch ich verfolgte einen Zweck – ich hatte einen Job zu erledigen. Den ersten Termin konnte ich abschreiben, er war sowieso schon halb rum. Aber der Rest des Nachmittags war noch zu retten, und dann hatte ich morgen noch den ganzen Tag. Eine kurze

Schlange stand vor mir bei der Anmeldung an, wodurch ich mich aber nicht aus der Ruhe bringen ließ.

Die Wanderung hierher war unangenehm gewesen, die reinste Zumutung, und dennoch kathartisch. Außerdem war ich vom Regen verschont geblieben – die Dinge entwickelten sich langsam in die richtige Richtung. Die Autobahnkreuzung war ein riesiges Hindernis auf meinem Weg gewesen, das zu überwinden mir niemand zugetraut hatte. Alle hatten erwartet, ich würde einfach aufgeben. Aber hier war ich nun, und weitere Hürden würden sich ebenfalls bezwingen lassen. Ich strich mir Hemd und Sakko glatt und rückte die Krawatte zurecht. Die Frau vor mir fragte nach, ob sie eine Eintrittserstattung für den letzten Tag bekommen könne, weil sie eher abreisen müsse. Ich überlegte, ob ich ihr meine Visitenkarte geben und erklären sollte, dass es möglich wäre, der Messe beizuwohnen, ohne selber anwesend zu sein. Aber vermutlich war es besser, ich hielt mich dezent im Hintergrund.

Ein Schalter wurde frei. Dahinter saß eine Frau Ende dreißig, aufgestecktes dunkelblondes Haar, ein Seidentuch um den Hals, etwas zu viel Make-up. MANDY stand auf dem Namensschild an ihrem blauen Blazer.

»Hi, mein Name ist Neil Double. Mein Messeausweis wurde für ungültig erklärt, und ich würde gern wissen, wie ich ihn zurückbekommen könnte.«

Mandy musterte mich abschätzend, und ich fragte mich, wie oft es wohl vorkam, dass Ausweise entzogen wurden, und für welche Sünden. In Mandys Augen war ich offenbar zu den ungeheuerlichsten Abartigkeiten fähig.

»Kann ich Ihren Ausweis mal sehen?«

Ich zog die laminierte Karte aus der Jackentasche und reichte sie ihr. Sie schob sie über ein Lesegerät auf ihrem Tisch. *Bip. Biep-bäh.*

»Ja, dieser Ausweis ist nicht mehr gültig«, sagte Mandy.

Das war keine Überraschung – die Überraschung war, dass der dicke Knubbel der Frustration in meiner Brust durch den Spaziergang keineswegs aufgelöst, sondern noch dicker geworden war.

»Ich weiß«, sagte ich. »Und wie kriege ich ihn wieder gültig gemacht?«

»Das geht nicht«, erklärte Mandy. »Ich kann eine Ungültigkeit nicht rückgängig machen.« Sie klang ein wenig ungeduldig, als bedürften andere, gültige Kunden ihrer Aufmerksamkeit, während so ein ungültiges Nichts sie mit sinnlosen Fragen aufhielt.

Ich zwang mich zur Ruhe. »Wieso wurde der Messepass für ungültig erklärt?«

»Jeglicher Bruch der Vertragsbedingungen führt zur Ungültigkeit des Ausweises, wie in den Vertragsbedingungen klar und deutlich aufgeführt. Sie haben besagte Bedingungen akzeptiert, als Sie den Ausweis beantragten.«

»Akzeptiert vielleicht, aber nicht gelesen. Das tut doch eh keiner.«

»Auf dem Formular haben Sie das aber bestätigt.«

»Ich habe den Punkt abgehakt, und das war nicht mal ich, das war mein Büro. Vielleicht haben die ja die Vertragsbedingungen studiert, keine Ahnung. Soll ich sie anrufen und fragen?« Mist. Kein Smartphone. Das hatte die Rothaarige kassiert. Verlustschmerz. »Ach, egal – können Sie mir einfach nur sagen, welche Vertragsbedingungen ich denn genau gebrochen habe?« Ich rang mir ein Lächeln ab, und es fühlte sich an, als würde man einen Drahtbügel verbiegen.

»Dazu bin ich leider nicht befugt.«

»Aha! Aber Sie wüssten es! Wieso dürfen Sie es nicht sagen?«

Mandys Blick streifte flüchtig den Bildschirm, bevor sie mich wieder ansah. »Meetex gibt grundsätzlich keine Kundeninformation an Dritte weiter.«

»Aber *ich* bin doch der Kunde! Es gibt keinen Dritten!«

»Die Information betrifft einen Kunden. Sie sind kein Meetex-Kunde mehr. Datenschutz.«

»Es sind *meine* Daten! Ich habe ein Recht auf meine Daten!«

»Sie sind kein Meetex-Kunde. Wenn Sie einer wären, würden Sie Ihre privaten Informationen auch nicht gern an Fremde weitergegeben wissen, nicht wahr?«

»Ich bin aber kein Fremder! Ich bin dieselbe Person!«

Inzwischen war die Schlange hinter mir angewachsen, und ich spürte eine zunehmende Menge von Augenpaaren in meinem Rücken. Schlimmer noch, einer der Security-Schwarzjacken war von seinem Posten am Eingang diskret in meine Nähe gerückt.

»Okay, okay«, wiegelte ich ab. »Verstehe schon. Aber ich muss das hier klarkriegen. Könnten Sie mich mit Tom Laing verbinden?«

»Ich weiß nicht, ob er abkömmlich ist.«

»Dann finden Sie es heraus, okay? Sagen Sie ihm, Neil Double möchte kurz mit ihm sprechen. Das ist ja wohl das Mindeste, was er tun kann. Sagen Sie ihm, er ist es mir schuldig.«

Mandy starrte mich an. Mit ihren übermalten Lippen wirkte ihr Gesicht wie eine unerbittliche Maske, die nichts von der professionellen Algebra innen drin verriet. Ein Dienstleistungsautomat, der meine Anfrage prüfte. Ohne den Blick von mir zu wenden, griff sie zum Telefon und tippte vier Zahlen ein.

»Abi? Ist Tom Laing zu sprechen?« Sie drehte sich vom Schalter weg und präsentierte mir ihren Blazerrücken, sodass ich nichts von dem weiteren Wortwechsel mitbekam. Doch schließlich drehte sie sich wieder um und streckte mir den Hörer hin.

»Mr. Double?« Es war Laing.

»Mr. Laing. Nicht Mr. Graham?«

»Ich bin ein viel beschäftigter Mann, Mr. Double.«

»Danke, dass Sie mit mir sprechen. Man verwehrt mir den Eintritt zu Ihrer Messe, und als zahlender Kunde wüsste ich gern, warum.«

Ein Seufzer. »Ich hätte gedacht, die Antwort darauf versteht sich von selbst.«

Mandy scheuchte mich zur Seite und zog die Telefonschnur über ihren Monitor, damit sie Platz hatte, den Nächsten in der Schlange zu bedienen, der vortrat und mir einen verärgerten Blick zuwarf.

»Die Vertragsbedingungen«, sagte ich.

»Ja«, sagte Laing, »da wird sich schon etwas finden lassen. Alles juristisch einwandfrei. Unangemessenes Verhalten, Aktivitäten, die gegen unsere wirtschaftlichen Interessen verstoßen, Missbrauch von geistigem Eigentum … ehrlich gesagt, hab ich das Kleingedruckte auch nicht gelesen. Aber Sie wissen ja, warum wir Sie hier nicht dulden können. Es liegt an Ihrem Vertretungsgeschäft. Dem muss ein Ende gemacht werden.«

»Es besteht aber große Nachfrage danach«, sagte ich. »Wir erfüllen eine nützliche Aufgabe.«

Der Messechef lachte herablassend. »Sicher besteht da Nachfrage – sogar mehr, als Sie glauben. Nutzen aus der Messe ziehen, ohne selber teilzunehmen? Eine großartige Idee. Ich selber halte nichts davon, aber viele sehen das anders, vielleicht genug, um unseren Kundenstamm ernsthaft zu unterminieren … Sie sind ein Bandwurm, mein Bester, und wir müssen Sie austreiben, bevor Sie drei Meter lang sind und wir verhungern.«

Als parasitärer Darmbewohner bezeichnet zu werden, verblüffte mich denn doch.

»Kein Wunder, dass Sie's mit der Angst kriegen, wo Ihre ganze Branche auf einer Lüge beruht«, gab ich zurück. »Dass man irgendwo persönlich anwesend sein muss, ist Blödsinn. Sie gaukeln den Leuten vor, sie würden was verpassen, wenn sie nicht 150 Pfund pro Tag berappen, um in irgendwelchen Konferenzen einzunicken. Und die Leute fallen darauf rein, weil sie keine andere Wahl haben. Die haben sie jetzt aber doch.«

»Sie klingen nicht gerade wie jemand, der nett darum bittet, wieder bei einer meiner Veranstaltungen aufgenommen zu werden.«

»Ich bin unvermeidlich. Das will ich damit sagen. Es war unvermeidlich, dass jemandem eine Alternative zum Rumhängen in zugigen Hallen im Niemandsland an der Autobahn einfällt, und das ist jetzt geschehen. In zehn Jahren wird es Roboter geben, die auf Messen gehen, Telepräsenz-Drohnen. Dieses ganze blöde Gedränge hier wird so antiquiert wirken wie Flaggenwinken. Sie werden Messestellvertreter *umwerben*, weil wir die warme, menschliche Alternative zu wespengroßen Kameramikrofonen sein werden. Besser, Sie gewöhnen sich schon mal an mi…«

»Jetzt hören Sie mir mal zu«, schnitt Laing mir das Wort ab. »*Ich* halte Sie nicht für unvermeidlich. Ganz im Gegenteil, Sie werden ziemlich leicht abzusägen sein. Ausgeschlossen sind Sie schon mal, und zwar von jeder Messe, die meine Firma organisiert. Und wir werden uns mit den Repräsentanten der Branche auf eine schwarze Liste einigen. Wo Ihr Name, mein Bester, an erster Stelle stehen wird. Damit sind Sie praktisch von jeder Veranstaltung in Westeuropa verbannt. Sie sind am Ende.«

»Wir werden andere Namen verwenden. Meine Identität ist unwichtig. Das ist ja gerade die Idee.«

»Ich habe sowieso angenommen, dass Sie einen falschen Namen angeben. Mr. Double? Ich bitte Sie. Das klingt doch gleich verdächtig. Und was Sie sich da vorstellen, ist pure Illusion. Unsere Datenbänke werden ständig besser. Wir können Ihre Firmenadresse und Ihren Zahlungsmodus blockieren. Und gegen Gesichtserkennungs-Software können Sie dann auch nicht mehr viel ausrichten. Keine Sorge, Ihnen wird das Handwerk gelegt.«

Ich setzte zu einer Erwiderung an, brachte aber keinen Ton hervor. Ich hatte das Gefühl, über eine Schwelle zu treten – aus einer sicheren und überschaubaren Umgebung herauszutreten in eine unvorstellbare Wildnis. Ausgeliefert. Keine Privatsphäre mehr. Durchschaut.

»Sind Sie noch da?«, wollte der Messechef wissen. »Haben wir uns verstanden? Es ist ja wohl klar, dass Ihr Antrag auf Wiederaufnahme abgelehnt ist. Bitte verschwenden Sie nicht noch mehr von meiner Zeit und der meiner Mitarbeiter. In Ordnung?«

Ich antwortete nicht. Stattdessen reichte ich das Telefon in den Schalter zurück. Mein Ohr war heiß und schmerzte, so fest hatte ich den Hörer dagegengepresst. Mandy kümmerte sich gerade um eine Kundin und übersah den Hörer, sodass ich ihn einfach auf ihre Tastatur fallen ließ, von wo aus er klappernd zu Boden rutschte. Mandy und die Kundin sahen mich tadelnd an. Ich konnte immer noch nichts von mir geben, keine Entschuldigung, keine Erklärung, also drehte ich mich um und ging weg, auf den Ausgang zu.

Draußen regnete es jetzt wieder, kälter und heftiger denn je. In der Lobby des Messezentrums gab es Schirme zu kaufen, zehn Pfund das Stück, knallgelb, über und über bedruckt mit dem Meetex-Logo und allen möglichen Emblemen von Sponsoren – genau der Verein, den der Messechef gegen mich aufhetzen wollte. Also musste es ohne Schirm gehen.

Bis ich an der Sektion C vom Parkplatz angekommen war, hatte der Regen mir Jacke und Hemd durchweicht. Ich konnte mir gar nicht vorstellen, noch nasser zu werden, aber jeder weitere Schritt bewies mir das Gegenteil. Mitten am Nachmittag war es dunkler als bei Einbruch der Nacht. Der Shuttlebus, der mich auf dem Weg zum Hotel überholte, schien voll von leuchtenden Rauchschwaden, so beschlagen waren die Fenster. Wenigstens konnten die Fahrgäste mich auf die Weise nicht durch den Regen trotten sehen. Der neue Asphalt der Zufahrtsstraße war überflutet; vielleicht war es die Sintflut, und die ganze öde Landschaft aus nackter Erde würde ein für alle Mal weggeschwemmt, die Asphaltdecke würde aufreißen, und all die neuen Betonbauten würden in den Kanal der Autobahntrasse gespült und bis ins Meer hinaustreiben. Flugzeuge würden wie Möwen über den abgesoffenen Fahrspuren kreisen.

An den Rückweg zum Hotel erinnere ich mich kaum noch. Das Warten auf den richtigen Moment, die Auffahrtsrampe zu überqueren; ich stand und stand und blinzelte mir das Wasser aus den Augen, während die Lichtkegel der Scheinwerfer vorbeistrichen. Dabei fiel mir ein, dass ein Selbstmörder sich beim Überqueren der Straße, die zur Brücke führte, von der er springen wollte, aus Versehen schon vorher überfahren lassen konnte. Galt das dann immer noch als Selbstmord? Und wer oder was befand sich am anderen Ende der Telefonnummer, die auf den Schildern an der Brücke stand? Eine beruhigende Stimme, die einem erzählen würde, alles werde gut? Ein verlockender Gedanke – bis mir wieder einfiel, dass ich die Nummer gar nicht anrufen konnte, weil die Rothaarige mein Telefon konfisziert hatte.

Der rote Schriftzug WAY INN, der leicht verwischt durch den Regenschleier leuchtete, war mein einziger Trost. Das Hotel war warm und trocken. Das Hotel wusste meine Treue zu schätzen. Das Hotel erwartete mich mit offenen Armen.

Im Hotel dann eine heiße Dusche, so heiß, dass meine Kopfhaut prickelte und ich von Kopf bis Fuß erschauerte.

Mein Sakko war vollgesogen wie ein Schwamm. Weil die diebstahlsicheren Kleiderbügel keine Haken hatten, musste ich Jacke und Hemd im Schrank aufhängen, wo sie leicht muffig werden konnten. Also ließ ich vorsichtshalber die Schranktür offen. Der Dampf aus dem Bad und die feuchten Sachen machten den Raum dunstig und klamm. Der Ventilator summte auf Hochtouren. In meiner Abwesenheit war das Zimmer gereinigt worden, aber zu viel von meinem Zeug lag schon wieder darin herum, als dass es sich wirklich gut hätte anfühlen können. Die rote Baseballkappe war auf das sorgsam aufgeschüttelte Kissen platziert worden. Ich brauchte eine Weile, bis mir wieder einfiel, woher sie stammte. Ich hatte sie in der Lobby als eine Art Tarnkappe abgegriffen. Das war vor knapp drei Stunden gewesen. Es hätte auch Monate her sein können. Sicher hatte das Zimmermädchen sich überlegt, wie es die Kappe am besten zur Geltung bringen konnte. Jetzt warf ich sie nachlässig auf den Sessel, zu den übrigen Klamotten, und legte mich in meinen Boxershorts aufs Bett.

Der Geruch meines Deorollers stieg mir in die Nase. Ich hatte ihn nach der Dusche gedankenlos benutzt, einfach routinemäßig. Wozu? Für wen? Wen würde ich heute Nachmittag noch treffen?

Aus, Schluss, vorbei. Ich war erledigt. Verbannt. Vom Messechef auf die schwarze Liste gesetzt. Aber immerhin noch am Leben. Mein Job war im Eimer. Vielleicht war Adams ganzes Unternehmen im Eimer – und damit auch mein in die Firma investiertes Kapital –, aber ich würde weiterleben.

Nein. Unvorstellbar. Ich wusste, ich würde nicht von der Brücke springen, doch wie es weitergehen sollte, wusste ich auch nicht. Ein anderer Job? Zurück in meine Docklands-Wohnung? Bewerbungsunterlagen … Das Unvorstellbare an dieser zukünftigen Version von mir war die Tatsache, dass ich dann nicht mehr *diesen* Job machen würde. Dieser Job war mir auf den Leib geschneidert. Es war vielleicht kein guter Job, aber ideal für mich. Und nun war er futsch. Vergeigt.

In diese düstere Grübelei platzte der Radiowecker plötzlich mit einem Schwall von Störgeräuschen – Strahlung von sterbenden Sternen, mysteriöse Spektren aus Zwischenwelten, auf einmal vernehmbar geworden. Erst dachte ich, mein Telefon klingelte, bevor mir wieder einfiel, dass es weg war, und mich wieder der Verlustschmerz überkam. So ist es mit der Trauer – man vergisst für eine Weile, dass einem etwas im Leben fehlt, bis ein Ort, ein Scherz oder ein Buch einen plötzlich daran erinnert, und immer wieder ist es wie ein neuer Tod. Dieses fortwährende Vergessen und Erinnern geschieht anfangs täglich, oft mehrmals am Tag, es trifft einen nicht einmal, sondern viele Male, jahrelang, bis das Erinnern die Oberhand über das Vergessen gewinnt.

Ich selber hatte ja noch nicht viele Nahestehende verloren – die Großeltern, als ich noch zu jung war, um es zu begreifen, einen Onkel und eine Tante, die ich kaum kannte und deren Tod einen bloß zu faden Reisen in ferne Städte nötigte. Nur der Tod meines Vaters hatte mich getroffen, umso mehr, als unsere Beziehung ein einziger Katalog von Abwesenheiten war.

Die schlimmste Zeit war die, als er von meiner Mutter getrennt war und ich noch zu Hause lebte. Er war irgendwo am Leben, und ich war gezwungen, so zu tun, als gäbe es ihn nicht mehr, als hätte es ihn nie gegeben. Wenn er überhaupt erwähnt wurde, dann nur als eine Art Erbsünde, als Anlass für den Niedergang unserer Familie. Falls er Besuchsrechte hatte, nahm er sie jedenfalls nicht wahr. Knapp vor meinem Schulabschluss bestand ich darauf, endlich etwas über seinen Aufenthaltsort zu erfahren. Das Gespräch war kurz und unangenehm, und ich musste versprechen, keinen Kontakt zu ihm aufzunehmen. Sinnlos, sich dagegen aufzulehnen; ich beschloss im Stillen, ihn bei nächster Gelegenheit zu kontaktieren und die Sache geheim zu halten.

Kaum war ich an der Uni und der häuslichen Enge entronnen, begann ich, mich detektivisch zu betätigen, rief seine Arbeitgeber an, schrieb an seine Mailadresse, brannte vor Hoffnung. Vielleicht wusste ich nicht mal genau, warum ich ihn so unbedingt finden wollte, doch ich erinnere mich an die Leidenschaft, mit der ich ihn suchte. Ich sehnte mich nach einem vollständigen Eindruck von dem Mann, den ich nur facettenhaft kannte; ich wollte Zeit mit ihm verbringen, nicht nur knauserige Zeitschnipsel. Statt einzelner Ausschnitte wollte ich den ganzen Film.

Aber stattdessen bekam ich wieder nur Fragmente. Wir tauschten Mails aus, die unergiebig blieben. Meine waren nur Entwürfe von den langen, berührenden Botschaften, die ich ihm zukommen lassen wollte; nach ein paar Zeilen über meine Studienfortschritte ging mir regelmäßig der Stoff aus. Seine Antworten gaben wenig von ihm selbst preis und bezogen sich fast ausschließlich auf meine Nachrichten: Schön, von dir zu hören, mein Sohn, ich bin stolz auf dich. Er hatte sich in einer fernen, mir unbekannten Stadt niedergelassen, wo keiner aus unserer Familie lebte. Zweimal kam er mich besuchen – wir tranken Bier und aßen faden Sonntagsbraten in einem großen, unpersönlichen Pub am Bahnhof. Der Raum hatte zwar schöne hohe Stuckdecken, Buntglasfenster und Messingornamente, doch die Brauerei war mittlerweile von einem multinationalen Konzern geschluckt worden. Englische Tradition von Gnaden eines kanadisch-schweizerischen Pestizidherstellers.

»Geh nie in den Pub direkt am Bahnhof«, meinte mein Vater. »Siehst du, diese Art von Ratschlägen hätte ich dir all die Jahre schon geben sollen.«

Unsere Gespräche waren einsilbig, steif, floskelhaft. Selbst als ich fertig studiert und eine Arbeit gefunden hatte, von der ich annahm, dass er sie gutheißen würde, blieben die Signale, die zwischen uns hin und her gingen, wenig aussagekräftig.

Er verdrückte sich endgültig, als ich Ende zwanzig war, und blieb für immer verschwunden.

Das elektronische Gegurgel und Gefiepe aus dem Radiowecker wollte gar nicht wieder aufhören. Hatte ich an der Rezeption nicht darum gebeten, das Ärgernis zu beheben? Schlagartig wich meine Mattigkeit einem wütenden Energieschub. Ich schwang mich vom Bett, ließ mich auf die nackten Knie hinab und griff unter dem Nachttisch nach dem Stecker.

Der Stecker befand sich nicht in der Steckdose, sondern lag daneben auf dem Boden. Das Radio sirrte und zwitscherte manisch – wie Vögel mit Aluminiumfedern in Stahlwollnestern auf Hochspannungsmasten. Es hatte auf jeden Fall Strom, denn auf dem Display stand 3:33 zu lesen, aber die roten Ziffern pulsierten nur schwach, als liefe die Uhr auf einem Rest von Batterie. War es überhaupt halb vier? Ich wollte auf dem Smartphone nachschauen, und wieder bekam ich schmerzlich seinen Verlust zu spüren. Stattdessen schaltete ich den Fernseher ein.

WILLKOMMEN MR. DOUBLE

Eine grimmige graue Wolke über drei blauen Tropfen war das Bildsymbol für das heutige Wettergeschehen. Das Gleiche galt auch für morgen, ebenso für das »Wochenendwetter«. Die Empfehlung des Tages war Pasta arrabiata, die Tagessuppe französische Zwiebelsuppe. Die korrekte Zeit war 3:51 Uhr – also ging meine Uhr 22 Minuten nach. Hatte das Personal daran herumgeschraubt und ihr Weiterticken um diese Zeitspanne aufgehalten, oder war sie unberührt geblieben, seit ich gestern Nacht den Stecker gezogen hatte? Wenn es einen Pufferakku gab, war er offenbar funktionstüchtig.

Ich hob den Radiowecker hoch, um ihn mir genauer anzusehen – und er jaulte auf wie eine Katze, der man auf den Schwanz getreten hatte, um dann in dumpfes Grollen überzugehen.

WOWWwwwrrr …

Vor Schreck hätte ich das Radio beinahe fallen lassen. Es vibrierte in meiner Hand, auf unheimliche und feindselige Weise. An der Unterseite gab es eine Platte, die man entfernen konnte, aber sie war festgeschraubt. Am liebsten hätte ich das Biest quer durchs Zimmer gepfeffert, damit es zerbrach und sein Innerstes preisgab. Was würde es dann wohl erst für Geräusche machen? Dieses dauernde Sirren war schon schlimm genug, und je länger ich es anhören musste, desto mehr ging es mir auf die Nerven. Und so absurd es auch war, allmählich fing ich an, mich vor dem Ding zu fürchten.

Ich stellte es wieder ab, griff zum Telefon und rief die Rezeption an. Eine Frau hob ab, und ich beschwerte mich, dass mein Radiowecker immer noch nicht in Ordnung gebracht worden sei. Sie versprach, gleich jemanden heraufzuschicken.

Gleich würde jemand bei mir anklopfen. Boxershorts waren da wohl nicht angebracht. Ich zog meine letzten sauberen Sachen an, ein lässiges Freizeit-Outfit: helle Hose, blaues Hemd, grauer Pulli. Aber das Klopfen blieb aus. Ich warf einen Blick auf den Radiowecker, um zu sehen, wie viel Zeit seit meinem Anruf vergangen war. Das Display zeigte immer noch 3:33 Uhr.

Unmöglich. Es musste doch mindestens fünf Minuten später sein. Bei näherem Hinsehen stellte ich fest, dass es gar nicht 3:33 war, was da rot auf dem schwarzen Plastikfeld leuchtete, sondern 3 33, ohne Doppelpunkt zwischen Stunden und Minuten. Ich konnte auch die geisterhaften Elemente der unbeleuchteten Zahlen sehen, und der Doppelpunkt war da, wo er hingehörte, nur eben dunkel. Vielleicht war 3 33 gar keine Zahl, sondern eine Art Fehlermeldung. Ein Fehler, der leicht zu beheben war. Ich kniete mich noch mal hin und stöpselte den Stecker wieder ein.

Das Gesirre und Gejaule hörte augenblicklich auf. Ich richtete mich auf und sah auf die Uhr, die jetzt auf 12:00 Uhr blinkte – eine klare Aufforderung, die korrekte Zeit einzustellen. Was nicht nötig war, da ja gleich jemand von der Rezeption erscheinen würde.

Während ich so dastand und auf den Radiowecker schaute, gab er auf einmal ein lautes, elektronisches Klingeln von sich. Ich fuhr zusammen. Was war das jetzt? Der Wecker? Ich dachte an die alarmgesicherten Türen in den Fluren, ein ganzes Hotel unter hysterischer Hochspannung. Und hinter dem Sicherheitsglas das Gesicht der Frau, die mich herausforderte, ihr auf den Fersen zu bleiben.

Das Klingeln ertönte wieder. Es war gar nicht der Radiowecker – es war das Telefon. Ich hob ab.

»Mr. Double?« Eine unbekannte Stimme, weder John-Paul noch eins der jungen Dinger an der Rezeption – älter, geschliffener, butlerhaft.

»Ja?«

»Ich bin froh, Sie angetroffen zu haben«, sagte die Stimme. »Mein Name ist Hilbert. Ich gehöre dem Hotel an. Ich wollte Sie auf eine kurze Unterredung ins Galeriezimmer bitten.«

»Wie meinen?«

»Das ist einer der Konferenzräume hier im Way Inn. Sie finden ihn im ersten Stock, in der Business-Suite. Es wird nicht mehr als ein paar Minuten Ihrer Zeit beanspruchen. Sie sind sicher sehr beschäftigt.«

Der kleine Nachsatz traf mich wie eine Beleidigung. Beschäftigt? Haha. Jenseits der Autobahn ging die Messe ohne mich weiter. Was wollten sie jetzt schon wieder von mir? Adam hatte erfahren, was passiert war, und hatte meine Buchung storniert – ich würde das Hotel verlassen müssen, nach Hause fahren, in Schimpf und Schande geschasst. Konnte mein Leben wirklich so schnell in die Binsen gehen?

»Um was geht es denn?«, fragte ich. Das Hotel verlassen zu müssen, wäre wahrhaftig das Allerletzte. Die endgültige Demütigung. Selbst wenn der Messechef sich nicht erweichen ließ, konnte ich die Vorstellung nicht ertragen, meinen Aufenthalt im Hotel vorzeitig beenden zu müssen. Wenn es irgend ging, wollte ich diese Annehmlichkeiten noch ein bisschen länger genießen.

»Wir legen Wert darauf, uns von Zeit zu Zeit mit unseren treuesten Gästen zu unterhalten, um sicherzugehen, dass wir alles für Sie tun, was in unserer Macht steht«, sagte die Stimme – dieser Hilbert. »Und Sie sind ein besonders treuer Gast des Way Inn.«

Ich war todmüde. Der Tag hatte mich erschöpft. »Muss das jetzt sein? Ich hatte einen anstrengenden Tag, es wäre mir lieber, wenn …«

»Nur ein paar Minuten«, unterbrach Hilbert im Tonfall überlegener Selbstgewissheit, als hielte er sich grundsätzlich für unfähig zur Unhöflichkeit. »Ich denke, Sie werden angenehm überrascht sein von den ungeahnten Möglichkeiten, durch die das Hotel Ihnen den Aufenthalt noch angenehmer gestalten kann. Galeriezimmer, erster Stock. Ich erwarte Sie dort.«

Ich setzte zu einer Weigerung an, doch er hatte schon aufgelegt.

Die Business-Suite bestand aus mehreren großen Räumen, die sich kaum voneinander unterschieden. Das Vistazimmer blickte auf die Autobahn und das Messezentrum hinaus, das Gartenzimmer zu einem der Innenhöfe, das Sonnenzimmer nach Süden. Jeder Raum konnte den verschiedensten Verwendungszwecken angepasst werden, ob man nun ein Seminar, eine Aktionärsversammlung, eine Präsentation oder sonst ein Meeting abhalten wollte. Manche der Räume konnten kombiniert oder unterteilt werden, je nach den Bedürfnissen der dort beherbergten Unternehmensvertreter. Flexibilität. Die Optionen wurden in der Willkommensbroschüre genannt, die in jedem Zimmer auslag, eine Auflistung möglicher Interaktionen, die zugleich jede andere Form von Aktivität ausschloss.

Das Galeriezimmer war das kleinste in der Suite, ein schachtelförmiger Raum mit der Tür an der einen Schmalseite und zwei Fenstern zum Hof an der anderen. An den Längswänden hingen insgesamt acht von den hoteleigenen Gemälden. In der Mitte des Zimmers stand ein ovaler Tisch mit acht Stühlen.

Als ich ankam, war die Tür angelehnt. Hilbert – wer sollte es sonst sein? – stand am Fenster, ein schwarzer Streifen im grauen Gegenlicht. Er sah zum Hof hinaus, und ich war mir nicht sicher, ob er mich hatte eintreten hören.

»Mr. Hilbert?«

Die dunkle Gestalt wandte sich um und lächelte mir zu. Hilbert war ein hochgewachsener Mann, dazu klapperdürr, was ihn noch größer wirken ließ. Sein eleganter schwarzer Nadelstreifenanzug hing an ihm herunter wie an einem Kleiderbügel. Auch sein Haar war schwarz, schwarz wie Gusseisen, akkurat zur Seite gekämmt und pomadisiert. Einen fast unheimlichen Kontrast dazu bildete seine blasse Haut, die, wie der Anzug, irgendwie schlaff an dem Knochengerüst darunter hing. Ob das Haar wohl ein Toupet war?

Hilberts Lächeln war anhaltend, seine Zähne lang und zahlreich. »Mr. Double. Danke, dass Sie gekommen sind. Bitte, schließen Sie die Tür und machen Sie es sich bequem. Darf ich Ihnen etwas zu trinken anbieten? Einen Kaffee?« Er streckte eine schlanke weiße Hand zu einem kleineren Tisch in der Ecke hin, auf dem Tassen und Gläser standen, Kannen mit Wasser und eine Nespresso-Maschine.

»Nein, danke«, sagte ich und schloss die Tür. Egal, was Hilbert am Telefon gesagt hatte, ich traute der Sache nicht. Es hätte mich nicht gewundert, wenn er mich auf meine Rechnung angesprochen hätte. Ich wählte einen Stuhl am vorderen Ende des Tisches, in der Nähe der Tür. Hilbert nahm mir gegenüber Platz. Ich musterte seinen Haaransatz. Toupet? Schwer zu sagen. Von vorn sind Toupets immer am überzeugendsten; am ehesten verraten sie sich durch den Rand am Hinterkopf.

»Nun denn«, sagte Hilbert. »Noch mal vielen Dank, dass Sie heruntergekommen sind. Und dass Sie uns schon über lange Jahre mit Ihrer Kundschaft beehren. Wir wissen Ihre Treue wahrlich zu schätzen.«

»Keine Ursache«, sagte ich. »Ich muss von Berufs wegen sehr viel reisen.«

»Gewiss. Sie sind der Messe wegen hier?«

»Ja.« Weshalb auch sonst? Dann fiel mir ein, dass es nicht mehr stimmte. Ich war nicht mehr der Messe wegen hier. Was machte ich hier also noch?

Hilbert legte eine schwarzlederne Dokumentenmappe auf den Tisch und zog den Reißverschluss auf. »Unseren Unterlagen zufolge sind Sie in 51 verschiedenen Way Inns in dreizehn Ländern abgestiegen, seit Sie im Jahr 2006 Inhaber einer My-Way-Mitgliedskarte geworden sind.«

Das klang unbehaglich nach Verhör. Als könnte alles, was ich sagte, gegen mich verwendet werden. »Kann gut sein. Ich war auch in einer Menge Hiltons und Novotels und Holiday Inns. Das bringt mein Beruf eben so mit sich.«

»Nichtsdestotrotz«, sagte Hilbert und bleckte ein wenig die langen Zähne, »sind wir Ihnen dankbar für Ihre Treue. Zum Beispiel sehe ich hier sechzehn Aufenthalte im Way Inn Royal Docks in London.«

»Das liegt direkt am ExCel Centre«, erklärte ich. »Dort werden oft Messen abgehalten.«

»Natürlich«, nickte Hilbert. »Ihre Heimatadresse lautet Westferry, London E14?«

Ein Schauer lief mir über den Rücken. »Ja.«

»Das ist nicht weit vom ExCel Centre. Und trotzdem wohnen Sie dann lieber im Way Inn, anstatt zu Hause.«

Ich antwortete nicht. Irgendwie hatte es nach einer Unterstellung geklungen, die mir nicht behagte.

»Eine so ausgeprägte Loyalität wissen wir wirklich besonders zu schätzen«, insistierte Hilbert. »Es ist eine Sache, wenn ein Kunde uns einem Konkurrenten vorzieht, aber doch eine ganz andere, wenn er uns sogar seinem eigenen Heim, seinem eigenen Bett …«

»Darf ich fragen, um was es hier eigentlich geht?«, fiel ich ihm scharf ins Wort. Es mochte ja sein, dass Hilberts Geschwurbel nichts Negatives bezweckte; vielleicht hatte er mich wirklich nur hier antanzen lassen, um mir in den Arsch zu kriechen. Zu anderer Zeit hätte ich mir die Lobhudelei vielleicht ganz gern gefallen lassen, aber heute empfand ich es als Übergriffigkeit und Zeitverschwendung. »Ich will nicht unhöflich sein, aber ich hab heute keinen guten Tag.«

Hilberts Mundwinkel bogen sich übertrieben herab, wie bei einem Pantomimen. »Tut mir leid, das zu hören, Mr. Double. Es gibt doch hoffentlich kein Problem mit dem Hotel?«

»Nein, absolut nicht.«

»Ist es etwas, bei dem wir Ihnen irgendwie behilflich sein können?«

»Ich wüsste nicht, wie.«

»Das Hotel kann seinen treuesten Kunden auf vielfältige Weise helfen«, sagte Hilbert. »Sie würden sich wundern.«

Ich rutschte auf meinem Stuhl hin und her. Es war ein modernes Möbel wie das in meinem Zimmer, mit geflochtenem Sitz und Rücken an einem Chromstahlrahmen. Der Stuhl ruckelte nicht mit.

»Sie haben zu tun«, sagte Hilbert und hob respektvoll die Hände. Dabei schoben sich die rasiermesserdünnen Streifen seines Anzugs irritierend ineinander, wie das Flimmern eines alten Fernsehers. Ich senkte den Blick zur Aktenmappe auf dem Tisch. Was sie wohl sonst noch enthielt? »Entschuldigen Sie meine Weitschweifigkeit. Ich will jetzt zum Wesentlichen kommen. Unser gemeinsames Interesse. Sie haben das Hotel um Unterstützung gebeten. Sie wollten eine bestimmte Dame kontaktieren.«

Hilberts Augen glommen wie Kohlen. Als er sah, dass er meine volle Aufmerksamkeit hatte, lächelte er. »Wie der Zufall es will, treffen unsere Interessen hier zusammen. Das ist ja oft der Fall. Was wissen Sie über sie?«

Es bestand keinerlei Zweifel daran, dass er von derselben Frau sprach, der Frau, die mir seit zwei Tagen nicht aus dem Kopf ging. War es vielleicht sie, die in Schwierigkeiten war, und nicht ich? Das würde diese Inquisition erklären, und wenn sie den Gästen dauernd die Handys klaute und Sirenenalarm auslöste, war es ja auch nicht verwunderlich.

»Viel weiß ich auch nicht.« Ich bewegte mich auf schmalem Grat. Zwar wollte ich die Frau nicht in Schwierigkeiten bringen, doch ich wollte mein Telefon zurück und sie möglichst auch noch mal wiedersehen. »Ich weiß, dass sie für das Hotel arbeitet, und ich glaube, sie wohnt auch hier.«

»Woher kennen Sie die Dame?«

Die Erinnerung brachte mich zum Lächeln. »Kennengelernt haben wir uns eigentlich erst vorgestern. Aber ich hatte sie vorher schon mal gesehen, im Way Inn in Doha, Katar.«

»Es gibt inzwischen drei Way Inns in Katar«, warf Hilbert ein. »Bitte, fahren Sie fort.«

»Also, dann halt in einem von denen. Ich war dort auf einer Fachmesse und wartete gerade in der Lobby auf den Shuttlebus. Wo es Busse gibt, da wird rumgehangen. Sie kam herein und … nun ja, sie hatte nichts an. Sie stand einfach da, vollkommen nackt, mit aufgerissenen Augen, als würde sie strammstehen. Unfassbar. Es wurde totenstill im Raum, und alle starrten sie an. Dann sind die an der Rezeption natürlich ausgeflippt. Sie rannten schreiend herum und suchten nach irgendwas, um sie zu verhüllen. Katar ist ja ein islamisches Land, streng konservativ – ich meine, Aufregung hätte ihr Auftritt überall ausgelöst, aber dort … die Leute stürzten sich mit Kissen und Handtüchern auf sie, und sie … sie fing auf einmal an zu schreien, entsetzliche Schreie, es riss ihr förmlich den Atem aus den Lungen. Sie etwas habe ich noch nie gehört. Vorher hatte sie so stark, so ruhig gewirkt, und dann war es, als ob ihre ganze Muskulatur sie auf einmal im Stich ließe. Sie brach einfach zusammen.«

»Und was dann?«, fragte Hilbert, als ich schwieg.

»Ich weiß nicht. Der Bus kam. Es wäre mir peinlich gewesen, noch länger dazustehen und zu gaffen. Ich dachte, ich würde sie nie wiedersehen. Und dann hab ich sie doch wiedergesehen, vorgestern Nacht. Ich musste unbedingt mit ihr sprechen. Ich habe seither immer von ihr geträumt.«

Das war alles viel zu offenherzig, und ich wusste auch nicht, warum ich das mit den Träumen überhaupt erwähnte. Bei all seiner ausgesuchten Höflichkeit strahlte Hilbert eine unbestreitbare Autorität aus. Doch die Stille im Raum, die beruhigenden Gemälde, Designerstühle und kleinen Gesten der Gastlichkeit gaben mir das Gefühl, dass Aufrichtigkeit hier nicht fehl am Platz war.

»Was hat sie gesagt?«, wollte Hilbert wissen.

»Sie war recht förmlich, wenn man die Umstände unseres ersten Zusammentreffens bedenkt. Natürlich erinnerte sie sich nicht an mich. Wir sprachen über …«

»Nein«, unterbrach mich Hilbert. »Beim ersten Mal. In Doha. Hat sie da etwas gesagt?«

Die Frage verblüffte mich. Denn ich hatte aus ihren Schreien tatsächlich etwas herausgehört, was mir aber keinen Sinn zu ergeben schien. »Na ja, es war so ein Durcheinander, ich weiß nicht, ob ich es richtig verstanden habe, und außerdem war sie ja wohl am schlafwandeln und gar nicht richtig bei Bewusstsein … vielleicht war es nur ein zusammenhangloses Bruchstück aus ihrem Unbewussten …«

»Nun sagen Sie schon.« Hilbert wischte meine Bedenken mit einem Wedeln seiner langen Finger beiseite.

»›Es geht weiter‹, das war es, glaub ich. ›Es geht weiter und weiter.‹«

»Was kann sie damit gemeint haben?«

Ich zuckte mit den Schultern. »Keine Ahnung. Vermutlich war es einfach nur Unsinn.«

»Anzunehmen.« Hilberts unangenehm bläuliche Lippen verzogen sich wieder zu einem Lächeln. »Als Sie sie dann wiedergetroffen haben, worüber haben Sie da gesprochen?« Dieser plötzliche Übergang verstärkte noch meinen Eindruck, dass es sich mehr um ein Verhör handelte als um eine zwanglose Plauderei. Ich nahm mir vor, nicht mehr ganz so freigebig mit Details zu sein.

»Über ihre Arbeit. Über die Bilder.«

»Die Bilder im Hotel?«

»Ganz recht.« Ich deutete auf die Gemälde an der Wand.

»Was hat sie Ihnen über die Bilder verraten?«

Verraten? Gab es denn da ein Geheimnis zu verraten? Hilbert saß leicht vorgebeugt da, offensichtlich gespannt.

»Nun, sie mag die Bilder wirklich sehr«, antwortete ich. »Wieso fragen Sie sie nicht selbst? Sie arbeiten doch beide hier, Sie wissen, wie Sie sie erreichen können, ganz im Gegensatz zu mir …«

Hilbert lehnte sich zurück, was die Nadelstreifen seines Anzugs wieder migräneträchtig zum Schillern brachte; ein irritierender Effekt, dem das Auge sich trotzdem nicht zu entziehen vermochte.

»Ja«, sagte er, »sie arbeitet für das Way Inn. Ihr Talent, vielversprechende Lokalitäten zur Expansion der Hotelkette auszumachen, ist einmalig und überaus wertvoll. Aber sie ist nie ganz zuverlässig gewesen, und in letzter Zeit … Was hatten Sie für einen Eindruck von ihr?«

»Ein bisschen verdreht?«

»Ganz genau!« Hilbert klatschte belustigt in die Hände. »Sie wird immer unberechenbarer. Ihre Arbeit ist zwar immer noch über jeden Zweifel erhaben, aber ich fürchte, ihre anderen Aktivitäten wirken den Interessen des Hotels entgegen.«

»Sie hat mir das Smartphone gestohlen«, petzte ich.

»Ich weiß. Ich bin über Ihre Anfrage bei der Rezeption unterrichtet. Das hat mich ja auf Sie aufmerksam gemacht. Ich würde mich nur ganz gern mal mit ihr unterhalten, um sicherzugehen, dass sie nichts unternimmt, was das Way Inn in irgendeiner Weise schädigen könnte. Doch obwohl wir für den gleichen Konzern arbeiten, meidet sie mich, wo sie nur kann, und ignoriert meine Versuche, mit ihr in Kontakt zu treten. Konzerninteressen, Mr. Double, alles nicht so einfach, aber so funktioniert diese Welt nun einmal. So, und nun zu meiner Frage, ob Sie bereit wären, für mich einzustehen, als mein Stellvertreter sozusagen. Das ist ja schließlich Ihr Geschäft, nicht wahr?«

Es war mein Geschäft gewesen, bis heute. Aber nun war Schluss damit. Bei dem Gedanken kam diese Unterredung mit Hilbert mir fast makaber vor. Was sollte das alles noch? Aber was blieb mir sonst zu tun übrig, außer nach Hause zu fahren und meine Bewerbungsunterlagen auf den neuesten Stand zu bringen?

»Natürlich«, fuhr Hilbert fort, »steht das Hotel Ihnen zur Verfügung – wir können Ihre Buchung hier auch gern unbefristet verlängern, selbstverständlich kostenlos.«

»Unbefristet? Kostenlos?« Ich traute meinen Ohren kaum. »Nur, um ein Meeting zu arrangieren?«

»Ein sehr wichtiges Meeting. Allererste Priorität.«

»Warten Sie«, sagte ich. »Wie soll ich da denn überhaupt vorgehen? Ich weiß doch nichts von dieser Frau. Wirklich! Ich weiß nicht, wo sie ist oder wie ich sie erreichen könnte. Ich weiß nicht mal ihren Namen.«

»Ihr Name ist Dee. Und Sie haben ihre Telefonnummer.«

»Hab ich die?«

»Sie hat doch Ihr Telefon, richtig?«

Ich nickte ein bisschen beschämt, nicht selbst daran gedacht zu haben. »Aber wenn sie nicht drangeht? Wenn sie es weggeworfen hat? Wenn sie mich nicht treffen will?«

»Sagen Sie ihr, Sie wollen Ihr Telefon zurück«, entschied Hilbert. »Und wenn das nicht klappt …«

Er blätterte in den Papieren vor sich und förderte schließlich eine kleine Plastikkarte zutage, eine Way-Inn-Keycard, nur dass das W darauf schwarz war, nicht rot.

»Dürfte ich Ihre Keycard haben?«, fragte Hilbert.

Ich legte die Karte zwischen uns auf den Tisch.

Hilbert hielt die mit dem schwarzen W hoch. »Diese hier ist für Ihr Zimmer programmiert, verleiht Ihnen aber auch Zugang zur Business-Suite, inklusive dieses Raums. Ihre Freundin mag die Bilder, sagen Sie – nun, dieser Raum hier hat eine besonders schöne Auswahl zu bieten, und sie wird sie sicher gern sehen wollen. Schon deswegen wird sie Ihnen zuhören.«

Vier Bilder hingen hinter Hilbert, und mir kamen sie nur wie typische Exemplare der überall reichlich vorhandenen Hotelkunst vor: die gleichen geschwungenen Linien, die gleichen Erdtöne, die gleiche Inhaltsleere. Schwer zu sagen, was daran nun »besonders schön« sein sollte. Aber dann sah ich, dass ihre Motive verbunden waren. Die Linien wurden von einem Bild zum anderen weitergeführt; ein umbrabrauner Kreis, der nur mit der äußeren Kante in das Bild ganz links hereinragte, schwoll in den mittleren Bildern zu voller Rundung an und brachte zugleich weitere Kreise und Bögen hervor, die wiederum in das Bild ganz rechts überlappten.

»Sehen Sie es?«, sagte Hilbert, der meinem Blick gefolgt war. »Eine Verkettung der Sphären. Eine ganze Bilderfolge. Das wird Ihre Freundin zu schätzen wissen.«

»Und dann?«

»Das Sicherheitssystem des Hotels verfolgt alle benutzten Keycards. Ich weiß also, wann Sie sich in diesem Raum befinden, und werde mich alsbald zu Ihnen gesellen.«

»Und dann?«

»Nichts weiter. Ihr Auftrag ist dann erfüllt.«

»Und Sie wollen nur mit ihr reden?«

Hilbert hob lächelnd die Hände, eine Nichts-zu-verbergen-

Geste, aber die schillernde Verzerrung seiner Nadelstreifen ließ meinen Blick abgleiten. »Nur reden.«

Diese Beteuerungen beruhigten mich nicht sonderlich. Es war schwierig, Hilbert Vertrauen entgegenzubringen – oder überhaupt irgendein menschliches Gefühl. Wo mochte er wohl herkommen? Irgendwo aus der Sphäre des höheren Managements, nahm ich an. Falls er extra für dieses Treffen aus der Konzernzentrale hergekommen war, dann ging es sicher um etwas Wichtigeres, als er zugab. Sogar sein Alter war schwer einzuschätzen – das volle schwarze Haar war sehr wahrscheinlich ein Toupet, die Haut war glatt, aber etwas schlaff; er hätte ebenso gut vierzig wie siebzig sein können. Irgendwie war alles an ihm suspekt – nicht zuletzt sein Angebot; selbst wenn ich auf die Weise wieder Kontakt mit der Rothaarigen aufnehmen konnte, würde es nicht gerade den besten Eindruck machen, wenn ich es auf Geheiß eines Mannes tat, der ihr vielleicht alles andere als wohlgesonnen war. Schließlich wollte ich mehr von ihr als nur mein Smartphone zurück.

»Ich weiß nicht«, sagte ich, »ob ich mich so in Ihre Firmenpolitik reinziehen lassen soll …«

Hilbert verengte die Augen. »So, so. Nun, diese ethischen Bedenken gereichen Ihnen zur Ehre. Sagen Sie das immer, um potenzielle Kunden zu testen?«

Ich zögerte. Normalerweise hatte ich keine Ahnung, wer meine Kunden überhaupt waren, ganz zu schweigen von ihren Motiven. Aber die ganze Diskretion und Geheimniskrämerei kam mir jetzt schon wie eine versunkene Welt vor.

»Um ehrlich zu sein, ich weiß gar nicht, ob ich überhaupt noch in diesem Geschäft tätig bin.«

»Ja, natürlich«, sagte Hilbert. »Der Ärger mit Meetex.«

»Woher wissen Sie das?«

»Heute Morgen« – Hilbert konsultierte seine Papiere – »haben Sie versucht, ein Taxi zum Messezentrum zu bekommen, und

Sie haben an der Rezeption angegeben, Ihr Messeausweis sei eingezogen worden.«

»Tatsächlich? Ich kann mich gar nicht erinnern, das erwähnt zu haben.«

»Nun, es ließ sich wohl leicht aus der Sachlage folgern. Und ich habe mich selbst erkundigt... Es ist wirklich nicht weiter wichtig. Wichtig ist, dass wir Ihnen helfen können, die Sache aus der Welt zu schaffen.«

»Aber wie?«

»Sie haben Zeit. Sie können frei über die Suite verfügen. Setzen Sie in einem unserer Räume ein Meeting mit den Meetex-Leuten an. Ich bin sicher, es wird zu dem gewünschten Ergebnis führen. Das Way Inn verfügt über das optimale Business-Ambiente.« Ein routiniertes Lächeln begleitete seinen Text, den er vermutlich schon ungezählte Male abgespult hatte. »Und natürlich ist dies hier ein modernes, wandelbares Gebäude – die Räume können ganz nach Ihrem Bedarf umgestaltet werden.«

Es konnte nichts schaden. Auf jeden Fall war es besser, als in ohnmächtiger Wut am Telefon zu geifern. Die Frage war nur, wie kriegte man Laing überhaupt in diesen Raum – er würde doch sicher nicht mehr mit mir sprechen wollen.

Ich streckte die Hand aus und griff nach der schwarzen Keycard. Sie war ein wenig dicker und schwerer als die übliche. Substanzieller. Das zusätzliche Gewicht war angenehm, es suggerierte Qualität. Vielleicht machten diese Details wirklich einen Unterschied. Wie bei diesem Raum: die koordinierten Gemälde, die Chromstahlstühle, die Palme in der einen Ecke und die Nespresso-Maschine in der anderen, der neue Beamer an der Decke und die Regler für die Konferenzschaltung am Tisch, das unterschwellige Rauschen der Klimaanlage, die die Raumtemperatur bis auf ein halbes Grad genau auf dem gewählten Level hielt; all diese kleinen Dinge, die dem Raum ein *optimales Business-Ambiente* verliehen. Wenn Geschäftsleute, mit Werbebildern von einer strahlenden, händeschüttelnden Businesswelt übersättigt, solch einen Raum betreten, springt prompt ihre Konditionierung an. Sie strahlen und schütteln Hände. Verträge werden geschlossen, Absprachen getroffen, Geschäfte getätigt. Business. Und hier steckte ich nun die schwarze Karte ein und stand auf, ebenso wie Hilbert, nachdem wir uns einig geworden waren. Ich hatte nichts zu verlieren, sagte ich mir, also konnte ich Hilberts Angebot ruhig annehmen. Die Alternative wäre doch nur, in mein Zimmer zurückzukehren und mich weiter über meinen völligen Mangel an Optionen zu grämen.

An der Tür trafen Hilbert und ich aufeinander, womit die Toupetfrage einer Klärung näher rückte – ich neigte nun doch dazu, seine Haare für echt zu halten, nur extrem altmodisch auf einen artifiziellen Effekt hin frisiert. Der Nadelstreifenanzug schillerte auf das Scheußlichste über seiner gliederpuppenhaften Gestalt.

»Ich bin sehr froh, dass Sie mir in dieser Sache zu Hilfe kommen wollen, und ich hoffe, wir werden Ihnen ebenfalls behilflich sein können, Mr. Double.«

Jetzt war Händeschütteln angesagt. Hilberts glatte Haut war eisig.

Meines Vaters Beerdigung. Wieder eine Zugreise in eine fremde Stadt, aber diesmal allein, ohne meine Mutter. Harte Stühle in einem modernen Backsteinkrematorium am Stadtrand. Lesung aus Psalm 39: »Siehe, meine Tage sind einer Hand breit bei dir, und mein Leben ist wie nichts vor dir. Wie gar nichts sind alle Menschen, die doch so sicher leben!« Dreieckige Sandwiches in einem Funktionsraum in einem kleinen Hotel, früher mal ein Landgasthaus, jetzt aber umzingelt von Schnellstraßen und Baumärkten. Fremde in dunklen Anzügen, Leute, die ich noch nie gesehen hatte und auch nie wiedersehen würde, sprachen mir ihre Anerkennung für mein Kommen aus. Wer waren sie? Wo kamen sie her? Was taten sie? Welchen Zweck erfüllten sie in der Welt? In welcher Beziehung standen sie zu meinem Vater? Für sie war *ich* der Abwesende. Smalltalk, Belanglosigkeiten. Ich dachte die ganze Zeit nur daran, dass meine Mutter nicht da war. Sie hatte auch nicht gewollt, dass ich hinfuhr. Ihr Verbot, »ihn« zu kontaktieren, hatte mich tief verletzt. Es erfüllte mich mit Groll, dass sie mir meinen Vater vorenthalten wollte und dass mein Zuwiderhandeln ein Verrat an ihr war. Das Ende ihrer Ehe war ein Bruch, der uns alle drei auseinanderriss.

Eine Frau war dort – in mittlerem Alter, kurze blonde Haare, sichtlich von Trauer gebeugt. Sie wurde von einem etwa zwölfjährigen Jungen gestützt, der im gleichen Alter war wie ich, als mein Vater uns verließ.

Ich floh, ehe ich mit ihnen hätte sprechen können. Ich hatte ihnen nichts zu sagen. Zwei Wochen später erfuhr ich durch ein Schreiben vom Notar, dass ich 20 000 Pfund geerbt hatte. Ich beschloss sofort, sie in Adams neues Unternehmen zu investieren.

Psalm 39: »Denn ich bin dein Pilger und dein Bürger wie alle meine Väter.«

Irgendwo im Hotel, in einem dieser Hunderten von Zimmern, war mein Smartphone eingeschaltet und klingelte. Es klingelte siebenmal, dann trat eine kurze, hoffnungsvolle Pause ein – und es meldete sich die Mailbox.

Was hatte ich erwartet? Wieso sollte sie drangehen? Auch wenn ich gern glauben wollte, dass sie mein Smartphone nur aus neckischem Mutwillen gestohlen hatte, gestohlen hatte sie es immerhin. Ich hätte ja die Polizei sein können, die sie anrief, um das Smartphone zu orten. Ha – als ob die Polizei eine großartige Ermittlung anleiern würde, um ein gestohlenes Telefon wiederzufinden, inklusive Satellitentechnik wie bei der Terroristenjagd!

Aber das Smartphone war immer noch eingeschaltet. Wenigstens das. Selbst wenn es in einer Mülltonne hinter dem Hotel lag.

Mein nächster Anruf war erfolgreicher. Ich schluckte meinen Ärger hinunter und befleißigte mich Laing gegenüber eines reuigen Tons. Mein Ausschluss von der Messe sei ein furchtbarer Schock gewesen, sagte ich, und da ich von dem Gewaltmarsch zum Messezentrum erschöpft gewesen sei, hätte ich mich leider zu unangemessenen Äußerungen hinreißen lassen, was mir leid tue. Auch hätte Laings List, sich als potenzieller Kunde zu tarnen, mich ernstlich aus dem Konzept gebracht.

»Darüber können Sie sich ja wohl kaum beklagen«, meinte Laing. »Ist das bei Ihnen nicht die Standardprozedur? Sich als jemand anders auszugeben?«

Ich spürte, wie meine Finger sich um den beigen Hörer spannten – Hotels sind die letzte Bastion des beigen Plastiktelefons –, und ich fragte mich, wie viel Druck es wohl brauchte, um ihn zu zermalmen.

»Na ja«, sagte ich, »auf jeden Fall sollten wir uns doch noch mal persönlich treffen, um unseren Disput beizulegen.«

»Und was stellen Sie sich unter einem persönlichen Treffen vor? So ganz von Mann zu Mann?« Es klang belustigt.

Der Hörer knackte unter meinem Griff.

»Gerade Sie müssten sich doch über den Wert persönlicher Begegnungen im Klaren sein, nicht wahr?«

»Natürlich, natürlich.« Laing klang auf einmal wieder ganz nach jovialem Kumpel. »Und ich bin neugierig zu hören, wie Sie sich aus der Affäre ziehen wollen. Ich habe morgen eine Frühstücksbesprechung in Ihrem Hotel; ich könnte vorher zehn Minuten für Sie erübrigen. Acht Uhr dreißig?«

»Wunderbar«, sagte ich. Noch früher wäre mir lieber gewesen – am besten gleich –, aber ich wollte meine Glückssträhne auch nicht überstrapazieren. »Gut, um halb neun dann. Wir treffen uns im Galeriezimmer der Business-Suite.«

Das Gespräch war beendet. Laings ironischem Ton zum Trotz war ich zufrieden. Immerhin hatte ich jetzt wieder einen Fuß in die Tür bekommen, wo vorher nichts als eine uneinnehmbare Festung gewesen war. Ich war noch nicht erledigt.

Mit halbwegs wiederhergestelltem Selbstvertrauen rief ich mein Smartphone noch mal an. Diesmal schaltete die Mailbox sich mitten im fünften Klingeln ein. Das hatte sie vorher nicht getan, so viel war sicher.

Ich versuchte es wieder. Zweimal klingeln, dann Mailbox. Nicht nur war das Telefon eingeschaltet, jemand hielt es in der Hand und drückte meine Anrufe weg. Allein schon dieser Anflug von Interaktion mit ihr stimmte mich froh. Vielleicht konnte ich sie doch noch erreichen, indem ich ihr eine Nachricht hinterließ.

»Hallo, Neil hier«, sagte ich nach dem Piep. »Du hast mir heute Morgen das Telefon abgenommen, keine Ahnung, wieso, vielleicht aus Spaß? Aber ich brauch es dringend zurück, könnten wir uns also irgendwo treffen? Ich fände es schön, dich wiederzusehen, wir hatten letztes Mal ja kaum Zeit zum Reden, und ich hätte noch viel mit dir zu besprechen. Ich bin in Zimmer 219, du kannst da über die Rezeption anrufen oder eine Nachricht hinterlassen. Ich werde da sein, der Rest meiner Tagesgestaltung ist, ähm, recht übersichtlich. Okay, ich hoffe, wir sehen uns bald. Bis dann.«

Kaum hatte ich aufgelegt, fing ich an zu überlegen, wie ich wohl rübergekommen war. Hatte ich bedürftig geklungen? Genau diese Sorge bereitete mir Kopfzerbrechen. Früher hatte ich mich nie darum gekümmert, ob ich bedürftig wirkte oder nicht. Ich war nie auf eine bestimmte Frau angewiesen, weil es immer genügend andere gab und sie alle austauschbar waren. Und ich hatte absolut keine Schuldgefühle deswegen, denn ich war sicher, dass sie mich genauso sahen.

Außer Lucy. Sie hatte mich nicht so gesehen. Sie hatte mich

tatsächlich *gesehen* – als Individuum. Und ich hatte mich leider zu spät an sie erinnert.

Diese andere Frau, Dee – auch sie nicht austauschbar, auch sie einmalig –, machte mir wirklich Kummer mit ihrem dauernden Verschwinden. Ich musste unbedingt verhindern, dass sie mich nur als glücklosen Verehrer oder gar als Stalker sah.

Was war mit mir los? Meine einst so hoch geschätzte Anonymität löste sich mehr und mehr auf. Ich empfand mich als Person mit konkreten Bedürfnissen, die andere, ebenso konkrete Personen betrafen.

Und da hatte ich eben wohl einen Fehler gemacht. Ich hatte es versäumt, den Trumpf auszuspielen, den Hilbert mir zugesteckt hatte – die schwarze Keycard, der Köder, den ich speziell für diesen Job erhalten hatte. Hilbert brauchte ich ja nicht zu erwähnen, falls es irgendwelche Unstimmigkeiten zwischen ihnen gab.

Ich rief wieder meine Mobilnummer an. Die Mailbox schaltete sich nach dem dritten Klingeln ein.

»Hallo, hier noch mal Neil«, sagte ich in der Hoffnung, unbefangen zu klingen. »Ich hab vergessen zu erwähnen, dass ich zurzeit die Business-Suite zum Arbeiten nutze, und es gibt da ein paar Räume mit sehr interessanten Bildern, sie bilden Reihenfolgen, man kann tatsächlich einen Zusammenhang darin erkennen. Also, wenn du mal einen Blick draufwerfen willst, ich hab den Schlüssel.«

Ich zögerte. Mehr Nachrichten konnte ich ihr nicht hinterlassen. Zwei klangen schon bedürftig genug, wenn sie die Mailbox überhaupt abhörte. Ich musste sie also auf der Stelle überzeugen.

»Seit du erzählt hast, wie die Bilder zusammenhängen, sehe ich es auch. Es ist faszinierend. Offensichtlich hat es was zu bedeuten, da hast du vollkommen recht. Seit unserem Treffen neulich hab ich das Gefühl, dass alles tatsächlich einen tieferen

Zusammenhang hat, du, ich, das Hotel… ich würde dich gern wiedersehen und mehr darüber herausfinden.«

Mehr gab es nicht zu sagen. Wahrscheinlich hatte ich schon zu viel gesagt. Ich legte auf. Die Nachricht war jetzt irgendwo aufgehoben, auf irgendeiner Festplatte gespeichert, vielleicht für immer. Auch ich war irgendwo und nirgends, ohne Aufgabe, ohne jeden Anlass, das Zimmer zu verlassen. Keine Geschäfte mehr zu tätigen – aber mit dem Geschäftemachen war für heute sowieso Schluss. Heute Abend würde es keine Party in der Bar geben, doch sie würde sich bald mit Messeleuten füllen, und ich würde mich dort ganz gewiss nicht blicken lassen.

Wieder ein Abend im Hotel. Die Minibar war frisch aufgefüllt, doch im Moment war mir nicht nach einem Drink. Mein guter Anzug, den Lucy mit Wein überschüttet hatte, war aus der Reinigung zurückgekommen, während ich mit Hilbert sprach, und hing in einer roten Plastikhülle im Schrank. Es war still. War der Radiowecker repariert oder ersetzt worden? Falls ich einen neuen bekommen hatte, sah er jedenfalls wie der alte aus. Aber egal, Hauptsache, es war endlich still. Das einzige Geräusch im Raum war das sanfte Summen der Klimaanlage.

Ich tauchte aus einem amorphen Wirrwarr von Traumbildern auf – vielleicht war es das Herzklopfen, das mich geweckt hatte. Aber welche verdrängten Ängste hatten mich so aufgeschreckt? Ich hörte, wie es mir in den Ohren hämmerte. In den dunklen Kanälen meines Unterbewusstseins war ich irgendeinem namenlosen Grauen zum Opfer gefallen, das mich spinnwebartig aus allen Ecken umgarnte. Kein Licht im Raum, kein Anflug von Morgendämmerung am Vorhangsaum. Der Radiowecker zeigte 00:33 Uhr. Die Nacht hatte kaum begonnen.

Es klopfte an der Tür – dreimal sogar, drei einzelne wuchtige Schläge, genau wie die, die mich geweckt hatten. Zimmerreinigung? Um halb ein Uhr morgens? Unmöglich. Irgendwer wollte da etwas von mir.

»Moment, ich komme schon!«

War es etwa *sie*? Ich hatte ihr ja meine Zimmernummer auf der Mailbox hinterlassen. Ein nächtlicher Besuch. In meiner Fantasie regten sich allerlei halbseidene Assoziationen; eine Flasche Schampus, zwei Gläser, ein Negligé unter dem Morgenrock. »Ich konnte nicht schlafen …« Das Wort *Stelldichein*. Manche Leute, von DVDs und billigem Wein inspiriert, benehmen sich wirklich so. Manche lassen auf nicht sehr subtile Weise durchblicken, dass sie solche Besuche schätzen würden. Ich hatte das alles schon erlebt.

Aber nicht sie, nein, sie doch nicht. *Darauf läuft das hier nicht hinaus.* Sie war sich dessen bewusst, wie leicht Hotels einen an Sex denken ließen, wenn man sie als wohlfeile Bettenburgen voller Männlein und Weiblein sah. Sie würde sich nie dazu herablassen, die schlaflose Nymphe zu mimen. *Darauf läuft das hier nicht hinaus.*

Während mir diese Gedanken durch den Kopf geisterten, warf ich mir den Way-Inn-Bademantel über und ging öffnen.

Draußen stand keiner. Enttäuschung, Ärger, Wut. War das ein dummer Schabernack von einem betrunkenen Gast? Aber es war kein Gekicher zu hören, keine sich entfernenden Schritte. Und die Bar hatte bestimmt längst geschlossen. Ich blinzelte, rieb mir die Augen, blickte auf meine bloßen Füße hinab.

Auf dem Teppich vor meiner Tür lag ein Smartphone. Mein Smartphone. Es war also doch *sie* an der Tür gewesen, aber sie hatte sich nicht mit Warten aufgehalten. Sie hatte nur etwas abgeliefert.

Ich bückte mich nach dem Telefon und verfluchte meine Langsamkeit. Wieder einmal hatte ich meine Chance verpasst. Aber wenn sie mich hätte sehen wollen, hätte sie gewartet. Genauso hatte sie es wohl geplant – mir mein Smartphone zukommen zu lassen, ohne mit mir reden zu müssen. Die Erleichterung darüber, dass ich mein Smartphone wieder hatte, war mir gründlich verdorben durch die Erkenntnis, dass es nicht dazu dienen würde, mich mit ihr zusammenzuführen. Nur eine hauchdünne Verbindung hatte zwischen uns bestanden, aber als sie jetzt abriss, erschütterte es mich zutiefst. Indem ich etwas Verlorenes zurückgewann, hatte ich etwas weit Wichtigeres verloren.

Ich schloss die Tür und schaltete das Licht ein. Der Anblick eines abgegessenen Tabletts war nicht dazu angetan, meine Laune zu heben. Vorhin hatte ich allein auf meinem Zimmer zu Abend gegessen und war um zehn zu Bett gegangen. Das war nicht lange her, doch lange genug, um in Tiefschlaf zu fallen. Jetzt, fürchtete ich, würde ich keinen Schlaf mehr finden, jedenfalls nicht, bevor ich mich beruhigt hatte.

Darauf läuft das hier nicht hinaus. Sie hatte mir keine Zeit gelassen, diese Worte richtig abzuwägen. Das hier – was immer »das hier« war – lief nicht auf ihr Bett zu. Aber irgendwo lief es hin. Eine mögliche Route für »das hier« war noch offen. *Du wirst mich schon fangen müssen.* Die Möglichkeit war gegeben, fast schon eine Aufforderung. Es war keine Sackgasse, es war eine Tür, verschlossen zwar, aber irgendwo musste sie ja hinführen.

Ich schaltete das Smartphone ein und durchforstete die vertrauten Optionen. Vielleicht ließ sich hier ein Hinweis entdecken. Keine neuen Nummern im Telefonbuch, keine neuen SMS, nichts unter gesendete Mails. Ich hatte ein paar neue Mails, aber alles reine Routine. Meine Mailbox-Botschaften hatte sie abgehört, vor Stunden schon. Und dann gewartet. Worauf? Dass ich ins Bett ging?

Das Letzte, was ich überprüfte, war die Kamera. Auch dort nichts Neues. Mein letztes Foto war noch da, das von dem Gemälde, vom Bettrand aus aufgenommen, wo ich auch jetzt wieder saß. Wenn sie es kopiert hatte, dann nicht per MMS an ihr

Handy. Oder sie hatte die Botschaft wieder gelöscht. Ich legte das Smartphone auf den Nachttisch. Es würde mir auch nicht weiterhelfen.

Hilbert würde natürlich enttäuscht sein. Da ich die Frau jetzt nicht mehr erreichen konnte, ließ sich auch kein Treffen mit ihr arrangieren. Würde er es mir übel nehmen? Es war schließlich sein Plan, der nicht funktionierte, also konnte er es ja wohl kaum meiner Unfähigkeit zuschreiben. Doch der Gedanke, es ihm beichten zu müssen, war mir unangenehm. Irgendwie bedrückte mich die Vorstellung, ihm mit leeren Händen entgegenzutreten. Er hatte zwar keinerlei Andeutung gemacht, dass bei Nichterfüllung unseres Kontrakts irgendeine Form von Strafe drohe, im Gegenteil, er hatte sich durchweg korrekt verhalten; trotzdem graute mir davor, ihm schlechte Nachrichten zu überbringen. Ich wollte ihn auf keinen Fall verärgern. Allmählich ging mir auf, was mit mir los war, und es wunderte mich gar nicht, so als hätte ich es von vornherein gewusst: Ich hatte Angst vor Hilbert.

Ein explosives Surren und Gurren ertönte plötzlich aus dem Radiowecker und ließ mich gehörig zusammenfahren. Auch das noch! Schon wieder das alte Problem! Noch ehe ich mich richtig darüber aufregen konnte, wurde ich von einem weiteren Geräusch abgelenkt: mein Smartphone schrillte. Den ganzen Tag wurde ich von elektromagnetischen Störwellen genervt, in denen ich meinte, ein Telefonklingeln zu hören, das nie kam. Und jetzt war der Knoten endlich geplatzt: das Telefon klingelte.

Unbekannte Nummer. »Hallo?«

»Hallo?« Eine Frauenstimme. *Ihre* Stimme.

Ich japste auf.

»Neil?«

»Wer sonst?«

»Du hast dein Telefon wieder. Offensichtlich.«

»Ja, danke.«

»Du weißt, wer hier spricht?«

Ich wollte sagen: Du bist Dee, aber sie hatte mir nie ihren Namen verraten – das war Hilbert gewesen. »Aber ja«, sagte ich, »du bist die Kunstsammlerin, die nebenbei auch Handys sammelt.«

Der kleine Scherz war dazu gedacht, das Eis zu brechen, doch es kam keine Antwort, abgesehen von den Störgeräuschen vom Radiowecker, der immer noch penetrant vor sich hin zwitscherte.

»Was ist das für ein Geräusch?«, fragte sie.

»Irgend so ein Wellensalat aus dem Radiowecker, das nervt schon die ganze Zeit – es sollte eigentlich in Ordnung gebracht werden, doch stattdessen ist es schlimmer denn je …«

Während ich sprach, zog ich den Stecker aus der Dose, was wieder einmal keinen Unterschied machte, außer dass die Zahlen auf dem Display auf 3 33 umsprangen. Oder hatte die Uhr vorher schon 3 33 angezeigt? Ich hatte nicht darauf geachtet. Ich wickelte das Kabel um das Radio, das in meiner Hand vibrierte, und stopfte es unter die Bettdecke.

»So, das ist schon besser. Es gibt nicht mal Ruhe, wenn der Stecker gezogen ist. Wahnsinn, wie das nervt.«

»Es macht das Geräusch sogar ohne Strom?«

»Ja, es muss wohl irgendein Notaggregat haben, oder so.«

»Ein Notaggregat?« Sie klang belustigt. »Was glaubst du, was das ist? Ein Atom-U-Boot? Ein Brutkasten in einer Kinderklinik? Das ist ein billiger Radiowecker in einem Hotelzimmer. Die werden zu Tausenden angeschafft. Zu *Tausenden.*«

Unter der Steppdecke hörte der Radiowecker nicht auf, hektisch vor sich hin zu fiepen. Ich beäugte die verknautschte Decke, als erwartete ich, sie in Wallung geraten zu sehen.

»Was willst du damit sagen?«

»Gar nichts. Du wolltest *mir* was sagen. Also raus mit der Sprache.«

Mir blieb der Mund offenstehen. Sicher, ich wollte mit ihr sprechen, vor allem aber wollte ich etwas von ihr hören, ich wollte, dass sie ihr Geheimnis lüftete; nur wollte mir auf Anhieb gar keine Frage einfallen.

»Solange ich zurückdenken kann«, sagte ich, »sind Hotels für mich immer etwas Besonderes gewesen. Kraftorte. Im Hotel wird man zu einem anderen. Das heißt, man bleibt derselbe, aber mit ganz neuem Potenzial. Darum hab ich mir immer Tätigkeiten gesucht, die möglichst viel Zeit in Hotels mit sich bringen, um mich mein Leben lang als dieser aufgewertete, von Erdenschwere unbelastete Hotelmensch fühlen zu können. So bin ich zu meinem gegenwärtigen Job gekommen, der ideal ist …«

»Na, wunderbar«, unterbrach sie mich. »Dann hast du ja deine Nische gefunden. Und was hat das mit mir zu tun?«

»Dazu wollte ich gerade kommen. Diese Welt, in der ich lebe, ist wie eine Riesenstadt, die nur von Durchreisenden bevölkert ist, aber ich, ich reise nicht weiter, ich wohne dort. Meine eigene Wohnung bedeutet mir nichts dagegen – das ist nur die Adresse, wo meine Kontoauszüge hingehen. Und als ich dich getroffen habe, ist mir gleich klar geworden, dass du auch so ein Dauerbewohner der Hotelwelt bist und du eine einmalige Affinität dazu hast. Also war es doch nur logisch, dass ich Kontakt zu dir aufnehmen musste.«

Keine Antwort. Selbst der Radiowecker gab auf einmal Ruhe.

»Seit ich dich vor ein paar Tagen getroffen habe«, redete ich weiter, »läuft bei mir alles aus dem Ruder, und zugleich sehe ich dich immer wieder in den unwahrscheinlichsten Momenten, zum Beispiel um drei Uhr morgens bei strahlendem Tageslicht … Du hast ja selbst gesagt, dass mir das Hotel vielleicht etwas mitteilen will, und ich gebe zu, ich war erst ziemlich skeptisch bei der Sache mit den Bildern, aber inzwischen glaube ich, dass ich's begriffen habe. Alles ist verbunden auf eine Art und

Weise, die wir nicht immer durchschauen, und irgendwie bildet das Hotel dabei den Mittelpunkt.«

Noch immer keine Antwort. Ich hatte so vor mich hin improvisiert, und langsam ging mir der Stoff aus. Erst meine Annäherungsversuche beim Kaffee, dann meine verzweifelten Anrufe und jetzt mein diffuses Gelaber – ich konnte mir gut vorstellen, was für einen Eindruck sie von mir haben musste.

»Ich lebe hier schon eine geraume Weile«, sagte sie schließlich, »seit du mich damals hast schlafwandeln sehen. Und es ist durchaus von Belang, dass wir uns jetzt wiedergesehen haben; es ist mehr als ein Zufall. Bald wirst du das auch verstehen.«

»Was denn verstehen?«

»Kannst du dein Zimmer verlassen? Ich möchte dir was zeigen.«

»Klar doch«, sagte ich. Zwar musste ich schnell noch in die Kleider springen, aber ihre Einladung hätte ich auch splitternackt angenommen.

Dees Anweisungen am Telefon folgend, verließ ich mein Zimmer und wandte mich nach rechts – weg von der Lobby, tiefer hinein ins Hotel. Bei jeder Abzweigung sagte sie mir, welche Richtung ich einschlagen sollte. Ansonsten blieb sie still, während ich über die strapazierfähige Auslegeware der Flure eilte. Nur manchmal schmückte sie ihre Anweisungen mit nachdenklichen Kommentaren, die eher wie Selbstgespräche klangen.

»In Hotels nimmt man schnell Gewohnheiten an. Sie begünstigen eine neue Art von Routine. Man schlägt ganz automatisch immer den gleichen Weg zu seinem Zimmer ein. Es gibt ja auch keinen Grund, einen anderen zu nehmen. Was gäbe es da schon zu sehen? Noch mehr verschlossene Türen, Ein Notausgang. Der Rest des Hotels könnte ebenso gut gar nicht da sein.«

Ich lief und lief. In den Gängen herrschte Stille, keine Spur mehr von dem gestrigen Stimmenlärm. Das Hotel lag im Tiefschlaf.

»Kein Zimmer hat mehr einen eigenen Schlüssel. Es gibt nur noch diese Keycards, die von zentraler Stelle aus programmiert werden. Die Chipkarte zu deinem Zimmer könnte auch ein anderes Zimmer öffnen, aber du würdest es nicht wissen, weil du nicht auf die Idee kämst, es zu probieren. Es sind nichts weiter als Daten.«

Und wenn das alles nur ein Scherz war? Machte sie sich wieder mal über mich lustig? Führte sie mich in eine Sackgasse, um ihr skurriles Spielchen mit mir zu treiben? Ihr willfährig zu folgen, um unsere fragile Verbindung nicht abreißen zu lassen, war ja gut und schön, aber vor Kurzem noch war ich der Meinung gewesen, sie wäre nicht ganz richtig im Kopf. Hatte sie mir seither einen Grund gegeben, diese Meinung zu revidieren? Nicht, dass ich wüsste. Warum also schenkte ich ihr Vertrauen? Vielleicht war ich auch schon ein bisschen verrückter geworden, sodass es mir leichter fiel, mich ihrer wandelbaren Version der Realität anzupassen.

»Die Lagepläne der Hotels sind alle nach dem gleichen Schema konzipiert. Ich wähle den Standort, rate zu einer bestimmten Zimmerzahl, und das Design erfolgt dann nach festgelegten, universellen Kriterien, die sich nur in bestimmten äußeren Details dem Lokalkolorit anpassen.«

Mir schien, dass meine Route in etwa die gleiche war wie auf meiner ungeplanten Tour in der Nacht zuvor. Ich kam an einem Lichtschacht vorbei, dann an einem weiteren. Draußen nieselte es.

»Was mir bei der Suche nach einem Hotelstandort vorschwebt, ist eine spezifische Form der Unbestimmtheit. Jeden Tag gibt es mehr von diesen Orten auf der Welt, die gar keine wirklichen Orte sind.«

Ein dritter Lichtschacht, eine Brandschutztür. DIESE TÜR IST

ALARMGESICHERT. Vielleicht war es dieselbe Tür, an der ich letzte Nacht gescheitert war.

»Geh durch«, sagte sie.

»Dann geht die Sirene los«, wandte ich ein. »Es ist mitten in der Nacht, die Leute schlafen.«

»Kein Problem«, sagte sie. »Vertrau mir ruhig.«

Ich drückte die Metallstange herunter. Ein Kreischen, so unnatürlich schrill, dass es mir wie Messerklingen in die Ohren fuhr.

»Weitergehen«, verordnete sie mit Krankenschwesterruhe.

Das Kreischen trieb mich fast in den Wahnsinn. Schwarze Blitze zuckten mir vor Augen. Das Smartphone kribbelte in meiner Hand, als stünde es unter Strom. Das Plastikgehäuse rutschte mir fast durch die Finger.

Ich war durch. Der Alarm erstarb, als die Tür zuschwang. Nichts rührte sich in den Zimmern ringsum. Flur und Türen, genau wie auf der anderen Seite. Von Brandschutz keine Spur.

»Geh weiter.«

Schließlich kam ich zu einem vierten Lichtschacht. Meine Vorstellung vom Lageplan des Hotels kippte ein weiteres Mal. An wie vielen Türen war ich vorbeigekommen? Die Zimmernummern waren mittlerweile in den 250ern, doch seit der 219 musste ich längst an mehr als dreißig Türen vorbeigekommen sein, mehr als fünfzig, mehr als hundert. Es musste also mehr als ein Zimmer 219 geben, vielleicht sogar mehr als zwei. Mein Smartphone gab einen Pfeifton von sich, und ich checkte den Akku. Er war fast platt.

»Wie viel weiter noch?«, fragte ich.

»Wie viel weiter willst du denn noch gehen?«

Ein fünfter Lichtschacht. Wie viele es wohl davon gab? Ich war ja nicht in gerader Linie vorangegangen. Gab es dreihundert Zimmer pro Etage, fünfhundert? Das würde mehr als tausend Zimmer insgesamt machen – so viele gab es durchaus in manchen

Wolkenkratzerhotels oder in breit gefächerten Hotelkomplexen, mit riesigen Empfangshallen und massenweise Personal an der Rezeption. Wie viele Leute passten hier ins Restaurant, in die Bar? Höchstens hundert. Und dermaßen lange Gänge, bis man irgendwie nach unten kam, das ergab doch auch keinen Sinn.

Das Licht, das durch das Fenster zum Hof fiel, kam mir sonderbar vor. Ich wurde magisch davon angezogen. Es war jetzt nicht mehr der strahlende Sonnenschein der Vision von gestern Nacht, sondern ein bläuliches Geriesel, wie eine Bildstörung vor den Fenstern.

Keine Bildstörung. Schnee. Es schneite draußen. Der Zen-Garten war schneebedeckt, sogar das Becken. Watteartige Flockenballen klebten an den kleinsten Unebenheiten der Hotelmauern.

»Es schneit«, sagte ich. »Komisch, so kalt war es doch nun auch wieder nicht.«

Wenn es über Nacht geschneit hat, bemerkt man beim Aufwachen eine seltsam glitzernde Helligkeit, und noch ehe man den Vorhang aufmacht, spürt man, dass die Welt sich verwandelt hat. Aber um zwei Uhr morgens? Konnte das Licht vielleicht von den Scheinwerfern des Flughafens stammen? Oder von irgendeinem größeren Event im Messezentrum, das mir entgangen war? Nein, der Schneeglanz in der Dämmerung ist unverwechselbar, und genau das war es, was ich da sah.

»Wie kann es denn sein, dass es schon dämmert?«

»Irgendwann dämmert es immer irgendwo«, sagte sie.

Ein durchdringendes Piepsen an meinem Ohr. Der Akku war fast leer.

»Mein Smartphone gibt gleich den Geist auf«, sagte ich. »Wie weit ist es denn noch?«

»Wie weit willst du noch gehen?«

»Das hast du mich schon mal gefragt. Ich weiß nicht. Nicht mehr weit. Die Zeit läuft uns davon.«

»Geh weiter. An der nächsten Ecke links, dann rechts, dann durch die Feuertür.«

Schon wieder dieses entsetzliche Alarmgeheul, das einem wie eine Kreissäge ins Hirn drang. Und ein klägliches Pfeifen von meinem Smartphone, kaum dass ich mich auf die andere Seite gerettet hatte.

Ein langer Flur erstreckte sich vor mir. Türen und Bilder einander gegenüber, gut ein Dutzend auf jeder Seite. Es war ein ermüdender Anblick. Immer mehr von immer demselben. Absurd. Die gute Frau war kein Genie. Ein so großes Hotel war eine absurde Fehlkalkulation. Es wäre ja niemals ausgebucht.

Zeit, mich endlich durchzusetzen. »Ich kann nicht mehr weiter. Es wird zu spät.«

»Ich wundere mich, dass du solange dazu gebraucht hast«, sagte sie. »Wie weit, glaubst du wohl, bist du gekommen?«

»Ich weiß nicht«, sagte ich. »Ich hatte ja keine Ahnung, wie groß das Hotel ist.«

»Länger als einen Kilometer.«

»Das ist doch Wahnsinn. Das ist ja wie ein Flughafen.«

»Tatsächlich sind nur die allerlängsten Hallen in Großflughäfen ungefähr so lang.«

»Wie lang geht es denn noch?«

Ein Seufzen am anderen Ende. »Verstehst du es immer noch nicht? Ich zeige es dir, und du siehst es nicht.«

»Es ist immer dasselbe. Es geht immer weiter.«

»Ganz genau …«

Ein letztes Piepsen schnitt ihr das Wort ab. Mein Smartphone verstummte.

Mehr als einen Kilometer. Und mehr als einen Kilometer zurück. Wie hatte ich mich nur so weit fortlocken lassen können? Nur um den ganzen eintönigen Weg zurücklatschen zu müssen. Nie hätte ich gedacht, dass das Hotel sich über eine derartige Entfernung erstreckte. Sie hatte es ja gesagt, vielleicht als

Warnung, aber so hatte ich es nicht aufgefasst. Der Hotelgast schlägt immer nur eine Richtung ein, nie die andere. Tausende von Leuten, die immer nur zum nächsten Aufzug gehen und keine Ahnung haben, dass der Flur in der anderen Richtung kein Ende nimmt …

»Es geht immer weiter«, murmelte ich vor mich hin.

Nicht nur ein Flur; ein Flur mit endlosen Verästelungen. Der Lageplan in meinem Kopf verschob sich aufs Neue und zeigte fraktale Gebilde, zyklisch aufgeteilte Flächen, die sich im Unendlichen verloren.

Es geht immer weiter.

Ich blickte den Flur hinab. Am Ende, ganz weit hinten, hing ein Bild, das eine Abzweigung markierte. Während ich noch hinsah, verschob sich das Ende – kein Bild, eine Tür? Keine Tür, ein Spiegeleffekt, der die Perspektive erweiterte …

Und da stand sie. Hinter ihr erstreckte der Flur sich in unmögliche Ferne, die Perspektive verjüngte sich auf einen unsichtbaren Punkt hin. Aber vor diesem Punkt war noch ein leiser Anflug von Horizontkrümmung zu erkennen.

Sie war da und kam lächelnd auf mich zu. Hinter ihr ging das Hotel weiter und weiter.

Es geht weiter.

Das Hotel ging endlos weiter.

DRITTER TEIL

DAS INNERE HOTEL

»HOTELS SIND EINE Schnittstelle zwischen dem Bekannten und dem Unbekannten. Man bewohnt ein Zimmer auf einer Etage. Was geht einen der Rest an? Man ist an einem fremden Ort, umgeben von Fremden, und das Hotel muss dafür sorgen, dass man sich dort gut aufgehoben fühlt. Es sind sorgfältig strukturierte Illusionsmaschinen. Psychoaktive Umgebungen. Eine Art Fata Morgana.«

Nachdem wir uns mitten in der Nacht in dem unmöglichen Korridor getroffen hatten, waren die Rothaarige und ich noch eine kurze Strecke und ein paar Treppen hinunter in die Hotelbar gegangen. In *eine* Hotelbar. Die Bar eines Way Inn in einer kanadischen Stadt, wo es schneite und der Abend gerade erst angebrochen war. Ein paar frühe Essensgäste saßen schon im Restaurant. Männer und Frauen kamen in voluminösen Jacken von draußen herein und stampften sich Schneematsch von den Stiefeln. Sie wirkten alle sehr gut aufgelegt, rotwangig und gesund. Ich war nicht schneetauglich angezogen, aber kalt war mir nicht. In der Lobby herrschte dasselbe milde Klima wie in allen anderen Way-Inn-Lobbys auf der Welt. Und warum auch nicht? Sie befanden sich schließlich im selben Gebäude.

Sie war dabei, es mir zu erklären, so gut es eben ging. Eine divergente Pseudostruktur. Eine nicht-euklidische Vielfalt. Ein Prisma, das eine Hyperfläche auf unsere Raumzeit projizierte … von *außerhalb*. Es rauschte alles an mir vorbei. Sie verstand es ganz offensichtlich selbst nicht so ganz. Ihre Erklärung war eine großzügige Mischung aus Hypothesen und Spekulation. Sie warf Konzepte an die Wand und sah zu, was hängen blieb.

»Tatsächlich gibt es keine fünfhundert Zweigstellen von Way Inn. Das heißt, es gibt sie, aber es sind buchstäblich Zweige an ein und demselben Stamm, dem inneren Hotel. *Ein* Hotel, das immer weitergeht. Und ständig neue Ableger austreibt.«

»Das ist doch nicht möglich.«

»Offensichtlich doch. Ich hab es dir ja gerade vorgeführt, nicht wahr? Ich musste es dir zeigen, sonst hättest du mir nie geglaubt. Du hättest auch gesagt, das ist doch nicht möglich, aber mit völlig selbstsicherer Miene, während du jetzt ganz schön verwirrt dreinschaust. Und völlig zu Recht. Du hast es *gesehen*.«

Es klang ein wenig spöttisch, aber wohlwollend. Sie war zugewandter und entspannter, als ich sie je erlebt hatte. Es war, als wäre ihr ein Stein vom Herzen gefallen. Direkt auf mich drauf. Ich fühlte mich genötigt, die normale, nachvollziehbare Welt der Fakten um mich her Stück um Stück wiederaufzubauen. Das Glas Whisky in meiner Hand, der Dielenboden unter meinen Füßen, die Anwesenheit der Frau, die da vor mir saß.

»Kanada. Wir sind hier also in Kanada?«

»Jawohl. Willst du vielleicht mal vor die Tür gehen und dich selbst überzeugen? Es hat minus fünf Grad da draußen, oder so.« Sie lächelte. »Wir könnten zurück ins Hotel und woanders rauskommen, wo es wärmer ist. Über dem Way Inn geht die Sonne niemals unter.«

Mein Whisky, bisher unberührt, war in einem Zug gekippt. Glut rann mir durch die Kehle, loderte im Magen auf. Sie war höchst willkommen.

»Okay, woanders, wo es wärmer ist. Zeig es mir.«

Wir gingen, und ich versuchte, mir alles genau einzuprägen, jede Abzweigung des Korridors, jede Tür, an der ich vorbeikam. Ich wollte die Nahtstellen erkennen. Treppen, Flure, Feuertüren. Die migräneträchtigen Alarmsirenen schienen keinerlei Wirkung auf meine Begleiterin zu haben – vielleicht war sie daran gewöhnt. Ich merkte schon, wie der Effekt sich bei mir langsam abschwächte.

Sie ging voran und warf hin und wieder einen Blick auf den Tablet-Computer, den sie aus ihrer schwarzen Umhängetasche geholt hatte. Auf dem Bildschirm erspähte ich eine ganze Galerie dieser abstrakten Gemälde, alle in ständiger Bewegung; fließend gruppierten sie sich zu immer wieder neuen Schachbrettmustern um.

»Ich versteh nicht, wie das möglich sein kann«, sagte ich. »Die Leute müssten es doch merken. Es würde doch nicht geheim bleiben.«

»Manche merken es ja auch«, meinte sie. »Ich hab's gemerkt, und du ebenfalls. Obwohl man dich schon ziemlich anschubsen musste. Darum kriegen die Leute in der Regel nicht viel mit: Sie würden endlose geistige Klimmzüge vollführen, um all die Unvereinbarkeiten mit ihrem rationalen, nahtlosen, wie ein Uhrwerk tickenden Universum auszubügeln.«

Ich bewunderte den dichten Flor des Teppichs, die dezente Spotbeleuchtung der Bilder, die gediegene Maserung der dunklen Holztüren; ebendiese *Gediegenheit* war es, dieser Kosmos aus kleinen Annehmlichkeiten, die wie ein Sedativ auf die Wahrnehmung wirkten. Wenn einem aber die Augen aufgingen, stach jedes Detail plötzlich überdeutlich hervor. Der rote Plastikwürfel eines Notlichts schien mich über einen unvorstellbaren Abgrund hinweg anzublinken, so weit entfernt wie eine neolithische Speerspitze aus Flintstein.

»Mann, das kostet mich noch die ganze Nacht, wenn du hier andauernd stehen bleibst und alles anstarrst. Im Moment schaust du reichlich einfältig drein.«

»Hier müsste es ja eigentlich vor Wissenschaftlern nur so wimmeln.«

»Na, vielleicht tut es das auch. Es ist eine unendliche Struktur, da ist schließlich genug Platz.« Sie schob die Unterlippe vor und wirkte einen Moment lang tief betrübt. »Ich kann doch nicht die Einzige auf der Welt sein, die es verstehen will, die überhaupt *hinschaut*. Nicht wie die anderen.«

»Die anderen Gäste?«

»Die anderen.«

Nach kaum mehr als zehn Minuten hatten wir ein anderes Atrium erreicht, mit Glasfront und kathedralenhoher Decke, ungeheuer hell nach der gedämpften Beleuchtung der Flure. Sobald wir in diesem gleißenden Licht standen, sah sie mich abwartend an. Der Morgen hinter den Rauchglasscheiben war wüstenhell, und das weibliche Personal an der Rezeption hatte das Haar züchtig bedeckt. Ich war schon einmal hier gewesen und sie auch.

»Doha«, sagte ich. »Katar.« Sie lächelte. Hier hatte ich sie das erste Mal erblickt – genau an dieser Stelle. Ich konnte nicht umhin, mir die Konturen ihres nackten Körpers in Erinnerung zu rufen. So statuesk hatte ihre Gestalt im Glanz der Wüstensonne ausgesehen, dass ich sie mir später dann stets in rauschenden Roben oder eleganten Kostümen vorstellte, dabei trug sie in Wirklichkeit immer nur legere Sportsachen. Heute eine schwarze Lederjacke mit schrägem Reißverschluss über einem Danger-Mouse-T-Shirt, Jogginghosen und Laufschuhe. In meinen Augen war es trotzdem vollkommen. Sie war echt, sie war *da*.

»Ich war am schlafwandeln«, sagte sie und sah sich in der Lobby des Way Inn von Doha um, als sähe sie den Raum zum ersten Mal. Vielleicht war es ja auch so. Wir ließen uns auf einem der Sofas nieder. Gäste waren auf dem Weg zum Frühstück. »Ich war damals für eine andere Hotelkette tätig und sollte herausfinden, wie Way Inn die Standorte für neue Hotels auswählt.«

»Im Nahen Osten?«

Sie lachte. »Nein, in Belgien. Ich war in einem Way Inn in

Antwerpen. Da bin ich ins Bett gegangen. Und ein paar Stunden später bin ich wieder aufgewacht – *hier*. Ich bin seit meiner Kindheit immer wieder mal schlafgewandelt, und während dieses Rechercheprojekts schlief ich besonders schlecht.«

Sie schwieg und blickte versonnen vor sich hin. »Übrigens ist es seither nie wieder passiert. Seit ich für das Way Inn tätig bin, ist Ruhe.«

»Und so hast du also … *das hier* rausgefunden«, sagte ich. Meine Benommenheit war allmählich verflogen, doch es fiel mir immer noch schwer, von meinem neuen Wissen zu sprechen, ohne dass es absolut wahnwitzig klang. Die Worte Hotel, Korridor, verbunden, verzerrt, gekrümmt, unendlich ergaben zusammengesetzt einfach keinen Sinn. Ich hatte Angst, etwas zu sagen, was jedem gesunden Menschenverstand widersprach. Der Whisky half, den Wahnsinn zu ertragen, aber nicht, ihn zu begreifen.

»Also, als ich das hier rausgefunden habe, bin ich fast durchgedreht. Was du gesehen hast, war nur der Anfang. Das Personal hier kriegte natürlich überhaupt nicht auf die Reihe, was ich ihnen mitzuteilen versuchte. Schlafen gehen in Belgien, aufwachen am Persischen Golf … Sie konnten nur feststellen, dass ich gar nicht als Gast im Way Inn von Doha registriert war. Dann bin ich ihnen entwischt und wieder ins Hotel zurückgelaufen.«

»Wieso?«

»Ich wollte einfach in mein Zimmer zurück. Dazu konnte ich nur denselben Weg einschlagen, auf dem ich gekommen war. Das Personal meinte es vielleicht gut mit mir, aber ich war total traumatisiert und konnte die vielen Fragen nicht ertragen. Ich wollte nur noch weg. Und das Hotel öffnete sich mir. Es offenbarte sich, hieß mich willkommen. Ich fand zurück in mein Zimmer in Antwerpen. Und dann war ich wochenlang auf Erkundungstour unterwegs. Sechs Kontinente zu Fuß. Einfach von der Bildfläche verschwunden. Meinen Job bei der Hotelkette schmiss ich hin. Gewisse Repräsentanten des Way Inn kamen auf mich zu … Sie wussten alles über mich. Was ich beruflich machte, was ich im Hotel anstellte. Und sie boten mir einen neuen Job an, Standorte für Way Inn auskundschaften. Unbeschränktes Bleiberecht im Gegenzug für mein Talent und meine Diskretion.«

»Klingt wie ein guter Deal«, sagte ich automatisch. Bis vor Kurzem wäre so ein Angebot mir noch als Erfüllung meiner sehnlichsten Träume erschienen. Doch inzwischen waren diese Sehnsüchte ziemlich fragwürdig geworden.

»Verlockend, oder?«, sagte sie. »Das Hotel belohnt seine Leute großzügig. Und nicht nur mit Kost und Logis. Die Leute im innersten Kreis bekommen spezielle Gratifikationen – ist irgendwer von ihnen schon auf dich zugekommen?«

»Nicht, dass ich wüsste.« Die Lüge war mir blitzschnell rausgerutscht, und ich wusste, dass es eine Lüge war. Hilbert war sicherlich Teil des inneren Kreises, daher dieses ganze Einschmeicheln und Umgarnen, dieses Gesülze von allseits befriedigenden Arrangements. Dieser innere Kreis war ein neues Konzept für mich, und trotzdem wusste ich ohne jeden Zweifel, dass Hilbert dazugehörte.

»Wenn es so wäre, würdest du es wissen«, sagte sie. Ihre Augen verengten sich. War sie schon misstrauisch geworden? Aber wenn sie mich irgendwelcher Mauscheleien verdächtigte, wieso war sie dann so offenherzig? »Als ich anfing, für das Hotel zu arbeiten, kamen sie immer wieder an, wollten mir was von großartigen Belohnungen für die längsten, treuesten Dienste erzählen …«

Sie verstummte. Ihre Miene hatte sich verdüstert. Was hatte sie gesehen?

»Aber du hast abgelehnt.«

»Ich habe weder Ja noch Nein gesagt, sondern versucht, mich da so weit wie möglich rauszuhalten. Freiberuflich unterwegs, sozusagen.«

Von Neuem traf mich die Absurdität meiner Lage wie ein Schlag ins Gesicht, ein Rückfall in meine erste Phase der fassungslosen Ungläubigkeit, die ich für überwunden gehalten hatte. Es war mitten in der Nacht, und ich war Tausende von Kilometer weit entfernt von meinem Bett. Und noch viel weiter entfernt von irgendeiner logischen Erklärung. Die interne Verbundenheit aller Way Inns, über unvorstellbare Entfernungen hinweg, diese verborgene Unendlichkeit – wie auch immer ich das Hotel ansah, es sah zurück mit steinerner Miene, die besagte: absolut unmöglich. Es widersprach jeder Logik, spottete aller Vernunft. Die gespenstischen Verflechtungen dehnten sich ins Unendliche wie diese endlosen Korridore.

»Wer wechselt eigentlich alle diese Glühbirnen?«, fragte ich.

»Wieso?«

»In diesen Korridoren, die ewig so weitergehen – das müssen doch im wahrsten Sinne des Wortes unzählige sein. Aber wer tauscht sie aus? So viele Glühbirnen gibt es doch im ganzen Universum nicht. So viel Glas und Metall, ganz zu schweigen von den Massen an Personal …«

»Ja«, sagte sie. »Ich hab mal irgendwo gelesen, dass drei Kraftwerke dazu nötig sind, alle Notausgangsschilder in den USA zu beleuchten. Das sind ganz schön viele Notausgänge. Wer malt alle diese Bilder? Das war meine erste Frage, und allein die simple Arithmetik hat mir Albträume beschert. Ich habe Mathematik, Geometrie und Topologie studiert und war dann in der Immobilienbranche beschäftigt, also, mehr von theoretischer Seite.«

»Ach, haben Immobilienmakler auch eine theoretische Seite?«

»Klar! Seit Immobilien eher der Finanzspekulation als dem Schutz vor Regen dienen, ist es ganz profitabel, sich auch auf abstrakter Ebene damit zu befassen, und alle smarten Maklerfirmen halten sich ein paar zahme Topologen oder exotische Mathematiker. Seit vier Jahren bin ich nun schon im Way Inn zugange, und davor habe ich es für einen Konkurrenten ausgekundschaftet. Ich weiß mehr darüber als die meisten Leute, und trotzdem kann ich deine Fragen nicht beantworten. Keine Ahnung, wer dazu in der Lage wäre. Physiker vielleicht, die Gang am CERN-Zentrum, String-Theoretiker, Theologen? Vielleicht überhaupt niemand.« Sie seufzte.

»Meiner Theorie nach«, fuhr sie fort, »stellt unsere Realität eine Art Schablone für das Hotel dar, und das innere Hotel ist eine metaphysische Ausstülpung dieser Schablone. Vielleicht sind die Glühbirnen und Bilder gar nicht in unendlicher Anzahl vorhanden, und unsere primitiven Kortexzentren« – sie stach mit den Fingern gegen ihre Schläfen, in einer Geste der Verachtung für unsere menschliche Beschränktheit – »lassen uns nur erkennen, was wir erwarten, so, wie unser Gehirn ja auch blinde Flecken ausgleicht. Es gibt eine objektive physikalische Realität, aber Aspekte unserer Wahrnehmung sind rein subjektiv. Oder vielleicht nur eine Art Selbsttäuschung. Schatten an der Höhlenwand. Na ja, die Ontologie ist eigentlich nicht mein Fach.«

Der silberfarbene Bezug der Armlehne unter meiner Hand: Leder oder Kunststoff? Es war schwer zu sagen.

»Du siehst etwas verloren aus«, sagte sie mitfühlend – zumindest klang es so.

»Es ist spät.« Ich blinzelte zur Morgensonne hin. »Es war alles ein bisschen viel heute.«

»Ein Drink würde helfen. Nur ist es hier zu früh und überhaupt zu trocken. Aber in New Orleans wäre jetzt genau die richtige Zeit dafür. Gegen neun Uhr abends.«

»Okay«, sagte ich, und wir standen auf. Zum zweiten Mal in einer Nacht mal kurz den Kontinent wechseln: Es schien undenkbar, aber ich wusste, es würde geschehen.

So plötzlich wieder in Doha zu sein, war schon seltsam genug, auch wenn man den metaphysischen Aspekt der Reise einmal außer Acht ließ. Hier, wo es für uns beide begonnen hatte, zwei Kurven, die auseinanderstrebten und wieder zusammenkamen.

»Ich weiß noch immer nicht, wie du heißt.« Eine Lüge, schon wieder mal. Sie war wenigstens aufrichtig zu mir, auch wenn es ungeheuerlich war, was sie offenbarte; ich dagegen log und log. Es beschämte mich.

»Dee«, sagte sie und reichte mir die Hand. »Freut mich.«

Die Bar des Way Inn in der Nähe des Messezentrums von New Orleans war zu zwei Dritteln gefüllt, vor allem mit zwei lärmenden Gruppen. Dee leistete mir Gesellschaft bei einem Whisky, den ich jetzt wirklich brauchte, um die Elemente meiner Wahrnehmung auszuschalten, die einfach nicht mehr zusammenpassen wollten. Ein Puzzle mit fehlenden Teilen ist das gängige Bild für Verständnislosigkeit – aber dieses Puzzle hatte zu viele Teile; zu viele, die mehrfach vorhanden waren, zu viele, die den Rand überlappten, zu viele, die übrig blieben, wenn ich meinte, dass ein Bild entstand.

Anzugträger mit Kärtchen am Revers, die sie als Teilnehmer an einer Fachmesse für Küchenausstattung auswiesen, prahlten und blödelten mit Südstaatenakzent. Das Geld, das über den Tresen ging, war grün, das Bier war Coors und Miller und Pabst. Aber es war eine Way-Inn-Bar, in einem Way-Inn-Hotel, allen anderen zum Verwechseln ähnlich. Einer dieser Männer, der einen erfolgreichen Tag mit Kaufen oder Verkaufen von Edelstahldunsthauben verbracht hatte, würde ein bisschen zu viel trinken, nach oben fahren, etwas unbeholfen die Tür von Zimmer 219 aufsperren und schlafen gehen. Und auf der anderen Seite des Gebäudes würde ich ebenfalls im Zimmer 219 schlafen, genauso wie all die anderen in vielen weiteren Zimmern 219.

Der Barkeeper war schwer beschäftigt mit Flaschen öffnen, Eis einfüllen, Bestellungen entgegennehmen, Schnapsgläser bis zum Rand vollgießen. Dee und ich hatten seit unserer Ankunft nicht mehr viel gesagt. Ich fragte mich, ob Vasco da Gama oder

Neil Armstrong zu ihrer Zeit wohl auch das Gefühl gehabt hatten, eine unüberwindliche Grenze zu überschreiten, und ob sie wohl auch so erstaunt gewesen waren, dass so etwas von demselben Menschen bewerkstelligt wurde, der ein Leben lang all die anderen bescheidenen, unbedeutenden Dinge getan hatte. Ich hatte in wenigen Stunden die Erde zu Fuß umrundet. Es war nicht das Unfassbare dieser Tat, das mich sprachlos machte, sondern vielmehr die Tatsache, dass alles um mich her so normal und alltäglich weiterging. In Calgary wurden Teller vor den Restaurantgästen abgesetzt, in Doha wurden die ersten Neuankömmlinge des Tages eingecheckt, und hier grinste der Barkeeper und schüttelte routiniert den Cocktailshaker.

Dee nippte still an ihrem Glas.

»Weiß das Personal eigentlich Bescheid?« Ich beobachtete noch immer den Barkeeper. »Der Typ hier zum Beispiel, die Jungs und Mädels an der Rezeption, die Zimmermädchen?«

»Die Reinigungskräfte.«

»Was?«

»Reinigungskräfte, nicht Zimmermädchen«, sagte Dee. »Zimmermädchen ist veraltet und sexistisch. Wir sind hier doch nicht am Eaton Place.«

»Okay, Reinigungskräfte. Sind die eingeweiht?«

»Nein, das ist ganz unnötig. In großen Hotels herrscht eine beträchtliche Personalfluktuation, auch auf höherer Verwaltungsebene. Direktoren und Abteilungsleiter kommen und gehen, wie in jedem anderen Unternehmen, ohne allzu genau über die Struktur der Firma unterrichtet zu sein.« Mit dem kleinen Finger fischte sie eine lose Wimper aus dem Augenwinkel und musterte sie angelegentlich. »Konzernkader sind normalerweise nicht besonders neugierig.«

»Ich versteh nicht«, sagte ich und hatte zugleich das Gefühl, dass es überhaupt keine Worte für das Ausmaß meines Nichtverstehens gab, »wie man so etwas geheim halten kann.«

»Hast du Lust, es jemandem zu erzählen? Wir könnten es ja dem Typ da sagen.« Sie deutete mit einer Kopfbewegung zu einem Mann hin, der am Rand des Tresens saß, Zeitung las und ein Bier trank. »Oder jemandem an der Rezeption da hinten? Sie scheinen gerade nicht viel zu tun zu haben. Wir können natürlich auch gleich bei CNN anrufen.«

Mit spöttischem Glitzern in den Augen wartete sie auf meine Antwort. Ich sagte nichts.

»Darüber zu reden ist zwecklos«, fuhr sie fort. »Man muss es *zeigen*. Und das Hotel muss mitmachen wollen. Manchmal ist eine Feuertür nur eine Feuertür und führt lediglich in ein Treppenhaus, wo es runter zu den Mülltonnen geht. Das Hotel muss sich dir zuwenden, und genauso leicht kann es sich von einer seiner Zweigstellen abkoppeln, zum Beispiel als Schutzmaßnahme gegen Feuer oder gegen Entdeckung.«

»Du redest von dem Hotel, als ob es ein Lebewesen wäre«, sagte ich. »Als ob es eigene Wünsche und Ängste hätte.«

»Vielleicht ist es auch lebendig. Nicht in dem Sinne, wie wir es verstehen, aber es will ganz sicher etwas, und es äußert sich auch, es offenbart sich. Und es hat seine Launen. Vielleicht verfolgt es sogar eine bestimmte Absicht. Wenn du mehr Zeit mit ihm verbringst, wirst du merken, dass es so etwas wie ein Gehirn hat. Das Personal des Inneren, die Leute, die Bescheid wissen, die halten sich für die ausführenden Organe das Hotels, aber es sind Fanatiker. Fanatiker verwechseln ihre eigenen Ängste und Gelüste mit den Interessen der Sache, die sie vertreten. Dadurch ist ihre Urteilskraft eingeschränkt.«

Meinte sie Hilbert und seine Befürchtungen wegen ihr? Hielt sie ihn für paranoid? Ich stellte ihn mir als eine Art Torquemada vor, einen Großinquisitor, dem ein großes, dunkles Geheimnis anvertraut war und der es auf sich genommen hatte, alles auszurotten, was dafür eine Bedrohung darstellte, ob echt oder eingebildet. Ich hatte jedenfalls keine Lust, ein Treffen zwischen ihm und Dee in die Wege zu leiten. Irgendwie würde ich mich da rauswinden müssen.

Besorgnis erregender als Hilberts Machenschaften war die Frage, was das Hotel wohl von mir wollen konnte. Wenn es eine Absicht verfolgte, was war dann meine Rolle? All das Anormale, das mir zugestoßen war, und wie es mich dann so zielstrebig verkuppelt hatte – vielleicht wollte es mir etwas damit sagen, aber was?

»Was will das Hotel?«, fragte ich Dee. »Ich meine, so im weitesten Sinne, ganz allgemein?«

Dee zuckte mit den Schultern. Sie sah müde aus. Wenn sie sich jede Nacht so um die Ohren schlug, war ihre innere Uhr ja schon total verstellt. »Was jeder Organismus will, nehme ich mal an. Gedeihen. Wachsen. Für unsere Begriffe ist es natürlich endlos, aber es eröffnet immer neue Ableger und wird dadurch immer präsenter in unserer Welt. Jeden Tag ist ein Stück mehr von unserer Realität auch *seine* Realität.«

Vielleicht war ihre Müdigkeit auch eine Art Depression. Vielleicht war sie unglücklich über ihre Rolle bei der unaufhörlichen Expansion des Way Inn – vielleicht war es genau das, was Hilbert fürchtete: dass sie bereit war, das Geheimnis auszuplaudern.

»Ich glaube, das Hotel wollte, dass wir uns kennenlernen«, sagte ich. »Es hat dabei geholfen.« Teilweise durch Hilbert, was ich aber für mich behielt.

»Ja«, sagte Dee. »Obwohl ich dich nicht deswegen angerufen habe.«

»Warum dann?«

»Bilde dir bloß nichts ein«, sagte sie mit tadelnder Miene, »es war nicht wegen deiner Unwiderstehlichkeit. Du dachtest vielleicht, deine Hartnäckigkeit wäre charmant, ist sie aber nicht. Obwohl es ganz amüsant war, zu sehen, wie deine Masche nicht mehr verfing.«

»Was für eine Masche denn?«

»Na ja, so der Typ cooler Kavalier und Weiberheld. Du hast sicher schon jede Menge Frauen flachgelegt, richtig?«

Sie sah mich mit fragend hochgezogenen Augenbrauen an. Ich antwortete nicht. Das Gespräch hatte eine unerfreuliche Wendung genommen – bisher hatte ihre Offenheit mir das Gefühl gegeben, dass wir dabei waren, uns anzufreunden.

»Okay, also jede Menge. Aber glaub nur nicht, dein Erfolg wäre deinem Aussehen oder deiner Ausstrahlung zu verdanken; im Gegenteil, es ist deine Austauschbarkeit, die für dich spricht: gut genug für eine Nacht, keine Komplikationen.«

Sie hatte getrunken. Ich aber auch. Mir wurde warm unterm Kragen. »Was bist du denn so kratzig? Du fürchtest wohl, zu viel von dir verraten zu haben, und jetzt fährst du die Krallen aus, um mich auf Abstand zu halten?«

»Oh, bravo!« Dee mimte begeisterten Applaus. »Tolle Küchenpsychologie! Ich hätte mich lieber vorsehen sollen, du bist ja offenbar ein Experte in Sachen Einsamkeit.«

»Du bist nicht die Einzige, die Muster erkennen kann.«

»Sind wir jetzt schon soweit, dass wir uns streiten?«

»Und wer hat damit angefangen?«

»Sei nicht kindisch.«

Wir versanken in trotziges Schweigen, ein Eisberg in der bierseligen Kneipenwärme des Way Inn von New Orleans. Ich war verwirrt von Dees plötzlichem Registerwechsel und konnte nicht begreifen, wieso sie mir so schlagartig ihr Vertrauen entzogen hatte. Die Welt hatte sich in den letzten zwei Stunden für mich vollkommen verwandelt, und nun musste ich feststellen, dass meine einzige Verbündete in diesem ganzen Irrsinn mich für einen Arsch hielt.

Aber sie hatte nicht abgestritten, was ich über sie gesagt hatte, ebenso wenig wie ich ihr in Wahrheit widersprechen konnte. Weshalb wir uns wohl auch so schnell in diese Pattsituation hineinmanövriert hatten.

»In letzter Zeit ist alles nicht mehr so glatt gelaufen«, sagte ich schließlich in der Hoffnung, ein wenig ehrliche Demut könnte die Blockade lösen. »Mit dem Charme und so weiter, meine ich. Ich habe Leute vor den Kopf gestoßen, die es wirklich nicht verdient hatten. Die Austauschbarkeit war meine Geheimwaffe. Aber die Leute vergessen nicht.«

»Möchtest du noch was trinken?«

Unbedingt. Von der Offenbarung des inneren Hotels geschockt, hatte ich mir gar nicht vorstellen können, je wieder Schlaf zu finden; aber langsam ließ der Gedanke daran sich nicht mehr verdrängen. Der Tag saß mir in den Knochen. Ich spürte die ungeheure Müdigkeit, die großen Erschütterungen folgt. Dee stand am Tresen und kehrte mir den schwarzen Lederrücken zu, die Männer zu beiden Seiten um eine halbe Haupteslänge überragend. Die Turnschuhe und Jogginghosen hatten ihren Sinn. Sie verbrachte den Großteil ihres Lebens zu Fuß, bei diesen endlosen Märschen durch die Korridore, auf der Suche nach der Mitte des Labyrinths.

»Kein Eis, richtig?«, sagte sie, als sie wiederkam.

»Richtig.« Ebenso wie bei ihr.

»Ich hatte dich angerufen«, sagte sie und drehte nachdenklich ihr Glas in den Händen, »weil ich den Verdacht hatte, du würdest die Wahrheit sowieso bald von selbst herausfinden. Du hattest das innere Hotel offenbar schon gesehen, das heißt, es war dir offenbart worden, du wusstest nur nicht, was du da gesehen hast. Ich gehe hier mit dir ein ziemlich hohes Risiko ein, aber ich wollte dich zu fassen kriegen, bevor du den Leuten vom inneren Hotel in die Hände fällst.«

Kein Eis im Glas, aber kalte Schauer im Rücken.

»Da du dich schon auf dem Weg nach innen befandest, war es unvermeidlich, dass sie auf dich zukommen würden. Also habe ich mich eingeschaltet.«

»Bin ich in Gefahr?«

Sie beugte sich mit ernster Miene zu mir vor. »Triff dich nicht mit ihnen. Sprich nicht mit ihnen. Verhandle nicht mit ihnen. Hab einfach nichts mit ihnen zu tun. Sie werden sich freundlich und glaubwürdig geben. Ihr Lügengespinst ist wie das Hotel: unendlich, man kann sich darin verlieren und nie wieder herausfinden. Sie werden dir genau das anbieten, was du möchtest, aber du musst dich abwenden.«

Zu spät. Zu spät. Zu spät. Ich hatte mich mit Hilbert getroffen, ich hatte mit ihm verhandelt, sein Angebot angenommen. Ich spürte einen Anflug von Panik. Was hatte ich getan? Worauf hatte ich mich eingelassen? Wie kam ich da wieder heraus? Sicher konnte das Zusammentreffen mit Hilbert doch keine so tödliche Gefahr bedeuten.

»Vielleicht sind wir beide vom selben Schlag«, fuhr sie fort, als ich nicht antwortete. Hatte sie mir meine innere Unruhe angesehen? Der Schweiß stand mir auf der Stirn, trotz der optimal ausbalancierten globalen Idealtemperatur, die uns die unermüdlich surrende Klimaanlage garantierte. »Dauerbewohner der Durchgangsstadt. Hotelmenschen. Die anderen driften an uns vorüber, wir bleiben.«

»Du lebst doch jetzt schon jahrelang so. Vier Jahre im Way Inn, richtig?«

Dee nickte, die Lippen zusammengepresst.

»Familie?«

»Eigentlich nicht.«

»Na ja, immer weg sein ist auch nicht gerade familientauglich.«

»Ich bin nicht weg. Ich habe nichts, von dem ich weg sein könnte. Keine Miete, keine Rechnungen, das Gehalt von vier Jahren unberührt auf dem Konto.«

»Mein Vater war Handlungsreisender. Er war ständig unterwegs, von Hotel zu Hotel. Es war schwer für meine Mutter. Für mich auch.«

»Was dich aber nicht daran gehindert hat, in seine Fußstapfen zu treten.«

»Na, das denn doch nicht«, winkte ich ab. »Wie gesagt, der Beruf war nur Mittel zum Zweck.«

»Und der Zweck war, der bessere Mensch zu sein, der Hotelmensch.«

»Ja.«

»Frei von jeglichem Ballast, schwebend, schwerelos.«

»Ja.«

»Wie in einem anderen Aggregatzustand.«

»Ja.«

»Genauso hab ich's mir vorgestellt.« Sie leerte ihr Glas. »Mir gefällt es einfach, nicht aufräumen zu müssen. Mir war nur nicht klar, dass ich mich dafür mit Leib und Seele einem gleichgültigen, vielleicht sogar feindseligen, transdimensionalen Etwas ausliefere, das ungeheuerliche Macht und unbegreifliche Ziele hat; aber im Rückblick ergibt das alles durchaus Sinn.« Nachdenklich ließ sie die letzten Tropfen Whisky über den Boden ihres Glases rinnen. »Mein Gott, wie ich das Aufräumen hasse. Bettenmachen. Scheiß drauf.«

Schwer zu sagen, ob sie es ernst meinte oder nicht. Ihre ganze Taktik bestand aus Finten – Haken schlagen und Verwirrung stiften, um schließlich elegant in die Nacht zu verschwinden wie ein Tarnkappenbomber, das war ihr Stil. Alles, was sie sagte, konnte auch etwas anderes bedeuten. Was natürlich ebenso für ihre Offenbarungen über das Hotel galt – sie konnte mir damit auch nur Sand in die Augen gestreut haben, um von sich selbst abzulenken. Wie auch immer, ich hatte drei doppelte Whisky intus und kämpfte auf verlorenem Posten gegen die totale Erschöpfung an.

»Apropos Betten«, sagte ich. »Meins zieht mich schon magnetisch an. Sollten wir uns nicht langsam mal auf den Rückweg machen?«

Zurück über den Atlantik; der Ozean war anderswo, ohne Bezug zu der Struktur, die wir durchmaßen. Von der Bar in New Orleans aus nahmen wir die Treppe in den zweiten Stock. Unsere ganzen Wanderungen hatten auf der zweiten Etage stattgefunden, eben jener, wo mein Zimmer lag. Und ihres vielleicht auch?

»Wieso eigentlich immer die zweite Etage?«, fragte ich. »Hast du dein Zimmer da?«

»Ich? Nein«, gab sie zurück. »Im Erdgeschoss hängen die Hotels nicht zusammen, um die Illusion zu wahren, dass es selbstständige Gebäude sind. Wir benutzen die zweite Etage, weil dein Zimmer dort liegt, und überhaupt fast nur normale Hotelzimmer, nicht so viel unnötiger Firlefanz wie Fitnessräume und Business-Suiten.«

Die Business-Suite. »Ich wollte dir die Bilder im Galeriezimmer zeigen. Acht in zusammenhängender Folge.«

Sie blieb ruckartig stehen, sodass ich fast in sie hineinrumpelte. Wir waren schon wieder eine ganze Weile in den Korridoren unterwegs, und sie legte diese endlosen Teppichkilometer mit langen, lockeren Schritten zurück, während ich beinah traben musste, um mit ihr mitzuhalten. Wieder erschien mir das Hotel als ein verwirrendes Labyrinth – Türen und Bilder und Abzweigungen und Lichtschächte huschten vorbei, ohne dass man sie richtig in Augenschein nehmen konnte. Der plötzliche Stillstand gab einem Gelegenheit, sich bewusst zu machen, dass es ein richtiges Hotel war, durch das man da eilte, und nicht etwa eine Kulisse. Einer der Lichtspots war defekt und flackerte leicht. An der nächstgelegenen Tür hing ein »Bitte nicht stören«-Schild. Wahrscheinlich schlief ein Geschäftsmann beziehungsweise eine -frau hinter jener Tür, ohne etwas von dem Mann und der Frau da draußen zu ahnen. Kleine Rätsel waren nachts in Hotels nichts Ungewöhnliches. Plötzliches Getrappel im Gang. Dringliches, zischelndes Geflüster. Jemand, der eine fremde Keycard ins Schloss steckt und die Klinke drückt.

Schreie, Schluchzen, hysterisches Gelächter. Solche Abnormitäten waren normal. Man verbuchte sie auf das Konto des Alkohols, drehte sich um und schlief weiter. Würde ich nächtliche Ruhestörungen jetzt immer noch so einfach ignorieren können? Wohl kaum. Wie müde ich auch sein mochte, mein frisch bezogenes Hotelkissen würde wohl nie wieder so bequem sein und das Stückchen Schokolade darauf nie wieder so süß.

»Ich mache grundsätzlich einen Bogen um die Business-Suiten«, sagte sie.

Das kam mir komisch vor, wo sie sonst doch in allem so perfektionistisch war. »Wieso?«

Sie gab keine Antwort.

»Es ist mitten in der Nacht«, sagte ich. »Es wird keiner da sein. Wir werden nicht gestört werden. Wir beeilen uns.« Tatsächlich war es die beste Lösung: So konnte ich Hilbert berichten, dass ich Dee das Galeriezimmer gezeigt und mich an unsere Abmachung gehalten hatte und dass er selber schuld war, wenn er zu der Zeit friedlich im Bett schnarchte.

Wir setzten unsere Wanderung fort.

»Auf welcher Etage befindet sich denn dein Zimmer?«

Sie warf mir einen unwirschen Blick über die Schulter zu. »Der dritten. Nicht, dass es dich was anginge.«

Sobald ich Hilbert vom Hals hatte, würde ich Dee erzählen können, dass jemand vom inneren Hotel auf mich zugekommen und abgewiesen worden war. Dann würde sie vielleicht anfangen, Vertrauen zu mir zu fassen. »Ich hab mich nur gefragt, wie wir in Verbindung bleiben können. Wir haben bisher doch kaum mehr als an der Oberfläche der Dinge gekratzt. Ich könnte dir vielleicht behilflich sein.«

»Wir haben nur an der Oberfläche gekratzt, das ist wahr«, sagte sie nach einem Schnauben, das ebenso Spott wie Zustimmung ausdrücken konnte. »Mehr können wir sowieso nicht machen … es ist doch zwecklos …«

»Also könnten wir uns wiedersehen?«

Wieder blieb sie stehen und funkelte mich an.

»Weißt du noch, was ich dir gesagt habe? Dass wir auf keinen Fall im Bett landen werden? Schon vergessen?«

»Jetzt hör mal …«

»Nein, nein, nein. Darauf läuft es nicht hinaus. Meine Probleme« – sie weitete die Augen, als könnte sie deren Tragweite kaum ermessen – »werden ganz bestimmt nicht durch deinen Penis gelöst. Also lass mich in Frieden.«

»Jetzt *hör* doch mal.« Ich war gereizt. Es war aber auch zu ärgerlich, immer wieder zurück auf Los geschickt zu werden. Und noch ärgerlicher war Dees falsche Vorstellung von meinen Motiven. »Ich versuche doch gar nicht, dich ins Bett zu kriegen. Obwohl es sicher ein denkwürdiges Erlebnis wäre. Wir sind beide so durchgeknallt, da kann es nur richtig schlecht oder richtig gut werden. Nein, was ich eigentlich sagen wollte … Du hast mir etwas absolut Unfassbares gezeigt, und ich werde damit nicht so leicht fertig. Immerhin hast *du* auf die gleiche Entdeckung damals mit einem Schreikrampf reagiert. Daran gemessen gehe ich doch eigentlich noch ganz gut damit um. Aber ich hätte gern eine Verbündete. Eine Freundin. Eben die, die mir all dies hier« – ich deutete auf den Korridor – »offenbart hat.«

Ihre Miene erhellte sich nicht merklich.

»Nicht nur bin ich nicht deine neue Bumsbekanntschaft, ich bin auch nicht deine Therapeutin oder dein Babysitter. Dein Seelenfrieden ist mir gleichgültig. Du hast all das immerhin schonend beigebracht bekommen, mit einigen doppelten Whiskys abgefedert; ich dagegen wurde aus dem schlimmsten Albtraum aller Zeiten von Fremden in einem fremden Land geweckt, und dazu noch splitternackt.« Sie blickte zu Boden. »Glaub nur nicht, dass es so einfach für mich ist. Ich lebe seit vier Jahren allein. Also bedräng mich nicht.«

»Gut, in Ordnung, ich drängele nicht.«

»Ich hab ja deine Nummer. Ich melde mich.«

Während dieses leisen, spannungsgeladenen Wortwechsels hatte sie sich zu mir vorgebeugt. Jetzt richtete sie sich auf und atmete tief durch.

»Da ist noch etwas«, sagte sie.

Sie ließ sich nicht zu weiteren Erklärungen herab. Anhand ihres Tablets lotste sie uns wieder durch das Labyrinth der Gänge in die Tiefe des Hotels. In jedem Lichtschacht gewahrte man ein anderes Klima und eine andere Tageszeit zwischen den immer gleichen Korridoren. Dann kam ein langes Stück Flur ohne Fenster, das bis zur fernen Biegung des Horizonts reichte.

»Ich tue das hier nicht gern«, sagte Dee. »Es erregt Aufmerksamkeit.«

»Aber es ist doch niemand hier.« Wir hatten seit über einer halben Stunde keine Menschenseele mehr gesehen. Ich hatte das Gefühl, schon tief ins Innere vorgedrungen zu sein, aber wenn dieses Innere tatsächlich endlos war, dann waren wir noch nicht sehr weit gekommen. »Wo sind wir überhaupt?«

»Wo wärst du denn gern?«

»Ich dachte, wir sind auf dem Weg zur Business-Suite.«

»Okay.« Sie wischte über den Bildschirm ihres Tablets und deutete auf die Wand vor uns. »Sei so gut und behalte mal dieses Bild da im Auge.«

Ich starrte auf das Bild, das nichts Besonderes an sich hatte. Ein haferbreifarbener Kreis auf einem Feld aus mahagonibraunen Wellenlinien. Die Klimaanlage schaltete sich ein und blies mir kalt in den Nacken.

»Findest du Hotels desorientierend?«, fragte Dee.

»Ja, manchmal.« Ich wandte den Blick nicht von dem Bild, in der Erwartung, gleich einen Trick offenbart zu bekommen, ein verborgenes Muster oder geheimes Sujet. »Man kann sich manchmal schon gründlich verlaufen, man biegt immer wieder falsch ab und schafft es nicht mehr, sich zurechtzufinden.«

»Die Feuertüren. Wenn man durch eine Tür geht, vergisst man, was vorher war. Überall, nicht nur hier. Deshalb kommt man manchmal in einen Raum und weiß nicht mehr, was man dort wollte. Wenn man durch zwei von den Feuertüren gegangen ist, kann man sich nicht mehr an den Weg erinnern, den man eingeschlagen hat. Gebäude haben auch einen mentalen Aspekt, nicht nur einen physischen. Das Way Inn nutzt die psychoaktiven Effekte, die man überall findet. Es ist ein Zustand des permanenten Fließens, und dieses Fließen ist anscheinend steuerbar. Okay, ich hab's.«

»Ich hab nichts gesehen.«

»Nein? Schade.« Sie lächelte ein bisschen selbstgefällig und trat hinter mich.

Ich drehte mich um und fand mich vor einer Abzweigung wieder, die vorher nicht dagewesen war. Am Ende jenes neuen Korridors war eine Glastür zu sehen, auf der BUSINESS-SUITE stand.

»Kommst du?«, rief Dee. Sie war schon fast an der Tür.

Ich stand wie angewurzelt. Hatte ich irgendwas verpasst? Eine Schiebetür vielleicht? Aber hinter mir waren doch nur Bilder und ganz normale Zimmertüren gewesen.

»Alles in Ordnung«, sagte Dee. »Ich hab uns eine kleine Abkürzung aufgetan. Ein wenig Spatiokinesis. Der Durchgang wird sich gleich wieder schließen, also trödel nicht, wenn du nicht allein im Labyrinth gefangen sein willst.«

Das klang nicht erstrebenswert, also folgte ich Dee. »Wie hast du denn das geschafft?«

»Mathe und Meditation. Aber ich tue es nicht gern. Die Leute des inneren Hotels können solche Umbildungen leicht entdecken, und dann sind sie hinter dir her wie Bluthunde. Besser, man versucht, nicht aufzufallen.«

»Sehr weise«, stimmte ich zu. Die frische Brise von der Klimaanlage strich mir über die Wange, und als ich mich umdrehte, sah ich, dass der endlose Korridor verschwunden war, ersetzt durch die Flure und Lichtschächte des Way Inn am MetaCentre.

Seit Stunden befand sich niemand mehr in der Business-Suite, und die Lampen waren auf Stromsparmodus heruntergedimmt. Als wir ankamen, flackerten sie zu voller Helligkeit auf, und der Flur um uns her erwachte zum Leben. Nur die hintere Ecke war nicht abgedimmt gewesen. In Richtung Vistazimmer, dem mit dem Panoramafenster, gab es eine Lichtinsel, und man hörte rhythmisches Rascheln.

In stillschweigendem Einverständnis ignorierten wir das Galeriezimmer und bewegten uns auf den Lichtschein zu. Was da geisterhaft vor uns schimmerte, war ein Stück Plastikplane, das einen Teil des Flurs absperrte und lose in der Zugluft schlackerte wie ein Riesententakel. Dahinter erstreckte sich eine Art Lobby, eine Miniaturausgabe von jener im Erdgeschoss, aber noch unfertig, die Glas- und Stahlflächen noch mit Schutzfolie überzogen, in den Ecken einiges Werkzeug und Abdeckplanen.

»Die Fußgängerbrücke«, sagte ich. »Sie bauen noch dran.«

»Schau mal«, sagte Dee, »sogar die Topfpalmen sind schon angeliefert. Alle anderen Hotels hinken weit hinter dem Zeitplan her. Wie man hört, müssen die Bauprojekte öfter mal neu finanziert werden.«

»Aber nicht das Way Inn.«

Sie lächelte, und man sah ihr den beruflichen Stolz an. »Das Way Inn hat eben auch seine Vorzüge.«

Ich öffnete die Tür zum Galeriezimmer und steckte die schwarze Keycard in den vorgesehenen Schlitz an der Innenwand. Die Lichter gingen an – eine ringförmige Neonleuchte über dem Tisch, ein Spot über jedem Bild. Seit ich das letzte Mal hier gewesen war, hatte irgendwer den Raum genutzt. »Design als Anreiz zu verbraucherzentrierter Innovation« stand auf der Flipchart geschrieben.

Dee hatte ihren Fotoapparat aus der Schultertasche geholt – nichts Ausgefallenes, nur eine kleine Digitalkamera. Ohne weitere Umstände fing sie an, die Bilder zu fotografieren.

Die Nespresso-Maschine in der Ecke schimmerte mit der Verheißung auf immer gleichen, verlässlich akzeptablen Kaffee. Ideal für Hotelketten. Ich habe sogar eine bei mir zu Hause, in meiner kaum genutzten Docklands-Wohnung.

»Was hast du eigentlich gegen die Konferenzräume?«, fragte ich.

»Ich bestimme lieber selbst, wo es lang geht«, sagte sie. *Klick.* Sie spähte auf das Display, sah sich das Foto an, das sie gerade geschossen hatte, und ging ein paar Schritte weiter. *Klick.*

»Das habe ich gemerkt«, sagte ich. »Aber es beantwortet nicht meine Frage.«

»Das Hotel übt räumlichen Einfluss aus.« Sie nahm ein Bild ins Visier. *Klick.* »Seine Innenräume sind, na ja, sagen wir mal, suggestiv.« *Klick.* Nachdem sie alle Bilder an der einen Wand fotografiert hatte, ging sie zur anderen Wand hinüber, um sie noch mal alle zusammen aufzunehmen. »Alle Entscheidungen, die in den Konferenzräumen des Way Inn getroffen werden, kommen dem Way Inn zugute. Direkt oder indirekt, über kurz oder lang, am Ende profitiert immer das Way Inn.«

»Was? Wie denn?«

»Das Way Inn verhält sich wie ein Organismus. Es will sich ausdehnen, wachsen, neue Ableger bilden, und mehr und mehr von unserem Lebensraum zu seinem Lebensraum machen. Dafür bedarf es gewisser Voraussetzungen. Es braucht passende Orte, um sich auszubreiten. Diese Orte erkunde ich, und ich kann dir sagen, es herrscht kein Mangel daran. Passende Orte sind immer solche, wo sich möglichst viele Anzugträger aufhalten, und diese Anzugträger treffen in den Konferenzräumen zusammen ... Wer am Ende aber auf jeden Fall davon profitiert, ist das Way Inn.«

»Was sagst du da? Was macht das Hotel mit uns?«

Keine Antwort. Sie hatte ihren Rundgang beendet und war wieder an der Tür angekommen. Dort stand sie und starrte auf den Schlitz, in dem meine Keycard steckte.

»Wann hast du diese Karte bekommen?«, fragte sie mit seltsam tonloser Stimme.

Ich erstarrte. Die schwarze Keycard. Jetzt mit der Wahrheit herauszurücken wäre ein Desaster, so viel war mir klar, doch mir wollte auch keine plausible Ausrede einfallen. Die schwarze Keycard tat ihre eigene fatale Wahrheit kund; unmöglich, sie abzustreiten.

Mit etwas mehr Bedenkzeit wäre ich vielleicht noch auf irgendeine Idee gekommen, aber die Zeit ließ mir Dee nicht. Sie fuhr herum und trat auf mich zu. Ihre Miene drückte mehr Enttäuschung aus als Wut.

»Wo hast du die Karte her?«, schrie sie mich an.

»*Ich* habe sie ihm gegeben.«

Hilbert schlüpfte aalgleich in den Raum und schloss leise die Tür hinter sich, wie jemand, der zu spät zu einer Besprechung kommt und nicht stören möchte. War die Tür überhaupt offen gewesen? Nicht mehr als ein Spaltbreit, aber das war genug. Dieses Eindringen in unseren Bereich war umso verblüffender, als er mit seiner Größe, seiner dunklen Präsenz sogleich sehr viel Raum einnahm, wie Tinte, die in Wasser schwappt. Das glänzende Haar und der schaurig schillernde Anzug waren von vibrierender Schwärze, und das bleiche Gesicht, die bleichen Hände standen dazu in krassem Kontrast.

Dee wich vor ihm zurück, zu mir hin, als suchte sie meine Nähe. Ich stand mit dem Rücken zur Wand, konnte nirgendwohin ausweichen und stieß an den Tisch mit der Nespresso-Maschine, was die säuberlich gestapelten Tassen zum Klirren brachte. Auch wenn ich nicht wusste, was für eine Art von Bedrohung Hilbert darstellte, signalisierte mein Selbsterhaltungstrieb unmissverständlich *Flucht! Flucht! Flucht!*

»Es tut mir leid«, sagte ich zu Dee, »ich hatte ja keine Ahnung …«

»Es besteht kein Grund zur Besorgnis.« Hilbert breitete versöhnlich die Arme aus. »Ich möchte nur mit Ihnen reden. Wir drei haben so viel gemein, das kann uns nur zum Nutzen gereichen. Bitte, nehmen Sie doch Platz.«

»Nun gut.« Dee straffte die Schultern, verstaute die Kamera in ihre Schultertasche und zog einen der Chromstahlstühle am Tisch hervor. Sie blieb dahinter stehen, die Hände auf die Lehne gestützt, steif und ausdruckslos wie eine Statue. Die Räume hatten Macht, wie sie sagte – war das jetzt diese Macht, die sie zu einem Automaten werden ließ?

Hilbert lächelte, ein schrecklich anzusehendes Verzerren bläulicher Lippen über spitzen Eckzähnen. »Ich bin überaus erfreut …«

Dee schwang den Stuhl unter dem Tisch hervor, hob ihn über den Kopf und schlug ihn mit aller Kraft auf Hilbert nieder. Der Schlag war gewaltig, ebenso wie der Lärm, mit dem der Stuhl auf den Tisch krachte. Wie Hilbert sich da noch auf den Beinen halten konnte, weiß ich nicht. Jeder andere hätte sicherlich mit Schädelbruch am Boden gelegen. Er knickte in den Knien ein, riss die Arme hoch und brüllte auf – vor Wut, nicht vor Schmerz.

Keuchend, doch ohne zu zögern, hieb Dee ihm nun den Stuhl wie eine Sense in die Seite. Was sich wie knackende Rippen anhörte, hätten auch meine klappernden Zähne sein können. Hilbert bog sich reflexartig hintenüber, die Augen zusammengekniffen, und mir war wohl schwindlig geworden von all dem Adrenalin, denn der Raum schien sich um ihn her auszudehnen, erfüllt von wirbelnden Wellenformen. Dee aber verlor keine Zeit, holte noch mal mit dem Stuhl aus und schwang ihn wie einen Golfschläger. Der Schlag traf Hilberts Kopf mit solcher Wucht, dass Blut auf eines der Bilder spritzte. Dee ließ den Stuhl zu Boden fallen; gleichzeitig krachte auch das Bild herunter, und der Rahmen zersplitterte. Hilbert knickte zusammen wie ein Anzug, dem sein Träger abhanden gekommen war. Das Blut lief ihm aus dem Mund und aus der Platzwunde an der Stirn, rann ihm ins Haar und verlieh dem Lackschwarz einen neuen Schimmer. Ein Bogen aus roten Tropfen zog sich über die Wand und die Bilder hin. Es tropfte auch vom glänzenden Chromstahl des hingeworfenen Stuhls. Kleckse wurden zu Linien.

»Du hast ihn umgebracht!«

»Schön wär's.«

»Im Ernst, der Kerl ist erledigt.«

»Er lebt.« Dee wandte sich zu mir um. »Ich habe dir vertraut. Ich habe dir vertraut, und du hast mich belogen. Du hast mich zu ihm gebracht.«

»Es tut mir leid, ich habe die Gefahr nicht erkannt …« Und dass es eine Gefahr gab, hatte ich auch nur daraus geschlossen, dass sie bereit war zu töten, bevor Hilbert überhaupt irgendetwas geäußert hatte.

»Das Hotel will nicht, dass wir zusammen sind«, sagte sie. »Es will dich zu ihm führen und zu seinesgleichen. Du bist der Richtige für sie.« Sie zog den Reißverschluss ihrer Jacke zu, klemmte sich die Tasche unter den Arm, stieg über Hilberts zusammengesunkene Gestalt hinweg und warf mir noch einen letzten Blick zu.

»Halte dich von mir fern.« Ruhig, ohne Eile, verließ sie den Raum, als hätten wir nur eine Besprechung erfolglos beendet. Ich blieb allein zurück mit dem Mann, den sie hatte umbringen wollen. Ein so wildwütiger Angriff war ganz klar versuchter Mord, egal, was für Überlebenschancen Dee ihm so leichtfertig einräumen mochte.

Mit einem Ruck, der mir durch und durch ging, war ich plötzlich wieder gänzlich anwesend im Raum. Vorher hatte ich mich wie ein entfernter, unbeteiligter Zeuge gefühlt, als würde ich einen Vorgang auf der Leinwand verfolgen. Aber ich war anwesend, hier am Tatort, und vor mir lag ein Mann im Sterben, wenn er nicht schon tot war. Ich musste mich meiner Verantwortung stellen.

Ich beugte mich über Hilbert, der wie ein Haufen aus verstreuten Gliedern dalag. Sein Kopf war zur Seite gedreht, in meine Richtung, die Augen offen, blicklos. Das eine war mit herabrinnendem Blut überzogen. Mein erster Impuls war, ihn in eine natürlichere, bequemere Stellung umzubetten, aber falls er an der Wirbelsäule verletzt war, hätte es eine fatale Lähmung bewirken können. Also fasste ich ihn lieber nicht an, sondern kniete mich neben ihn und musterte sein Gesicht auf ein Lebenszeichen hin. Er lag in einer Blutlache, seine bläulichen Lippen standen offen. Ich beugte mich näher zu ihm hin, um zu sehen, ob er noch atmete. Ein Blutstropfen hing ihm von der Oberlippe und zitterte rhythmisch; er atmete also noch – gerade noch.

Wie schwer war die Kopfverletzung? Sie sah schlimm aus – die Platzwunde begann am linken Augenwinkel und zog sich bis zum Haaransatz. Ihre Ränder waren mit verkrustetem Blut und Haaren verklebt.

Hilbert blinzelte. Seine Lippen bewegten sich, der Blutstropfen verschmierte sich zu einem roten Fleck, wie von Lippenstift. Ein schauerliches Knirschen von Knochen auf Knochen war aus seiner Schultergegend zu vernehmen. Plötzlich bewegte sich sein Arm.

Ich sprang auf. Hilberts Augen begannen schon, sich zu beleben, ebenso wie sein ganzer Körper, der eben noch kaum mehr als ein hingestreuter Lumpenhaufen gewesen war.

Mein Verantwortungsgefühl verflüchtigte sich abrupt. Hilbert lebte nicht nur, er lebte jede Sekunde mehr und mehr auf. Er war viel zu lebendig für seinen Zustand, von irgendetwas angeregt, das jenseits von Leben oder Tod war. Diese galvanische Kraft pulsierte im ganzen Raum, und das Licht wirkte plötzlich intensiver, wie mit Händen zu greifen; hatte die Klimaanlage die ganze Zeit schon so laut gesummt, ein dumpfes Wummern, wie aus dem tiefsten Innern des Gebäudes?

Ich wusste, auf einer Ebene jenseits aller Vernunft, dass ich auf keinen Fall in Hilberts Nähe sein wollte, wenn er wieder ganz zum Leben erweckt war. Ich floh aus dem Galeriezimmer, rupfte im Vorbeigehen nur schnell noch die Keycard aus dem Schlitz in der Wand. Der Raum versank nicht im Dunkel, wie zu erwarten war. Bewegungsmelder ließen den Flur aufleuchten.

Am Treppenhaus blieb ich unschlüssig stehen. Hinauf in mein Zimmer oder hinab in die Lobby, zu dem Personal dort, dem *Außen*personal, das vielleicht über die Vorkommnisse im Galeriezimmer unterrichtet werden sollte? Irgendwie konnte ich mir denken, dass Hilbert nicht der Polizei melden würde, was ihm passiert war. Es schien zunehmend verfehlt, diese »Hilbert« genannte Ansammlung von Fähigkeiten und Schreckenspotenzial überhaupt als Individuum anzusehen. Nein, Hilbert brauchte weder Polizei noch Ambulanz: Hilbert bekam alles, was er brauchte, von seinem »Arbeitgeber«. Nur ich konnte mir von offizieller Stelle in der Außenwelt vielleicht noch Rat oder Hilfe erhoffen.

Die Lobby war menschenleer und die Bar geschlossen. Der PR-Stand war abgeräumt, die Flachbildschirme dunkel. An der Rezeption war auch niemand, aber blaues Fernsehlicht flimmerte aus dem Hinterzimmer. Ich rief, und der Nachtportier erschien, derselbe junge Mann, der mir vorige Nacht mit der Keycard geholfen hatte. War das tatsächlich erst vorige Nacht gewesen? Nur vierundzwanzig Stunden waren vergangen, aber es kam mir eher wie ein Monat vor. Der Nachtportier erkannte mich offenbar auch wieder – er hatte in den frühen Morgenstunden sicher nicht so oft mit Gästen zu tun, und einen, der gleich mehrmals aufkreuzte, den merkte man sich natürlich. Ich mochte mir gar nicht vorstellen, was das Personal wohl von mir dachte; dieses nächtliche Herumgeistern roch nach Trunksucht, Einsamkeit und Verzweiflung, zumal ich eine Whiskyfahne hatte und man mir sicher auch die Erschöpfung ansah; wer weiß, was meine Augen alles verraten mochten. Im Grunde aber war ich über Fragen der Äußerlichkeiten längst hinweg. Sie waren mir nur noch als verblichene Sorge in Erinnerung, wie eine Art Phantomschmerz.

»Ich konnte nicht schlafen, also hab ich den Fitnessraum gesucht«, flunkerte ich, einfach nur, um mich von all dem Grauen abzugrenzen. »Ich dachte, eine halbe Stunde auf der Tretmühle wäre genau das, was ich brauchen könnte. Tja, und auf dem Weg dahin hab ich aus der Business-Suite plötzlich einen ganz fürchterlichen Krach gehört. Vielleicht sollte da doch mal einer nachschauen gehen.«

Er stimmte mir zu. Zusammen kehrten wir in den ersten Stock zurück. Die Lichter im Flur waren noch an.

Hilbert war aus dem Galeriezimmer verschwunden, ebenso das beschädigte Bild, das eine Lücke in der Reihenfolge an der Wand hinterließ. Vier Teppichfliesen fehlten, genau an der Stelle, wo die Blutlache gewesen war. Aber nicht jede Spur von dem Zusammenstoß war getilgt worden. Die bräunlich eingetrockneten Blutstropfen sprenkelten noch immer die Wand, und ein Fleck war auch noch an einem der Stühle zu sehen, der jetzt wieder ordentlich neben den anderen am Tisch stand.

»Sind Sie sicher, dass es dieser Raum war, Sir?«

»Absolut.«

»Es ist niemand hier.«

»Ich muss mich getäuscht haben.«

Der Nachtportier lächelte mich an wie ein Doktor mit vollem Wartezimmer einen Hypochonder. »Bei Nacht kann es hier und da schon mal ein wenig poltern.«

»Wohl wahr. Tut mir leid, Sie behelligt zu haben.«

»Keine Ursache, Sir. Wünsche wohl zu ruhen.«

Morgen – eigentlich schon heute – würde ich auschecken, das Way Inn verlassen, heimfahren und nie mehr wiederkommen. Vorher würde ich noch den Messechef treffen müssen, ein Meeting, das zu wichtig war, zu mühevoll errungen, um es zu verschieben. Aber dann nichts wie raus hier und ab zum Flughafen. Für mich war die Messe ohnehin vorbei, egal, wie die Besprechung mit Laing ausging. Von nun an würde ich es zu einer Bedingung meiner Reiseplanung machen: kein Way Inn. Nie wieder.

Unterbrochener Schlaf vergiftete die Luft im Zimmer 219. Als ich die verräterische schwarze Keycard in den Schlitz schob, gingen nur zwei Lichter an, am Bett und an der Tür. Das Bett war zerwühlt, das Kissen verknautscht. Die Szene wirkte seltsam festgefroren in der Zeit, als ob eine andere Version von mir vor Stunden das Zimmer verlassen hätte, um nie mehr zurückzukehren.

Ich schüttelte die Steppdecke aus, ehe ich ins Bett stieg, und fand den Radiowecker, den ich beim Telefonieren mit Dee dort hineingestopft hatte. Ich wusste nicht genau, wie spät es war, aber die Uhr konnte mir da auch nicht weiterhelfen – sie stand nach wie vor auf 3:33.

Während ich sie zweifelnd ansah, sprang sie auf 3:34. Der Stecker lag noch am Boden. Fehlermeldung oder tatsächliche Uhrzeit? Es konnte leicht halb vier sein, aber dass die Uhr zufällig die richtige Zeit anzeigte, obwohl sie ausgeschaltet war, fand ich denn doch unheimlich. Das Hotel schafft einen Ausnahmezustand, hatte Dee gesagt. Inzwischen wusste ich nur zu gut, wie recht sie hatte. Es war eine verborgene Macht, die Korridore und auch Menschen auf unvorhergesehene Weise zusammentreffen ließ. Wie viele Ableger gab es heute davon auf der Welt, jeder einzelne ein Tentakel, das sich unersättlich am Potenzial unserer lebensprallen, lärmenden, zufallsträchtigen Welt labte? Ich stellte den Radiowecker zurück auf den Nachttisch, starrte ihn noch einen Moment lang hasserfüllt an und umwickelte ihn dann mit seinem Kabel, um ihn zu der Bibel in die Schublade zu stopfen. Dem Ding war nicht zu trauen. An seiner Stelle stöpselte ich mein Smartphone ein und stellte mir den Wecker.

Es war 3:35 Uhr. Der Wecker war auf 7:30 Uhr gestellt. Weniger als vier Stunden, aber das musste genügen. Obwohl es mir vollkommen unwahrscheinlich vorkam, jetzt einzuschlafen, war kein Schlaf auch keine Lösung. Also, Augen zu.

Das letzte Mal, dass ich meinen Vater lebend gesehen hatte, war während einer Handelsmesse für die Hersteller von Türensystemen: pneumatischen Schließvorrichtungen, Angeln, Magnetschlössern, feuerfesten Abdichtungen, all den vielen Versatzstücken, mit denen Türen an Arbeitsstätten und Hotels eben so ausgestattet werden und die auch alle ihre Hersteller benötigen. Diese Hersteller wiederum benötigen mehrmals im Jahr Kongresse, um über Aluminiumpreise zu reden und über das Für und Wider von Fabriken in Vietnam; natürlich auch, um sich gegenseitig auf die Schultern zu klopfen und ein bisschen über die Stränge zu schlagen, Katzenjammer inklusive. In jenem Jahr okkupierte die Ingress Solutions Expo ein Radisson (oder war es ein Hilton?) in der Stadt, in der mein Vater zuletzt wohnte. Er kam zu mir ins Hotel, und wir gingen in der Bar einen trinken.

»Ist ja wohl nagelneu, dieses Hotel.« Er blickte aus dem Panoramafenster auf den abwassergefüllten Kanal dahinter. »Ich war früher schon öfter hier. Das waren ja damals alles Lagerhallen. Allied Morgan – Bremslichterhersteller –, haben die Ware immer den Kanal runter nach Coventry geschippert. Dann sind sie von Philips aufgekauft worden. Oder war es Toyota? Ist jetzt sowieso alles verschwunden. Stattdessen nur noch diese ganzen Hotels und Neubaugebiete.«

Oft versuchte ich meinen Vater dazu zu bewegen, von den alten Zeiten zu erzählen. Nun, da ich selber eine Art Handlungsreisender war, kam es mir vor, als hätten wir etwas gemeinsam, und ich hoffte wohl, in irgendeiner Form etwas von dem zurückzubekommen, was ich durch seine ständige Abwesenheit verloren hatte. Doch seine Geschichten drehten sich immer nur um verschwundene Unternehmen im Dienste einer toten Industrie. Das Land, das er seinerzeit durchstreift hatte, das gab es nicht mehr.

Ich versuchte, ihn aus der Reserve zu locken. Ob er es nicht komisch finde, dass ich einen ähnlichen Berufsweg eingeschlagen hatte wie er? Ob er mir vielleicht einen Rat geben könne, so von Vater zu Sohn?

Bedächtig ließ er das Bier in seinem Glas schwappen und wich meinem Blick aus. »Wie geht's deiner Mutter?«

Ich hatte sie seit Längerem nicht gesehen. Unglücklich war sie, was sonst. Mir bleibe kaum Zeit, sie zu besuchen, bei all der Arbeit, sagte ich. Das müsse gerade er doch wohl verstehen.

»Du solltest deine Mutter besuchen«, sagte er.

»Das ist nicht so einfach«, sagte ich.

»Du willst meinen Rat? Von Vater zu Sohn? Du solltest deine Mutter besuchen.«

Ich sagte nichts. Ich blickte einer Joggerin nach, die den restaurierten Treidelpfad entlanglief, mit dem tanzenden Kabel ihres iPods vor der Brust und einem Sweatshirt, das sie als Mitglied des Volleyballteams einer großen Buchhaltungsfirma auswies.

»Warst du dabei, als deine Mutter damals ins Hotel kam?«, fragte mein Vater. »Das letzte Mal?«

Ich nickte.

»Sie sagte, du seist unten. Hat sie dir erzählt, was passiert ist?«

Ich schüttelte den Kopf.

Er starrte wie gebannt auf die laminierte Imbisskarte.

»Du warst immer der Sohn deiner Mutter. Du hast viel mehr von ihr als von mir. Diese Art, wie du immer … nur beobachtest. Und dir so deinen Reim drauf machst. Wie sie.«

Das war nicht das, was ich hören wollte. Es war sinnlos, eine Verbindung zu diesem Mann zu suchen.

»Man kann nicht ewig in seinem Groll verharren, Neil. Die Menschen können sich ändern.«

Der Wecker schrillte. Die Müdigkeit war wie ein Schmerz, Muskelkater im ganzen Leib. So müde. Drei Tage im Hotel, ohne den Radius von einem Kilometer zu verlassen, und ich kam mir vor, als wäre ich allein über den Atlantik gerudert. Diese abgrundtiefe Erschöpfung war das Resultat davon, dass ich meinen unfitten Körper stundenlang durch Hotelflure und ein paar monotone Zufahrtsstraßen geschleppt hatte. Aber vielleicht war mein Körper sich auch in ganz elementarer Weise der Tatsache bewusst, dass ich mich in Wirklichkeit kreuz und quer über verschiedene Kontinente bewegt hatte. Ich sehnte mich unbeschreiblich danach, einfach weiterzuschlafen, aber wichtige Angelegenheiten erwarteten mich. Und je mehr mir von den Ereignissen des gestrigen Tages allmählich wieder in Erinnerung kam, desto mehr begannen das Bett, der Raum, das Hotel wieder unzuverlässig und trügerisch zu wirken.

Aber die Dusche – die Dusche war immer noch verlässlich. Die heiße, kraftvolle Hoteldusche war ein Unschuldsspender, ein Zaubermittel, um zu vergessen und sich gestärkt zu fühlen. Ich dachte daran, wie mein Vater diese Duschen geschätzt haben musste, die einem immer wieder einen Neuanfang ermöglichten und alle Spuren verschwinden ließen.

Mein Anzug hing immer noch in seiner roten Plastikhülle. Ich war froh, dass Lucy mir den Wein übergeschüttet hatte, sodass ich nun, am letzten Tag, in frisch gereinigte Sachen schlüpfen konnte, anstatt in das kofferknitterige, angeschmuddelte Zeug, das alle anderen am Ende einer Messewoche tragen würden.

Ich riss das rote Plastik auf, und tiefes Nachtschwarz schimmerte hervor, mit einem scheußlich schimmernden Moiré-Effekt, der mich ungläubig die Augen zusammenkneifen ließ.

Ich riss die Hülle herunter, bis sie knisternd und zischelnd am Boden lag, obszön zitternd wie ein wirbelloses Tiefseetier, das am Strand verendete. Der penetrante Chemiegeruch blieb mir an den Händen und in der Nase haften.

Auf dem Kleiderbügel hing Hilberts Nadelstreifenanzug.

Kein Irrtum. Undenkbar, dass hier eine Verwechslung vorlag. Das konnte nur mit Absicht geschehen sein. Aber zu welchem Zweck? Eine Provokation? Eine Warnung? Eine Erinnerung daran, dass noch eine Rechnung offen war?

Doch natürlich war es nicht Hilberts Anzug – jedenfalls nicht der, den er getragen hatte, als Dee auf ihn losging. Zu dem Zeitpunkt hing der Anzug bereits in meinem Schrank, musste mir also statt meines eigenen nach dem ersten Treffen mit Hilbert geschickt worden sein, als er mich noch für einen neu angeworbenen Mitarbeiter hielt.

Das Ding stieß mich ab. Nicht der Stoff, der weich und schwer war, vielleicht sogar handgenäht. Aber diese dicht an dicht verlaufenden Nadelstreifen, mit ihrem trügerischen Schillern, verursachten mir beinah Übelkeit, nicht zuletzt deshalb, weil ich nicht umhinkonnte, immer wieder hinzusehen; wie eine schmerzende Stelle im Augenwinkel, an der ich andauernd herumreiben musste. Irgendwie wurde ich hier manipuliert, aber das Motiv dahinter war mir schleierhaft, was das Ganze nur noch bedrohlicher machte. Und wie zum Beweis, dass das alles kein Zufall war, hing unter dem Sakko mein weißes Hemd, das ich ebenfalls in die Reinigung gegeben hatte. Eindeutig waren hier Absicht und Berechnung im Spiel.

Ich sah mir meinen anderen Anzug an, mit dem ich gestern auf dem Rückweg vom Messezentrum in den Regen geraten war. Er war immer noch feucht und verknittert und müffelte leicht moderig. Ich hatte keine andere Wahl, als noch einmal mein Freizeit-Outfit anzuziehen – würde Laing den legeren Look als Affront betrachten? Konnte es an dem Resultat unseres Treffens irgendetwas ändern? Er schien mir eher der Typ, der es mit Äußerlichkeiten sehr genau nahm; einer, der sogar am Wochenende ein gebügeltes Hemd unterm Pulli trug.

Ich saß im Way-Inn-Bademantel auf der Bettkante und starrte hilflos den Nadelstreifenanzug an. Vom Schillern einmal abgesehen, war es einfach ein elegantes Teil, offensichtlich teuer und perfekt geschneidert. Aber es war ein Außenposten von Hilbert in meinem Zimmer; und was Hilbert so unheimlich erscheinen ließ, war unter anderem auch sein seltsam anachronistischer Anzug.

Mein Zimmer? Unsinn – ein Way-Inn-Zimmer. Ich musste mir in Erinnerung rufen, dass alles um mich her mir vom Way Inn zur Verfügung gestellt war – die Wände, die Möbel, der Bademantel, selbst die klimatisierte Luft. Es würde meiner Gesundheit sicher zuträglich sein, wenn ich dies nicht vergaß und mich entsprechend wachsam verhielt. Ich wollte dem Hotel ja nicht schaden – ich wollte nur meine Angelegenheiten in Ordnung bringen und abreisen.

Um an mein sauberes weißes Hemd zu kommen, musste ich den Kleiderbügel von der Stange nehmen und das Sakko vom Bügel. Während ich das Hemd vor dem Spiegel an der Badezimmertür überzog, wanderte mein Blick immer wieder zu dem Anzug hin, der jetzt auf dem Bett ausgebreitet lag, und der Anblick ließ mich unwillkürlich an die Ereignisse im Galeriezimmer zurückdenken. Der Vorfall bedeutete einen entscheidenden

Einschnitt – sicher das Ende meines Umgangs mit Hilbert und das Ende meiner wie auch immer gearteten Beziehung zu Dee. Für sie war klar: Ich hatte sie verraten. In ihren Augen war ich auf Hilberts Seite. Ich spürte das erste leise Schneerieseln der Trauer, das meine Erinnerungen an sie überdecken würde. Wir hatten so wenig Zeit zusammen verbracht, aber es hatte immer die Chance auf mehr bestanden, und die war nun dahin.

Doch zum Trauern war auch später noch Zeit. Hilbert dagegen – Hilbert war am Leben, er war hier im Hotel zugange und sicherlich nicht gerade erbaut von dem, was ihm zugestoßen war. Mit seiner vagen und umso unheimlicheren Präsenz war nach wie vor zu rechnen. In zwanzig Minuten würde ich genau das tun, was ihn schon einmal herbeigerufen hatte – das Galeriezimmer mit der schwarzen Keycard öffnen. Sollte er sich rachsüchtig erweisen, wäre es vielleicht das Beste, so zu tun, als wäre gar nichts weiter passiert, als würde ich mich wie vereinbart an unsere Abmachung halten. Immerhin hatte ich meinen Part ja weisungsgemäß erfüllt; Dees Verhalten war nicht meine Schuld. Wollte ich Hilbert in diesen letzten Stunden meiner Anwesenheit hier noch irgendwie beschwichtigen, würde er es vielleicht als kooperative Geste werten, wenn ich den Anzug trug.

Ich probierte ihn an. Er passte wie angegossen – die Hosenaufschläge ruhten am optimalen Platz auf den Schnürsenkeln, und der Sitz der Jacke hätte nicht besser sein können; eigentlich merkwürdig, denn Hilbert war größer und schmaler als ich, unter dem Anzug wirkte er substanzlos wie ein Kleiderbügel. Zwei Anzüge, äußerlich ganz gleich und doch so verschieden: der eine blutgetränkt an einem Irren schlackernd, der andere mir vorzüglich angepasst.

Wie maßgeschneidert. Im fahlen Neonlicht des Badezimmers blickte mich eine Hilbert-artige Gestalt aus dem Spiegel an – besser genährt, besser frisiert, ansonsten aber genau der Typ. *Du passt zu ihnen*, hatte Dee gesagt; sie hatte mich beleidigen wollen, genau wie Lucy mit ihrem Drink. Aber hatte sie nicht vielleicht auch recht? War Hilberts Angebot womöglich nur der erste Schritt zu einem langfristigen Arrangement gewesen? Uneingeschränktes Aufenthaltsrecht ließ ja auf etwas Dauerhaftes schließen. In dem Sinn war der Anzug wohl so etwas wie eine Ouvertüre. Es war nicht der Anzug, der mir passte; ich passte in den Anzug. Ich passte hierhin.

Nun, sie hatten ihre Chance versäumt. Sobald ich aus dem Hotel raus war, würde ich den Anzug zum Wohltätigkeitsbasar geben. Sollte er seine finstere Pracht doch zwischen den ausgebeulten Tweedjoppen und abgetretenen Schuhen von Verstorbenen entfalten. Mir langte es jedenfalls.

Keycard raus, Lichter aus, Zimmer tot.

»Netter Anzug.« Laing war früh dran, ebenso wie ich; seine Überpünktlichkeit kam mir vor, als wäre sie gegen mich gerichtet. Damit ich mich zu einer Entschuldigung genötigt sah. Ich knirschte mit den Zähnen, erinnerte mich aber: Um Abbitte zu leisten, war ich hergekommen.

»Danke. Wollen wir dann mal?«

Kaum hatten wir das Galeriezimmer betreten, zauderte ich unentschlossen vor dem Schlitz in der Wand. So weit war es also schon mit mir gekommen – Dee und Hilbert hatten mich so verunsichert, dass ich einer ganz banalen Chipkarte jetzt schon mystische Kräfte zuschrieb. Meine Hand verharrte in der Schwebe, als sollte sie einen schaurigen Voodoo-Ritus vollführen. Gereizt schob ich die Karte schließlich in den Schlitz. Das Licht im Raum flackerte auf und überstrahlte das fahle, herbstliche Grau des Morgens.

Die Teppichfliesen waren wieder an ihrem Platz – sicher nicht dieselben wie zuvor, sondern Ersatz aus einem verborgenen Lager. Flexibel, austauschbar, pflegeleicht. Die vielfachen Zahnreihen des Haifischs. Eines der Bilder fehlte noch an der Wand, doch die Wand selbst und ebenso der Stuhl waren abgewischt worden. Ein paar bräunliche Spritzer waren noch auf dem Nachbarbild erkennbar, gut getarnt durch die rostigen Farbtöne; das Blut, das Dee vergossen hatte, bildete eine vitale Ergänzung zu den reh- und mahagonibraunen Kreisformationen.

»Können wir anfangen? Ich habe wenig Zeit.«

»Ja, natürlich.« Ich setzte mich Laing gegenüber.

»Geht es Ihnen gut?«, fragte er. »Sie wirken etwas mitgenommen.«

»Geht schon«, sagte ich. »Ich hatte eine unruhige Nacht.«

Es ging mir gar nicht gut. Die Ungeheuerlichkeit dessen, was Dee mir offenbart hatte, war nur zeitweilig durch den Schlaf gedämpft worden. Die Nachtruhe, die Unvereinbares versöhnt und unbequeme Wahrheiten verbrämt, hatte die Perspektiven verschoben. Trostreiche Nachtruhe in einem Way-Inn-Zimmer! Das Hotel hatte sich mir in den letzten drei Nächten offenbart, immer dann, wenn ich eigentlich hätte schlafen sollen; jede Nacht hatte es die Oberfläche meiner Welt ein Stück mehr eingerissen, um sie dann einfach wieder neu zusammenzufügen. Es normalisierte sich gewissermaßen in meinen Augen, machte sich zur Kulisse, so allgegenwärtig wie das Wetter. Dee hatte ganz recht: schreiend zu Boden stürzen war die absolut richtige Reaktion auf das Way Inn. Alles andere war abwegig. Wie intensiv mochte sein Einfluss in meinem Zimmer sein, wo es die Lufttemperatur regulierte und wo das unsichtbare elektromagnetische Spektrum vor Bösartigkeit pulsierte?

»Ist wirklich alles in Ordnung mit Ihnen?«, fragte Laing. Er wirkte ehrlich besorgt. »Sie sehen gar nicht gut aus.«

Ich rang mir ein Lächeln ab. »Geht schon«, wiederholte ich. »Danke, dass Sie sich zu dem Treffen bereit erklärt haben. Ich bin überzeugt, dass es keine Unstimmigkeit zwischen uns gibt, die nicht beigelegt werden könnte.«

»Ganz meine Meinung«, sagte Laing. »Und ich möchte Ihnen

auch bestimmt keine schlaflosen Nächte bereiten. Es macht mir keinen Spaß, jemandem die Lebensgrundlage zu entziehen. Wir wollten nur sichergehen, dass Sie keine Bedrohung für unseren Lebensunterhalt darstellen.«

»Ein gegenseitiges Missverständnis also.« Ich hob versöhnlich die Hände. Dann fiel mir ein, dass ich Hilbert genau die gleiche Geste hatte machen sehen. Diese langen weißen Finger … ein Schauer lief mir über den Rücken, und meine Hände schlossen sich unwillkürlich zu Fäusten. »Ich war verärgert – Sie haben mich als einen Parasiten bezeichnet …«

»Ja, tut mir leid …«

»Nein, nein, ich wollte damit nur sagen, erfolgreiche Parasiten schaden ihrem Wirtstier nicht. Natürlich wollen wir die wirtschaftlichen Interessen der Messebranche nicht unterlaufen. Wir bieten nur einen Service am Rande an, für Leute, die aus irgendeinem Grund gerade verhindert sind.«

»Und sind Sie denn auch bereit, Ihre Werbebotschaften deutlich abgemildert zu formulieren? Nichts mehr davon, dass jeder normale Mensch den Messebetrieb verabscheut und dass niemand eine Messe besuchen würde, wenn es eine Alternative gäbe?«

»Sicher, kein Problem. Und dann werde ich aber auch nicht verbannt?«

»Nein, das wird nicht nötig sein«, lächelte Laing, und sein seidener Krawattenknoten strahlte mit ihm um die Wette. »Sehen Sie, jetzt können wir das in Ruhe von Mann zu Mann besprechen, Auge in Auge – ist das nicht viel besser als per Telefon oder Mail oder Vermittlung durch Dritte? Ich bin ein alter Hase auf diesem Feld, und mir ist immer wieder aufgefallen …«

Und schon war er dabei, seine Standardrede über die Vorteile des direkten menschlichen Kontakts abzuspulen, wobei er mir starr in die Augen blickte, weil er wusste, dass es Autorität vermittelte, obwohl er mich eigentlich gar nicht ansah. Wie viel von ihm war hier wirklich im Raum anwesend und wie viel von mir? Wie weit kaufte ich ihm sein Geschwätz ab? Es war ganz egal; wir saßen zwar beide hier im Raum zusammen, aber wir waren einfach nur Avatare verschiedener Geldbeschaffungsformen, die konfliktträchtige und kooperierende Konfigurationen von Kapital und Profit repräsentierten. Nicht anders als die Schauspieler auf den Werbefotos spielten wir unsere Rollen, verkörperten Botschaften, schufen leere Bilder für leere Kommunikation. Ich musste an die wechselseitig profitable Symbiose von Wirt und Parasit denken wie beispielsweise im Fall von Darmbakterien. Auch das Hotel verhielt sich wie ein Organismus. Es war von all den Leuten abhängig, die in ihm wohnten und arbeiteten und sich innerhalb seiner Mauern trafen und austauschten.

Wir halfen dem Hotel. Laing und ich, hier und jetzt. Wir hatten uns in einem Konferenzraum getroffen und waren zu einem Ergebnis gekommen, das uns beiden nutzte und ebenso dem Way Inn. Adam und ich würden weiterhin Leute zu Messen schicken, und die »Begegnungsbranche« konnte ungehindert wachsen. Noch mehr Futter für das Way Inn. Laing ließ sich über das Messezentrum aus, sprach von Expansion, Wachstum und Vitalität. Ein weiteres Messezentrum für eine andere Stadt; weitere Kongresse, Handelsmessen, Regeneration. Immer mehr Anzugträger für immer mehr Business-Suiten, wie Dee gesagt hatte; günstige Aussichten für das Way Inn. Ein optimales Business-Ambiente. Und genau dieses Ambiente war es, das uns hier in seinen Bann zog. Ich sah es förmlich vor mir, das Aggregat aus Hunderttausenden von Meetings wie diesem hier, die zu noch mehr Ausbau von Gewerbegebieten, Autobahnen, Bürokomplexen, Messezentren führen würden, die wiederum zu mehr und mehr neuen Standorten für das Way Inn führten. Das Hotel reproduzierte sich nicht nur, es produzierte auch mehr und mehr Orte, an denen es in Erscheinung treten konnte, mehr und mehr dieser gesichtslosen Locations. Das Hotel verwandelte mehr und mehr von der Welt in *seine* Welt.

»Im Ernst, Sie sind wirklich extrem blass um die Nase«, sagte Laing. Er hatte mich vielleicht schon eine Weile schweigend beobachtet, wie ich auf die sich überschneidenden Kreise der Bilder an der Wand starrte. Ich konnte mir vorstellen, wie ich aussah. Ich spürte kalten Schweiß auf der Oberlippe und dem Handrücken, und mir schmerzte der Kopf – vielleicht eine Reaktion auf die Anspannung aller Sinne, im ständigen Bemühen, konkrete Anzeichen für die Einflussnahme des Hotels zu entdecken. Ich weiß nicht, was ich erwartete – ein Kribbeln, ein Pulsieren, eine fortschreitende Sedierung? Aber irgendwie wirkte es auf mich ein – auf uns alle. Nach und nach krempelte es uns alle um, sog uns aus, so, wie der Anzug mir die Farbe aus dem Gesicht sog.

»Ach, ich bin nur ein bisschen abgespannt«, sagte ich. »Vielleicht ein kleiner Messe-Infekt. Ich brauch wohl mal eine Pause.«

»Geht's uns nicht allen so?«, sagte Laing schmunzelnd. »So ein Event aufzuziehen ist ja immer eine Achterbahnfahrt. Ich werde froh sein, wenn ich darauf zurückblicken kann.«

Du Dummkopf, du tust doch nur, was es will, und was es will, ist die ewige Ausdehnung im Hier und Jetzt, ohne Vergangenheit, ohne Zukunft. Du bist nichts weiter als ein Algorithmus mit Rugbyclub-Manschettenknöpfen. »Ich möchte Ihnen nicht zu viel von Ihrer Zeit stehlen, Sie haben ja noch jede Menge Termine. Aber ich danke Ihnen, dass Sie sich mit mir getroffen haben.«

»Gut, dass wir die Dinge zwischen uns geklärt haben.«

»Ja, vielen Dank noch mal, es war wirklich konstruktiv.« Ich wollte nichts lieber, als dieses Meeting beenden und machen, dass ich hier wegkam. Es war, nahm ich an, ein voller Erfolg gewesen, aber vor allem war es ein Erfolg, der dem Hotel nutzte, und dass es so glattgegangen war, bestätigte nur meine Befürchtung, dass der Einfluss des Hotels noch tiefer reichte als gedacht.

Ich konnte meinen Erfolg nicht genießen, ich empfand ihn eher als Misserfolg – als menschliches Versagen.

»Na dann, alles Gute.« Laing stand auf, und ich tat es ihm gleich. Gesellschaftliche Verhaltenscodes. Ich dachte daran, wie Dee den Stuhl gepackt und ihn Hilbert über den Schädel gedroschen hatte. Es war, als hinge die Bewegung noch in der Luft, wie eine sichtbare Spur im Raum, der man folgen konnte. Wenn ich versuchte, Laing umzubringen, würde das Hotel ihn dann wiederbeleben wie Hilbert? Würde es sie alle am Leben erhalten?

Abschied mit Händedruck. Ich hielt ihm die Tür auf. Allein im Galeriezimmer zurückgeblieben, goss ich mir ein Glas Wasser aus einer der Flaschen ein, die eigens für mich bereitstanden. Ich trank. Ich musste hier raus. Laing zu töten war kein sinnloser atavistischer Impuls gewesen. Die Aktion war schon virtuell vorhanden gewesen, in meine Muskulatur einprogrammiert wie eine App. Zugleich aber fühlte ich mich seltsam geschwächt; wahrscheinlich hätte ich nicht einmal einen dieser schweren Stühle über den Kopf zu stemmen vermocht.

Ich musste hier raus.

Stattdessen zögerte ich, blickte im Raum umher – diesem mächtigen, manipulativen Raum –, obwohl ich doch längst schon hätte auf und davon sein können.

Just, als ich mich zur Tür wandte, schwang sie auf. Wie ein Blitzstrahl durchfuhr mich die Angst. Hilbert. Schon wieder Hilbert.

»Neil!« Maurice trat in den Raum. »Was für eine nette Überraschung. Sorry, hab ich dich erschreckt? Du machst ja ein Gesicht, als hättest du ein Gespenst gesehen.«

»Maurice.« Ich spürte, wie ich unwillkürlich grinste; pure Erleichterung. »Schön, dich zu sehen.«

Maurice strahlte. Wir wussten beide, dass ich ihn nicht oft anlächelte, und er freute sich wie ein Schneekönig, mit glänzenden rosa Bäckchen. Er war so normal – so wunderbar, so beruhigend normal. Seine rosige Beleibtheit, die ich stets verachtet hatte, kam mir jetzt vor wie der Inbegriff der Lebensfreude. »Hast du gerade hier im Raum zu tun? Ich hab ihn gebucht, aber ich bin ein bisschen zu früh dran.«

»Nein, nein.« Ich merkte, dass ich immer noch das Glas in der Hand hielt, und setzte es auf dem Tisch ab. »Ich bin fertig.«

»Gut, gut.« Maurice hatte in seiner tapsigen Art an der Schwelle gezögert; jetzt trat er an den Tisch, ließ seine unförmige Aktentasche daraufplumpsen und begann sofort, in ihr herumzukramen. »Ich bin auch schon fast fertig«, sagte er. »Noch ein oder zwei Interviews, dann kann ich mich abseilen. Machst du noch den letzten Tag mit?«

»Ach nein, ich breche auch bald auf.«

»Na, dann bis zum nächsten Mal. Ich muss eh gleich weitermachen in der Tretmühle. Gestern hab ich nach dir gesucht. Hab mich gefragt, was da eigentlich los war, mit dieser Ria, Rita, Tita …«

»Lucy.«

»Ja, ja, Dingsbums. Hab dich aber nirgends mehr gesehen.«

»Ich war gestern gar nicht auf der Messe. Hatte anderweitig zu tun.«

»Gestern nicht da, heute nicht dort …« Maurice schüttelte belustigt den Kopf. »Du brauchst jemanden, der an deiner Stelle hingeht!« Er prustete über seinen Witz.

»Genau das Problem hab ich gerade geklärt.«

»Mit Tom Laing? Hab ihn eben in der Lobby gesehen. Den muss ich nachher auch noch interviewen.«

»Ja«, sagte ich, »er wollte mich sperren lassen. Aber jetzt tut er's doch nicht.«

»Gut. Dich sperren? Wär ja wohl etwas übertrieben. Du schadest doch niemandem. Ich wusste, was du im Schilde führst. War nicht schwer, drauf zu kommen, auch wenn du immer so geheimnisvoll tust. Der Fehler ist genau die Heimlichtuerei, die bringt die Leute ja erst darauf, dass man was zu verbergen hat. Wahrscheinlich war's das, was Laing so fuchsig gemacht hat.«

»Alles klar. Werd's mir merken.« Vielleicht gab Maurice nur an, aber vielleicht hatte ich ihn auch unterschätzt. Joviale Tapsigkeit war eine erstklassige Tarnung für Arglist.

»Fand ich 'ne ganz gute Idee, so könnte man sich mal vor den ewigen Messen und Konferenzen drücken«, meinte Maurice. »Aber blöd für dich, du musst dir das dann ja alles antun. Was hast du eigentlich davon?«

»Ich mag Hotels.« Meine Standardantwort. Sie klang jetzt nicht mehr so sehr glaubwürdig. Vielleicht sollte ich sie besser mal aus dem Verkehr ziehen. Und mich selbst gleich mit. »Und du? Was hast du davon?«

Maurice hatte inzwischen so einiges an Material auf dem Tisch ausgebreitet: Notizblock, Kulis, Aufnahmegerät, eine kleine Kamera mit Stativ, ein paar Exemplare seines Magazins. Einen Moment lang starrte er mich wie blöde an, mit hängender Kinnlade, die Bäckchen schlaff wie Knetgummi. Dann lächelte er plötzlich. »Ich treffe mich einfach gern mit Leuten und hör mir ihre Geschichten an. Die Leute sind doch erstaunlich verschieden, und alle sind auf ihre Weise interessant. Wenn man sie kennenlernt. Wenn man ihnen zuhört.« Er schob die Stifte vor sich auf der Tischplatte zurecht. »Hotels mag ich nicht besonders, ehrlich gesagt. Die sind doch eigentlich alle gleich.«

»Ist schon mal jemand vom Way Inn auf dich zugekommen? Hat dir vielleicht sogar einen Job angeboten?« Aber ich wusste schon, wie die Antwort lauten würde: nein. Maurice war keiner von der Sorte. So viel war mir jetzt klar.

»Nee, wieso? Haben sie dir ein Angebot gemacht? Willst du etwa die Karawane verlassen?«

»Ja, aber nicht für einen Hoteljob.« Ich war fasziniert von den Werkzeugen, die Maurice auf dem Tisch ausgebreitet hatte – Werkzeuge der Reportage, des Verkündens an die weite Welt.

»Maurice, das Way Inn ist nicht nur eine Hotelkette mit unzähligen Häusern in aller Welt, das Way Inn ist ein einziges gigantisches Hotel, ein Hotel, das überhaupt nicht aufhört. Es gibt Leute, die dazugehören, die darin leben. Das Hotel kann von innen heraus die Wirklichkeit verändern, es kann Leute verändern. Ich fürchte, es frisst die Welt auf.«

Maurice schmunzelte. »Genauso etwas fürchte ich manchmal auch. Klingt so, als hättest du mal Urlaub nötig. Schon was geplant über Weihnachten?«

Natürlich. Man konnte es nicht erzählen, man musste es vorführen. »Kannst du noch eine halbe Stunde für mich erübrigen? Ich würde dir gern was zeigen.«

»Tut mir leid, alter Junge.« Maurice bleckte bedauernd die Zähne. »Der Termindruck … Ein andermal, ja? Auf ein Bierchen?«

»Na gut, ein andermal.«

»Hübscher Anzug übrigens. Grüß mir Al Capone.«

An dem ersten von Maurices Interviewpartnern ging ich im Flur vorbei. Bloß irgendein gesichtsloser Anzugträger, aber so einer war ich schließlich auch. Das Zusammentreffen mit Maurice hatte mich wieder geerdet, auch wenn es mir nichts von meiner Angst genommen hatte. Ich war nach wie vor entschlossen, das Hotel unverzüglich zu verlassen. Dass Maurice von der bösartigen Magie des Hotels unerreicht war – und auch immer unerreichbar sein würde –, hieß nicht, dass ich mich in Sicherheit wiegen konnte. Sie hatten mich im Auge. Das Hotel hatte mich in seine Absichten einbezogen. Auch wenn die Bedrohung bislang noch vage war, hatte ich nicht vor, abzuwarten, bis sie sich klarer manifestierte.

Ich brauchte nicht lange, um alle Spuren meiner Anwesenheit im Zimmer 219 zu tilgen. Meine paar Sachen wanderten in die Reisetasche, die paar Fetzen Abfall in den Papierkorb. Den

Nadelstreifenanzug hängte ich zurück auf den Bügel und zog die gleiche Freizeitkleidung an, die ich am Tag zuvor getragen hatte. Aber wo war der Anzug abgeblieben, den der Gestreifte verdrängt hatte? Immer noch in der Reinigung? Als Geisel einbehalten? Abgeschafft? Ich konnte mir ja einen neuen kaufen. An der Rezeption würde ich noch mal danach fragen, aber dann nichts wie raus hier. Eigentlich brauchte ich mich gar nicht unten am Empfang abzumelden, die Rechnung konnte ich auch direkt vom Zimmer aus begleichen, mittels des Fernsehers; auf die Weise konnte ich möglichen bürokratischen Hürden aus dem Weg gehen.

Ich schaltete den Fernseher ein. WILLKOMMEN MR. DOUBLE. Und tschüss Mr. Double. Das ewig gleiche Werbefoto vom lächelnden Way-Inn-Personal. Das Tagesgericht heute: Grünes Thai-Curry. Wettervorhersage: Wolken und Regen, das ewig gleiche Piktogramm bis in die ferne Zukunft. Aber nicht mit mir. Maurice hatte recht: Ich war urlaubsreif. Ich würde irgendwohin fahren, wo es kein Way Inn gab, ganz egal, wo, Kathmandu, Timbuktu oder sonst ein namenloser Winkel der Welt.

Mit der Fernbedienung wählte ich unter »Service« Im Bildschirm-Menü die Rubrik »Checkout«, worauf eine Rechnung mit allerlei Extraposten erschien: Drinks aus der Minibar, Anrufe, Bestellungen vom Zimmerservice, Reinigung. Rechnung akzeptiert? Ja. Zahlung erfolgt durch Kartenbelastung. Weiter zum Checkout. Ein skizzenhaft rotierendes Rädchen erschien, dazu die Worte BITTE WARTEN. Unter dem Rädchen stand zu lesen: VORGANG NOCH NICHT BEENDET. VERLASSEN SIE NICHT DIESE SEITE. Dieses kleine Verlaufsrädchen war immer etwas beunruhigend, da es sich immer nur im Kreis drehte, statt Fortschritt anzuzeigen. Es sollte wohl nur zeigen, dass irgendetwas im Gang war, dass irgendwelche Server mit irgendwelchen anderen Servern kommunizierten. Oft aber rotierte das Rädchen auch unbeirrt weiter, wenn der Mechanismus längst blockiert war, wie ein sich im Leeren drehendes Rad bei einem umgekippten Auto im Straßengraben.

»Was tun Sie da?«

Ich fuhr so heftig zusammen, dass die Matratze unter mir quietschte, und sah zur Tür – aber dort stand niemand. Die Klimaanlage ratterte leise vor sich hin. Auf dem Bildschirm entstand Bewegung – nicht nur dieses sinnlos rotierende Rädchen, sondern daneben, auf dem Foto des Hotelpersonals, das so diensteifrig in die Kamera lächelte. Dort trat einer aus der Reihe plötzlich vor. Es war Hilbert, ein kleiner Tele-Hilbert, der über das rot-weiße Logo am Hintergrund des Bildschirms schlenderte, als ob es eine Bühne wäre.

»Platte Pappkameraden«, sagte Tele-Hilbert verächtlich und sah sich nach dem Foto um, aus dem er hervorgetreten war. »Oberflächlich vielleicht ganz ansprechend, aber ohne menschliche Wärme, wie es heutzutage so oft der Fall ist. Das ist der Unterschied zwischen gutem Service und bestem Service, meinen Sie nicht auch, Mr. Double? Die menschliche Wärme.«

Ich drückte wie wild auf der Fernbedienung herum, aber nichts geschah. Scheußlich schillerten die Streifen auf Hilberts Anzug, als er sich langsam noch vorn bewegte – wohin? Auf mich zu?

»Das Hotelbusiness beruht heutzutage vor allem auf einer emotionalen Verbindung – der Gast muss das Gefühl haben, mit Leib und Seele bestens aufgehoben zu sein. Daher der Hinweis auf umweltfreundlichen Umgang mit den Handtüchern, daher die E-Mail zu Ihrem Geburtstag. ›Gerne achten wir auf Ihre Mäntel, während Sie unsere Gastfreundschaft genießen.‹ *Gerne*. Gesundheitsbewusstsein gehört auch zur Wohlfühlpalette, daher das Foto von der angeschnittenen Kiwi auf der Zimmerservice-Karte, daher das Wellnessbad und der Fitnessraum. *Mens sana in corpore sano*, nicht wahr? Ein gesunder Geist in einem gesunden Körper. Wir alle wollen ewig leben.«

Während er sprach, kam er immer näher auf mich zu. Blockförmige digitale Verzerrungen, Nanosekundenblitze, Kompressionsfragmente, Lichtfetzen von Blausäureblau bis Giftgrün, unbeschreibliche Schattierungen zwischen Schwarzrot und Schwarzlila waberten um seine nahende Gestalt. Sie war nicht klar aufzulösen, weder durch die Technologie des Displays noch durch die reale Wahrnehmung. Der aufgewirbelte Pixelschaum war ein Ablehnungssignal des Bildschirms. Ich aber konnte mich nicht von seinem Anblick losreißen.

»Trägt das äußere Hotel wirklich Sorge für seine Gäste? Es möchte so wirken, als ob. Lächerlich. Es möchte Ihre Kundschaft, es möchte Ihre Bestätigung. Aber es kennt Sie nicht, Mr. Double, nicht, wie das innere Hotel Sie kennt. Vorgang noch nicht beendet, Mr. Double. Vorgang noch nicht beendet.«

Hilberts Gesicht füllte den Bildschirm aus, bleiche Haut, von hämatomfarbenen Bildstörungsstreifen durchzogen. Optische Verzerrungen quollen aus der offenen Wunde auf seiner Stirn, wo Dee ihn mit dem Stuhl getroffen hatte. Er verströmte pures Chaos.

Ich schüttelte meine Lähmung ab und hieb voller Wut auf den Ausschaltknopf. Hilbert wandte schnell den Kopf, als könnte er meinen Arm sehen – und der Bildschirm wurde schwarz.

»Nein«, sagte ich, ziemlich sicher, dass man mich hören konnte, auch wenn keiner da war. »Mir reicht's jetzt. Ich gehe. Vorgang beendet.«

Sie, wer auch immer sie waren, konnten den Anzug behalten. Sie konnten Dee behalten. Ich schnappte mir meine Tasche und verließ das Zimmer.

Die verwässerte Stones-Nummer, die aus dem Lift dudelte, war *Sympathy for the Devil*. Ich drückte auf den Knopf mit dem Pfeil nach unten, und eine der Türen glitt sofort auf. Ich drückte auf E für Erdgeschoss, für Ende, für Es reicht. Die Türen schlossen sich. Maximale Kapazität 6 Personen. Im Brandfall Liftbenutzung verboten. Ein fotokopierter Zettel in einem Rahmen an der Wand kündete von Wolken und Regen und grünem Thai-Curry. Daneben hing ein weiterer gerahmter Zettel, der die Konferenzräume in der Business-Suite des Hotels anpries. Way Inn Weltweit. Registrierter Markenname.

Mein Spiegelbild in Endlosversion. Ich, mein Rücken, ich, mein Rücken, und immer so weiter, die Reflexionslinie leicht gebogen, da die Winkeldifferenz der Spiegel sich mit jeder weiteren Spiegelung erhöhte. Die leichte Biegung in der Linie der Doubles machte es einem unmöglich, bis in die Unendlichkeit zu sehen – jedes Mal, wenn man sich vorbeugte, um ein Stück weiter um die Kurve zu spähen, taten die im Spiegel dasselbe und verstellten einem den Blick. Vielleicht war es besser so. Wer wohl auf die Idee gekommen war, Spiegel einander gegenüberzuhängen? Wurde ihnen für einen Moment schwindlig, als sie das Loch sahen, das sie in den endlichen Raum getrickst hatten? Fürchteten sie sich wenigstens? Das wollte ich doch hoffen. Furcht wäre die angemessene Reaktion gewesen. Wie so oft. Ich jedenfalls fürchtete mich extrem.

Spiegel lassen uns das Warten nicht als solches wahrnehmen. Wir glätten uns das Gefieder, und das vertreibt die Langeweile. Wie Papageien, die davon abgelenkt werden, dass sie im Käfig hocken. Der Spiegel schluckt die Zeit. Mein Aussehen ließ zu wünschen übrig. Dunkle Ringe zeichneten sich unter meinen Augen ab. Ich sah verstört aus, wie einer, der von Gespenstern verfolgt wird. Wie viel Zeit war schon geschluckt worden? Bewegte der Aufzug sich überhaupt?

Eine meiner multiplen Spiegelungen beugte sich außerhalb der Reihe vor. Nur eine. Ich hatte mich nicht gerührt, nur meine Spiegelung. Dann trat sie aus dem Glied, hinterließ eine Lücke. Die Nadelstreifen im Anzug der Spiegelung waren am Kragen gerötet, doch das blasse Gesicht war ohne Wunde. Es wandte sich mir zu. Wir starrten einander an, Spiegel-Hilbert und ich.

Hilbert sah nicht verärgert aus – schlimmer, weit schlimmer: Er schaute wissend und wohlgefällig. Dann löste er den Blickkontakt, lehnte sich zur Seite und blickte um mich herum.

Ich drehte mich um. Im Spiegel gegenüber waren alle Spiegelungen Hilbert. Die, die mit dem Nadelstreifenrücken zu mir standen, drehten sich wie ein Mann um und starrten mich an wie die anderen, mit diesem gefrorenen Lächeln.

Ich weiß nicht, ob ich zurücksprang oder gegen die Tür fiel – starr vor Schrecken, unfähig, einen klaren Gedanken zu fassen, bestand ich nur noch aus Fluchtreflexen. Meine zitternden Finger fanden den Knopf, der die Türen öffnete, und ich taumelte wie seekrank hinaus, drehte mich aber noch mal um und griff mir meine Tasche, ohne noch einen Blick in die grausigen Spiegel zu werfen.

Die Aufzugtüren glitten wieder zu. Es war nicht das Erdgeschoss. Es war das zweite Stockwerk. Schilder wiesen nach rechts zu den Zimmern 201 bis 240 und nach links zu den Zimmern 241 bis 280. Ich hatte mich nicht vom Fleck bewegt.

Dann eben zur Treppe. Aber die Feuertür zum Treppenhaus war nicht da. Wenn ich doch nur hätte glauben können, dass mich die Erinnerung trog und die Tür tatsächlich woanders war. Aber ich wusste ebenso gut, dass sie da gewesen war, wie ich wusste, dass sie jetzt nicht mehr da war. Anstelle der Tür war da nur noch eine weiße Wand mit einem Bild.

Ein leises *Ping* ertönte vom Lift her, und seine Türen öffneten sich. Hilbert trat in den Flur hinaus. Seine Miene zeigte weder Wut noch Schmerz, noch irgendeine andere Regung, die darauf schließen ließ, dass er mit einem menschlichen Wesen zu tun hatte oder selbst jemals eines gewesen war. Er schillerte vor Verzerrung. Ich spannte mich an, doch es gab keine Vorbereitung für den Schlag, den er mir ohne Vorwarnung versetzte, mit der flachen Rechten gegen meine linke Schläfe.

Der Raum erstarb.

Als ich zum zweiten Mal an diesem Tag aufwachte, fühlte der Schmerz sich an wie tiefe Mattigkeit. Dieser eine Schlag hatte mich jeder Kraft beraubt, ebenso wie jeglicher Vernunft. Ich fühlte mich dumpf, benommen, und mein Hirn schien bei der geringsten Bewegung in seinem eigenen Saft zu schwappen.

Ich saß an einem Tisch, vornübergebeugt, den Kopf auf dem linken Arm. Mein Arm fühlte sich gut an, ich mochte mich nicht bewegen. Ich konnte meinen rechten Arm sehen, und dahinter ragte ein Glas Wasser auf.

Mein linker Arm war eingeschlafen. Ich versuchte, ihn unter dem Kopf wegzuziehen, und wurde mit einem neuen Schmerz über dem linken Auge belohnt. Ich ächzte auf. Der Tisch war hart und weiß, aus strapazierfähigem Kunststoff.

»Mr. Double.«

Ich hob den Kopf, um zu sehen, woher die Stimme kam, obwohl ich schon wusste, wem sie gehörte. Hilbert saß am anderen Ende des Konferenztisches. Einen Moment lang glaubte ich, wieder im Galeriezimmer zu sein, aber dieser Raum war karg möbliert, das Licht zweckmäßig, die Tür hinter Hilbert nicht aus dunklem Holz. Die Wände waren aus geweißtem Schlackenstein, und es hing nur ein Bild daran – eins mit geborstenem Rahmen und Blutspritzern. Ich hatte das Gefühl, mich unter der Erde zu befinden. Die Klimaanlage surrte laut.

»Trinken Sie einen Schluck, Mr. Double. Ich fürchte, Sie haben sich auf dem Weg nach unten den Kopf gestoßen.«

Hilbert saß mit locker verschränkten Händen da. Blut war in seinen Hemdkragen gelaufen und hatte den Anzug befleckt. Aber von seiner bleichen Haut hatte er es abgewischt. Die Stirnwunde war halb von glänzendem schwarzem Haar verdeckt.

Auf dem Weg nach unten. Du hast mich niedergeschlagen, du Mistkerl. Ich nippte am Wasser und schmeckte Eisen – Blut in meinem Mund. Ich hatte mir auf die Zunge gebissen, und es fing an weh zu tun, sobald ich mir dessen bewusst wurde. Hilbert war also gewaltbereit, schreckte nicht davor zurück, einen im Namen des Hotels zu schlagen und einzusperren. Meine Angst wurde momentan von Wut überlagert. Er hatte mir einen Schlag verpasst, und ich wollte ihm ebenso einen verpassen oder zumindest das Hotel an einer empfindlichen Stelle treffen. Doch wie bedroht man ein Hotel?

»Ich sag Ihnen was«, erwiderte ich. »Das werde ich im Netz verbreiten. Dieses Hotel wird ein paar ganz schön miese Bewertungen kriegen.«

Hilbert lächelte. »Ich entschuldige mich für mein allzu direktes Vorgehen. Ich hoffe, wir können das hinter uns lassen und uns ergiebigeren Themen zuwenden.«

»Ich wüsste nicht, was es da noch zu sagen gäbe«, versetzte ich. »Habe ich nicht alles getan, was Sie mir aufgetragen haben? Ich habe sie in den Konferenzraum gebracht. Ich bin nicht verantwortlich für das, was dann geschehen ist. Sie ist jetzt Ihr Problem. Ich kann Ihnen sowieso nicht mehr von Nutzen sein. Ich weiß nicht, wie ich sie erreichen kann, und selbst wenn ich es wüsste, würde sie nichts mehr mit mir zu tun haben wollen, dank Ihnen.«

»Ganz recht«, sagte Hilbert. »Sie ist unzuverlässig – das sehen Sie jetzt selbst. Die Frau hat die letzten Brücken hinter sich abgebrochen. Und Sie sollten begreifen, dass sie Ihnen nichts zu bieten hat. Sie wird immer eigensinniger und verstockter. Labil. Vielleicht gefährlich.«

»Ja«, sagte ich. Als er von Dee sprach, hatte er richtig beleidigt geklungen, was meine Prellung am Jochbein vor Freude schmerzen ließ. »Wie geht's Ihrem Kopf?«

Hilberts Arm zuckte leicht, als ob er den Impuls unterdrückte, mit der Hand über die Stirnwunde zu tasten. Seine Hände blieben locker auf dem Tisch verschränkt.

»Danke, gut. Fast verheilt. Und Ihrer?«

Meine Freude verpuffte. Gegen Hilbert aufzutrumpfen, hatte

auch nur beschränkten Unterhaltungswert. Die kurze Befriedigung wurde alsbald von einem überwältigenden Gefühl der Sinnlosigkeit überlagert.

»Ich weiß gar nicht, wozu Sie mich überhaupt brauchen«, beschwerte ich mich müde. Ich hatte nur noch einen Wunsch: endlich von hier wegzukommen. »Sie sind ja offensichtlich ein mächtiger Mann, wie hat sie es dann geschafft, Ihnen zu entwischen?«

Hilbert riss die Augen auf und zuckte mit den Schultern, was eigenartig menschlich aussah, sogar verletzlich. »Das ist mir selbst ein Rätsel, Mr. Double. Die Dame verfügt über einige Geschicklichkeit und hat es bisher fertiggebracht, ihren Aufenthaltsort geheim zu halten. Dem Hotel dürfte er natürlich bekannt sein, aber es greift höchstens indirekt in unsere Belange ein. Darum braucht es Angestellte mit Ideen und Initiative – Angestellte, die ein direkteres Vorgehen nicht scheuen. Was uns auch schon zum nächsten Punkt auf der Tagesordnung bringt: mein Angebot an Sie. Ich fürchte, ich muss Sie da zu einer Entscheidung drängen.«

»Angebot? Was für ein Angebot? Wir sind hier fertig. Ich habe meinen Part erfüllt, Sie den Ihren. Danke, aber jetzt wird es Zeit für mich zu gehen.«

»Es ist keineswegs Zeit für Sie zu gehen«, entgegnete Hilbert barsch, richtete sich auf und funkelte mich an. »Nicht, bevor Sie den Zusammenhang begreifen. Die Keycard, den Anzug – diese Dinge bekommt nicht jeder, Mr. Double! Wir hatten eine Abmachung getroffen!«

»Behalten Sie das Zeug«, sagte ich, aber vorsichtig; Hilbert war offensichtlich aufgebracht, und es gefiel mir gar nicht, wie er vor Interferenzen vibrierte; so erregt hatte ich ihn noch nie gesehen, nicht einmal, als er tätlichen Angriffen ausgesetzt gewesen war. »Es ist sehr freundlich von Ihnen, aber es handelt sich um einen Irrtum. Das alles hier passt überhaupt nicht zu mir.«

Hilbert schlug mit der flachen Hand so heftig auf den Tisch, dass ich zusammenzuckte und das Wasser im Glas hin und her schwappte. »Sie haben keine Ahnung, was Sie da ablehnen! Es ist nicht nur ein Anzug und eine Karte; das Potenzial des Hotels übertrifft alles, was Sie sich jemals vorstellen können! Sie haben die Berechtigung, eine unendliche Struktur zu nutzen! Das ist schicksalhaft! Verstehen Sie? Eine Struktur, die menschliches Verlangen widerspiegelt – ohne Schranken, ohne Ende. Und dazu eine endlose Menge durchreisender Gäste, die niemand vermissen wird. Ins innere Hotel können Sie mitnehmen, wen Sie wollen, mit dem oder der Betreffenden machen, was Sie wollen … und die Leute tauchen nie wieder auf. Was hatten wir nicht schon für Spaß im Reich der fernen Flure, weit jenseits aller Wahrnehmung in der beschränkten äußeren Welt.«

Der rhetorische Überschwang hatte ihn förmlich aus dem Stuhl gehoben, und er beugte sich über den Tisch, mit malmenden Kiefern und von Neuem schwärender Stirnwunde. »Die äußere Welt, die gibt es gar nicht wirklich, nicht so wie unsere Welt … Aber das wussten Sie ja bereits, nicht wahr? Sie befinden sich schon im Unterholz unserer Welt, Sie sehen den Wald locken, Sie spüren die Freiheit, die Sie dort erwartet …«

Freiheit, ja klar, ich wusste, was Hilbert damit meinte, und wenn ich in seine rot geränderten, glitzernden Augen blickte, sah ich auch den Preis dieser Freiheit; Hilbert war vollkommen zügellos, von allen rationalen Koordinaten abgekoppelt. Was auch immer er für einen Kontrakt mit dem Hotel hatte, wie auch immer er ihn ausgenutzt hatte, es hatte ihn in den Wahnsinn getrieben.

»Wie lange dienen Sie schon dem Hotel, Hilbert?«, fragte ich, bemüht, so etwas wie seelsorgerische Teilnahme anklingen zu lassen.

»Jaaaa!«, rief Hilbert triumphierend. »Ich wusste doch, dass Sie es begreifen. Genau die richtige Frage. Wie lange? Das ist es, was wir bieten, Mr. Double. Zeit. Leben. Unbeschränktes Leben. Ewiges Leben. Im inneren Hotel geht die Zeit nicht vorbei. Kein Alter, keine Krankheit, kein Tod! Sehen Sie, Mr. Double? So sieht die Verheißung aus!«

Ich dachte nur noch an Flucht. Hilbert war ein Irrer, bei dem jede Hoffnung auf ein vernünftiges Gespräch vergebens war. Und ich hatte nicht vor herauszufinden, was für Freuden er in den Räumen des inneren Hotels suchte und fand, weder freiwillig noch unfreiwillig. Die einzige Tür im Raum befand sich in Hilberts Rücken – ich würde an ihm vorbei müssen, um sie zu erreichen. So unauffällig wie möglich warf ich einen Blick über die Schulter.

Hinter mir gab es weder Tür noch Fenster. Aber was ich dort sah, ließ mich zusammenfahren. An der Rückwand des Raums, bis zur Decke aufgestapelt, türmte sich ein Berg von Radioweckern. Alle sahen genauso aus wie der in meinem Zimmer – vielleicht war das Originalradio aus meinem Zimmer irgendwo in dieser Masse vergraben –, doch die meisten waren beschädigt, das Gehäuse geborsten, das Display zersplittert. Vor lauter Radios sah man gar nichts mehr von der Wand; überall hingen die Stromkabel heraus wie die freigelegten Wurzeln gefällter Bäume. Hunderte, vielleicht Tausende von Radioweckern – es sah aus wie der Inhalt eines umgekippten Containers an einer Kaimauer. Aber vielleicht gab es auch gar keine Mauer, vielleicht dehnte der Berg der Radiowecker sich ins Unendliche. Langsam war ich bereit, so ziemlich alles für möglich zu halten.

»Wie wär's mit etwas Bedenkzeit?«, fragte ich.

»Wozu brauchen Sie noch Bedenkzeit? Die Entscheidung ist doch sicher schon getroffen. So ein Angebot bekommt man buchstäblich nur einmal im Leben. Ihr Leben hat Sie hierher geführt. Sie sind vorbereitet. Wenn Sie das hier nicht wollen, dann wollen Sie gar nichts. Und wenn Sie das Nichts suchen anstatt die Erfüllung, dann kann Ihnen auch geholfen werden.«

»Ich wollte ohnehin gerade mein Leben ändern«, sagte ich. »Aber eher in die Gegenrichtung. Vielleicht sind Sie zur falschen Zeit auf mich zugekommen.«

»Unsinn. Die Vorteile meines Angebots liegen auf der Hand. Unsterblichkeit, Freiheit und Luxus. Eine unbegrenzte Welt, die Ihnen zur Verfügung steht.«

»Eine begrenzte Welt. Nichts als das Hotel.«

Das Blutrinnsal war langsam von seiner Stirn bis zur Nase gelaufen, ein akkurater roter Nadelstreifen, und hatte seine haarlose Oberlippe erreicht. Seine Zungenspitze schnellte hervor und kostete das Blut, als hätte er es eben erst bemerkt. »Sie kommen mir vor wie ein Mann, der im Begriff ist, einen fatalen Fehler zu begehen.«

»Sie könnten mich jetzt einfach gehen lassen, und ich würde nie wiederkommen. Und ich würde nie ein Wort darüber verlieren, das verspreche ich Ihnen.«

»Es gibt einen sehr einfachen Weg, dafür zu sorgen, dass niemand etwas davon erfährt. Warum sollte ich stattdessen die Ungewissheit wählen, Sie gehen zu lassen?«

Wir waren offenbar bei der Krux des Problems angelangt, dem unausweichlichen Zusammenprall unserer jeweiligen Bahnen, und ich musste mich auf den Showdown gefasst machen. Dee hatte Hilbert nicht umgebracht, aber sie hatte ihn lange genug unschädlich gemacht, um ihm zu entkommen, und mehr war nicht nötig. Der Stuhl, auf dem ich saß, war aus Plastik, lange nicht so schwer wie der im Galeriezimmer, aber vielleicht würde er als Schlagwaffe genügen. Nur mein Körper war in keiner Weise kampfbereit, völlig unfähig zu so plötzlicher, zielgerichteter Gewalt, wie Dee sie an den Tag gelegt hatte.

»Sie wollen mich gar nicht töten, Hilbert. So läuft das nicht.«

»Wer hat denn was davon gesagt, Sie zu töten?«, lächelte Hilbert. »Sie zu töten ist völlig überflüssig. Wir sind ein Labyrinth. Ich kenne den Weg hinaus und Sie nicht. Sie würden den Rest

Ihrer Zeit so oder so im Hotel verbringen. Und es spielt auch keine Rolle, was ich will – es geht darum, was das Hotel will.«

»Sie sind ja verrückt.«

»Kein sehr origineller Kommentar, Mr. Double. Und Sie wissen ja, wer im Glashaus sitzt … Sie haben drei Tage in einer paranoiden Fantasie über geheimnisvolle Frauen und endlose Irrgänge verbracht. Und jetzt auch noch ein imaginäres Mordkomplott. Nachdem Sie sich von Ihren Mitmenschen isoliert haben, sehen Sie sich in Gefahr, Ihren Job und Ihre Ersparnisse zu verlieren, und verlieren daher Ihren Verstand in einem Hotelzimmer. Sie hören und sehen Dinge, die nicht real sind. Ein Zusammenbruch, eine psychotische Episode. Selbstmorde sind bei uns an der Tagesordnung. Die Leute wählen oft ein Hotelzimmer, um ihrem Leben ein Ende zu setzen. Haben Sie das gewusst? Wir berücksichtigen dies bereits beim Lichtdesign und noch einigen anderen Aspekten, obwohl wir es nie zugeben würden. Vielleicht tun sie es, weil sie wissen, dass die Leiche bald gefunden wird und nicht unentdeckt in einer Zweizimmerwohnung in den Docklands verfault. So wird das Hotel zu einem Vorzimmer des Leichenschauhauses. Klingt doch ganz passend für Sie, finden Sie nicht? Auch ein Ausweg.«

Eine tiefe, kalte Übelkeit stieg bei Hilberts Worten in mir auf. Er wollte mich einer Gehirnwäsche unterziehen, mich in eine Ecke drängen, in der ich mich hilflos fühlte, unfähig, etwas anderes zu tun, als mich seinem makabren Vorschlag zu beugen. Ich durchschaute die Taktik, konnte mich ihr aber dennoch nicht entziehen; nichts war mehr sicher, weder ich selbst noch Hilbert, noch die Wände und dieser weiße Konferenztisch vor mir. Doch der Tisch war wenigstens ein fester Gegenstand, die Kunststoffplatte kühl und glatt unter meinen Händen, das Einzige, was ich fühlen konnte außer Schmerz und Verlust. Ich blinzelte und schluckte Speichel – musste ich mich übergeben? War es die Gehirnerschütterung? Mir war schwindlig, schwarze

Lichtblitze zuckten mir vor den Augen. Die Luft um mich her verdichtete sich, energiegeladen, schäumend vor unhörbaren, unsichtbaren Frequenzen und Botschaften. Ich befand mich nicht mehr in der Welt, die ich bisher für die einzige gehalten hatte – ich war im inneren Hotel, an dem endlosen Ort, den das Hotel für uns und in uns entstehen ließ, dort, wo man durch bloßes Vergessen zugrunde gehen konnte. Mein Leben war ohnehin schon darin verloren, wie Hilbert sagte. Die Wahl war längst getroffen. Doch es war nicht meine Auslöschung, an die ich dachte. Ich dachte gar nicht an mich selbst.

»Was wird mit Dee geschehen?«

Hilbert gab keine Antwort. Er schien aufmerksam zu lauschen, aber seine Miene ließ nicht erkennen, ob er meine Frage gehört hatte. Überhaupt schien er meine Anwesenheit nicht mehr wahrzunehmen. Er hatte den Kopf leicht zur Seite geneigt und runzelte die Stirn, als versuchte er, sich an eine verflogene Melodie zu erinnern oder ein fernes Geräusch zu vernehmen.

»Was wird mit Dee geschehen?«, wiederholte ich. »Was werden Sie mit ihr machen?« Obwohl die Frage mich ängstigte, gab sie mir auch das Gefühl, der Lage nicht völlig hilflos ausgeliefert zu sein. Ich konnte immerhin versuchen, dafür zu sorgen, dass Dee Hilbert nicht in die Hände fiel. Obwohl sie meine Hilfe offensichtlich nicht brauchte, hatte sie sich doch an mich gewandt, und ich hatte jämmerlich versagt. Ich hatte etwas wiedergutzumachen, und das war ein Grund zu kämpfen, ihre Widersacher in die Irre zu leiten. Wenn ich mich an diesen Vorsatz hielt, würde ein Teil von mir vor dem Way Inn geschützt sein; ein verschlossener Raum in mir selbst, mir allein vorbehalten. Hilbert konnte mir an den Kragen gehen, wenn er wollte, aber nicht ihr.

Was immer es war, das Hilbert ablenkte, es hatte noch immer seine volle Aufmerksamkeit. Er wirkte fast katatonisch – nur kleinste Augenbewegungen ließen erkennen, dass er nicht in Stupor verfallen war. Seine Haltung zeugte von höchster Anspannung, und ganz kurz schien er lautlos etwas zu äußern, vielleicht Zustimmung. Ich überlegte schon, ob ich nicht einfach an ihm vorbeischlüpfen konnte, während er sich in diesem seltsamen Erstarrungszustand befand. Als er sich so plötzlich in sich zurückgezogen hatte, war viel von der Bedrohung geschwunden, die mich reglos auf meinem Sitz festhielt, und ich spürte wieder Leben in den angstgelähmten Gliedern. Doch ehe ich einen Entschluss fassen konnte, tauchte Hilbert aus seiner Abwesenheit auf, jovial und munter wie ein alter Geschäftskumpel, der ein bisschen Smalltalk macht, bevor er einen langjährigen Vertrag erneuert.

»Also gut«, sagte er und stand auf. »Ich verlasse jetzt kurz den Raum, inzwischen können Sie sich das Angebot überlegen. Entschuldigen Sie mich, bis gleich.« Er strich über sein Jackett, das unwahrscheinliche Spektralfarben unter seinen Handflächen aufschimmern ließ. Aus seiner Stirnwunde rann das Blut, doch es schien ihn nicht zu kümmern.

Die Tür fiel hinter ihm ins Schloss. Ich war allein. Wozu? Hilberts Angebot würde ich mir ganz gewiss nicht überlegen. Schon die bloße Andeutung von seinem Kult der schrankenlosen Egomanie ekelte mich an, und die Details wären sicher unsäglich. Wenn eine Figur wie Hilbert das Aushängeschild für solch ein Leben war, konnte es einen nur abstoßen. Das Schrecklichste aber war der Gedanke, dass ich das Angebot noch vor ein paar Tagen wahrscheinlich ohne langes Überlegen angenommen hätte. Was hatte sich seitdem verändert? Ich hatte mich verändert. Und ich hatte Dee getroffen. Vielleicht hatte sie mir das Leben gerettet – oder wenn nicht das Leben, so doch einen lebenswichtigen Aspekt meines Wesens, der schon in Fäulnis überzugehen drohte. Hilbert schien sich dem Hotel mit Haut und Haaren verschrieben zu haben, was eine geistige und moralische Zersetzung bewirkte, die eine Ewigkeit in Fitnessräumen und Wellnessbädern nicht mehr ausmerzen konnte. Er hatte sich korrumpieren lassen, um dieser Monstrosität zu dienen, diesem wuchernden Labyrinth, einer grenzenlosen Gier auf einem begrenzten Planeten.

Aber was würde eine Ablehnung des Angebots zur Folge haben? Den Tod? Ein Verschwinden im Gewirr der Gänge? Konnte das Hotel von sich aus Gäste eliminieren, sie zur Verzweiflung treiben, ihnen den Sauerstoff entziehen? Mit Schrecken wurde ich gewahr, dass ich in einem luftdicht versiegelten, fensterlosen Raum saß. Die Klimaanlage summte noch, aber blies sie denn noch unverfälschte Luft in den Raum? Ich schnüffelte misstrauisch, konnte aber nichts Verdächtiges ausmachen.

Egal, wofür ich mich entschied, es sah nach einem Opfer aus. Nicht mein Stil. Ich ging zur Tür und lauschte einen Moment, fragte mich, ob Hilbert wohl auf der anderen Seite stand. Ich drückte die Klinke. Abgesperrt. Über der Klinke befand sich ein Schlitz, in den ich meine schwarze Karte steckte, doch das Lämpchen leuchtete orange-rot, und zwei weitere Versuche brachten das gleiche Ergebnis.

Was mich von diesem sinnlosen Unterfangen abbrachte, war ein Geräusch hinter mir, ein aggressives Schnarren aus einem der Radiowecker, wie bei einem auf Vibration geschalteten Handy. Während das plötzliche *Brr-brr-brr* zu einem leisen Schnattern und Knistern abebbte, begann ein zweites Radio zu lärmen, und dann schlossen sich mehr und mehr zu einem stetig anschwellenden Chor von elektronischem Gejaule zusammen. Ich drehte mich zu dem riesigen Haufen von beschädigten Apparaten um und sah Licht in ihren Displays flimmern, kleine Leuchtzifferfragmente, die im Takt der Lärmorgie hin und her hüpften. In heller Wut griff ich mir eines, wodurch ein paar von den anderen ins Rutschen gerieten, und sah es mir genauer an. Weißes Plastik. Made in China. Normal. Gerade diese Normalität war eine Provokation. Ich schleuderte das Radio gegen die Wand. Sein Gehäuse zersprang, und sein Innenleben zerbrach in drei Teile, die immer noch durch dünne Drähte verbunden waren. Augenblicklich wurde der Lärm ohrenbetäubend. Es fühlte sich an, als stände man in einem Orkan, der einen in Stücke reißen könnte, wenn man ihm in voller Stärke ausgeliefert war. Gebeutelt von diesem gewaltigen Tosen, war mir, als würde ich ins Bodenlose fallen. Menschliche Sinnesorgane konnten dieser entfesselten Wut nicht standhalten, und mein Hirn machte sich verzweifelt etwas vor, wenn es den Sturm als Hitze oder Licht oder Druck zu interpretieren suchte. Ich lachte, ein schrilles, vor dem Wahnsinn kapitulierendes Lachen, das perfekt mit dem manischen Gejaule aus den zahllosen Radios zusammenklang.

Der Raum erstarb – der Eindruck des Raums um mich her wich einer endlosen Arena voll von gigantischen Ballungen ineinander verkeilter Kreise, deren Ränder fraktal ausfransten. Schwarze Blitze zuckten durch die Zwischenräume und durch mein Inneres und löschten den letzten zusammenhängenden Gedanken aus.

Später. Zeit war vergangen, doch in dem gleichbleibend gleißenden Licht des Raums, in dem Hilbert mich gefangen hielt, ließ sich die Zeit nicht bemessen. Ich saß auf dem Boden, an der Wand neben der Tür. Ohne die Wand hätte ich mich nicht aufrecht halten können. War die Wand die ganze Zeit dagewesen, oder war sie verschwunden und wieder zurückgekehrt, während ich … entrückt worden war? Und der Boden? Wand und Boden fühlten sich real und stabil an, was beruhigend war, wenn auch nicht bequem. Am anderen Ende des Raums stapelten sich die Radiowecker. Sie waren ebenso real – und leblos. Wurde hier womöglich der Raumluft etwas beigemischt, Halluzinogene vielleicht? LSD als Aerosol? Ultraschallfrequenzen? Warum? Meine Erinnerung an das, was ich gesehen hatte, war bruchstückhaft, nur eine Reihe von beklemmenden Eindrücken. Und das war wohl noch eine Gnade.

Mühsam rappelte ich mich auf. Die synthetischen Fasern des Teppichs fühlten sich rau unter meinen Händen an – und echt, echt synthetisch jedenfalls. Die Radiowecker waren stumm, ihre lose baumelnden Kabel bewiesen, dass sie nirgends angeschlossen waren. Unsicher, auf tauben Beinen, taumelte ich auf sie zu. Abseits von dem Haufen lag das Radio, dass ich an die Wand gepfeffert hatte, eine tote Krabbe am Strand. Ich dachte an das rabiate Zerteilen von Hummern in Fischrestaurants. Diese Krustentiere sind nichts für mich. Sie passen zu geselligen Runden, nicht zu einsamen Essern, weshalb man sie selten im Hotel sieht.

Ich mag Hotels. Weil man jederzeit gehen kann.

Hinter mir klickte der Riegel im Schloss.

Die Tür war offen. Ich konnte gehen.

Kein Hilbert im Flur. Und es war wirklich ein Flur, kein Kellergang – ein ganz normaler Hotelflur, dunkle Holztüren, gedämpfte Beleuchtung, beiger Teppich und die üblichen abstrakten Gemälde.

Vor lauter Verblüffung ließ ich die Tür zufallen, ehe mir einfiel, dass es besser gewesen wäre, sie offen zu lassen. Aber sie fiel zu – eine dunkle Holztür, nicht von den anderen zu unterscheiden. Die Nummer darauf – 219.

Ich versuchte, sie mit der schwarzen Karte zu öffnen: rotes Licht. Ein anderes Zimmer 219. Ich legte den Finger auf die Ziffer 2. Sie war hart, kalt, real. Ein kleiner, beschlagener Fingerabdruck blieb auf dem Metall zurück. Diese Spur von der Wärme meiner Hand verschwand innerhalb von Sekunden. Aber sie war da gewesen.

Der Flur sah natürlich aus wie alle anderen, immer der gleiche, überall, für immer und ewig.

Wo sollte ich hin? Die Möglichkeiten waren unbegrenzt – sechs Kontinente und ein verborgenes Universum innerhalb dieser Mauern. Aber es waren sechs Kontinente, die aus Flughafenperipherien und Autobahnzubringern bestanden, Industrieparks und Gewerbegebieten. Das war die Umgebung, in die das Way Inn sich einfügen konnte, ohne aufzufallen. Aber was war mit dem Inneren? Wie kam es zu diesen optischen Phänomenen, die Dee erkundet hatte und die sich auch mir offenbart hatten – die bodenlosen Abgründe zwischen monströsen Kugelhaufen, die sich wie Gasgiganten aufblähten und zusammenfielen, diese endlosen, zahllos ineinandergreifenden Kreise, dieses ungeheure Puzzle, das selbst die Vielfalt der Gemälde nur andeuten konnte. Aber ich glaubte, das Potenzial der Bilder erkannt zu haben; es befand sich nicht innerhalb der Rahmen, sondern in den Kraftzonen dazwischen. Als Dee das Geheimnis des Hotels entdeckte – als es *sie* entdeckte –, hatte sie Wochen mit seiner Erforschung zugebracht. Doch ich war nicht wie sie. Ich hatte nichts von ihrer Kühnheit. Ich hatte nicht mal mehr meine Tasche – im Lift hatte ich sie noch, nun war sie verschwunden. Und ich war ein Verfolgter. Das Hotel hatte mir einen Ausweg aus diesem anderen Zimmer 219 eröffnet, und ich musste annehmen, dass es ein Angebot von begrenzter Dauer war – eine Art Aufschub – und dass Hilbert mir nur eine Atempause ließ. Also nichts wie weg, raus hier, am besten zusammen mit Dee.

Die Tasche war unwichtig; alles leicht ersetzbar, die paar Kleidungsstücke, Toilettenartikel, der Laptop, den ich sowieso nur für Geschäftsmails nutzte. Ich tastete mich an der Wand entlang in Richtung Aufzug. Was auch immer mir in jenem Raum zugestoßen war – ein Schlag auf den Kopf, ein Anfall, eine Ohnmacht –, hatte mich verwirrt und schwindlig hinterlassen. Der Weg vom Zimmer 219 zum Aufzug war anders als gewohnt. Ich musste mir in Erinnerung rufen, dass es nicht »mein« Zimmer 219 war. Der Boden schwankte mir unter den Füßen; ich taumelte gegen die Wand und verschob dabei ein Bild. Meine eigene kleine Raumverschiebung. Der Gedanke brachte mich zum Lachen, während die Beine unter mir nachzugeben drohten. Wieder senkte sich grau die Furcht über mich. Mach bloß, dass du hier rauskommst. Konnte mir denn niemand helfen? Die Tür neben mir war Zimmer 211. Ich hämmerte dagegen.

»Ist da jemand? Hilfe! Ich brauche Hilfe!«

Schweigen. Natürlich. Wenn das Hotel unendlich war, die Zahl der Gäste dagegen nicht, dann waren die Chancen, ein belegtes Zimmer anzutreffen, außerordentlich gering. Besonders hier, wo auch immer es sein mochte.

211 war weniger als 219. Wenn ich den Zimmernummern in abnehmender Reihe folgte, würde ich den Weg hinaus finden. Nachtregen fiel im nächstgelegenen Lichtschacht. Manchester? Manaus? Manila? Egal, ich hatte die grauen Metalltüren des Aufzugs gefunden, den Spiegel, die Topfpalme, das unbenutzte Sofa. Ich drückte auf den Rufknopf und wurde mir sofort meines Fehlers bewusst. Der Aufzug war nichts weiter als eine Falle. Wenn Hilbert mich das letzte Mal dort gefunden hatte, dann würde er mich auch diesmal dort finden.

Ich sah mich nach dem Treppenhaus um und konnte es nicht finden. Anzunehmen, dass es sich nicht finden lassen *wollte*. Es war aus der Optik herausretuschiert worden. Nur die endlos verzweigten Flure waren noch da. Kein Weg hinab, kein Weg hinaus.

Alles bog sich zurück. Vor mir tauchte wieder die 219 auf. Die Route, die ich vom Aufzug aus eingeschlagen hatte, war die gleiche wie jedes Mal; die gleiche, die ich am ersten Tag genommen hatte, als ich meine Tasche nach dem Einchecken in mein Zimmer trug. Draußen, im Innenhof, begann das herbstliche Tageslicht schon seinen Rückzug. Und wie erwartet nieselte es. Dieser Weg konnte unmöglich in derselben Sphäre sein wie der, den ich von jenem anderen Zimmer 219 aus zurückgelegt hatte, in dem mich Hilbert zurückgelassen hatte. Die Struktur hatte sich gewandelt, oder meine Wahrnehmung davon war verändert worden. Es war sinnlos, das Hotel überlisten zu wollen. Man kann keinem Labyrinth entkommen, das sich endlos neu zu konfigurieren vermag. Ich konnte nur dorthin gehen, wo es mich haben wollte, und das war zurück zum Zimmer 219.

Die Karte funktionierte, das Licht wurde grün, und die Tür ging auf. Drinnen war es düster, und ich schob die Karte in den Wandschlitz, um die Lampen zu aktivieren. Keinerlei Zögern – ich konnte Hilbert oder das Hotel sowieso nicht daran hindern, zu tun, was sie wollten. Sollten sie doch kommen.

Das Zimmer war aufgeräumt, das Bett gemacht, der Papierkorb geleert. Auf dem Bett stand meine Tasche, ordentlich auf der glatt gezogenen Decke abgestellt. Der Fernseher hatte sich mit den Lampen zusammen eingeschaltet und zeigte die Eingangsmaske. WILLKOMMEN MR. DOUBLE. Es war, als hätte ich eben erst eingecheckt, als hätte man mir mein Gepäck nach oben gebracht, und ich bräuchte mich jetzt nur noch gemütlich einzurichten; meine Zahnbürste ins Bad stellen und die Begrüßungsschokolade essen; die Minibar sondieren und das Filmangebot prüfen. Als wäre überhaupt nichts vorgefallen.

Ich ging zum Telefon und drückte die Null, um die Rezeption zu erreichen. Nach dem ersten Klingeln wurde abgenommen.

»Zimmer 219«, sagte ich. »Ich möchte auschecken, sofort.«

»So bald schon?« Es war Hilbert. Seine Stimme schnurrte vor Beflissenheit, und der zischelnde elektromagnetische Atem der Leitung pflichtete ihm bei. »Ihre Rechnung ist aber noch nicht beglichen, Mr. Double. Dienstleistungen wurden erbracht, und das Hotel ist noch nicht entschädigt worden. Etliche Extraposten wurden bonniert. Das Way Inn sieht es gar nicht gern, wenn Gäste ihren Verpflichtungen nicht nachkommen.«

Mir wurde flau im Magen, als ich einen weiteren Ausweg versperrt sah. Doch zugleich mit der Angst kehrte zurück, was ich schon verloren geglaubt hatte: die Wut. Vielleicht die Wut eines in die Enge getriebenen Tiers, aber immerhin motivierend. Wäre Hilbert jetzt bei mir im Zimmer gewesen, hätte ich ihm den Telefonhörer ins Gesicht gedroschen, und zwar mit dem größten Vergnügen. Da mir dies verwehrt war, konnte ich ihn nur anschnauzen: »Und wenn ich das Scheißzimmer in Brand stecke? Wie würde sich das auf meine Rechnung auswirken?«

»Ich denke, wir wissen beide, dass Sie das nicht tun werden.«

Verdammt, er hatte recht – als Nichtraucher hatte ich kein Feuer, und die Zeiten, da Streichholzbriefchen in Hotelzimmern auslagen, waren längst vorbei. Ich konnte den Radiowecker einstöpseln und ihn in die volle Badewanne werfen – aber was würde das bringen? Ich würde höchstens einen Schlag bekommen. Hilberts Worte über die Selbstmörder fielen mir wieder ein, die vom Raumdesign berücksichtigt wurden: in die Decke eingelassene Beleuchtung, nichts, woran man eine Schlinge anbringen konnte, Fenster, die sich nicht öffnen ließen, und höchst empfindliche Sicherungen. Diese Maßnahmen schützten die Verzweifelten vor sich selbst, schützten aber auch das Hotel vor den Verzweifelten. Verzweifelten wie mir, die nicht mal Feuer machen konnten, auf eine primitivere Stufe zurückgeworfen als unsere neolithischen Vorfahren.

Ich sagte nichts.

»Warten Sie bitte«, sagte Hilbert. »Jemand wird sich gleich um Sie kümmern.«

Es gab einen Klick, dann Stille – keine echte Stille, sondern der deutlich wahrnehmbare elektronische Nichtklang, der anzeigte, dass man einer Maschine lauschte. Dann Musik: eine Samba-artige Instrumentalversion von *Paint It Black*.

Ich war in der Warteschleife gelandet. Unverschämtheit. Nein, ich hatte nicht vor, hier brav auf ihn zu warten, schon gar nicht bei Muzak-Berieselung. Kein Rumhängen mehr, kein Fatalismus. Die Wut floss mir durch die Eingeweide und heizte mir mächtig ein. Ich fuchtelte mit dem Hörer herum, und das Telefon fiel zu

Boden, wo ich es mit Wucht gegen die Wand kickte. Das beige Plastikgehäuse zersprang. Der Hörer in meiner Hand brach in schrilles Sirenengeheul aus, die einprogrammierte Klage über zunichte gemachte Garantien und Kundenrechte, die mit Füßen getreten wurden. Ich nahm das Spiralkabel in beide Hände und riss daran, als wollte ich ein Motorboot starten. Die Klage aus dem Hörer endete abrupt mit seiner Trennung vom Telefon.

Es fühlte sich gut an, das Hotel zu attackieren, ein Stück davon zu beschädigen, auch wenn es nur ein minimaler Makel war, den ich ihm zufügte. Ich war auf den Geschmack gekommen. Ich wollte mehr. Vielleicht war ich ein Verurteilter, der seine Zelle zerstörte, aber zerstören würde ich sie. Und ich wusste, was als Nächstes drankommen sollte – ich brauchte nur noch ein Werkzeug.

Im Bad war nichts zu finden, nur die kleinen Seifen und puppenstubenhaften Shampoofläschchen. Nähnadeln und Garn waren ebenfalls Teil der Ausstattung, aber nutzlos. Wenn ich den Spiegel zerbrach, würde ich vielleicht ein paar tödliche Scherben ernten, doch ich fürchtete, sie wären in erster Linie tödlich für mich. Im Schrank fanden sich nur federleichte Pantoffeln, ein Föhn und ein Schuhlöffel. Verschwunden war Hilberts Anzug – ein Symbol für sein Angebot an meine stumpfe, verkommene Seite, die ich über die Jahre in meiner inneren Dunkelheit hatte wuchern lassen. Die Seite, die mich fast schon ganz eingenommen hätte und die so überaus gut zum Way Inn passte. Aber der Anzug war weg, vielleicht zurückgezogen worden, nachdem ich das Angebot abgelehnt hatte.

Der Kleiderbügel, an dem der Anzug hing, hatte keinen Haken, sondern einen flachen Dorn, der sich in die Kleiderstange einklinken ließ. Obwohl er nicht sonderlich spitz war, konnte er sich als brauchbar erweisen. Ich nahm einen der Bügel heraus und wog ihn in der Hand – ja, das konnte gehen. Das Bild in meinem Zimmer glich allen übrigen – eine dunkle Sirupwelle, die sich über ein Karamellfeld wölbte, mit muskatbraunen Kreisen im Hintergrund. Ich hob den Kleiderbügel wie ein Beil und ließ ihn genau in die Mitte des Bildes niedersausen. Trotz der flachen Spitze schlug der Dorn glatt hinein. Ganz leicht ließ sich dann ein langer Riss durch die Leinwand ziehen, bis hinunter zum Rand des Holzrahmens. Und noch mal. Und noch mal. Ich machte drei lange Risse in das Bild, schön parallel angeordnet. Dann versuchte ich, einen Riss quer darüber anzubringen, und hackte schließlich aufs Geratewohl drauflos, bis das ganze Bild in Fetzen hing. Der letzte Schlag traf den Draht, an dem der Rahmen aufgehängt war. Das zerstörte Bild krachte zu Boden, und ich trat in den Rahmen und trampelte ihn platt.

Mein Impuls flaute mehr und mehr ab, je gründlicher das Gemälde vernichtet wurde. Eben noch war es mir wie eine Heldentat erschienen, dem Hotel Gewalt anzutun, aber jetzt kam ich mir albern vor, wie ein Kind, das sich in hilflosem Trotz gegen einen unversöhnlichen Erwachsenen abstrampelt. Das war nicht nur blöde, sondern auch sträfliche Zeitverschwendung, wo ich doch alles nur Erdenkliche hätte versuchen sollen, um dem Hotel zu entkommen, oder mich wenigstens für den nächsten Zusammenstoß mit Hilbert zu wappnen. Das Way Inn hatte mich in einen Schockzustand versetzt, eine Art Duldungsstarre. Nachdem ich die gigantischen Dimensionen seines Inneren erlebt hatte und zugleich seine verwirrende Fähigkeit, ebendiese räumlichen Koordinaten seinen jeweiligen Absichten anzupassen, hatte ich ganz einfach die Hoffnung verloren, noch etwas dagegen ausrichten zu können. Im Hotel sein hieß, ihm untertan sein.

Und doch gab es ein Draußen. Hinter diesen grün getönten Scheiben war die Aussicht dieselbe wie immer: der kahle Baugrund, der an das Hotel angrenzte, die benachbarten Bauruinen und die Brachlandschaft dahinter, im trüben Licht eines trostlosen Spätnachmittags. Und am Horizont die blinkenden Lichter des Flughafens. Alles verlässlich vorhanden. Ich brauchte gar nicht auszuchecken oder ein Taxi zu rufen – ich konnte auch quer über die Felder laufen, und bald schon würde ich den Zaun erreichen, der den Flughafen umgab. Unmöglich, ihn zu verpassen. Schlimmstenfalls würde man von der Flughafenpolizei aufgegriffen, aber das war nun wirklich keine Bedrohung. Ein warmes Auto mit einem Vertreter der irdischen Obrigkeit am Lenker.

Das Fenster war versiegelt – gegen Lärm, gegen das unkontrollierte Wetter, gegen die unklimatisierte Luft, gegen unerwünschten Selbstmord. Es bestand aus drei Schichten Sicherheitsglas, und das Kleingedruckte unten in der Ecke rühmte seine Widerstandsfähigkeit, die den höchsten Ansprüchen gerecht wurde.

Ich zog den Chromstahlstuhl unter dem Schreibtisch hervor – das gleiche Modell, das Dee benutzt hatte, um Hilbert k.o. zu schlagen – und prüfte sein Gewicht. Wie viel Kraft würde ich brauchen, um das Fenster zu zertrümmern? War ich dazu überhaupt in der Lage? Schwer zu sagen – zumindest lohnte sich der Versuch allein schon als Übung für den Fall, dass ich Hilbert noch mal mit der gleichen Waffe würde abwehren müssen. Ich packte den Stuhl an der Lehne, so, wie sie es getan hatte, und holte aus. Einerseits war ich euphorisiert von der Aussicht auf diesen willkürlichen Akt der Zerstörung, andererseits fürchtete ich, nicht Manns genug dafür zu sein, fürchtete auch die Konsequenzen, falls es mir doch gelänge. Bilder von explosiver Dekompression, von Körpern, die aus berstenden Flugzeugen gesogen wurden, schwirrten mir durch den Kopf.

Mein erster Schlag mit dem Stuhl prallte mit einem seltsam gedämpften *Klack* von der Scheibe ab und jagte mir einen stechenden Schmerz durch den Arm. Selber schuld, ich hatte alle Muskeln falsch und zur falschen Zeit angespannt. Aber mein Körper lernte dazu. Der nächste Schlag traf schon besser –

lockerer, koordinierter, effizienter –, doch das Fenster gab immer noch nicht nach. Erst beim dritten Schlag zersplitterte es in lauter kleine Teile, blieb aber im Rahmen hängen. Ich hieb weiter auf die Scheibe ein, um durch die zweite und dritte Schicht zu gelangen; winzige Smaragdsplitter wirbelten um mich her wie Reiskörner bei einer Hochzeit, bis die äußere Glasschicht, die sich vorgestülpt hatte wie eine Kristallblase, endlich aus der Verankerung sprang und zwei Stockwerke tiefer auf den Asphalt krachte.

Kalter Wind drängte in den Raum und bauschte die Vorhänge, brachte einen frischen Geruch nach Regen mit. Den Geruch der Außenwelt, jenseits der klimatisierten Einheitsluft des Hotels. Aber ich war noch nicht frei. Ich war im zweiten Stock – zu weit oben, um zu springen, ohne mir den Hals zu brechen.

Ich riss die Laken vom Bett, wand sie zu dicken Seilen und knotete sie an den Enden zusammen. Das hatte ich bisher nur in Filmen gesehen, und es plötzlich selbst zu machen, hatte etwas Surreales. Die Tatsache, dass ein brauchbares Seil dabei herauskam, mit dem man entkommen konnte, gab mir das Gefühl, selbst eine Art Filmfigur zu sein – was angesichts der monströsen Unwahrscheinlichkeiten, die das Way Inn einem zumutete, nicht gerade willkommen war. Während ich das Seil knotete, schmunzelte ich bei dem Gedanken, wie sehr die paradoxalen Wege und labyrinthischen Gänge des Hotels in ihrer monotonen Endlosigkeit an die Optik von Trickfilmen erinnerten, wo die Figuren vor ewig gleich vorbeirauschendem Hintergrund mit wirbelnden Beinen auf der Stelle rennen.

Als mein schlecht und recht zusammengefummeltes Seil fertig war, befestigte ich es an einem der Beine des Bettes und warf das lose Ende aus dem Fenster. Ohne Zögern, damit gar nicht erst Zweifel aufkommen konnten, schlang ich mir die Tasche über die Schulter, packte das Seil und stieg aufs Fensterbrett.

Kaum hatte ich den festen Halt auf dem Boden aufgegeben,

wirkte der Blick in die Tiefe gleich viel bedrohlicher. Glassplitter knirschten unter meinen Füßen und rieselten über die Kante. Meine Zuversicht geriet ins Wanken – es war ja auch ein bisschen tollkühn, so viel Vertrauen in den reibungslosen Ablauf von Trickfilmen zu setzen.

Ich lehnte mich vor, verlagerte meinen Schwerpunkt ins Leere, ließ das Seil mehr und mehr von meinem Gewicht auffangen. Es fühlte sich verlässlich an. Die Kühle draußen war angenehm beruhigend. Ich stemmte die Füße an der Außenwand ab und begann abzusteigen.

Die erste unwillkommene Überraschung: welche Belastung es für meine Arme war, die sich anfühlten, als würden sie aus den Schultergelenken gezerrt. Außerdem war es schwer, an der glatten Außenverkleidung der Mauer Halt zu finden. Meine Füße rutschten ab und zappelten im Leeren, und ich baumelte wie Tarzan am Seil, bevor ich gegen das Fenster unter dem meinen prallte. Der Schmerz in meiner Seite war so heftig, dass ich um ein Haar das Seil losgelassen hätte. Aber der Sturz wurde vermieden, und eine Weile hing ich nur da, klammerte mich fest und fühlte mein Herz hämmern. Was war da schiefgegangen? Wahrscheinlich hatte mein Gewicht ausgereicht, um das Bett zu verrücken, was mir dieses schaurige Gefühl von freiem Fall beschert hatte.

Mit etwas unbeholfenem Gestrampel fasste ich wieder Fuß und setzte meinen Abstieg fort. Der Schmerz in meiner Seite hatte nicht nachgelassen; scharfe Kanten scheuerten gegen weiches Gewebe. Vielleicht eine gebrochene Rippe. Die Knochen und Sehnen meiner Hände wurden mehr und mehr durch das Seil zusammengequetscht. Doch ich kam voran, und innerhalb weniger Minuten stand ich unten auf dem Boden.

Ein Maschendrahtzaun blockierte den direkten Weg zur Zufahrtsstraße, und das leere Gelände nebenan war von einem bunt plakatierten Bauzaun umgeben. Doch in dieser Richtung, etwa parallel zur Zufahrtsstraße, ging es zum Flughafen. Ich schlug den Weg zur Rückseite des Hotels ein, vorbei an Mülltonnen und Feuertüren. Der Bauzaun wurde bald von schäbigen orangefarbenen Plastikplanen abgelöst, die zwischen windschiefen Eisenstäben aufgespannt waren. Hier konnte ich einfach drübersteigen. Und schon war ich frei. Ich blickte noch mal zurück zum Way Inn, zu den getönten Fenstern empor, die eine geschlossene Front bildeten, bis auf eins, aus dem ein weißes Seil hing. In dem klaffenden Rahmen stand eine dunkle Silhouette, klar umrissen durch das Licht im Raum dahinter.

War auf den Feldern hinter den Hotels je etwas gewachsen? Kaum vorstellbar, dass aus diesen harten, kahlen Schollen überhaupt etwas Grünes sprießen konnte. Sie waren zu schnurgeraden Furchen gepflügt worden, zeigten aber keinen Anflug von Pflanzenwachstum, bis auf den einen oder anderen Unkrauthalm. Zwischen den Feldern verliefen flache Entwässerungsgräben, öde und reizlos wie der Rest der Landschaft. Ich sah keine Landmaschinen, keine Gehöfte, keine Tiere, keine Bäume. Nur den grauen Horizont und die lockenden roten Flimmerlichter.

Als meine Mutter und ich unsere letzte Reise zu meinem Vater angetreten hatten, brannten die Farmer noch nach der Ernte die Felder ab. Die Züge fuhren durch schwarze Rauchwolken, unter denen sich orangefarbene Glutbänder über den Boden schlängelten. Immer wurde die Welt zum Jahresende feierlich zerstört. Ich sah von meinem Fensterplatz aus zu, vielleicht war ich der Einzige, der dieser unbeachteten, öffentlichen Katastrophe zusah. Mir bot sie wenigstens einen Anblick, der nicht meine Mutter war. Sie hatte meine kindlichen Fragen über den Zweck dieser Reise ignoriert, und hinter diesem Schweigen, das spürte ich, lagen große Veränderungen, die sie ganz für sich allein beschlossen hatte. So jung ich auch war, wusste ich doch, dass ich besser daran tat, keine Antworten zu erbetteln. Wie sehr wünschte ich mir, es könnte mir irgendeine Kombination aus Worten einfallen, um den Bann zu brechen, unter den meine Mutter geraten war, seit sie am Morgen telefoniert hatte. Dabei hatte sie doch nur herausfinden wollen, in welchem Hotel mein Vater abgestiegen war. Dann hatten wir uns eilig zum Bahnhof aufgemacht. Die Worte, die den Bann hätten brechen können, fand ich nicht, also blieb mir nichts anderes übrig, als die Landschaft zu betrachten. Brennende Felder: eine Erneuerung, die aussah wie die Hölle.

Ich stolperte über etwas Hartes, das mich aus meiner Träumerei riss. Es war ein glatter, blasser Stein, kleiner als meine Faust, eiförmig und seltsam unpassend in diesem sauber gepflügten Feld. Bald kamen weitere Steine in Sicht, mehr und mehr, bis man gar nicht mehr gehen konnte, ohne auf sie zu treten. Sie füllten die Furchen und begruben schließlich das ganze Feld unter sich. Ich stolperte über eine Kiesebene dahin. War das eine natürliche Landschaft? Oder eine mir unbekannte Form von Landwirtschaft? Wie konnte sie zustande gekommen sein? Das Steinfeld dehnte sich, so weit das Auge reichte, weiter vorn nur durch eine schattenhafte Erhebung begrenzt. Gewiss war nichts davon das Produkt der Natur – die Steine sahen danach aus, als wären sie für ihre Regelmäßigkeit ausgewählt und sorgsam geharkt worden.

Ich änderte ein wenig meinen Kurs und steuerte auf die Schattenlinie in dem Steinfeld zu. Seit ich aus dem Hotel ausgebrochen war, hatte ich kaum Anzeichen menschlicher Aktivität gesehen, und eigentlich hätte ich schon längst auf die alte Straße zum Flughafen treffen müssen, wenn ich mich halbwegs parallel zur Autobahn gehalten hatte. Aber wo war überhaupt die Autobahn? Von dem sonst unausweichlichen Dauerrauschen war nichts mehr zu hören, und zu meiner Rechten zeigte sich auch kein orangefarbener Widerschein.

Dir roten Lichter vor mir leuchteten jedoch konstant, und langsam zeichnete sich auch so etwas wie ein Dach ab, ein langes, flaches Gebäude, exakt wie jene, die man in Flughafennähe findet.

Zunächst aber erreichte ich die von Weitem schon erspähte Erhebung, die einfach nur ein großer, glatter Felsen war. Ich stieg hinauf, um einen besseren Überblick über das Steinfeld zu bekommen. Von oben konnte ich sehen, dass die Kiesel in konzentrischen Kreisen um den Felsen angeordnet waren und wie elegante, ringförmige Wellen davon ausstrahlten. Genau wie die Muster in Zen-Gärten.

Ganz genauso.

Das lang gestreckte Gebäude füllte den Horizont aus. Es *war* der Horizont. Vier Stockwerke, helle Verschalung, ein Gitterwerk aus getönten Fensterscheiben. Die roten Lichter befanden sich auf dem Flachdach, und sie dienten nicht der Navigation, sondern bildeten Buchstaben:

WAY INN.

Ein anderes Hotel? Nein, dasselbe Hotel.

Ich war immer noch im Hotel.

Auf einmal war es offensichtlich. Was ich für die Außenwelt gehalten hatte, war nichts als ein riesiger Innenhof, auf allen Seiten vom Way Inn umgeben. Meine Flucht war eine Illusion gewesen, bloß ein Spaziergang durch eine der riesigen Freiflächen des Hotelgeländes.

Ich setzte mich auf den Felsen und starrte an der aufragenden Hotelmauer empor, völlig überwältigt von dieser Entdeckung. Vielleicht gab es sonst überhaupt nichts – jeder Ort, an dem ich je gewesen war, nichts als eine tolerierte Ausbuchtung in der uniformen, porösen Struktur des Way Inn. Die ganze Wirklichkeit nichts weiter als ein Stäubchen in einem Hotelhof. Es gab keinen Weg hinaus, nur Wege tiefer hinein.

Eine einzelne Feuertür war ins fensterlose Erdgeschoss des Hotels eingelassen, und sie stand halb offen. Eine Einladung, eine

Verlockung. Komm wieder herein. Wo kannst du denn sonst hin?

Drinnen war es allerdings nicht ganz so wie erwartet. Ich fand mich nicht in einem der typischen Erdgeschossräume wieder, sondern in einem langen, kahlen Korridor mit weiß gestrichenen Schlackensteinwänden und Betonboden, der meine Schritte hallen ließ. Dieser sparsame Gang war von schlichten Neonröhren beleuchtet, die summten und blinkten und Teile des Gangs immer wieder in Dunkel tauchten, als hielte der Korridor sich nur durch einen titanischen Willensakt im Bereich des Realen. Es gab keine Türen, die man zu öffnen versuchen konnte, nur hin und wieder ein abstraktes Bild, und ich hörte die Feuertür hinter mir zuschlagen. Schon wieder tat es mir leid, eine Tür hinter mir einfach zufallen lassen zu haben, andererseits machte es aber wohl ohnehin keinen Unterschied, was ich wollte, wenn das Hotel vorhatte, eine Tür zu schließen. Es entschied, wohin ich gehen konnte, da brauchte ich mir gar nichts vorzumachen. Was mich jetzt noch anspornte, war nur noch grimmige Neugier, zu erfahren, was das Way Inn für mich in petto hielt.

Der Gang endete an einer anonymen schwarzen Tür, die sich problemlos öffnen ließ. Auf der anderen Seite setzte der Gang sich fort; auch hier gab es Variationen auf das bekannte Muster. Dieser Teil des Hotels war nur schwach beleuchtet, und der makellos minimalistische Dekor einer globalen Hotelkette war hier nicht zu finden, stattdessen herrschte trashiges Fifties-Ambiente. Der Flurläufer war nachtblau, mit gelbem Sternenmuster, das sich auf der Tapete wiederholte, nur umgekehrt, mit kleinen blauen Sternen auf gelbem Grund. Das schummrige Licht hatte einen rötlichen Schimmer und kam von einer Quelle weiter vorn im Flur. Bisher war im Hotel immer alles in untadeligem Zustand gewesen, wo ich auch hingekommen war, aber hier unten schienen sich die Maßstäbe doch sehr gelockert zu haben. Der Läufer war stellenweise fadenscheinig, die Tapete wellte sich. Nur die Bilder sahen genauso aus wie überall – und ich war überrascht von der Zeitlosigkeit ihres Stils, denn in dieses Retro-Ambiente hier passten sie ebenso gut wie zur kühlen Modernität im übrigen Haus.

Wo war ich hergekommen, um hier zu landen? Es wunderte mich nicht, dass die Tür, die ich benutzt hatte, die Nummer 219 trug. In die eine Richtung verlor der Flur sich in der Dunkelheit, in die andere Richtung ging es auf den roten Lichtschimmer zu. Also dann hin zum Licht.

Viele der Zimmer, an denen ich vorbeikam, waren offen, und ein Blick hinein genügte, um festzustellen, dass ich eine Jahrhundertparty verpasst hatte. Der Boden war übersät mit leeren Miniflaschen, auf den altertümlichen Möbeln waren Gläserpyramiden aufgetürmt. Aschenbecher quollen über von Zigarrenstummeln und lippenstiftfleckigen Zigarettenkippen. Die Bettlaken waren verkrumpelt und verschmutzt. Etliche Möbel waren zu Bruch gegangen, überall lagen Kleidungsstücke herum, meist zerrissen. Eine luftleere Aufblaspuppe hing über einen der Fernseher drapiert, und durch ihren rosa Plastikbauch war analoges Schneegeriesel zu sehen. Alle Zimmer hatten kleine, uralte Fernseher, die auf leeren Kanälen liefen und diese Szenarien der Ausschweifung mit bläulichem Flimmern untermalten. Die Luft war dick von kaltem Rauch, saurem Schweiß und verdunstetem Alkohol, doch der Geruch maskierte nur einen tieferen Anhauch von Fäulnis – Verdorbenheit der Körper, der Gebäude, der Gehirne.

Nach zwanzig bis dreißig Metern öffnete der Korridor sich zu einer Galerie, die einen Innenhof überblickte. Ich blieb an dem Art-déco-Geländer stehen, dessen gelber Anstrich gespickt von Rostnarben war, und sah auf ein abgelassenes, nierenförmiges Schwimmbecken hinab, dessen Boden völlig zugemüllt war. Der Himmel war bronzefarben, und man spürte, dass ihm etwas Wesentliches fehlte: Er war nie von einer Sonne gewärmt worden. Was den Hof erhellte und einen blutroten Lichtschein in den Korridor warf, war ein riesiges Neonschild, das wie ein Totempfahl am offenen Ende des u-förmigen Gebäudes stand.

WAY

INN

MOTELS

Wie eine Motte wurde ich von diesem Neonlicht angezogen. Ich stieg die Treppe am Ende der Galerie hinunter. Das Schild war ein Klassiker aus der goldenen Zeit der Motel-Kultur, dazu bestimmt, Fernreisende anzulocken, die in chromblitzenden Straßenkreuzern über nagelneue Highways rauschten. Die Schrift auf dem Schild war sanft gerundet, ein früher Prototyp aus der Zeit, bevor alles von Corporate Identity Consultants auf Linie gebürstet wurde. Diese Enklave hier entstammte einer Ära, als das Way Inn noch klein, ortsgebunden und individuell war, lange bevor es zu einem globalen Moloch wurde. Wieso hatte es dieses Relikt von sich erhalten, tief im Inneren eingekapselt? Aus unvermuteter Sentimentalität? Und warum es dann so verkommen lassen? War dies vielleicht ein Versteck für Hilbert und Konsorten, der geheime Ort der Lüste, auf den er angespielt hatte?

Während ich über den Hof ging, kickte ich leere Fläschchen und Bierdosen in den Pool. Eine teebraune Pfütze war noch an der tiefsten Stelle des Beckens zurückgeblieben, und das Sprungbrett war voller Flecken. Zwischen dem ganzen Müll am Grund schwamm eine blonde Perücke. Die weiße Bespannung der Liegestühle am Beckenrand hing ausgeleiert an den rostigen Rahmen. Pornohefte aus vier Jahrzehnten lagen verstreut herum. Partyhütchen und Ketten aus Plastikkugeln. Spritzenkanülen. Es war vollkommen still – was dieses mysteriöse Motel so unheimlich machte, abgesehen von dem toten Himmel, war die tiefe Stille, die es umgab wie ein Burggraben; nicht die friedliche Ruhe ländlicher Regionen, sondern eine morbide, schalltote Leere. Außer meinen Schritten war nur das Summen des riesigen Neonschilds zu hören.

Das Schild – deshalb war ich hierher geleitet worden. Und ich war nicht der Erste. Abgebrannte Kerzen umringten den Eisenpfosten, der die Neonschrift trug, und kryptische Muster waren mit Kreide und Sprühfarbe auf den Beton gezeichnet. Ein heiliger Ort für Hilberts Hotelkult. Und was für ein schäbiges Utopia es war – eine verdreckte Sackgasse, wo man nichts anderes tun konnte als saufen und seinen inneren Schweinehund von der Leine lassen: eine grenzenlose Welt, begrenzt auf ordinäre Motel-Orgien. Keine permanente Cocktailparty, sondern ein ewiges versautes Wochenende, wo eine bodenlose Minibar geplündert und unter einer sonnenlosen Kuppel geschwitzt wurde.

Und jenseits des Motels – nichts. Eine Wüstenei mit ein paar Flecken Gestrüpp. Nein, kein Gestrüpp: lappige Körper, schwarz gekleidet, hie und da in dem Ödland verstreut. Kein Wasser im Pool, nichts im Fernsehen, kein Weg, nirgends, und nur *eine* wirklich sichere Möglichkeit, auszuchecken.

Zwei Sessel, aus den Zimmern geholt, standen dem Schild gegenüber. Ich setzte mich in einen davon und sah zu der surrenden roten Leuchtschrift hinauf.

»Hallo«, sagte ich.

Das Schild schwieg.

»Ich suche nach einem Zeichen«, sagte ich. »Finde ich das hier?«

Das Schild verlosch – aber nicht ganz. Drei der roten Lettern leuchteten weiter, das Y von WAY und das E und S von MOTELS.

YES

»Bin ich tot oder noch am Leben?«

Das YES verschwand und ließ den Hof im Dunkeln zurück, die Umrisse gerade noch erkennbar unter der höllischen Bronzekuppel.

»Ach so, es sind nur Fragen zugelassen, die man entweder mit Ja oder Nein beantworten kann?«

YES

»Bin ich tot? Hat Hilbert mich umgebracht?«

Das letzte N von INN und das O von MOTELS leuchteten auf.

NO

»Will Hilbert mich umbringen?«

YES

»Gibt es einen Weg hinaus?«

YES

»Ich kann hier also rauskommen?«

YES

»Aber wie?«

Das Schild wurde dunkel.

»Ja, ja, schon gut. Werde ich hinausfinden?«

NO

»Kennt Dee den Weg hinaus?«

YES

»Also, wenn ich Dee finde, finde ich auch hinaus?«

YES

»Weißt du, wo Dee ist?«

YES

»Du machst das, oder? Du schirmst Dee vor Hilbert ab?«

YES

Jetzt begriff ich es allmählich – auf jeder Etappe hatte das Hotel mich zu Dee hin geleitet. Und Hilberts Aktionen hatten uns immer wieder getrennt. Ich hatte angenommen, dass Hilbert auf Weisung des Hotels handelte – aber was, wenn er ein Diener war, dem nicht mehr zu trauen war, ein Diener, der die Stimme seines Herrn nicht mehr hören konnte, weil sein Verstand den allzu langen Umgang mit der Unendlichkeit nicht verkraftet hatte? Er stand in direktem Kontakt zu seinem Gott, und das zerstörte ihn, wie es jeden Menschen zerstören würde. Plötzlich empfand ich so etwas wie Mitleid. Nicht mit Hilbert, sondern mit dem Hotel, das sich auf so labile Kreaturen wie uns Menschen stützen musste. Eine Gattung, der göttliche Macht verliehen worden war, und die diese Macht dazu nutzte, eine Kette von Hotels zu bauen. Vielleicht gab es anderswo eine Spezies, der es gelang, das Way Inn zur Errichtung von palastartigen Bibliotheken und utopischen Kulturtempeln zu nutzen – wir aber hatten ein Hotel gebaut, und unser Stolz beschränkte sich auf die Kaffeemarke, die man in der Lobby aufgebrüht bekam.

Eine Welle von Scham erfasste mich und sog mir den Sand unter den Füßen weg. Hier saß ich nun vor einem Orakel, womöglich gar am Hang des Olymps, konnte Fragen stellen und Antworten erhalten. Und alles, was mir einfiel, war die Frage, wie ich Hilbert entkommen könnte. Armselig.

»Kennst du den Sinn des Lebens?«

NO

Falsche Frage. Dass es mich abblitzen ließ, hieß nicht, dass das Leben sinnlos war, sondern nur, dass das Hotel die Antwort nicht kannte. Warum sollte es auch? Besser, ich versuchte, ein bescheideneres Geheimnis zu ergründen.

»Kann ich Ihnen helfen, Madam?«

»Bitte passen Sie auf meinen Sohn auf.«

»Sind Sie Gast im Hotel?«

»Nein, aber mein Mann. Ich bin gleich wieder da.«

Ich sitze in einem schwarzen Ledersessel, der viel zu groß für mich ist. Meine Füße reichen nicht bis auf den Boden. Der Mann in der roten Weste mit den Goldknöpfen, der mit meiner Mutter gesprochen hatte, beugte sich zu mir herab.

»Wie heißt du?«

»Neil«, sagte ich.

»Willst du ein Glas Saft, Neil?«

Das wollte ich sehr gern. Meine Mutter war nirgends zu sehen. Das Theater mit dem Silbertablett und dem runden Papierdeckchen wurde ganz allein für mich aufgeführt. Ich konnte

Dinge fordern, und sie würden schwungvoll erscheinen. Obwohl ich allein war, fühlte ich mich sicher. Nach der grässlichen Zugreise durch diese Welt in Flammen fühlte ich mich geborgen, die Leute lächelten mich an und brachten mir Saft. *Das ist ein Hotel,* sagte ich mir, und beschloss, dass ich Hotels mochte.

Große Eiswürfel, die größten, die ich je gesehen hatte. »Die Amerikaner lieben alles auf Eis«, hatte mein Vater mal gesagt. Amerikaner? Wir waren in England. Und dennoch gab es hier ein Glas voller großer amerikanischer Eiswürfel. Mit einem kleinen Plastikzepter zum Umrühren.

Es ist eine amerikanische Hotelkette, die Anfang der Siebziger nach England gekommen ist und seitdem rasant expandiert. Mein zwölfjähriges Selbst versteht es endlich. Die Erinnerung wird ein wenig reichhaltiger, als hätte sie plötzlich Zugang zu einer leistungsstärkeren Bandbreite. Der Kopf des Rührstabs besteht aus den Lettern WI. Ich würde mich gern einschalten können, um die väterliche Anleitung nachzuholen, die es nie gab.

Dann tauchte meine Mutter wieder auf. Ich weiß nicht mehr, ob sie etwas zu mir sagte, aber sie packte mich so fest bei der Hand, dass es fast weh tat, und ich wurde vom Sessel hoch und in die Stadt zurück gezerrt. Der Saft war nicht mal halb ausgetrunken, was sonst nicht meine Art war. Ich hatte ihn mir extra aufgespart, hatte jeden eisigen Schluck ausgekostet. Das Gesicht meiner Mutter war nass, und sie zitterte so merkwürdig, als versuchte sie, einen Lachkrampf zu unterdrücken, aber nichts hätte ihr ferner liegen können als lachen. Und mich interessierte kein bisschen, was sie so aufgewühlt hatte – ich war nur wütend, diesem wunderbaren Ort der Geborgenheit entrissen worden zu sein.

Später verstand ich dann, dass ich hinter den Kulissen dem letzten Akt der Ehe meiner Eltern beigewohnt hatte. Eine unverständliche psychische Katastrophe hatte sich in der Welt der Erwachsenen ereignet, und ich hatte nichts davon mitbekommen.

Wie meist in der Kindheit, war mir willkürlich, unverständlich und belanglos vorgekommen, was für die Erwachsenen entscheidende Umbrüche waren. Es brauchte Jahre, um die Puzzleteile zusammenzusetzen. Doch der Rahmen, das Hotel, war von Anfang an dagewesen – das Hotel war das, wo Erwachsenendinge passierten. Es war das Gegenteil der stickigen, trübseligen Kindheit. Es war die Welt jenseits des Grauschleiers.

Obwohl meine Mutter mir nie erklärte, was an dem Tag passiert war, versuchte sie nach Jahren einmal, mir ihren unverminderten Zorn auf meinen Vater begreiflich zu machen. Dazu brauchte sie nur drei Worte: Er war untreu. Und selbst als mir klar geworden war, dass es sich nicht um eine einmalige Tat, sondern um eine unendliche Geschichte handelte, konnte ich die Härte der Trennung immer noch nicht verkraften. Es fiel mir schwer, *ihr* zu verzeihen, nicht meinem Vater. Sie hatte dafür gesorgt, dass er nie mehr zurückkommen würde.

»War mein Vater damals mit einer Frau zusammen?«

YES

»Und meine Mutter hat sie zusammen ertappt? Im Way Inn?«

YES

Und so hatten die unbeantworteten Fragen meines Lebens Antwort gefunden. Hotels waren das, wo Erwachsenendinge vor sich gingen, wo ich nicht mehr den lästigen Einschränkungen der Kindheit unterworfen wäre – all den Entbehrungen und den Vorstellungen meiner Mutter von Recht und Unrecht, die mir Unrecht getan hatten, indem sie mich meines Vaters beraubten. All das hatte ich verworfen, um diesem verlorenen, verführerischen Mann nachzueifern. Selbst er hatte sich von jenem Leben abgewandt und war entsetzt gewesen zu sehen, wie vollkommen ich zu seinem Ebenbild wurde. Aber es war noch nicht zu spät, die Kursrichtung zu ändern.

Das Schild summte knisternd, und WAY INN MOTELS glomm

wieder ganz in Rot, sodass die letzte Antwort des Hotels nicht mehr zu sehen war.

»Wie kann ich Dee finden?«, fragte ich hastig, drängend, bedürftig, auf mehr als Zustimmung oder Verneinung hoffend.

Nichts geschah. Das Orakel schwieg. Aber Dee hatte doch gemeint, das Hotel spreche immer mit den Gästen, die es interessierten, man müsse eben nur zuhören können. In all dem Wirrwarr, der mir ständig widerfuhr, musste ich irgendein Signal übersehen haben.

»Du hast es mir schon gezeigt, stimmt's?«, murmelte ich. »Es muss hier irgendwo vor meiner Nase sein, das Zeichen, das mich zu Dee führt und zu dem Weg nach draußen.«

Das Schild sirrte weiter vor der Dämmerung, auf die nie ein Morgen folgte. Ich blickte hinaus in die Wüste und lauschte dem rhythmischen Grillenzirpen.

Grillen? Gab es an diesem monströsen Ort so etwas wie Natur mit lebenden Tieren und Pflanzen? Sogar Insekten kamen mir unwahrscheinlich vor. In einem Hundert-Meter-Radius um das Hotel kroch die vermeintliche Oberfläche des Ödlands wie Lava dahin, und die fernen Hügel ballten sich unstet wie Wolken. Es war eine brodelnde Fata Morgana, kein festes Terrain. Ich wusste nicht, was Hilberts Kollegen umgelegt hatte, deren Überreste diese surreale Tundra tüpfelten, aber ich konnte mir denken, dass sich jenseits dieser pseudoamerikanischen Nostalgie-Blase eine Region befand, die unvereinbar war mit jeglicher Art von Leben. Das Zirpen, das eigentlich angenehm an sommerliche Parks erinnerte, begann mir auf die Nerven zu gehen. Es kam von hinten, aus dem Hotel.

Ich sprang auf und stieg wieder hoch zur Galerie im zweiten Stock. Das Geräusch wurde immer lauter – keine Grille, sondern ein schriller elektronischer Alarm, der aus dem dunklen Inneren kam. Ich wusste schon, in welchem Zimmer ich nachsehen musste.

219 war verschlossen, doch meine schwarze Karte öffnete die Tür. Drinnen war das Zimmer noch genauso, wie ich es verlassen hatte, als ich mich Stunden zuvor durchs Fenster abseilte. Auf dem Bildschirm stand immer noch WILLKOMMEN MR. DOUBLE zu lesen, das Telefon lag immer noch zerbrochen da, in einem See aus Glassplittern. Wie ich mir schon gedacht hatte, war das Bett in die Mitte des Raums gerutscht und hatte sich mit einer Kante unter dem Fenster verkeilt. Ich trat ans Fenster und sah hinaus. Derselbe öde Baugrund, dieselben roten Lichter am milchigen Horizont, dieselben farblosen Felder. Unten am Rand der Baustelle kletterte gerade ein kleiner Mensch über den orangefarbenen Plastikzaun, und während ich zu ihm hinabsah, drehte er sich um und sah mich im Fenster stehen. Sich spiegelnde Spiegel, die sich gegenseitig ihr Spiegelbild bis in alle Ewigkeit zurückwarfen – Reflexionen in der Zeit wie im Raum, unheimliche Ausstülpungen und Endlosschleifen in dem Ausnahmezustand, der sich Way Inn nannte. Ich selbst war das da unten, ich blickte hinab auf mich selbst.

Schockiert wich ich vom Fenster zurück. Das unentwegt jaulende Alarmsignal kam aus dem Radiowecker, der vom Nachttisch gerissen worden war, als das Bett durchs Zimmer rutschte. Ich hob das Radio auf und drückte die Aus-Taste. Auf dem Display stand 3 33. Wenn es nicht die Uhrzeit war, dann eine Nummer. Von Anfang an hatte sie wispernd und kreischend auf sich aufmerksam gemacht.

Wieder einmal hatte das Way Inn die Umgebung von Zimmer 219 verwandelt – was mich nicht sonderlich erstaunte. Ich hatte mich endlich an seine Eigenheiten gewöhnt. Ich wandte mich nach links, fand Aufzug und Treppenhaus am üblichen Platz, aber die Treppe führte nur nach oben – ein Betonboden hatte die Abwärtsstiege ersetzt.

Zimmer 333 sah genauso aus wie alle anderen im dritten

Stock, wie alle anderen auf allen Stockwerken. Und genauso, wie seine globale Gleichheit es dem Way Inn erlaubte, nach Gutdünken zu expandieren – es war nie überraschend, ein Way Inn zu sehen, und sie versprachen auch nie etwas Überraschendes –, so machte das Hotel es entschlossenen Leuten auch leicht, sich vor aller Augen zu verstecken. Und Dee war sicherlich entschlossen – das hatte sie von Anfang an bewiesen.

Ein »Bitte nicht stören«-Schild hing an der Türklinke von Zimmer 333. Ich horchte an der Tür und meinte, drinnen leises Rascheln zu hören. Da mir sonst nichts einfiel, klopfte ich an.

Das Rascheln hörte auf. Ich klopfte noch mal.

Atemlose Stille. Dann eine Stimme. »Ja?«

Am liebsten hätte ich »Zimmerreinigung« gesagt, doch es schien mir nicht ratsam, noch mehr Geflunker in die Beziehung einzubringen. »Hier ist Neil Double.«

Schweigen.

»Hau ab.«

»Ich wollte mich entschuldigen. Ich hab's echt vermasselt. Hilbert hatte mich da in was reinmanövriert, das ich nicht verstanden hatte. Ich wollte dich wirklich nicht in Gefahr bringen.«

»Hau ab, Neil.«

»Bitte. Du bist immer noch in Gefahr. Wir beide. Hilbert ist wahnsinnig. Er dient nicht mehr dem Hotel, er führt seinen persönlichen Kreuzzug, mit dem Ziel, uns zu töten.«

Keine Antwort. Ich wartete, aber das Schweigen hielt an.

»Wie glaubst du wohl, dass ich dich gefunden habe, Dee? Das Hotel hat mir gesagt, wo du bist. Es hilft mir, nicht Hilbert. Wir müssen zusammenhalten.«

Die schwarze Keycard steckte in meiner Jackentasche, und ich spürte sie zwischen den Fingern, diese spezielle, dickere Chefversion einer Chipkarte. Ob sie auch diese Tür öffnen würde? Oder würde das nur wieder Hilbert auf den Plan rufen? Doch während ich noch hin und her überlegte, ging die Tür auf.

Dee stand vor mir, in derselben Lederjacke und Jogginghose wie zuvor, nur das Danger-Mouse-Shirt war gegen eines von Joy Division ausgetauscht.

»Was ist mit Danger Mouse passiert?«

»Blutflecken.« Sie starrte mich an, warnend, wie mir schien.

»Die Reinigung hier im Haus würde ich nicht empfehlen.«

Dee gab keine Antwort, trat aber beiseite, um mich einzulassen.

Zimmer 333 war ein Chaos. Kein verkommenes Chaos wie im Motel am Ödland, auf jeden Fall aber wie die Wohnhöhle eines einsiedlerischen Workaholic. Schreibtisch und Bett waren dick mit Papieren übersät, meist losen Blättern, die mit Dees esoterisch-geometrischen Kritzeleien bedeckt waren. Dazwischen lagen schlampig gefaltete Landkarten mit Randnotizen und einige Bücher, auch das, was ich sie in der ersten Nacht hier hatte lesen sehen. Zettelwirtschaft ebenfalls an den Wänden, sogar auf dem Fernseher: hunderte Ausdrucke der Fotos von den abstrakten Gemälden. Dees Tablet-Computer parkte in einer schmalen Lichtung auf dem Schreibtisch, an eine Tastatur und ein Stylus Pad angeschlossen. Die Fotos der Gemälde verteilten sich pausenlos auf dem Bildschirm um, auf der Suche nach passenden Anschlussstellen in dem gigantischen Puzzle.

Da der Sessel mit Zimmerservice-Tabletts beladen war, setzte ich mich auf die Bettkante.

»Ich habe das innere Hotel gesehen, Dee«, sagte ich. »Das Hotel lässt mich nicht raus, aber *rein* hat es mich gelassen. Ich hab das Motel gesehen. Ich hab mit dem Neonschild gesprochen. Es hat meine Fragen beantwortet.«

»*Ich* hab das Motel gesehen«, äffte Dee mich ein bisschen schnippisch nach, als wäre sie eingeschnappt, dass sie nicht mehr die Einzige war. Ich freute mich über diese Reaktion – sie war so menschlich. »Es gibt ein paar ganz fiese Ecken im inneren Hotel, sogar noch fieser als das Motel.«

»Das glaub ich dir gern«, sagte ich. »Ich zweifele auch gar nicht daran, dass du das innere Hotel besser kennst als ich. Darum bin ich ja hier. Das Hotel lässt mich nicht gehen. Aber ich glaube, es wird uns zusammen gehen lassen.«

Aus dem Augenwinkel gewahrte ich, wie eine Arabeske über die Bilder an der Wand hinwegrollte, doch sogleich innehielt, als ich hinsah; ein flüchtiger Eindruck eines größeren Zusammenhangs. Willentlich aber konnte ich den Effekt nicht wieder hervorbringen. Ich wandte irritiert den Blick ab und nahm das Buch zur Hand, das zufällig neben mir lag. *Gödel, Escher, Bach* von Douglas Hofstadter, zerlesen und mit Zetteln gespickt wie alle Bücher von Dee. Ich kannte es nicht, doch ehe ich es umdrehen konnte, um die Rückseite zu lesen, schnappte Dee es mir aus der Hand und fing an, die Papiere um mich her zusammenzuraffen, ohne erkennbares System.

»Escher – das war doch der Typ mit den endlosen Treppen und auf dem Kopf stehenden Schlössern.«

»Maurits Cornelis Escher.«

»Maurice?«

Sie ignorierte den Einwurf und stopfte die Papiere in ihre riesige Schultertasche.

»Ich hab mit dem Hotel gesprochen«, setzte ich noch mal an. »Es hat meine Fragen beantwortet.«

»Es kann ganz schön gesprächig sein, wenn es will«, versetzte Dee eher unbeeindruckt. »Vielleicht, weil es so viel mit Psychopathen zu tun hat. Und mit ewiger Einsamkeit.«

»Es hat gesagt, Hilbert will mich umbringen. Also haben wir das schon mal gemeinsam.«

»Gratuliere. Was hat es sonst noch gesagt?«

»Dass du den Weg ins Freie kennst. Dass ich den Weg hinausfinde, wenn ich dich finde. Und dass es dich vor Hilbert abschirmt.«

»Tja, Baby, da nimmt es vielleicht den Mund zu voll.«

Das hörte ich gar nicht gern – erst jetzt wurde mir bewusst, dass ich mich total auf Dees Kompetenz im Umgang mit dem Hotel verlassen hatte. Ich war so beeindruckt von der Art, wie das Way Inn die Wirklichkeit umwandelte, dass ich es selbstverständlich für unfehlbar gehalten hatte. Aber was, wenn es sich irren konnte? Und warum sollte es nicht auch fähig sein zu lügen?

»Versuchen können wir es ja wenigstens«, sagte ich ein wenig lahm.

Dee gab keine Antwort. Hastig räumte sie alle Bücher und Papiere vom Bett in ihre Tasche, rupfte die Fotos von den Wänden, ohne jede Sorgfalt oder Rücksicht. Wieder hatte ich das Gefühl, in ihrer Zusammensetzung etwas Bestimmtes zu erkennen – nicht bloß eine Musterfolge von einem Bild zum nächsten, sondern eine ganz eigene Harmonie. Aber der Eindruck war gleich wieder verflogen.

»Wegen mir musst du nicht aufräumen«, sagte ich. »Tut mir leid, dass ich hier so reingeplatzt bin. Ich weiß ja, dass du keinen Besuch erwartest.«

»Ich räume nicht auf«, entgegnete sie. »Ich gehe.« Sie schloss die Augen und schüttelte den Kopf. »Ich flüchte.«

»Flüchten?« Sekundenlang ergab das Wort für mich keinen Sinn, als ob ein archaischer Ausdruck wie *turnieren* sich unversehens ins Gespräch geschmuggelt hätte. »Wovor?«

»Du bist ein Idiot, Neil«, sagte Dee mit einer Art bitterer Belustigung. »Irgendwie mag ich dich ja – Gott weiß warum –, aber du bist ein Idiot. Du läufst im inneren Hotel herum, in Hilberts Revier, seinem Geschäftsbereich, und wunderst dich überhaupt nicht, wo er bleibt? Wieso hat er noch nicht zugeschlagen? Er mag wahnsinnig sein, aber dumm ist er ganz gewiss nicht. Er wartet.«

»Wartet? Worauf?«

Dee lächelte mitleidig. »Darauf, dass du mich findest. Dann hat er uns beide.«

Während sie sprach, hatte die Klimaanlage angefangen zu

rasseln, und als sie schwieg, wurde das Rasseln zu einem tiefen, schleppenden Stöhnen; es klang wie eine Antwort.

»Mist.«

»Rekonfiguration der hotelinternen Pseudostruktur«, sagte Dee. »Und hier ganz in der Nähe.« Sie hatte die Wände und den Schreibtisch frei geräumt; zurück blieben jede Menge blaue Hafti-Akne und ein überquellender Papierkorb. Jetzt stopfte sie noch schnell die paar herumliegende Kleidungsstücke in die Tasche. »Luft wird durch die Anlage gepresst. Wie bei einer einfahrenden U-Bahn.«

»Das heißt, er kommt.«

Jetzt lächelte sie nicht nur, sie strahlte geradezu euphorisch. »O ja, er kommt. Um den Berg herum.«

Der Radiowecker auf dem Nachttisch schrillte vor Störwellen und brach in hysterisches Geschnatter aus.

»Gar nicht gut.« Besorgnis zeigte sich in ihrer Miene. Flimmernde Blockstreifen in Gift-und-Galle-Grün wischten über den Tablet-Bildschirm. »Gar nicht gut, gar nicht gut.«

»Was machen wir jetzt?« Ich war aufgestanden.

»Wir machen, dass wir wegkommen.« Und schon wirbelte sie aus der Tür, rupfte zugleich noch die Keycard aus dem Schlitz in der Wand. Die Karte war weiß. Panisch schnappte ich mir meine Tasche und wollte schon hinterherstürzen, als ich etwas aus dem schiefen Stapel Zimmerservice-Tabletts ragen sah: den hölzernen Griff eines Steakmessers. Ich riss es heraus, und die Tabletts krachten in einer Kakophonie von splitternden Gläsern und Tellern zu Boden. Das Messer war kurz, geriffelt und schmutzig, aber es hatte eine schöne scharfe Spitze. Ich stopfte es in meine Jackentasche und rannte los.

Ein Wunder. Dee wartete im Flur auf mich. Nie war sie mir so schön erschienen. Doch ihr Blick ging über mich hinweg, richtete sich auf irgendetwas hinter mir, und ihr Gesicht verzerrte sich vor Entsetzen.

Ich drehte mich um. Hilbert kam den Korridor hinab auf uns zu, noch größer, als ich ihn in Erinnerung hatte, vor Wut in die Länge gezogen. Sein Anzug wehte geradezu vor dunkler Energie, und wo er vorbeistreifte, bauchten die Flurwände sich einwärts, bemüht, ihm Platz zu machen. Die Lichter flackerten und warfen unwahrscheinliche Schatten, fingen Winkel ein, die gar nicht vorhanden sein konnten und sollten.

Den ganzen Flur entlang brodelten die Bilder in ihren Rahmen, Kreise und Bogenformen peitschten über die Leinwände.

»Zimmerreinigung!«, bellte Hilbert, wobei die jaulende Rückkopplung seinen Konsonanten alles Menschliche nahm. Rasend schnell kam er auf uns zu, und der Boden unter mir vollführte eine ozeanische Wellenbewegung, als hätte die Entfernung zwischen uns sich eigenmächtig zusammengezogen. An Flucht war gar nicht mehr zu denken – schon krachte er in mich hinein, mit dem Kopf voran wie ein Kampfstier. Mein Brustkorb wurde zu einem brustkorbförmigen Etwas aus purem Schmerz, und ich spürte, dass ich durch die Luft segelte. Mit einem bitteren Röcheln schwand alle Luft aus meinen Lungen, als ich mit der Wand des Way Inn kollidierte und zu Boden sackte.

Zusammengekrümmt, um Atem ringend, konnte ich mich nicht mehr rühren. Meine Rippen waren nur noch Qual, und meine Schulter fühlte sich verrenkt an. Meine Beine waren schlaff und nutzlos, und irgendwas war auf sie gefallen – eins der Bilder, das ich beim Aufprall von der Wand gefegt hatte. Noch ehe ich versuchen konnte, mich aufzurappeln, erschien Hilbert über mir, das Gesicht verschwommen, die Faust zum Schlag erhoben.

Instinktiv klammerte ich mich an dem Bild fest und hielt es wie einen Schild über meinen Kopf. Der Rahmen krachte entzwei, aber wenigstens hatte er die Wucht des Schlags abgefangen, die auch Hilbert zu Boden riss. Adrenalin schoss mir durch die Adern – ich wälzte mich über Hilbert und stülpte ihm die

Leinwand über Kopf und Brust. Er zappelte unter der Hülle, und ich sah sepiabraune Ovale und Kurven aus dem Gemälde auf meine Hände kriechen. Mit einem Schrei des Entsetzens ließ ich das Bild los, kam unbeholfen auf die Beine und wühlte in der Jackentasche nach dem Messer. Als ich es zu fassen bekam, ließ ich mich auf die Knie fallen und stach wieder und wieder in die Leinwand, unter der Hilbert steckte. Blut spritzte aus den Einstichen, und Hilberts Beine wanden sich wie Aale.

»Neil! NEIL!«

Weiter hinten im Flur winkte Dee mich mit dringlichen Gesten zu sich. »Komm schon! Er wird nicht aufgeben! Wir müssen weg! Sofort!«

Ich rannte auf sie zu und versuchte, den teuflischen Schmerz zu ignorieren, der mir beim Auftreten jedes Mal in die Seite stach. Blut klebte mir an der Hand, die sich immer noch um das Messer krampfte. Ich dachte daran, wie es sich angefühlt hatte, das Messer in Hilbert zu rammen – dieser ganz kurze Widerstand, dann das fleischige Nachgeben, das Schnurren der Sägezähne am zerrissenen Stoff. Als sie mich stumm auf das gerötete Messer starren sah, sagte Dee: »Der ist nicht totzukriegen. Wir schon.« Entschlossenheit blitzte in ihren Augen.

Hinter mir rumpelte es. Hilbert hatte das zerfetzte Gemälde abgeworfen und war aufgesprungen wie ein Insekt. Er funkelte uns an, nicht minder angriffslustig als zuvor. Ich blickte hilfesuchend zu Dee hin und sah sie mit ihrem Tablet beschäftigt. Es zeigte zwei Bilder, Kante an Kante – sie wischte sie auseinander, und sie trennten sich, um in einer neuen Sequenz Platz zu finden.

Mir wurde schwindlig – doch es war kein Schwindel, es war das gleiche Wogen des Flurbodens unter mir, das ich bei Hilberts Attacke gespürt hatte. Und vor meinen ungläubigen Augen dehnte der Flur zwischen uns und Hilbert sich plötzlich in die Länge. Sekundenschnell schwirrte er an die hundert Meter weit zurück und verschwand um eine Ecke. Eine andere Wand schob sich elegant in die lange Passage und machte daraus eine T-Kreuzung.

Meine Kehle war wie zugeschnürt, ich konnte nur noch flüstern: »Hast du das gemacht?«

»Wir können nicht damit rechnen, dass es noch mal klappt«, sagte Dee. »Also los.«

Alle beide mit Taschen behängt, hasteten wir durch das Hotel; ich musste immer wieder haltmachen und kurz verschnaufen, weil mir gleißende Punkte vor den Augen tanzten. Sicher hatte ich ein paar Rippen gebrochen, und wenn meine Schulter auch nicht verrenkt war, schmerzte sie doch fürchterlich.

Dee gab natürlich die Richtung vor, und zunächst war ich noch zu sehr von den Nachwehen meines Zusammenstoßes mit Hilbert in Anspruch genommen, um darauf zu achten, wo wir entlanggingen. Doch nach und nach fielen mir gewisse Variationen in meiner Umgebung auf, die mich seltsam irritierten. Jeder Teil des Way Inn, den ich bisher gesehen hatte, folgte einem strikt rechtwinkligen Grundriss; doch jetzt bewegten wir uns durch Korridore, die sich um Achtzig- und Hundert-Grad-Winkel schlängelten.

»Wo sind wir?«, fragte ich.

»Im inneren Hotel«, sagte Dee. »Tief drinnen. Ich habe nicht Hilberts relative Position verändert, sondern unsere, indem ich uns ins innere Hotel projiziert habe. Je tiefer man ins Innere vordringt, desto mehr ist die Umgebung für Manipulationen empfänglich.«

»Und wie kommen wir hier raus?«

»Keine Ahnung. Jedenfalls nicht auf dem Weg, auf dem wir reingekommen sind. Der ist verschwunden. Und dies hier« – sie wedelte mit dem Tablet, auf dem sich immer noch die Bilder mischten und umsortierten – »ist keine so große Hilfe. Auch

Hilbert hat mit der Topografie jongliert, und begrenzte Veränderungen in der Struktur des Hotels haben weitreichende, sogar universelle Effekte. Es ist wie bei einem Kaleidoskop, wo ein kleiner Ruck das ganze Muster verwandelt. Das erste Mal, dass ich es mit aktiver Spatiokinesis probiert habe, da habe ich mich eine Woche lang verlaufen. Eine Woche nur mit Pringles und Salznüsschen.« Sie schüttelte belustigt den Kopf. »Wie eine Wilde.«

»Eine Minibarbarin«, sagte ich, und zum ersten Mal, seit ich sie kannte, lachte sie frei heraus, den Kopf in den Nacken geworfen, die roten Haare lodernd im Schein der Halogenleuchten. Schon lange gab es nirgendwo mehr Tageslicht, und seltsame Schatten ohne Ursprung malten unheimliche Muster auf die Wände.

Wir kamen an einem Lichtschacht vorbei, doch er hatte kein Licht zu bieten. Der Himmel darüber war die düstere Bronzekuppel, die das Motel beschirmte. Wir bogen um Ecken mit spitzen und stumpfen Winkeln, vorbei an Türen, deren Nummern keine Reihenfolge einhielten. Ich hatte das Gefühl, dass der Boden unter meinen Füßen immer ein wenig buckelte, konnte mir aber nie sicher sein.

»Was passiert, wenn wir uns verlaufen?«, wollte ich wissen. »Können wir in diese Zimmer hier rein?«

»In manche wahrscheinlich schon«, meinte Dee. Wir standen schon eine Weile an einer Y-Kreuzung im Labyrinth der Gänge; Dee hatte alle umliegenden Bilder fotografiert und war jetzt in ihre Berechnungen vertieft, tippte und wischte auf dem Tablet herum und murmelte vor sich hin. Man merkte ihr an, dass sie es nicht gewohnt war, Gesellschaft zu haben. Ich wollte etwas sagen, um mich in Erinnerung zu bringen – zumal ich fürchtete, sie würde in ihrer Einschätzung der Länge und Dauer unseres Weges ihre eigenen asketischen Maßstäbe anlegen. Die zwei Tage andauernder Bewegung, Angst und Übermüdung hatten mir schwer zugesetzt.

»Es wird bald Nacht sein.«

»Nicht hier.«

»Wir können ja nicht ewig so weiterlaufen – wo sollen wir schlafen?«

»Wir müssen so lange laufen, wie wir können«, murmelte Dee, abgelenkt von ihrem Tablet. »Je weiter weg von Hilbert, desto besser für uns, das kannst du mir glauben.«

»Ich wäre nur froh, wenn ich wüsste, dass wir irgendwo ein Zimmer finden, ein Bett, was zu essen …«

»Jetzt noch nicht.«

»Wenn wir mehr als eine Woche lang herumirren …«

Sie blickte von ihrem flackernden Bildschirm auf. »Quatsch. Wir werden nicht herumirren. Ich kenne mich jetzt besser aus, ich komme schon dahinter, wenn du mal *eine Minute still sein* könntest.«

Stell ihren Durchblick nicht infrage, sagte ich mir, so viel hatte ich jetzt kapiert. Sie programmierte also weiter ihre Navigation, und ich wandte mich zur nächsten Tür; eine Zimmertür wie alle anderen, mit der Nummer 378. Ich zog meine Keycard aus der Tasche und probierte das Schloss aus.

Das Lämpchen sprang auf Grün. Als ich die Klinke drückte, ging die Tür mühelos auf.

»Dieses hier ist offen«, sagte ich, schob die Tür weiter auf und spähte hinein. Im Halbdunkel waren zwei Sessel an einem Teetischchen zu erkennen, ein Bett und ein Fernseher. »Hey, das Zimmer hier ist größer als meins.«

»Was zum Teufel machst du da?« Dee starrte mich entgeistert an und ließ fast ihr Tablet fallen. Ihre Stimme hatte einen so panischen Klang, dass es mir kalt über den Rücken lief. »Muss ich dir erst die verdammte Karte wegnehmen, du Blödmann? Du bist doch echt ein Vollidiot.« Mit einer schnellen Bewegung grabschte sie nach der Karte, die ich schon wieder aus dem Schloss gezogen hatte.

»Nein! Das ist meine!«, protestierte ich und stopfte sie mir hastig in die Tasche. Dee hielt inne und riss die Augen auf, sichtlich verblüfft von meiner Reaktion.

»Du hast gerade eine fette schwarze Fahne über unserem Standort hochgezogen«, sagte sie. »Schon wieder mal. Wenn du solchen Wert auf das verdammte Stück Plastik legst, dann behalt es eben, Blödmann. Aber wenn du die Karte noch einmal in meiner Anwesenheit verwendest, ich schwör dir, dann breche ich sie entzwei und schiebe sie dir mit der scharfen Kante voran in deinen …«

»Schon gut, schon gut, tut mir leid.« Die Karte brannte mir wie ein Schandmal in der Tasche, und ich erwog schon, sie selbst entzweizubrechen, als eine Geste der Reue. Aber Fangarme der Begehrlichkeit entrollten sich von irgendwo her in meinem Inneren und würgten den Impuls ab. »Wie kann Hilbert wissen, wo wir sind? Weißt du denn, wo er ist?«

»Er hat weit mehr Übung als ich in der Sache hier, er macht das schon jahrzehntelang, vielleicht von Anfang an. Das verschafft ihm Vorteile. Und außerdem hat er eine ausgesprochene Affinität zu seiner Arbeit.« Ein skalpelldünnes Lächeln. »Wie du.«

Erschöpft, ausgepumpt, von Kopf bis Fuß ein einziges Schmerzbündel, war ich den Tränen nah. Unsere Verbindung war zu einer Endlosschleife aus Misstrauen geworden, bei der ich immer wieder zurück auf Los geschickt wurde. »Damit ist Schluss. Ich will nur noch raus.«

»Und doch verrätst du ihm immer wieder unseren Aufenthaltsort«, sagte Dee. Vielleicht hatte es als eher zufällige Stichelei begonnen, aber inzwischen schien der Verdacht ihr immer plausibler geworden zu sein. »Du bist nicht Hilbert, aber vielleicht bist du eine Drohne, vom Hotel ferngesteuert, ohne es zu wissen. Die ganze Zeit in dem Konferenzraum …« Sie trat noch einen Schritt von mir zurück.

Was, wenn sie recht hat?

»Bin ich nicht!«, protestierte ich, gegen meine inneren Zweifel ankämpfend. »Ich hab einfach nur Fehler gemacht. Ich bin ein Idiot.«

»Das will ich dir auch geraten haben.«

»Doch, ganz bestimmt, versprochen. Sollten wir hier nicht mal besser abhauen?«

Dee blinzelte irritiert. »Ja, ja. Sofort.« Sie blickte auf das Tablet und dann auf die drei Bilder in unserer Nähe.

»Ha!«

Vertrauenerweckend klang das nicht. »Was ist los?«

»Eine Veränderung«, sagte sie. »Ich hab nichts bemerkt. Du vielleicht?«

Das Bild, das sie anstarrte, hing links von der Tür, die ich so unbedacht geöffnet hatte. Und tatsächlich veränderte es sich vor meinen Augen. Eine Schar von kakaobraunen Punkten verlagerte sich in den Vordergrund, wobei die Punkte anschwollen und sich an den Rändern streiften. Darunter geriet ein karamellfarbener Ozean zäh in Wallung.

»Oje …«, seufzte Dee, und ihre Schicksalsergebenheit beunruhigte mich nur noch mehr.

Eine steife Brise, die nach frischer Wäsche roch, wehte durch die offene Zimmertür; die Klimaanlage war mit einem Rumpeln angesprungen.

»Ich bin immer die Schlaueste im Raum und hab immer recht«, sagte Dee. »Und das finde ich *immer* zum Kotzen.«

Im Halbdunkel von Zimmer 378 glomm jeder Winkel. Überall, wo eine Wand den Boden, die Decke oder eine andere Wand berührte, gab es einen nadelfeinen ultravioletten Saum. Es sah aus wie ein dreidimensionaler Grundriss. Entlang dieser Linien brach der Raum plötzlich auf, die Wände glitten auseinander, die Möbel schlitterten außer Sichtweite, der ganze Raum dehnte sich zu einer Galerie, die zu einem endlosen Tunnel wurde. Gleichzeitig klappte die Wand vor mir zurück wie ein Stück Pappe, sodass der Blick bis zu einem so unermesslich fernen Fluchtpunkt ging, dass der Verstand es nicht zu fassen vermochte.

»Ach, herrje«, sagte Dee.

Hilbert befand sich in dem Korridor. Aus dem Nichts war er in den neu konfigurierten Raum geschlüpft. Die Materie um uns her ächzte förmlich unter der Gewalt, die ihr angetan wurde. Hilbert strich sich das violette Glimmen vom Nadelstreifenrevers. Die Linien, die Winkel, die Wände, die Streifen seines Anzugs: Er hatte sich aus der Substanz des Hotels heraus zusammengesetzt.

»Explizite Spatiokinesis ersten Grades«, sagte er, während er gemächlich auf uns zuschritt. »Wissen Sie, wie sich das auf mich, auf das Way Inn auswirkt? Ausgeprägte metastrukturelle Krümmung. Laminarer Flux. Willkürliche Entkopplung. Perzeptionsverzerrender Dopplereffekt. Ich würde mich nicht wundern, wenn jeder Gast unter diesem Dach heute Albträume hat. Und was mich betrifft« – er sah an seinem Hemd hinab, das rot durchweicht war –, »so muss ich sagen, die leitende Stellung fordert ihren Tribut. Tja, Sie wissen ja, das Fleisch ist schwach …«

Er hob die Hände – schwarze Blitze zuckten zwischen seinen Armen und den Wänden auf, UV-Glimmen pulsierte in dem Weiß der Nadelstreifen und in den blassen Hotelfarben. Ein architektonisches Beben rollte auf uns zu, traf mich mit physischer Wucht und riss mich zu Boden. Ein tiefes Stöhnen folgte dem Beben durch das Gebäude.

»… aber der Geist ist willig!«, schrie Hilbert.

Und plötzlich war er auf mir, drückte mich zu Boden – aber es war nicht er, es war Dee, die ebenfalls umgerissen worden war und nun rittlings über mir saß. Hatte sie beschlossen, dass ich sie doch an Hilbert verraten hatte, und wollte mich endlich unschädlich machen?

»Halt dich fest«, sagte sie. »Ich probiere was aus.«

Es fühlte sich an wie in einem abstürzenden Lift. Meine Innereien versuchten, den Fluchtweg nach oben anzutreten. Vor mir tauchte eine Wand mitsamt Gemälde aus dem Boden auf und verstellte Hilbert den Weg.

Der Boden fing sich wieder. Dee sprang auf und vollführte einen Freudentanz. »Wow! Es hat geklappt! Vertikale laminare Entkopplung!«

Noch ein bisschen flau im Magen, setzte ich mich auf. Der neue Weg, den Hilbert sich durch das Hotel gebahnt hatte, war verschwunden; ebenso eine Seite der T-Kreuzung, vor der wir gestanden hatten. Jetzt war es nur noch ein gerades Stück Flur.

Mit einem übermütigen Hopser sah Dee nach der nächsten Zimmernummer. »Wow, zwei-sieben-acht. Wir sind im zweiten Stock. Fantastisch.«

»Was?« Ich kam wacklig auf die Beine. »Wir sind durch den Boden gefallen?«

»Nein, der Boden ist mitgekommen«, erklärte Dee. »Der ganze Flur. Hilbert hatte eine Quertrasse geschaffen, und ich hab sie sozusagen wieder abgeschafft; hab sie in zwei Flure aufgeteilt und einen davon nach unten verlegt. Was er da von laminarem Flux gesagt hatte, von schichtweise gleitendem Verlauf, hat mich auf die Idee gebracht. Das dürfte ihn ganz schön durcheinanderbringen.«

Wieder ging ein Beben durch das Hotel, von einem tiefen Stöhnen begleitet.

»Neuer Stress?« Ich war so unsicher auf den Beinen, dass ich mich fragte, ob mein Gleichgewichtssinn durch all diese Exzesse getrübt war oder ob es der Boden war, der einen merklichen Neigungswinkel entwickelt hatte.

»Kein Hilbert-Stress«, sagte Dee. »Vielleicht anderer. Er hat natürlich recht, man kann dem Hotel nicht ungestraft solche gravierenden Verwandlungen zumuten. Aber was ich mache, ist nichts im Vergleich zu seiner Brutalität. Ich hab ihn noch nie so gesehen – so zornig, so außer sich.«

»Was, wenn er uns nach draußen verfolgt?«

»Das wird nicht passieren. Er kann das Hotel nicht verlassen. Er ist abhängig davon, glaube ich. Es hält ihn am Leben.«

»Na, toll. Da darf man ewig leben, aber nur in einer Hotelkette an der Autobahn.«

Dee lächelte. »Jetzt bist du wohl nicht mehr so scharf drauf, was?«

»Nein.«

»Weißt du, warum ich dir immer noch helfe?«

Ich schüttelte den Kopf.

»Du hast Hilbert verärgert. Und zwar wie. Und das macht dich in meinen Augen zu einem anständigen Kerl.« Sie weckte ihr Tablet aus dem Standby-Modus und tippte ein paarmal auf den Bildschirm. »Also, auf geht's. Wir haben etwas Zeit gewonnen, aber nicht viel.«

Müde hob ich meine Tasche auf. Sie war schwer, viel schwerer als nötig. Vielleicht konnte ich ein bisschen Ballast abwerfen.

Ich kniete mich hin und zog den Reißverschluss auf. Drinnen leuchtete es rot wie Eingeweide. Dünne Plastikfolie raschelte.

Als ich nach der Unterredung mit Hilbert ins Zimmer 219 zurückgekommen war, hatte meine Tasche auf dem Bett gestanden. Der Schrank war leer gewesen, der Nadelstreifenanzug verschwunden.

»Dee«, sagte ich. »Hilberts Platzvorteil – könnte der von seinem Anzug stammen?«

»Kann schon sein«, nickte sie. »Zumindest teilweise. Der Anzug könnte Pseudomaterie sein, hoteleigen. Wieso?«

Ich zog den Reinigungssack aus der Tasche und hielt ihn hoch. »Ich hab auch so einen Anzug. Können wir den nicht verwenden?«

Mit runden Augen sah Dee zwischen dem Anzug und mir hin und her. »Das ist doch Wahnsinn.« Plötzlich strahlte sie, halb Kobold, halb Unschuldsengel. »Ich find's irre.«

Während ich mich umzog, wickelte Dee meine blutverschmierte Freizeitkleidung in den Wäschesack. Die Sachen konnten hierbleiben. Fertig angezogen drehte ich mich vor Dee im Kreis, und die Nadelstreifen flimmerten wie wild.

»Wie seh ich aus?«

»Wie einer meiner letzten Albträume.«

»Und wie geht das jetzt mit dieser Spatiokinesis?«

»Das Gehirn versucht das, was es wahrnimmt, zu einem nahtlosen Kontinuum zusammenzufügen, das wir Realität nennen. Es kompensiert alles, was durch die Augenbewegungen an ruckhaften oder verwischten Bildern auftreten könnte. In der Darstellung der Realität, die das Way Inn uns bietet, sind die Nähte etwas sichtbarer, nachvollziehbarer …« Sie hielt inne, schien nach den richtigen Worten zu suchen. »Also … spürt man ihnen nach. Wie wenn man die Kante beim Klebstreifen sucht, nur eben in räumlicher Hinsicht. Tut mir leid, ich kann's nicht besser erklären.«

»Du hast es gelernt«, sagte ich. »Kannst du's mir auch beibringen?«

»Ich hab Monate dafür gebraucht, Monate der Meditation und Kontemplation, bis ich langsam draufgekommen bin. Und das nach jahrelangem Topografie- und Topologie-Studium auf Doktorandenniveau und einem ausgeprägten Talent für das Erkennen von Mustern. Es ist fast so eine Art Instinkt – jahrtausendealte Erwartungen an das Verhalten unserer Umgebung zu überwinden.«

»Und was kann ich dann dabei tun?«

Dee zuckte mit den Schultern. »Du könntest ein bisschen Chaos anzetteln, so eine Nebelwand, zur Tarnung. Zumindest hast du dir schon etwas Aufschub eingehandelt. Und jetzt bist du korrekt für deine Beerdigung gekleidet.«

»Besten Dank. Das ist echt tröstlich.«

»Ich bin nicht deine Mama. Los, gehen wir.«

Wir machten uns wieder auf den Weg, ohne Plan, ließen das innere Hotel sich einfach vor uns entfalten in der Hoffnung, an einen Ausgang zu gelangen, bevor Hilbert uns erneut aufspürte. Unser Vorankommen wurde durch die ausgeprägte Schräglage des Bodens erschwert. Es war seltsam – nie sah man, dass der Boden nicht eben war, und trotzdem taumelte man immer wieder unversehens gegen die Wände oder bewegte sich aufsteigend oder absteigend voran. Wir verloren kein Wort über das Phänomen, aber ich merkte an der Vorsicht ihrer Schritte, dass Dee es genauso empfand wie ich. Die Unebenheit des Bodens und die zunehmend unregelmäßigen, mal spitzen, mal stumpfen Winkel des Korridors vermittelten den Eindruck von Spannung, von einer Struktur unter Spannung – als verformte das Labyrinth sich mehr und mehr durch seine eigene Masse, je näher wir seinem Mittelpunkt kamen. Falls es überhaupt einen Mittelpunkt gab – oder hatte ich ihn schon gesehen, als ich zufällig in das Motel geraten war?

Die ganze Zeit lastete mir die schwere Wolle des Anzugs auf den Schultern. Von einer neuen Kraft oder Fähigkeit war dagegen nichts zu spüren, nur die alte Mattigkeit, das alte Weh.

»Ich fühle mich gar nicht anders«, beklagte ich mich nach Stunden der Stille bei Dee. »Keine besonderen Kräfte, nichts.«

»Vielleicht ist es besser so«, meinte sie. »So etwas wirkt korrumpierend.«

Sogleich fühlte ich mich noch ein bisschen unbehaglicher in dem Ding. »Glaubst du, das ist Hilbert passiert? Dass der Anzug ihn korrumpiert hat?«

»Nein. Ich glaube, Hilbert hat vergessen, wo er aufhört und wo das Hotel beginnt. Das ist nicht über Nacht passiert. Er ist inzwischen weit über jede Grenze hinaus. Er hat sich lange gehalten, länger als alle anderen, aber niemand hält es ewig aus.«

»Ist er der Letzte?«

»Kann sein, keine Ahnung. Vielleicht der Letzte seiner Generation, von denen, die zu Eiferern geworden sind und eine Art Sendungsbewusstsein entwickelt haben. Als Nächstes werden die Funktionäre kommen, die Technokraten. Die neue Generation weiß, dass keinerlei Sinn nötig ist, kein Glaube an irgendeine gute Sache; alles, was das Way Inn will, ist wachsen. Wachsen als Selbstzweck.«

Ihr Tonfall klang unerwartet leidenschaftlich, fast verzweifelt.

»Hast du nie jemanden von der neuen Generation getroffen?«

»Ich dachte, das hätte ich.« Dee musterte mich abschätzend. »Aber da könnte ich mich geirrt haben.«

»Hättest du eine von ihnen werden sollen?«

»Vielleicht, ja. Ich war allerdings kein passender Kandidat. Ich finde Muster. Sogar Sinn. Das Hotel unterliegt einer mathematischen Harmonie, wie die Struktur von Blättern oder Muscheln. Es hat eine eigene Art von Schönheit, sogar hier« – sie breitete die Arme aus – »diese ganze Banalität. Way Inn hat die Architektur, auf das Wesentliche herunterdestilliert, in reinster Form verwirklicht: kulturlos, ortsungebunden, global. Darin hat es uns eine Wahrheit über uns selbst gezeigt. Die anderen Hotelketten haben es ihm nachgemacht, und es hat wiederum auch von ihnen gelernt. So nimmt es in seinem Inneren dann diese neutrale Schablone, dieses blutleere Architektur-Esperanto, und macht daraus eine unendliche Kathedrale. Es ist wahrhaft erhaben. Man könnte es beinah Gott nennen.«

»Das könnte man allerdings.«

Die Stimme ertönte aus der Materie um uns her, aus der Substanz der Wände und Fenster, selbst der Luft. Fasern und Staubkörner wirbelten vom Teppich auf, das Licht flackerte, die Klimaanlage jaulte.

Hilbert bog um eine Ecke, die eben noch nicht dagewesen war. Als er mich in dem Anzug gewahrte, schüttelte er stirnrunzelnd der Kopf. »Ach, mein Junge … Was für eine Enttäuschung. Sie dagegen« – er wies mit anklagendem Finger auf Dee –, »sie hat von Anfang an nur Ärger gemacht. Ich hab's ja gleich gewusst. Aber das Hotel, nun ja … immer so zuvorkommend.«

Diesmal brauchte ich kein Stichwort von Dee – ich rannte als Erster los. Das heißt, ich versuchte es, aber jeder Schritt war langsamer und zäher als der vorige. Die leichte Aufwärtsneigung des Bodens wurde immer steiler, was als Sprint begonnen hatte, wurde zum Bergkraxeln, als wollte das Hotel mich nicht aus der Gefahrenzone entkommen lassen.

Hinter mir maßen Dee und Hilbert sich immer noch mit den Blicken, während Dee Schritt für Schritt rückwärts den steilen Gang hinauf zurückwich, ohne dass ihr Widersacher ihr nachkam.

»Warum es nicht Gott nennen«, sagte Hilbert. Rings um ihn her wölbten sich die Wände, und der Teppich knisterte. »Dies sind gottlose Zeiten. Etwas Glaube kann da ganz anregend wirken.«

Alle Bilder im Korridor waren schräg zu Hilbert hin gerutscht. Ich gab die Hoffnung auf, mich durch Klettern zu retten, und versuchte nur noch, nicht wieder hinunterzuschlittern. Trotz ihrer Turnschuhe erging es Dee nicht viel besser.

»Haben Sie in letzter Zeit mit dem Hotel gesprochen, Hilbert?« Zu meiner Verblüffung kam die Frage von mir, hinausgeschrien über das gequälte Kreischen von Metall und Glas und panischen Überschallfrequenzen hinweg. »Ich habe das getan. Es hat mir geholfen. Warum sollte es mir helfen, Ihnen zu entkommen? Vielleicht hat Ihr Gott Ihnen seine Gunst entzogen.«

Hilbert wandte mir seinen böse funkelnden Blick zu. »Falsch! Ganz falsch! Mein Einblick ist einzigartig!«

Inzwischen gelang es Dee, wertvolle Meter Abstand zwischen

sich und dem Irren zu gewinnen. Ich musste weitersprechen, um ihn von ihr abzulenken. »Wir Sterblichen sind doch nichts als Ratten in seinen Mauern. Glauben Sie wirklich, es kümmert sich um ein Gezänk zwischen Ratten?«

»Sie mögen sterblich sein«, entgegnete Hilbert, »und das werde ich Ihnen gleich noch gründlich demonstrieren. Ich aber bin mit der Ewigkeit im Bunde. Ich bin auserwählt, bewahrt für besondere Zwecke.«

Mit lautem Krachen barst die Wandpartie zwischen Dee und Hilbert, und schwarzer Kriechstrom tropfte aus dem Riss. In der Ferne, hinter Hilbert, bohrte sich der Korridor in einen bodenlosen Abgrund. Hilbert konnte immer noch aufrecht stehen, die Füße flach auf dem Teppich, unberührt von dem Absinken des Bodens.

»Sie verletzen Ihren Gott!«, rief Dee. »Sehen Sie doch! Sie stellen uns so besessen nach, dass Sie Ihr kostbares Hotel dabei zerstören!«

»Wir müssen alle Opfer bringen. Gutes Management verlangt harte Entscheidungen.«

Opfer – das Messer. Aber das hatte ich leider in meiner Jackentasche gelassen. Ein Bild stürzte herab, an uns vorbei in den Abgrund. Meine Sohlen verloren den Halt auf dem Teppich, ich fiel auf die Knie und begann, auf allen vieren bergan zu krabbeln, übermannt von animalischer Panik, nur noch zu einem einzigen Gedanken fähig: raus hier, raus hier, raus hier raushierraushierraushier

Ein vielfaches metallisches Klicken. Jedes Licht an jedem Schloss wurde grün; jede Tür sprang auf und schwang in ihr jeweiliges Zimmer. Ich warf mich zur Seite, um mich an den nächstgelegenen Türrahmen zu klammern. Drinnen polterten die Möbel durcheinander und türmten sich im Halbdunkel auf.

Dee tat es mir nach und schwang sich an die nächste Tür. Sie und Hilbert starrten mich beide an.

»Warst du das?«, fragte Dee.

Ja, dachte ich, ja, ich glaube … doch ehe ich etwas sagen konnte, warf Hilbert ein: »Das ändert gar nichts. Sie gewinnen ein paar Sekunden. Lächerlich.« Doch es klang nicht mehr ganz so manisch überzeugt wie zuvor.

Die Bilder fielen wie Hagel durch den inzwischen fast senkrechten Schacht des Korridors. Hilbert ruderte mit den Armen, um sich des Kunstansturms zu erwehren; doch einer der wirbelnden Rahmen erwischte ihn voll an der Schläfe, unweit der Wunde, die Dee ihm zugefügt hatte. Er taumelte zurück und abwärts, während der Korridor sich zugleich wieder ein wenig aufrichtete.

Der Bilderhagel setzte sich unvermindert fort, auch in Form von zersplitterten Rahmen und Leinwandknäueln, den Produkten von Zusammenstößen weiter oben. Wie weit oben denn? Wie lang war dieser Korridor, wie viele Bilder konnte es darin geben? Jedes war ein suggestiver Streifen aus Kreisen und Kurven in diesem zunehmenden Pandämonium. Hilbert schwenkte die Arme wie Windmühlenflügel und schien so außer sich vor Wut über diese Bombardierung, dass es ihm gar nicht in den Sinn kam, zur Seite zu springen. Seine Augen loderten wölfisch, doch sie waren nicht mehr auf uns gerichtet.

Das Zimmer, das ich als Ausguck nutzte, war das reine Chaos. Ein umgefallener Nachttisch hatte den Fernseher zertrümmert. Ein Sessel lag unter dem gekippten Bett. Das war es, was ich brauchte: den Sessel. Ich hangelte mich über die Wand, zerrte den Sessel unter dem Möbelhaufen hervor und schleppte ihn zur Tür. Hilbert befand sich immer noch in wütendem Kampf mit den fliegenden Bildern.

»Bombe ab«, murmelte ich und schubste den Sessel hinaus in den senkrechten Korridor.

Das Glück war auf meiner Seite. Der Sessel traf Hilbert an den Beinen wie eine Bowlingkugel, die einen Kegel umstößt. Er vollführte einen Salto, plötzlich wieder der Schwerkraft untertan, und stürzte ins Bodenlose, nicht ohne im Fallen noch knochensplitternd gegen einen Türrahmen zu krachen.

Der Aufprall brach endgültig die Macht, die er auf das Hotel ausübte, und inmitten einer gigantischen Kakophonie aus splitternden Bildern und polternden Möbeln richtete der Korridor sich wieder auf. Ich verlor den Halt und wurde ebenfalls in die Luft geschleudert, als die zuschlagende Tür mich mit der Kante hinter dem linken Ohr traf.

Dee stand über mich gebeugt, ein erster Anblick, der mich mit Erleichterung erfüllte – in die sich eine gewisse Besorgnis mischte, als ich ihre mitleidige Miene sah.

»Was hast du gemacht?«, fragte sie.

»Mir den Kopf gestoßen.«

»Nein, mit Hilbert. Mit dem Hotel.«

»Gar nichts. Ich hab einen Sessel auf ihn geschmissen.« Ich wollte lachen, aber meine Lungen fühlten sich an wie mit Stacheldraht gespickt. »Jetzt haben wir beide noch etwas gemeinsam«, keuchte ich.

Ich lag zusammengekrümmt auf einer Türschwelle. Um zu prüfen, wo der Schmerz eigentlich herkam, tastete ich mich ab und entdeckte ein »Bitte nicht stören«-Schild, das sich mir mit dem stumpfen Haken in die Brust bohrte.

»Du hast so friedlich ausgesehen, aber ich hielt es trotzdem für besser, dich zu stören«, lächelte Dee.

»Schon in Ordnung.«

Sie half mir auf. Das dumpfe Wummern in meinem Schädel, die nervöse Überspannung in meinem Hirn und die zuckenden Schwarzlichtblitze hinter meinen Augen wetteiferten mit meinem geprellten Rippen um den ersten Rang auf der Qualskala.

»Wo ist er?«

»Hilbert? Weg, vorerst. Getötet werden kann er nicht, solange er sich im Hotel befindet.«

»Aber wenn er es verlässt?«

Dee zuckte mit den Schultern. »Meinst du, du kannst schon wieder laufen?«

Ich versuchte ein paar Schritte und kickte Müll aus dem Weg. Der Korridor war übersät mit zerfetzten Bildern, deren Rahmen nur noch Kleinholz waren.

»Was für ein heilloses Durcheinander. Ist das ganze Hotel in dem Zustand?«

»Nein«, sagte Dee. »Wie ich das sehe, hat Hilbert eine begrenzte Dehnung und Krümmung in der Materie des Hotels bewirkt, so ähnlich wie der Effekt, den ein schwarzes Loch auf die Raumzeit hat.« Sie schüttelte den Kopf über die Verwüstung. »Er ist völlig außer Kontrolle geraten.«

»Durchgeknallt.«

»Tja. Verrückt war er immer schon, aber doch innerhalb bestimmter Grenzen der Verhältnismäßigkeit, mit System sozusagen, auch wenn es ein perverses System war. Das ist jetzt vorbei. Er ist zu allem fähig.«

»Das ist nur zu unserem Vorteil. Er ist irrational, er improvisiert, er macht Fehler. Er hat nicht mal den Sessel kommen sehen, den ich fallen lassen habe.«

»Stimmt.«

Beim dritten Schritt fuhr mir ein Stich ins Knie, und ich geriet ins Taumeln. Einen Moment lang fürchtete ich, der Boden wäre wieder gekippt. Die Bilderfetzen unter meinen Füßen verschwammen, die Muster verschmolzen …

Keine Abgrenzungen. Die undeutliche Kante.

»Wir können ihm eine Falle stellen.«

»Wie?«

»Kannst du uns zurück zum Way Inn am Messezentrum lotsen? In den ersten Stock?«

Dee wiegte den Kopf. »Vielleicht. Aber so drunter und drüber, wie das Hotel ist, kann das Tage dauern.«

Die Bilder am Boden lagen in Fetzen da, und doch hatte ich für einen flüchtigen Moment ein zusammenhängendes Muster darin gesehen, das mir noch geisterhaft vor Augen schwebte. Ein wohlgeordnetes Ganzes, ähnlich dem Puzzle, das ich an den Wänden von Dees Zimmer erspäht hatte.

»Macht nichts«, sagte ich. »Ich kenne den Weg.«

Das »Bitte nicht stören«-Schild hängte ich zurück an die Klinke und drehte es um, nach einem letzten Blick auf das Chaos, wo der Inhalt der Minibar aus dem klaffenden Kühlschrank auf die Splitter des Fernsehers tropfte.

BITTE ZIMMER REINIGEN

Wir traten den Rückweg über ruinierte Konzernkunst an.

Alles um uns her hatte sich verändert, und alles war so wie immer: vertraut, eintönig, banal, die gedämpften Farben und Verbundflächen erhellt von Bewusstsein. Was sich verändert hatte, war in mir. Die Atmosphäre des Hotels, mit ihrer Idealtemperatur, ihren Kunststoffaromen, ihrem WiFi-Netz, sprach zu mir, wie der Wald zu einem Jäger und Sammler sprach. Die Bilder waren nur der Anfang: Bedeutung konnte auch aus der Reihenfolge der Zimmernummern abgeleitet werden, aus der Verteilung der Zimmerservice-Tabletts, aus der Anordnung der »Bitte nicht stören«-Schilder. Muster überall, lauter Daten, die Erkenntnispotenzial enthielten.

Wir fanden ein Treppenhaus und stiegen in den ersten Stock hinab. Die Treppe ging nicht weiter.

Seit unserem letzten Zusammentreffen mit Hilbert war Dee mir gefolgt. »Ich kann sehen, was du machst«, sagte sie, »aber erst im Nachhinein.«

»Ich mache doch gar nichts, ich gehe einfach.« Gehen ohne Richtung oder Absicht, sich durch all die Strömungen treiben lassen, während das Hotel sich geschmeidig vor einem entfaltete.

Dee schüttelte den Kopf, ohne von ihrem Tablet aufzublicken.

»Du hattest recht«, sagte ich. »Es ist schön, dieses gewaltige Muster. Die harmonische Struktur. Auch wenn ich sie nur ansatzweise erkenne, schattenhaft …«

»Mehr brauchst du auch nicht. Sonst geht es dir noch wie unserem gemeinsamen Freund. Es ist zu viel.«

»Du hast es mich gelehrt. Du hast es mir gezeigt. Ich bin ein anderer geworden, und das hast du bewirkt. Alles ist wichtig, alles ist einzigartig. Alles und jeder.«

»Was meinst du damit?«

»Dass ich dir danken möchte.«

Sie blickte noch immer nicht auf – vielleicht aus Verlegenheit; doch ich hatte den Eindruck, ihre plötzlich zurückgekehrte Reserviertheit mir gegenüber lag daran, dass sie mir etwas Wichtiges verschwieg.

»Alles in Ordnung?« Ich bin ein Mann. Subtiler kriege ich es nicht hin.

»Ja, sicher. Dank dir für deinen Dank. Ansonsten sparen wir uns die Glückwünsche aber lieber noch auf, ja?«

»Klar. Kannst du uns denn jetzt zur Business-Suite lotsen?«

»Von hier aus kein Problem«, meinte Dee. »Es sei denn, wir befinden uns immer noch im inneren Hotel, dann kann es nämlich sein, dass wir nur auf eine Replik der Business-Suite stoßen, so eine Art Spiegelbild, und dass der vermeintliche Ausweg uns nirgendwohin führt.«

»Ja, das hab ich auch schon erlebt. Man klettert aus dem Fenster und starrt am Ende auf seinen eigenen Hinterkopf.«

»Und erschwerend kommt noch hinzu«, versetzte Dee, »dass die Business-Suite gar keinen Ausgang hat. Es ist eine Sackgasse. Die perfekte Falle.«

»Na, mal sehen.« Beim Kampf gegen Hilbert hatte ich das

Potenzial in der Atmosphäre gespürt, als alle Türen auf einmal aufgingen, und ich wollte es wieder spüren. So ein Konferenzraum war doch das ideale Ambiente dafür, die Sache endlich auf den Punkt zu bringen.

Die Suiten schliefen hinter Glas, die Lichter gedimmt, die Räume still, die Stühle aufgestellt wie Schachfiguren, die auf Spieler warteten. Wie spät es wohl war? Die Frage hatte keine Relevanz mehr. Ich dachte daran, wie relativ die Zeit war: Je schneller man reiste, desto langsamer verging sie, und Astronauten, die mit Lichtgeschwindigkeit unterwegs waren, würden nach Jahrzehnten immer noch jugendlich aussehen. Es war Vormittag gewesen, als ich versucht hatte, auf eigene Faust auszuchecken, und das musste jetzt etwa achtzehn Stunden her sein. Achtzehn Stunden und Millionen Kilometer und eine Ewigkeit.

Die Lichter flackerten auf. Die Klimaanlage begann zu murmeln, als regte sie sich im Traum. Vor dem Galeriezimmer blieb ich stehen. Hier war es genauso gut wie sonst wo.

»Traust du mir?«, fragte ich Dee. Ich zog die schwarze Keycard aus der Tasche und hielt sie hoch.

»Das Korrupte an Hilbert kam aus ihm selbst«, sagte sie und blickte mich mit sanfterer Miene an, als ich es je an ihr gesehen hatte. »Traust du dir selbst?«

»Zwei gegen einen. Die Chancen stehen gut.«

»Solange ich nicht der eine bin.«

Ich schüttelte den Kopf. »Immer noch misstrauisch. Was für eine Welt.«

»Tu's einfach. Vertrauen wird sowieso überbewertet. Aller Verrat auf der Welt gründet auf Vertrauen.«

»Zynikerin.« Ich schob die Karte in den Türschlitz. Das Licht sprang auf Grün, die Tür schwang auf. Ich blieb an der Schwelle stehen und blickte in den halbdunklen Raum. Das fehlende Bild war ersetzt worden. Die Reihe war wieder vollständig.

Nichts geschah.

»Nie ist das Personal zur Stelle, wenn man es braucht«, sagte Dee.

»Wir könnten uns einen Nespresso machen.«

»Du könntest die Tür wieder zumachen.«

Ich folgte ihrem Rat. Schweigend, ein bisschen ratlos standen wir da. Seufzend setzte Dee ihre bauchige Tasche ab. Keine Ahnung, wie sie es geschafft hatte, sie die ganze Zeit mitzuschleppen – all die Bücher und Papiere, es musste eine enorme Last gewesen sein. Aber es war ihr Lebenswerk: die Summe ihrer Recherchen und Entdeckungen.

Mit leisem Grauen wurde mir bewusst, dass auch ich das Ergebnis meiner Zeit auf Erden mit mir herumtrug: einen Laptop, zwei billige Anzüge und einen Kulturbeutel. Und ein E-Mail-Verzeichnis voller E-Tickets, Hotelreservierungen und Konferenztermine. Eine Lebenserfahrung aus Messe- und Hotelbesuchen, die man getrost vergessen konnte. Nichts, was der Erinnerung wert gewesen wäre. Bis jetzt.

»Schau mal«, sagte Dee.

Das Galeriezimmer ging von einem Korridor ab, der zum Vista- und Gartenzimmer führte. Unsere Anwesenheit hatte die Lichter bis zur Tür aufleuchten lassen, doch der Rest des Flurs lag im Halbdunkel. Während wir auf Hilberts Erscheinen warteten, hatten die Lichter hinter uns sich wieder abgedimmt, bis nur noch eine Lichtinsel in unserer unmittelbaren Nähe übrig war. Aber nun gingen die Lichter im hinteren Ende des Flurs eins nach dem anderen an, ohne dass irgendjemand zu sehen war, der die Bewegungsmelder ausgelöst haben könnte.

»Was ist das denn?« Der Tatendrang, der mich erfüllte, wich einer gewissen Beklommenheit bei dem Gedanken, gegen einen unsichtbaren Gegner anzutreten.

»Ich weiß nicht«, murmelte Dee. »Vielleicht …«

Ich starrte sie an. »Vielleicht was?«

»Eine Warnung. Denk mal wie ein Gebäude. Wie würdest du dann sagen: ›Da kommt jemand‹?«

»Vielleicht sollten wir uns besser von hier wegbegeben.« Ich tat ein paar Schritte den Flur entlang, in Richtung Vistazimmer. Keine Spur von einer unsichtbaren Macht.

»In die Richtung? In die Höhle des Löwen?«

»Das ist der Weg.« Ich winkte ihr, mir zur folgen, doch sie blieb unentschlossen stehen.

Hinter ihr, im abgedimmten Teil des Flurs, verdichteten sich die Schatten unter den Bilderrahmen. Der Weg, auf dem wir gekommen waren, wurde von Schwärze verschluckt. Die Finsternis gerann zu einer Ansammlung nadelfeiner Streifen – einem Barcode.

»O Gott«, raunte ich. »Dee …«

Sie erkannte die Gefahr in dem Moment, als sie sich materialisierte. Hilbert trat aus der Finsternis hervor, eingewoben in die Schwärze wie der Stoff seines Anzugs. Mit einer lässigen, achtlosen Armbewegung schleuderte er Dee gegen die Wand. Aber das war rein nebensächlich. Eigentlich hatte er es auf mich abgesehen.

»Nicht schlecht, Mr. Double«, sagte er. »Sie besitzen eindeutig Führungsqualitäten. Ich bin gewillt, unser Angebot an Sie zu wiederholen, nur für begrenzte Zeit. Das Hotel braucht dynamische Vordenker wie Sie.«

»Dee!«

Ich hätte mir keine Sorgen zu machen brauchen – sie war schon wieder auf den Beinen und voll im Kommen. Ihre Faust traf Hilbert im Nacken mit der Wucht eines Güterzugs. Er schrie weder auf, noch ging er in die Knie; sein Gesicht verzog sich zu einer scheußlichen Grimasse, und er zuckte wie elektrisiert. Zumindest konnte Dee den Moment nutzen, um an ihm vorbeizuschlüpfen.

»Wir stecken fest.« Sie zeigte mir ihr Tablet, das nur noch aus

Rissen bestand. »Ich könnte etwas mit Stift und Papier austüfteln, aber dazu bräuchte ich Stunden. Hoffentlich fällt dir ein Ausweg ein.«

Hilbert brüllte auf, ein schrilles Kreischen in flackernden Ultraschallfrequenzen, die das Hotel erbeben ließen. Ich schloss die Augen und sah wild rotierende Muster, die zu einem schwindelnden Panorama wurden, titanischen Pfeilern aus verschränkten Sphären, eine Abstraktion, aber eine, die das wahre Wesen des Hotels darstellte, ein fraktales Kontinuum, in dem unser ganzes Universum sich wie ein Kieselstein im Hof ausnehmen mochte.

Aber mir blieb keine Muße, darüber nachzugrübeln. Hilbert hatte sich bei aller Wut schon wieder so weit gefangen, dass es höchste Zeit wurde, das Weite zu suchen. Mein Plan musste jetzt in Aktion treten – auch wenn es weniger ein Plan als ein Schuss ins Dunkel war.

Ich rannte los, und Dee folgte mir, vorbei an der Glaswand des Vistazimmers, das von dem düsteren orangefarbenen Widerschein der Autobahn erfüllt war – und von der stummen Erwartung, die ungenutzten Räumen eigen ist; ungenutzt, doch immer kurz davor, einen Nutzen zu finden.

Durch das Panoramafenster, im bernsteinfarbenen Dämmer, die Stahlrippen und geschwungenen Glaspartien der Fußgängerbrücke.

Die neue Rezeption im ersten Stock, die noch ihres ersten Gastes harrte. Ich riss Klebstreifen und Plastikplane herunter. Hinter uns zersprang die riesige Glaswand des Vistazimmers mit lautem Krachen. Die Lichter flackerten auf und brannten mit grellen Migräneblitzen durch. Ich kickte Warnschilder und Barrieren zur Seite. Sessel in Plastikfolie kauerten im Halbdunkel.

»Sackgasse!«, rief Dee angstvoll, kam mir aber trotzdem nach.

Wir hasteten himmelwärts durch die gläserne Röhre, die in hohem Bogen über die Autobahn führte – und am höchsten

Punkt der Kurve abbrach: die Brücke endete im Leeren, knapp zehn Meter über dem dahinrauschenden Verkehr. Eine gelbe Plastikmembran deckte das Loch ab, obszön in der Zugluft pulsierend.

Der Autobahnverkehr war nicht so dicht wie am Tag, kein durchgängiges Dröhnen, sondern ein ruhiges, rhythmisches Motorensummen. Von der Straße war nichts zu sehen, da der untere Teil der gläsernen Röhre aus Milchglas bestand, vielleicht, um den Messebesuchern den Anblick der tristen Infrastruktur zu ersparen, die ihnen all die kleinen Annehmlichkeiten ihres Alltags bescherte; den Autolärm konnten sie ja mühelos mit ihrem Geschwätz ausblenden. Wie ich sie verabscheute! Sie hatten sich von ihrer Umwelt zu einer amorphen Masse formen lassen, die wie am Fließband in industriellen Anlagen in Form gestanzt wurde.

In das nahe Summen der Autobahn mischte sich ein anderes Geräusch, ein splitterndes Kreischen mit unverkennbar triumphaler Note. Hinter uns rollte die Finsternis an, in unwahrscheinlichen Tönen changierend, fauchend vor Überspannung. Wie einen Fallschirm zog Hilbert sie nach sich, die flackernden Augen wie Standby-Dioden der Hölle, die Haut triefend von Schweiß und Blut, an immer mehr Stellen aufreißend; die fleischliche Hülle kollabierte zusehends unter den übernatürlichen Kräften, die sie heraufbeschworen hatte.

»Der Schlussstrich!«, zischte er durch tropfende, in Fetzen hängende Lippen.

»Hier sind wir, Hilbert«, sagte ich, ohne meine Todesangst verbergen zu können. Dee blickte immer wieder zum Brückenende hin, und ich sah ihr an, dass sie die Überlebenschancen im Falle eines Sprungs abschätzte. Gut standen die Chancen nicht. »Kein Flüchten mehr. Hier geht's nicht weiter.«

Komm näher.

»Verhandeln ist gut und schön, aber zum Schluss fällt die Entscheidung«, tönte Hilbert, der sein Näherkommen sichtlich genoss. »Keine Tricks mehr, keine Taktik, keine Atempause. Sie haben nichts mehr zu bestimmen. Per Saldo bleibt nur die Frage: Sind Sie drinnen oder draußen?«

Wie befürchtet, hatte sich das Machtgefühl, das der Anzug mir verlieh, beim Betreten der Glasbrücke verflüchtigt. Das hier war nicht mehr das endlos flexible und belohnende innere Hotel, dieses glorreiche, unbesiegbare Labyrinth. Es war nicht mal das äußere Hotel.

Ich wollte ins Hotel zurück. Für immer. Ich sehnte mich nach dem Gefühl von Kraft und Sicherheit in den Tiefen des Way Inn.

Dee starrte mich an. Ich hatte nicht geantwortet – ich war unentschieden, und sie wusste es. Ich sah, wie der Mut sie verließ, zugleich mit dem bisschen Zuneigung, das sie zu mir gefasst haben mochte. Ich war im Begriff, sie zu verlieren, und ich wollte sie zurück. Mehr, als ich mich ins Hotel zurücksehnte.

»Drinnen oder draußen?«, sagte ich. »Aber, Hilbert, ich bin schon draußen. Und Sie auch. Das ist nicht mehr das Way Inn. Wir haben das Hotel verlassen.«

Wenn Dee und ich uns in etwa über dem Mittelstreifen der Autobahn befanden, so hatte Hilbert inzwischen die Standspur erreicht, gerade noch eine Buslänge von uns entfernt.

Er blieb stehen, krümmte die langen Finger, starrte auf sie hinab. Die Finsternis war von ihm gewichen, ins Hotel zurückgesogen, und hatte ihn zurückgelassen.

»Unempfänglich …«, murmelte Hilbert.

Lautlos begann er, sich vor unseren Augen aufzulösen – er verlor jede Substanz, dünn wie ein Drahtgestell unter seinem Anzug, ein Schattenriss. »Mein Gott«, ächzte er, während die Falten in seinem Gesicht sich immer tiefer eingruben, die Augen in die dunklen Höhlen einsanken, kein Flackern mehr, kein Brennen, und das Haar schütter und grau wie Asche. In einer Sekunde war er um Jahrzehnte gealtert.

»Sehen Sie, so läuft das«, sagte ich mit meinem freundlichsten Dienstleistungslächeln.

Panisch wich Hilbert zurück in Richtung Hotel, versuchte mit schwachen, taumelnden Schritten, von der Brücke zu gelangen. Doch die Anstrengung war zu viel für seinen drastisch ausgehöhlten Körper. Er zerbröckelte, sank nicht mal zusammen, sondern löste sich einfach auf. Sein Anzug zerfaserte entlang der weißen Nadelstreifen, und die schwarzen Fetzen wanden sich um die schwindende Gestalt und verzehrten ihren hohlen Rest. Fahle bläuliche Lichtfäden schlängelten aus dem schwärzlichen Häuflein hervor und strömten in perfekt parallelen Bahnen zurück in die Lobby im ersten Stock, wo sie in Ecken und Winkel schlüpften.

Vorsichtig näherte ich mich dem schwarzen Fetzenknäuel, das von Hilbert übrig geblieben war. Es war schon dabei, zu Graphitstaub zu zerfallen, der mit einem einzigen Besenstrich wegzufegen war. Es roch schwach nach Azeton.

»Hast du gewusst, dass das passieren würde?«, fragte Dee. Sie blieb, wo sie war, so dicht wie möglich an der gelben Plastikbarriere.

»Nein.« Ich wandte mich zu ihr um. »Nicht genau. Ich dachte nur, es würde ihn schwächen, ihm seine speziellen Kräfte rauben. Aber dass es so weit gehen würde …«

»Es war die fehlende Schwelle«, sagte Dee. »Er hat den Ausgang nicht gesehen, weil es keinen Ausgang gab. Er hat nicht begriffen, wie weit die Welt sich dem Way Inn schon angepasst hat.«

Ich strich mir die Anzugjacke glatt, eine Geste, die Dee mit eigenartiger Intensität verfolgte. Ich hätte am liebsten laut gejubelt, aber ihre Miene hemmte mich.

»Das war's dann also.« Ich erhoffte mir wenigstens noch ein Wort der Anerkennung. »Alles überstanden.«

»Nicht ganz.«

Sie streckte den Arm aus und packte mich an der Schulter. Ich dachte schon, sie wollte mich umarmen, doch ihre Miene blieb ernst, ja streng, und ihr Griff war hart.

»Was …?«

Mit einer geschmeidigen, geübten Bewegung stellte sie mir ein Bein und stieß mich zu Boden. Der Schmerz, der mir durch die Rippen stach, war so heftig, dass ich fast ohnmächtig wurde. Sie hockte sich rittlings über mich und griff in die Innentasche ihrer Lederjacke.

Das Steakmesser kam zum Vorschein, befleckt mit Hilberts Blut. Sie riss es über mir hoch.

»Was soll das?«, keuchte ich. Irgendwie zog ich meinen Arm unter ihrem Knie hervor und bekam ihr Handgelenk zu fassen.

»Du hast gezögert«, sagte sie. Es schwang keine Anklage in ihren Worten mit; es war eine reine Feststellung. »Drinnen oder draußen, du warst dir nicht sicher.«

»Ich hatte Angst! Ich brauchte mehr Zeit!« Sie war stark, stärker als ich, und sie hatte die Schwerkraft und die Entschlossenheit auf ihrer Seite. Als sie das Gewicht verlagerte, schoss mir wieder der mörderische Schmerz durch die Seite. Und just in dem Moment, als ich Dee beweisen wollte, wie ich der Verlockung widerstanden hatte, sehnte ich mich schon wieder nach der Macht, die das Hotel seinen Dienern gewährte.

»Du hast geschwankt.«

Ich hatte geschwankt. Mein Arm bog sich, und die Klinge kam herab. Ich schloss die Augen.

Ich öffnete sie wieder. Kein Stoß, kein Schmerz. Das Messer war unter meine Achsel gefahren und hatte nur die Jacke durchbohrt.

Dee zog das Messer herab und schlitzte den Rücken der Jacke damit ein. Dann richtete sie sich auf und erweiterte den Riss mit einem kräftigen Ruck. Wieder jaulten meine Rippen auf.

»So, die ist hin«, stellte Dee fest. »Zieh sie aus.«

Eingeschüchtert setzte ich mich auf und ließ die Jacke von den Schultern gleiten.

»Die Hose auch«, befahl Dee und amputierte mit einem glatten Schnitt einen der Jackenärmel. »Du hast ja noch Sachen zum Wechseln dabei, nicht?«

Ich nickte, zog den Reißverschluss auf und schlüpfte aus der Hose. Dee nahm sie, trat auf eins der Beine, hielt das andere hoch und begann, mit dem Messer durch den Schritt zu säbeln.

»Kein schöner Anblick«, sagte ich, während ich mich umzog.

Als der Anzug zu Dees Zufriedenheit zerfetzt war, schlitzte sie die gelbe Plastikplane auf. Prompt wurde die Konstellation weißer Lichter rings um das MetaCentre sichtbar. Durch den Schlitz stopfte sie die Überreste des Anzugs – noch mehr rätselhafte Stofffetzen für den Straßenrand. Dann drehte sie sich um und streckte fordernd die Hand aus.

Keine Frage, was sie wollte. Ich händigte ihr die schwarze Keycard aus. Unsanft bog Dee sie hin und her, bis sie zerbrach, und warf die Stücke hinaus in die regennasse Autobahnluft.

Schweigend standen wir da, über dem unablässigen Rauschen des Verkehrs. Dee zog ihre eigene Keycard hervor, die weiße, zerbrach sie wie die meine und entsorgte sie durch den Schlitz im Plastik, ebenso wie das Steakmesser.

»Andenken sind was für Serienmörder«, sagte Dee.

Die unmanierliche Brise, die durch den Schlitz fegte, zerstreute die letzten Partikel von Hilberts Schwärze. Am Himmel über uns begann es allmählich zu dämmern.

Kristalline Körner aus pulverisiertem Sicherheitsglas knirschten unter unseren Füßen, als wir in die luftige Lobby zurückkehrten. Wandpaneele waren eingedrückt und schweres Mobiliar umgekippt, seit Hilbert hier wie ein Tornado durchgefegt war. Ich blieb stehen, um ein Bild geradezurücken.

»Hoffentlich setzen sie mir das nicht auf die Rechnung.«

»Vielleicht nehmen wir lieber einen anderen Ausgang«,

meinte Dee. »Wir haben ja genug zur Auswahl. Wo bist du zu Hause?«

Bis wir die Lobby des Royal Docks Way Inn in London erreichten, wurde im Restaurant schon Frühstück serviert. Anzugträger standen vor den Bratwürstchen an, andere warteten an der Rezeption. Klapptische wurden aufgestellt, laminierte Karten ausgegeben. Auf Bildschirmen wurden die Konferenztermine im Messezentrum angezeigt.

»So, das ist meine Haltestelle«, sagte ich.

»Geht's jetzt heim?«

»Ja, ein bisschen ausspannen. Dann werde ich mir wohl einen neuen Job suchen. Außerdem könnte ich mal meine Mutter besuchen. Und du?«

»Ich glaube, ich steige hier auch mal aus. War länger nicht mehr in London, abgesehen von ExCel, Earl's Court, Olympia, Heathrow, Gatwick, Stansted …«

»Aber weißt du denn, wo du hinsollst?«

Sie sah mich belustigt an. »Ich bin ein Genie mit drei akademischen Abschlüssen und dem Gehalt von vier Jahren auf der Bank. Da werde ich ja wohl zurechtkommen.«

»Wird das Way Inn dich nicht zurückhaben wollen?«

»Ich glaube, nicht. Ich glaube, das Way Inn hat genau das erreicht, was es erreichen wollte. Es ist zwei unzuverlässige Bedienstete auf einmal losgeworden. Dich dagegen – jemand so Vielversprechenden – wird es vielleicht vermissen.«

»Nein. Es hat *drei* unzuverlässige Leute verloren. Ich glaube, es wusste, dass ich mich verändert habe.«

»Stimmt.«

»Wär schön, dich mal wiederzusehen.«

»Vielleicht rufe ich dich an.«

»Das würde mich freuen.« Was gab es noch zu sagen? Um uns her der selbstzufriedene Anbahnungsbetrieb eines ersten

Messetags: Hallos, Umarmungen, Schulterklopfen, Strahlen, Prahlen und Necken. In diesem Begrüßungstaumel nahmen wir Abschied.

»Gehst du zur U-Bahn?«, fragte Dee.

»Das hasse ich am meisten«, sagte ich. »Wenn die Leute, von denen man sich gerade verabschiedet hat, am Ende von so einer Veranstaltung alle in dieselbe Richtung strömen: Check-out, Bus, Bahnhof, Flughafen … Und schon läuft man sich wieder über den Weg und muss zusammen aufs Shuttle warten oder am Kofferkarussell herumstehen. Man kommt gar nicht richtig los. Es ist alles immer so verwischt.«

»Gleitende Übergänge.«

»Tja.«

»Und was du vorziehen würdest, ist ein ordentliches, richtiges Lebewohl?«

»Solange es kein endgültiges ist.«

Dee lächelte. Dann nahm sie mich in die Arme und drückte mich fest, das Kinn in meiner Halsbeuge. Meine Rippen jaulten auf, und es störte mich kein bisschen.

»Wiedersehen, Neil.«

»Wiedersehen, Dee.«

Sie ließ mich los, sah mir aber immer noch über die Schulter. »Ist das da nicht dein Freund?«

Ich wusste schon, wen sie meinte, bevor ich mich umdrehte. Maurice stand an der Rezeption an, mit drei an verschiedenen Körperteilen baumelnden Taschen, die Stirn schon wieder schweißglänzend. Er beugte sich in der Schlange vor und glotzte mit offenem Mund zu uns hinüber. Als er mein Gesicht erkannte, kam er freudestrahlend auf uns zugeschossen.

»Neil! Du hier? Was für eine tolle Überraschung!«

»Hallo, Maurice. Nett, dich zu sehen. Wie ist es dir ergangen?«

Maurice sah ostentativ auf die Uhr. »Du meinst, seit wir uns vor vierundzwanzig Stunden zuletzt gesehen haben? Nicht viel zu melden, Alter. Immer der gleiche Trott. Du dagegen siehst aus, als kämst du aus dem Krieg – hat sie dich so zugerichtet?«

»Nein, wir …« Ich blickte hilfesuchend zu Dee hin, aber sie war verschwunden. Mir blieb fast das Herz stehen.

»Abgezischt wie ein Windhund«, schmunzelte Maurice. Er zwinkerte mir zu: »He, ich bin doch auch noch da.«

»Wir hatten uns eben erst verabschiedet.«

»Du wirst ihr bestimmt bald wieder über den Weg laufen. Bei diesen Veranstaltungen trifft man doch immer die üblichen Verdächtigen. Du bist sicher wegen der Messe hier?«

Ich mochte ihm gar nicht antworten. Alles, woran ich denken konnte, war Dees Stimme, Dees Gesicht.

»Nein«, sagte ich. »Bin ich nicht.«

Nie war Dee schöner gewesen, als wenn sie tief in die Muster und Verflechtungen des Hotels blickte. In jenen Momenten verlor sie die Wachsamkeit und Härte, die sie sich in den Jahren des Alleinseins antrainiert hatte. Sie lebte für die Harmonie und die Wiederkehr. Um nichts unvollendet zu lassen.

Maurice runzelte die Stirn. »Was machst du denn dann hier?«

Ich lächelte ihn an. Nichts. Das war die Antwort. Nichts als gehen.

»Ich checke aus.«

DANK

Meinem Agenten Antony Topping schulde ich mehr als nur Dank. Sein Rat und seine moralische Unterstützung haben dieses Buch von Anfang an getragen und gestaltet. Dankbar bin ich auch Chris Wellbelove von Greene & Heaton und Jim Rutman von Sterling Lord Literistic in New York. Mark Richards von Fourth Estate glaubte an das Buch und begleitete es mit seinem ausgezeichneten Lektorat; Nicholas Pearson führte es hingebungsvoll zur Veröffentlichung. Dank auch an alle im Verlagshaus von Fourth Estate: Stephen Guise, Michelle Kane, Tara Hiatt, Anne O'Brien, Jo Walker sowie Barry Harbaugh bei Harper Perennial in New York.

James Bridle und ich hatten mehrmals sehr nützliche Gespräche über Konferenzen, Stockfotografie und die Unwirklichkeit von Netzwerken. Außerdem stammen die »feuchten Polymere« von ihm. Prosaischere Informationen stammen aus der Zeitschrift *Meetings and Incentive Travel* und dem Bericht der Economist Intelligence Unit von 2009, *The Austere Traveller,* aus dem manches im ersten Teil zitiert wird. Meine ehemaligen Arbeitgeber Christopher Turner und Daren Newton waren so freundlich, mir ein dreimonatiges Sabbatical zu gewähren, und trugen indirekt zu meinen Recherchen bei, indem sie mich in vielen Hotels hatten absteigen lassen. James Smythe und Lee Rourke lasen eine frühe Fassung des Textes und gaben mir hilfreiche Hinweise.

Die ursprüngliche Idee zu dem Buch kam wahrscheinlich von Rem Koolhaas' Essay »Junkspace«. J. G. Ballard, der größte Schriftsteller des 21. Jahrhunderts, war zuerst da – der Swimmingpool ist für ihn.